KNAUR

THOMAS BAGGER

DUNKEL
Die Todgeweihten von Temeswar

Thriller

Aus dem Dänischen
von Maike Dörries

Die dänische Originalausgabe erschien 2023
unter dem Titel *Stamina* bei Politikens Forlag, Kopenhagen.

Besuchen Sie uns im Internet:
www.droemer-knaur.de

Deutsche Erstausgabe Dezember 2024
© Thomas Bagger and JP/Politikens Hus A/S 2023
in agreement with Politiken Literary Agency
© 2024 der deutschsprachigen Ausgabe Knaur Verlag
Ein Imprint der Verlagsgruppe
Droemer Knaur GmbH & Co. KG, München
Alle Rechte vorbehalten. Das Werk darf – auch teilweise –
nur mit Genehmigung des Verlags wiedergegeben werden.
Die Nutzung unserer Werke für Text- und Data-Mining
im Sinne von § 44b UrhG behalten wir uns explizit vor.
Redaktion: Hanne Hammer
Covergestaltung: Kristin Pang
Coverabbildung: plainpicture/neuebildanstalt/Weber-Decker
Abbildung im Innenteil: Lovely choice/Shutterstock.com
Satz und Layout: Adobe InDesign im Verlag
Druck und Bindung: CPI books GmbH, Leck
ISBN 978-3-426-44998-1

2 4 5 3 1

1

Bald war der dunkelste Punkt der Nacht erreicht. Die Straße war leer gefegt, keine Menschenseele weit und breit. Nebel zog in Schleierfetzen durch die Luft, am Straßenrand dauerparkten rostige und verbeulte Autowracks wie sommerliches Fallobst. Über den Asphalt verteilt lag eine Streu aus Glasscherben, zerbrochenen Dachziegeln, Rattenkot und durchfeuchtetem Abfall.

In der aschgrauen Stille der Straße flackerte eine einzelne Birne. Die übrigen Straßenlaternen waren längst gezielten Steinwürfen, dem unbarmherzigen Frost oder dem selbstmörderischen Appetit der Nager auf Kabelgummi zum Opfer gefallen. Und in diesem Teil der Stadt würden auch keine Birnen mehr ausgetauscht werden. Offiziell deklariert als Sparmaßnahme von Temeswars Verkehrsaufsichtsbehörde, da der gewissenlose Vandalismus der Bewohner große Löcher in die Kommunalkasse riss. Inoffiziell beließ man manche gesellschaftlichen Probleme besser im Dunkeln.

Dieser einsame Laternenpfahl aber hatte jahrelangen Steinbewurf und Pistolenschüsse überlebt. War bei Sonnenuntergang treu angegangen, wenn die Straße sich den Regeln der Nacht beugte. Und jahrelang hatte sein goldenes Licht den Schauplatz für Schießereien und Prügeleien beleuchtet, darunter zwei Hinrichtungen, ungezählte Vergewaltigungen und ein einzelnes Ereignis unbeschreiblicher Grausamkeit.

Das war die Funktion des Laternenpfahls: Licht zu spenden, ohne zu urteilen, egal was sich unter ihm abspielte.

In dieser Nacht jedoch verabschiedete sich das Licht in kurzen Zuckungen wie eine im Meer versinkende Münze. Die Birne gab den letzten Rest an Energie frei, die der angefressene Halbleiter noch transportierte. Aber bevor die Glühbirne sich in die finstere Parade der Straßenlaternen einreihte, setzte sie noch ein letztes Drama in Szene.

Es hatte den ganzen Tag geregnet, bevor ein plötzlicher Wind die Wolken auseinandergerissen und einen sternlosen Mitternachtshimmel freigelegt hatte. Ein widerlich süßer Gestank stieg aus den Gullydeckeln auf, und die Lokale im Plopi-Viertel hatten längst die Hoffnung auf einen abendlichen Umsatz aufgegeben und die Türen zu den ausgestorbenen Straßen geschlossen.

Radu Romanescu versuchte mit Macht, nicht daran zu denken, dass er alleine war.

Alleine mit den schwarzen Trainingsanzügen.

Die Luft, die einige Grade unter dem Gefrierpunkt war, stach wie Nadeln in den Lungen. Seine Kleidung war schweißnass, klamm und kalt wie das Handtuch in seiner Sporttasche, die er irgendwo auf der Straße von sich geworfen hatte. Seine locker sitzenden Stiefel klammerten sich vergeblich an seine Fersen und zwangen ihn zu einem kräftezehrenden Trampelstil.

Aus dem Augenwinkel suchte er nach möglichen Verstecken. Einem Treppenhaus. Einem Park. Er konnte es nicht mehr ignorieren. Seine Beine wurden schwächer. Wie auf den letzten Bahnen im Becken, wenn die fließenden Schwimmzüge zunehmend brachialer wurden in dem zähflüssigen, wie Treibsand bremsenden Wasser. Auf den letzten fünf, sechs Bahnen, bevor der Körper kurzschloss.

Er biss die Zähne aufeinander. Jetzt ging es nur noch um eins. Ausdauer.

Vor ein paar Minuten war er mit brennenden Muskeln und einer Chlorwolke um den Kopf aus dem Hallenbad gekommen.

Auf dem Weg zum Parkplatz hatte er einen kurzen Lichtblitz wahrgenommen. Wie Licht, das von einer Armbanduhr reflektiert wird. Er hatte sie weder gesehen noch gehört. Fünf Männer in schwarzen Trainingsanzügen. Neben einem Lieferwagen unter einem der kaputten Laternenpfähle.

Radu hatte sich auf die Jackentaschen geklopft, als hätte er was vergessen, und war zum erleuchteten Hallenbadeingang zurückgegangen. In einer Autoscheibe hatte er ihre Schatten zwischen den Fahrzeugen hervorgleiten und sich von hinten nähern sehen. Als er sich zu ihnen umgedreht hatte, waren sie stehen geblieben. Lässig entspannte Körpersprache, offene Handflächen, keine hastigen Bewegungen. Aber Radu hatte ihre Augen gesehen, die Informationen sammelten, die Situation analysierten, ihn analysierten.

Sie waren nicht entspannt. Sie waren vorbereitet.

Radu war normalerweise rund um die Uhr bewaffnet, außer beim Schwimmtraining, wenn er seine Dienstwaffe nicht im Spind in der Umkleidekabine liegen lassen wollte.

Der größte der Männer hatte angefangen zu reden. Radu hatte der irren, aber klaren Logik gelauscht und gedacht, dass seine müden Muskeln jetzt besser um ihr Leben laufen sollten.

Er hatte nach seiner Tasche gegriffen wie nach einer Schusswaffe. Die Männer waren auf seinen Bluff hereingefallen und zur Seite gesprungen, und Radu war losgestürmt.

Die Straße machte eine scharfe Kurve. Er rannte über den nassen Asphalt. Die Stiefel stauchten sich über seinen Knöcheln. Er schüttelte sie ab und lief auf Socken weiter.

Die Straße vor ihm sah aus wie der Eingang zu einem eingestürzten Tunnel. Autowracks, ausgeschossene Straßenlaternen, und dahinter ein schwarzes Loch. Er hielt das Tempo, auch als die Sicht auf wenige Meter schrumpfte. Der Verwesungsgestank war überwältigend. Er tastete sich zwischen den Wracks vor, die er mehr ahnte als sah. Etwas Spitzes bohrte sich durch seine Socken und weiter in die Haut.

Radu stöhnte vor Schmerz. Der Abfall war mit Glassplittern durchsetzt. Das Blut breitete sich warm unter seinen Fußsohlen aus.

Er beschwor ein inneres Bild von Alina herauf, ihre schönen Augen, ihre freundliche, lebensbejahende Art. Sie würde es ihm niemals verzeihen, wenn er sie zur Witwe machte.

Kämpf, du Idiot!

Aber sein Körper verweigerte den Dienst. Er schlang die Arme um einen Laternenpfahl und holte keuchend Luft, ohne die geringste Ahnung, wo er sich befand.

Er atmete tief ein und aus. Sein Herzschlag wurde langsamer. Um sich herum hörte er das Rascheln von Nagern auf ihrer nächtlichen Jagd.

Er schob die Hand in seine Tasche, um das Handy herauszunehmen, als dasselbe metallische Geräusch ertönte, wie wenn sein Onkel Mihai eine leere Bierdose an der Stirn zerdrückte.

Radu stierte auf die undurchdringliche, dunkle Wand vor sich. Da war etwas Großes da draußen.

Er hörte ihre knirschenden Stiefel. Die Gruppe pirschte sich heran, hatte Beute gewittert, verstand, dass sie Verstecken spielten.

Die Schritte verstummten.

Er hielt die Luft an. Lauschte.

Die Schritte setzten sich wieder in Gang, entfernten sich.

Radu atmete aus.

Im nächsten Augenblick badete er in Licht. Er starrte ungläubig zu dem gelben Auge der Straßenlaterne hoch, in der offenbar doch ein Rest Leben steckte.

»*On je tamo!*«, rief einer der schwarzen Trainingsanzüge.

Radu zögerte nicht. Er warf sich mit der Schulter gegen die Umrisse einer Tür, hörte das trockene Knacken der Angeln und landete auf dem Boden eines verrotteten Treppenaufgangs. Der Gestank von Urin und Schimmel war betäubend.

Er stapfte die Stufen hoch, rutschte in seinem eigenen Blut aus, schürfte sich das Schienbein auf, spürte seine Zehennägel brechen ohne ein Schmerzsignal aus dem Gehirn, das nur schrie, dass er zu langsam war, dass seine Lungen Sauerstoff brauchten, dass seine Beine nicht mehr wollten.

Die Stimmen der Männer schallten durch den Treppenaufgang. Ein feindliches Echo, das ihm bis zu einer verbeulten Stahltür folgte. Unter einem samtschwarzen Himmel stolperte er ins Freie. Etwas Pelziges wischte über seine Füße, als er sich nach einem Fluchtweg umsah. Das Flachdach war von wirren Kabelsträngen und verrußten Lüftungskästen überzogen.

Es gab keinen anderen Ausgang.

Er hörte das Getrampel aus dem Treppenhaus. Wie eine große Maschine, die sich zu ihm hocharbeitete. Die schwarzen Trainingsanzüge würden nicht aufgeben. Selbst wenn er jetzt entkam, würden sie ihn weiter verfolgen. Womöglich auch Alina.

Das durfte nicht passieren.

Er musste ihnen einen Riegel vorschieben.

Er trat an die Dachkante und schaute in das dunkle Vakuum unter sich. Die Luft war wohltuend frisch. Der Puls pochte in seinen Schläfen, aber er war nicht mehr so atemlos. Es war schön hier, schön, am Leben zu sein. Vor ihm strahlte das Stadtzentrum. Die kleinen Lichter standen ganz still, so wie die Zeit für ihn gleich stillstehen würde.

Er umfasste den Anhänger um seinen Hals, ein Goldkreuz, und spürte Alinas Nähe. Er dachte an all die großen und kleinen Dinge, die er gerne noch mit ihr zusammen erlebt hätte. Zusammen reisen, Großeltern von einem Haufen reizender Enkel werden, miteinander faltiger und älter werden, ohne dass ihre Liebe alterte.

Gott, wie gerne hätte er noch ein bisschen länger gelebt. Nicht Jahre oder Stunden, nur ein paar Minuten.

Da hörte er sie hinter sich.

»*Ne skaèi.* Spring nicht.«

Radu drehte sich um. Die Blicke der Männer waren blanke Kreuze. Einer hielt seine Stiefel in den Händen. Radu verstand nicht, was sie damit wollten. So, wie er nicht verstand, was das hier zu bedeuten hatte. Er war ein tüchtiger Polizist, hatte das Herz auf dem rechten Fleck und ließ sich nicht bestechen. Aber ansonsten war er nichts Besonderes. Hatte sich nie besonders hervorgetan. Es gab größere und bedeutendere Fische bei der Polizei. Personen, deren Tod in den Medien sehr viel mehr Aufsehen erregen würde.

»*Ne skaèi.*« Die Stimme klang jetzt anders. Nicht mehr so schneidend. Auffordernd.

Radu schnaufte. Was spielte es für eine Rolle, ob er lebte oder nicht? Er hatte das große Messer mit den Blutrillen gesehen.

Aber sie würden ihn nicht kriegen. Er befand sich bereits im Fall, er war frei, auf dem Weg an einen Ort, an den Alina ihm eines Tages folgen würde und an dem sie sich wiedersahen.

Er schob seine blutigen Zehen über die Kante.

Die Lichter der Stadt streckten sich nach ihm aus. Er schloss die Augen. Und dann flog er. Die aufsteigenden Turbulenzen fühlten sich an wie eine große Hand, die ihm die Kleider vom Leib zerren wollte.

Er öffnete die Augen.

Jetzt war es nicht mehr hell. Die leere Dunkelheit saugte ihn auf, um ihn zu zerschmettern.

2

Polizeihauptmeister Marius Petrascu griff in das Handschuhfach des Streifenwagens. Die Papiertüte von seinem Bagel war fettig, ihm lief das Wasser im Mund zusammen bei dem Duft von Pastrami und Senf.

Achthundert mehr oder weniger leere Kalorien. Der Gedanke hatte die vorwurfsvolle, schnarrende Stimme seiner Frau, und das leider nicht zu Unrecht. Er seufzte. Seine Uniform war wohl kaum in der Wäsche geschrumpft. Und neulich unter der Dusche hatte er zwei Kollegen ihn als »Krapfen« bezeichnen hören. Stand es wirklich so schlimm um ihn? Er drückte die Speckrolle, die über den Gürtel quoll. Ein Mann mit Sixpack in seinem Alter war nicht vertrauenswürdig. Andere würden meinen, dass es so nur mehr Liebenswertes an ihm gab.

Sein Blick streifte die andere Tüte im Handschuhfach: die Gemüsesnacks, die seine Frau ihm für die Nachtschicht geschnippelt hatte. Das war schon süß von ihr. Sie gab die Hoffnung nicht auf, wie es werden könnte.

Marius sollte besser nicht mit voller Tüte nach Hause kommen.

Er hielt Ausschau nach einem Mülleimer an der Straße. Es sah ungemütlich dunkel und kalt aus hinter dem Regenschleier auf der Windschutzscheibe.

Er drückte sein Hinterteil in das aufgewärmte Sitzpolster.

Das Hinterhältige an Reue war, dass sie immer erst einsetzte, wenn man befriedigt war.

Er biss genüsslich in seinen Seitensprung und fluchte laut, als ein dunkelgelber Senfstreifen auf seiner Uniform und dem

Steinadleremblem landete. Das Federvieh sah jetzt aus, als würde es kotzen. Er wischte mit einer Serviette über den Fleck und hob instinktiv den Blick. War da ein Schatten in seinem Rückspiegel vorbeigehuscht? Er starrte auf die schmale Spiegelfläche, aber das Einzige, was er sah, war der schwarze, regennasse Asphalt.

Marius sah seinen Bagel an. Sein Appetit war weg. Stattdessen füllte Unruhe seinen Magen. Die Art Unruhe, die er von seinen einsamen Nachtdiensten kannte, wenn er ein verdächtiges Fahrzeug an den Straßenrand dirigiert und die knapp zwanzig Schritte durch die rote Auspuffwolke zum halb heruntergekurbelten Fahrerfenster mit dem unterschwellig rumorenden Gefühl zurückgelegt hatte, dass gleich etwas Schreckliches passieren würde.

Er checkte noch einmal den Rückspiegel. Alles leer. Dunkel. Nichts.

»Verdammt, *verdammt!*«

Er stieg aus. Die Straße rauschte wie ein Fluss. Aus den Gullygittern quoll eine übel riechende Bakteriensuppe auf die Fahrbahn. Der Tod im Rinnstein. Er konnte nur hoffen, dass sie nicht mit der überschwemmenden Kloake aufs Straßenniveau hochkamen. Es schüttelte ihn bei dem Gedanken an die missgestalteten Kreaturen, die er dort unten in der Finsternis gesehen hatte. Mehrere seiner Kollegen waren nach der verfluchten Aktion im letzten Jahr noch immer krankgeschrieben.

Der Nebel legte sich wie klammer Schweiß auf sein Gesicht. Er ging weiter bis zum Eingang der Gasse. Der Gestank steckte wie ein Korken zwischen den Mauern. Er stand reglos da. Lauschte auf das von der Dachtraufe klatschende Wasser. Da war niemand. Natürlich nicht. Verflixt, er war wirklich leicht zu erschrecken.

Marius wollte gerade kehrtmachen, als er seitlich eine Bewegung wahrnahm. Er sah mit zusammengekniffenen Augen in die Dunkelheit. Diesmal war er ganz sicher. Da war etwas in den schwarzen Schatten der Gasse. Etwas Großes. Ein Hund?

»H-Hallo?«

Beim Ton seiner Stimme verharrte das Geschöpf.

Marius griff nach seiner Taschenlampe. Der Lichtkegel landete auf dem Rücken eines vornübergebeugten Mannes, der die Arme an die Brust presste, als würde er frieren.

»Hallo, Polizei! Alles in Ordnung?«

Der Mann reagierte nicht. Marius leuchtete in die Gasse. Sie waren allein.

Er machte einen zögernden Schritt nach vorn und blieb ein paar Meter hinter dem Mann stehen.

»Alles okay mit Ihnen?«, stammelte er.

Der andere wimmerte leise.

Marius schluckte. Nichts an der Situation war bedrohlich, und innerhalb einer Sekunde könnte er seine Beretta Px4 ziehen. Warum zitterte dann die Taschenlampe in seiner Hand?

»Drehen Sie sich um«, sagte er heiser.

Angestrengt richtete der Mann sich auf. Seine Schultern waren breiter, als Marius erwartet hatte.

»Was ist mit Ihnen …«

Der Mann fuhr herum und streckte die Arme aus. Dabei stieß er ein durch Mark und Bein gehendes, tierisches Röcheln aus: »Oh Gott, hilf mir!«

Marius wich erschrocken nach hinten zurück und drückte sich mit dem Rücken gegen die Mauer. Die Taschenlampe fiel ihm aus der Hand und trudelte auf dem Boden um ihre eigene Achse. In albtraumartigen Sequenzen sah er den Mann, einen Fuß nachziehend, auf sich zukommen. Sein Gesicht war eine einzige offene Fleischwunde. Das gebrochene Nasenbein ragte wie eine weiße Antenne aus dem Knorpel. Marius wich den ausgestreckten Armen des Mannes aus. Beide Handgelenke waren gebrochen, die Hände hingen wie lose Handschuhe herunter.

Marius setzte sich in Bewegung, aber seine Beine gehorchten ihm nicht. Der vernunftgesteuerte Teil seines Gehirns konnte nicht einfach wegschieben, was er gesehen hatte.

Das schwache Licht reflektierte sich in einem Kettenanhänger, den der Mann um den Hals trug.

Marius erkannte den Schmuck sofort.

Er war dabei gewesen, als seine Schwester ihn gekauft hatte. So, wie er dabei gewesen war, als sie den Schmuck ihrem Mann zur Silberhochzeit geschenkt hatte.

Die verkrüppelte Gestalt sank auf dem Asphalt zusammen.

Marius starrte mit angehaltenem Atem auf sie herunter.

»Radu? Um Himmels willen. Was haben sie mit dir gemacht?«

3

David Flugt trat raus auf die Terrasse. Er gähnte und inhalierte die Frostwolke. Die Morgensonne sickerte durch die Tannen- und Kiefernzweige und opalisierte die Kristalle des frisch gefallenen Schnees.

Er schaute mit zusammengekniffenen Augen auf das Farbspiel, verschränkte die Finger und streckte die Arme über den Kopf, bis der erlösende Knacks kam. Die Hände im Kreuz, drehte er ein paar Mal den Kopf hin und her und weckte die schmerzende Nackenmuskulatur. Er war sich unschlüssig darüber, ob die Ansätze von Rost im Körper seinem fünfundvierzigsten Geburtstag geschuldet waren oder seiner treuen Paranoia.

Auf den ersten Blick schien der Wald verlassen. Aber irgendetwas lauerte dort draußen. Als er am Fuß eines Stammes einen kleinen blutfleckigen Krater im Schnee sah, suchte er instinktiv das Gelände nach größeren Fußspuren ab.

Aber da waren nur die Abdrücke seiner eigenen Stiefel.

Was nicht automatisch bedeutete, dass es keine nächtlichen Besucher gab. Nicht alles hinterließ Fußspuren.

David hatte den Albtraum verdrängt, der ihn in dieser Nacht geweckt hatte. Einerseits war er dankbar, aus seinem Traum aufgewacht zu sein, in dem ihn sein Unterbewusstsein in die Grotte mit den fauchenden Mäulern geführt hatte. Andererseits war es extrem zermürbend, jede Nacht im Eismeer der Panik schockanimiert zu werden.

Er wusste nicht viel über PTBS. Aber wenn zu den Symptomen Angst vorm Einschlafen und Angst vorm Aufwachen gehörte, dann war er auf dem besten Weg dorthin.

Vielleicht hielt er deshalb um die Hütte herum, die drei Kilometer dichter Nadelwald vom nächsten Nachbarn trennte, täglich Ausschau nach Fußspuren. Eine Zwangshandlung, um dem Gehirn einzutrichtern, dass dies ein sicherer Ort war, weit weg von allen Bedrohungen, die sein Leben okkupiert hatten. Vielleicht.

Aber statt des erwünschten Effekts schälte sich immer klarer eine neue Frage heraus: Ab welchem Punkt war das gelebte Leben weniger wert als die Kraft, die es kostete, es zu leben?

In der Hütte knackte eine Diele. David befreite sich gereizt aus seinem Gedankenknäuel. Er grübelte einfach zu viel.

Außerdem wusste er doch, worum es in seinen Albträumen ging. Immer gegangen war.

Die Angst, nicht zu genügen. Nicht genug geben zu können.

David trat in den Flur. Allmählich wurden die Winternächte oben in den Bergen klirrend kalt. Und die Hüttenwände arbeiteten in der Kälte. Aber nicht die Minusgrade bereiteten ihm Sorge. Die rot gebeizte Holzhütte war winterfest gebaut. Eine Voraussetzung, wenn man sich in Åbygda niederließ, einer kleinen Schlafstadt an der zerklüfteten Küste Norwegens. In ein paar Monaten kam der Frühling. Wenn der Schnee schmolz, dehnte sich das Holz wieder aus und nahm wieder seinen natürlichen Zustand an.

Im Türrahmen zur Küche blieb er stehen. Die Sonne vergoldete die staubstumpfen Fenster. Theresa stand mit dem Rücken zu ihm und kochte Eier. Das Lämpchen der alten Kaffeemaschine blinkte, die letzten Tropfen zogen durch den Filter und landeten friedvoll tropfend im Kolben darunter. Ihr dicker gemusterter Wollpullover reichte ihr bis zu den Knien. Sie trug ihn tagsüber, und sie schlief darin. Nicht nur, um sich vor der Kälte zu schützen, sondern auch vor seinen Blicken. Auf die Brandnarben der Zigaretten, die auf ihrem Rücken und den Innenseiten ihrer Oberschenkel ausgedrückt worden waren. Auf die ihr von Männern zugefügten Schnittnarben, die keinen hochkriegten und sich auf andere Weise an ihr abreagiert hatten. Die vernarbte Blindenschrift auf ihrer Haut erzählte eine Geschichte von Leid und Ohnmacht, die so ganz und gar nicht in das ach so idyllische Skandinavien passte. Eine Tragödie, die sie zu einem tragischen Charakter machte.

Ein Zittern lief durch ihren Körper. Sie verschränkte die Arme vor der Brust und schaute aus dem Fenster. David betrachtete die schokoladenfarbenen, im Nacken zusammengebundenen Locken. In Rumänien hatte sie das Haar offen getragen. Damals hatte er sich eingeredet, das täte sie nur für ihn. Dass er der einzige Mann wäre, dem sie gestattete, sein Gesicht in ihren wilden Locken zu begraben und ihren fraulichen Duft einzuatmen. Aber sie hatte sich auch für andere Männer hübsch gemacht.

Um zu überleben.

Die Erkenntnis traf ihn mit schmerzlicher Klarheit.

David hatte Theresa vor etwas über einem Jahr bei einer Undercover-Operation in Rumänien getroffen. Sie war eine der vielen entführten Frauen, die als Sexsklavinnen in einem verfallenen Wohnblock am Rand von Temeswar gefangen gehalten wurden, einer kleineren Industriestadt etwa fünfhundertfünfzig Kilometer westlich von Bukarest. Der Betonblock, auch *die Fabrik* genannt, war das Hauptquartier der *Alliance,* eines der bestorganisierten und steinreichsten osteuropäischen Verbrechersyndikate, das sich auf Ecstasy und Trafficking spezialisiert hatte.

Die Fabrik war gesichert wie eine Festung mit schwer bewaffneten Schützen, einem ferngesteuerten Aufzug, Überwachungskameras und kasernenähnlichen Verhältnissen. In der Kelleretage des Gebäudes hatte der Boss der Schmugglerzelle, Volos, seinen anschlagssicheren Bunkerpalast eingerichtet.

An diesem seelenlosen Ort hatte David sich in Theresa verliebt. Und wie ein liebesblinder Narr hatte er sich geweigert, den Tatsachen ins Auge zu sehen. Dass die Fabrik eine Endstation war. Ein Ort, an den man kam und starb. Die Regeln waren brutal, aber einfach zu verstehen – lebe mit dem Schwert, stirb mit dem Schwert. Am sichersten war, wer nichts besaß, das ihm weggenommen werden konnte. David hatte sich wider alle Vernunft weiter mit Theresa getroffen. Und am Ende hatte die Fabrik ihn daran erinnert, wo er sich befand. Der Preis war ein Menschenleben. Das Leben eines unschuldigen Kindes.

Die Eier hackten in dem kochenden Wasser gegen den Topfboden. David ging zum Herd und drehte die Flamme runter.

»Alles in Ordnung?«, fragte er.

Sie sah ihn einen Augenblick ohne ein Zeichen des Wiedererkennens an. Dann kam Leben in sie.

»Holst du sie?«, sagte sie mit einem blassen Lächeln. »Das Frühstück ist fertig.«

David nickte und warf einen Blick aus dem Fenster. Jetzt dauerte es nicht mehr lange bis zum Frühjahr und zur Schneeschmelze. Aber er war sich nicht mehr so sicher, ob damit auch wieder Normalität einkehren würde.

David zog die Tür zu Siljas fensterlosem Zimmer einen Spaltbreit auf. Mit einem Fuß in der Tür, versuchten seine Augen, sich an die Dunkelheit zu gewöhnen, die aromatisch nach Holz und einem Hauch Schweißfüße roch. Der Schreibtisch war mit Comics, Farbkreide, kleinen Notizblöcken und einem iPad beladen.

Die Decke in der unteren Schlafkoje bewegte sich. Eine blonde Haarsträhne war zu sehen.

»Muss ich aufstehen?«, fragte eine schlaftrunkene Mädchenstimme.

»Guten Morgen, Silja«, flüsterte David. »Darf ich Licht machen? Ich kann dich kaum sehen.«

»Warte noch, das Licht sticht so in den Augen.«

David schob die Tür ein bisschen weiter auf. »Es gibt Eier und frischen Saft.«

Silja blieb noch kurz liegen, dann stemmte sie sich auf die Ellbogen und rieb sich den Schlaf aus den Augen.

»Gehen wir heute raus?«, fragte sie.

»Das darfst du bestimmen.«

»Ich will zu dem großen Stein.«

»Dann machen wir das.«

Silja strampelte die Decke weg, schlüpfte direkt in ihre Hausschuhe und griff nach Davids ausgestreckter Hand. Zusammen gingen sie in die Küche.

»Hallo, Silja, setz dich und iss was, ehe es kalt wird.« Theresa streifte sie beide mit einem flüchtigen Blick, als sie mit einem hektischen Klappern Teller und Gläser aufdeckte.

Silja setzte sich ans Tischende, Theresa und David links und rechts von ihr. David schmierte eine Scheibe Roggenbrot mit Butter für Silja, die Saft in drei Gläser schenkte, sorgfältig drauf bedacht, nichts zu verschütten. Theresa schälte mit ähnlich konzentriertem Blick die Eier. David stellte wieder einmal fest, dass die Tochter die großen, leuchtenden Augen ihrer Mutter geerbt hatte. Aber auch das andere. Kleine Risse in einer zerschlagenen Unschuld, die jeder von ihnen auf unterschiedliche Weise von ein und demselben zerstörerischen Mann genommen worden war.

»Ich glaube, heute Nacht haben draußen Tiere miteinander gekämpft«, sagte Silja. »Hoffentlich ist Per nichts passiert.«

David lächelte. Silja hatte ein Eichhörnchen mit einem ausgeprägten weißen Fleck im Nacken, das irgendwo im Umkreis der Hütte lebte, Per getauft. Er hoffte auch, dass Per nichts mit dem Blutfleck zu tun hatte, den er eben draußen im Schnee entdeckt hatte.

»Mach dir keine Sorgen«, sagte David. »Die anderen Tiere sagen, dass Per eine harte Nuss ist.«

Silja prustete in ihren Saft.

»Ach, Silja, du kleckerst ja alles voll«, blaffte Theresa gereizt und tupfte übertrieben mit der Serviette unter dem Glas herum.

»Ist doch nur Saft«, versuchte David, sie zu beruhigen.

»Warum schenkst du auch die Gläser so voll«, schimpfte sie weiter. »Das gibt Ringe auf der Tischplatte und …«

»Theresa, da ist nichts mehr.«

Sie überhörte ihn und wischte weiter mit der Serviette hin und her. Silja starrte wie gelähmt auf die Tischplatte.

David legte eine Hand auf Theresas Unterarm, fing ihren Blick ein.

»Alles gut.« Er lächelte Silja an. »Nicht traurig sein. Das war ein Missgeschick.«

Silja aß mit abgehackten, kontrollierten Kaubewegungen weiter.

Es versetzte David einen kleinen Schock, als er Theresas versteinertes Gesicht sah. Eine Maske ohne jede Gefühlsregung.

Er rang sich in seinem Unbehagen ein Lächeln ab. »Magst du uns zum Stein begleiten?«

»Was?«

»Der große Stein, den Silja neulich entdeckt hat. In der Nähe des Aussichtspunktes. Wir können ein Picknick mitnehmen und einen Ausflug machen.«

»Picknick? Ausflug?« Theresa zerknüllte die feuchte Serviette in ihrer Faust zu einer harten Kugel.

»Ich meine ja nur …«

»Ich weiß sehr gut, was du meinst. Dir scheint's ja wieder richtig gut zu gehen.«

»Theresa, nicht jetzt.«

»Du hast uns zwei bei dir, genauso, wie du es dir gewünscht hast.«

»Du weißt, dass das nicht stimmt.«

»Ach nein? Darüber hättest du vielleicht nachdenken sollen, bevor du ...«

David verzog das Gesicht. Sein Tinnitus begann in den Gehörgängen zu pfeifen wie immer bei Stress. Ein hochfrequentes weißes Rauschen.

»Lass uns später darüber reden«, sagte er.

»Du hörst nicht zu.« Ihre Wut kratzte an ihren Stimmbändern. »Diese Hütte, dieses ... *Leben*. Dafür bist *du* verantwortlich. Es ist *deine* Wahl, die uns hierhergebracht hat.«

David rieb sich das Ohr. Sie wollte ihn provozieren, aus der Reserve locken.

»Und was soll ich deiner Meinung nach tun?«, fragte er.

»Du könntest damit anfangen, dich nicht den ganzen Tag in deinem verfluchten Büro zu verbarrikadieren.«

»Ich bin da, sobald du mich rufst.«

»Aber du sollst nicht kommen, wenn du gerufen wirst. Du sollst von dir aus da sein.«

»Das hier ist also nicht gut genug?«

»Weit entfernt.«

Davids Herz hämmerte. Sie machte wirklich alles kaputt.

»Was, bitte, versteh ich deiner Meinung nach nicht? Ich hab dich aus diesem Loch in Rumänien rausgeholt. Zurück nach Dänemark gebracht. Zu deiner Tochter.«

»Habe ich dich je darum gebeten?«

»Was willst du damit sagen?«

»Nichts.«

»Raus damit!«

»David, ich weiß, dass du mich gerettet hast, weil es für dich das einzig Richtige war.« Theresa sah ihn mit einer tiefen Furche zwischen den Augenbrauen an. »Aber manche Orte sind vielleicht nicht dafür vorgesehen, dass man von ihnen zurückkehrt.«

David zuckte zusammen, als hätte sie gegen seinen Stuhl getreten. Das Blut sackte ihm in die Füße. Er stützte sich schwindelig auf der Tischplatte ab und schloss die Augen.

Von ganz weit weg drang Theresas Stimme zu ihm durch.

»Silja?«

Und dann noch einmal, diesmal schwang Panik mit.

»Silja!«

David schlug die Augen auf. Theresa schaute zu der offenen Tür, durch die kalte Luft in die Hütte strömte. Er sprang auf, stieg in die Stiefel und stand in der nächsten Sekunde knietief im Schnee. Er schirmte mit einer Hand die Augen ab und suchte nach Fußspuren im sonnenglitzernden Schnee. Das Licht blendete ihn. Auf der Ostseite der Hütte hatte es den Schnee von ein paar tief hängenden Zweigen geschüttelt. Er pflügte los. Das Tal, in dem die Hütte lag, war nur aus südöstlicher und westlicher Richtung zu erreichen. Im Norden und Osten war der Wald eine undurchdringliche Wildnis mit so vielen Steilwänden und Felsspalten, dass der Hüttenbesitzer sie vorgewarnt hatte, dort herumzustreifen.

Er stürmte in ein braungrünes, dichtes Labyrinth aus Ästen und Zweigen, wo kein Schnee mehr lag, weil das Tannendach über ihm den Waldboden wie ein Sonnensegel abschirmte.

David kämpfte sich vorwärts. Die stacheligen Zweige kratzten seine Unterarme auf, und das Pfeifen in seinen Ohren schwoll zu einer Alarmsirene an.

Er war noch nicht sonderlich weit gekommen, als er aus dem Augenwinkel eine Bewegung in Bodenhöhe wahrnahm. Hinter einem dicken Stamm. Weißer Dampf.

Er atmete erleichtert aus.

Silja lehnte mit dem Rücken am Stamm und hatte die Knie an die Brust gezogen. Sie klapperte mit den Zähnen. Es versetzte David einen Stich, als er ihre blutigen, nackten Füße sah. Sie hatte nicht angehalten, weil sie ihren Entschluss bereute. Ihr Körper hatte gestreikt.

Er ging neben ihr in die Hocke.

»Komm mit mir zurück«, sagte er ruhig.

Das Mädchen funkelte ihn an. »Warum lasst ihr mich nicht gehen? Ich will nicht bei euch sein.«

»Das ist nicht so einfach, Silja. Wir haben doch darüber gesprochen.«

Sie starrte vor sich in die Luft. Unter der unkleidsam ernsten Maske waren ihre zehnjährigen, runden Gesichtszüge zu erahnen.

»Ich dachte, wir wären Freunde«, schluchzte sie. »In der Polizeiwache in Esbjerg damals warst du der Einzige, der mit mir geredet hat.«

»Ich bin dein Freund, Silja. Auch wenn es dir im Augenblick nicht so vorkommt.«

Sie sah ihn mit großen, anklagenden Augen an.

»Du bist schuld, dass Papa tot ist. Wir können niemals Freunde werden.«

David biss die Zähne aufeinander. Er sah den wahnsinnigen Blick von Siljas Vater vor sich, William Grandberg. Das Böse in seiner reinsten, unmenschlichsten Form.

»Was war mit Papa los?«, fragte Silja mit weinerlicher Stimme. »Warum hat er mir erzählt, dass Mama tot ist?«

»Ich ...«

»Er hat mich mein ganzes Leben lang angelogen. Hat er mich nicht geliebt?«

David atmete tief ein. Er wusste, was das Mädchen in der folgenschweren Nacht in Süderjütland gesehen hatte, aber er hatte noch nicht herausgefunden, an wie viel sie sich tatsächlich erinnerte. Und wie viel sie verdrängt hatte.

»Wir müssen zurück«, sagte er und merkte, dass er selbst auch mit den Zähnen klapperte. »Du frierst.«

»Lass mich los! Ich will nicht mehr hier sein!«

Siljas Heulen bereitete David Kopfschmerzen, er konnte keinen klaren Gedanken fassen. Er legte sich die strampelnde Silja über die Schulter und ließ sich von ihren kleinen Fäusten den Rücken bearbeiten.

Theresa öffnete die Tür zu Siljas Zimmer. David setzte sich mit dem kratzenden und beißenden Mädchen aufs Bett und hielt sie so sanft wie möglich und so fest wie nötig im Arm, damit sie sich bei der noch immer durch ihren Körper schwappenden Wut nicht selbst verletzte.

»Ich will zu meinem Papa! Ich will nicht bei euch sein!«

Von früheren Gefühlsausbrüchen des Mädchens wusste David, dass er nichts anderes tun konnte, als sie im Arm zu halten, bis ihr Körper von der Raserei so erschöpft war, dass sie seinen Trost annehmen konnte. Er hatte irgendwann aufgehört zu zählen, wie viele Fluchtversuche diesem schon vorausgegangen waren. Und obwohl sie es heute besonders weit von der Hütte weggeschafft hatte, fühlte er eine seltsame Mischung aus Traurigkeit und Zuversicht. Ihr Aufbäumen war eine gesunde Reaktion. Es war ein Zeichen für einen starken Willen und dass sie sich auf ihren ureigenen Instinkt verließ. Sie sollte sich ihnen schließlich nicht unterordnen, sondern nur nach und nach akzeptieren, dass ihr Leben von nun an ein anderes war. Hoffentlich ein besseres.

Aber der konstante Wechsel ihrer Taktik war eine echte Herausforderung. Bisher basierten ihre Fluchtversuche auf spontanen Überraschungsmomenten, was zur Folge hatte, dass sie sie draußen immer an der Hand hielten und zu Hause zwischen sich ans Tischende setzten.

Sie hatte ihnen Honig um den Bart geschmiert, Interesse vorgetäuscht und neugierige Fragen gestellt, während sie nur den einen unaufmerksamen Augenblick abgewartet hatte. Und es hatte geklappt. David und Theresa hatten sich in ihre eigene Traumablase hineingesteigert und völlig vergessen, sie immer im Auge zu behalten, wie sie es sich angewöhnt hatten.

Wie er es sich angewöhnt hatte.

David konnte die Tatsache nicht länger verdrängen. Es war inzwischen überdeutlich, dass der Fluchtimpuls nicht nur in Silja rumorte. Theresa wollte auch nicht hier sein. Ihr Mutterinstinkt wollte einfach nicht anspringen. Aber es waren nicht Davids Arme, die Silja in diesen verzweifelten Momenten um sich spüren wollte. Wie jedes verirrte Tierjunge schrie Silja nach ihrer Mutter.

Er schaute zu der reglosen Silhouette im Türrahmen. Theresa betrachtete ihn und das schluchzende Mädchen mit bebenden Nasenflügeln.

»Ich ertrag das nicht länger!«, rief sie und knallte die Tür mit lautem Krachen zu. David konnte nicht sagen, ob das erschrockene Zucken von seinem oder Siljas Körper kam. Er fühlte nur die feuchte Wärme von der Schlafanzughose des Mädchens auf seinem Oberschenkel.

»Ich will nicht hierbleiben«, schluchzte sie. »Es gefällt mir hier nicht.«

David nickte. Er konnte nicht länger so tun, als ob sie unrecht hätte.

4

David stellte eine dampfende Tasse Tee vor Theresa und setzte sich ihr gegenüber an den Tisch. Sie legte die Hände um das heiße Porzellan, ohne ihn anzusehen, während er ihr Gesicht studierte und an Rumänien dachte. Jedes Mal, wenn sie die Tür zu seinem trostlosen Zimmer geöffnet hatte, war ihm von Neuem aufgegangen, wie schön sie war, und er hatte sich beherrschen müssen, ihretwegen nicht alles hinzuschmeißen. Bis er genau das schließlich getan hatte.

Die frische Bergluft und die festen Mahlzeiten verstärkten ihre Schönheit noch. Ihr Gesicht war etwas voller geworden, die Sommersprossen malten hübsche Muster auf ihre Wangen. Ihre Haare hatten auch eine andere Struktur, waren kräftiger, lebendiger.

»Sie schläft«, sagte David und tupfte die Kratzer auf seinen Unterarmen mit Haushaltspapier ab. »Wir dürfen diese Diskussionen nicht vor ihr führen. Das macht ihr Angst.«

»Ich kann nicht anders.«

»Siehst du denn nicht, dass wir …«

Theresas Augen weiteten sich. »Ich kann nicht aufhören, in ihrem Gesicht nach ihm zu suchen.«

David versteifte sich.

»Und er ist da. Ich sehe ihn.« Sie biss sich auf die Unterlippe. »Natürlich weiß ich, dass sie ein unschuldiges kleines Mädchen ist. Mein Mädchen … Und es erfüllt mich mit grenzenlosem Hass, wenn ich ihn in ihr sehe.«

»Gib euch mehr Zeit. Darum sind wir hier. Damit ihr euch wiederfindet. Damit es euch irgendwann besser geht.«

»Geht es dir wieder besser hier oben?«

»Ich gebe die Hoffnung für uns nicht auf.«

Sie sah ihn ausdruckslos an. »Manchmal ist es vielleicht ein Ausdruck größerer Stärke, die Hoffnungslosigkeit zu akzeptieren.«

David legte seine Hand auf ihre. »Ich gebe mir wirklich Mühe, Theresa. Aber es ist, als wärst du gar nicht hier.«

»In Rumänien war es anders. Dort warst du ...« Sie zog ihre Hand weg.

»Ein anderer«, sagte David. Er verstand, was sie meinte.

In der Fabrik mit dem über ihnen schwebenden Todesurteil konnte Theresa Nicó Krause, Davids dortigen Alias, frei lieben. In Skandinavien, mit David Flugt, einem dänischen Polizisten, rückten ganz andere Dinge in den Vordergrund. Und so, wie das angehende Licht im Kinosaal die Vertraulichkeit der Dunkelheit vertreibt, standen sie sich plötzlich hilflos und wie Fremde gegenüber.

»Mag sein, dass ich ein anderer bin. Vielleicht sind wir das beide«, sagte er. »Aber das hier könnte ein Neuanfang sein. Aber nur, wenn wir uns beide darauf einlassen.«

Sie sah ihn mit reservierter Verletztheit an. »Nicht nur Rumänien quält mich, David.«

»Was heißt das?«

»Ich habe mit einem ... Monster zusammengelebt. Über Jahre. Ich war so verdammt naiv.«

»William war ein komplett unberechenbarer Mensch.«

»Ich muss dauernd daran denken, wie viele Frauen er in unserer gemeinsamen Zeit umgebracht hat. Fünf? Zehn? Noch mehr?«

»Du hast ihn geliebt. Da sind solche Zeichen schwer zu erkennen.«

»Aber wenn ich Leben hätte retten können?«

»Das war seine Entscheidung.«

»Du sagst, dass man in Menschen, die man liebt, nur schwer das Böse erkennt. Aber was ist, wenn ich das Böse in ihm gesehen habe, aber nicht wahrhaben wollte?«

»Theresa ...«

»Was, wenn ich alle Zeichen bewusst ignoriert oder verdrängt habe?«

»Glaubst du wirklich, dass es so war? Fühlst du dich für den Tod vieler unschuldiger Frauen verantwortlich?« Seine Stimme war leise, spröde.

»Nein, vielleicht, ich weiß nicht«, flüsterte sie. »Ich würde gerne ein Geständnis ablegen.«

»Du kannst mir alles erzählen. Ich kenne alle Details des Falls.«

»Das ist nicht dasselbe. Du bist ...«

»Was bin ich?«

An ihrem Zusammenzucken merkte er, dass er die Stimme gehoben hatte.

»Lass uns später weiterreden«, murmelte sie. »Ich bin müde.«

David sah ihren flehenden Blick. Er war selbst furchtbar erschöpft. Müde, ständig wachsam zu sein, nicht zu genügen und trotzdem immer stark sein zu müssen.

»Ich glaube, du bist dir der Konsequenzen nicht ganz bewusst, wenn du damit an die Öffentlichkeit gehst, dass du lebst. Dass Silja lebt«, sagte er heiser, tonlos. »Das Jugendamt wird dir Silja auf der Stelle wegnehmen und sie in ein Heim oder eine Pflegefamilie stecken. Und bei dem Päckchen, das du mit dir herumschleppst, erwartet dich eine endlose Mühle psychologischer Untersuchungen, bis dir die Eignung als Mutter zuerkannt wird. Sie werden Silja nötigen, von ihren Erlebnissen hier oben zu erzählen. Egal, wie hehr unsere Absichten waren, werden wir wegen Entführung angezeigt werden. Ganz zu schweigen davon, dass ich spätestens dann als Mörder verdächtigt werde, wenn Silja sich an die letzte Auseinandersetzung zwischen ihrem Vater und mir erinnert. Und ich kann Williams Schuld nicht beweisen, weil ich in der Nacht persönlich dafür gesorgt habe, alle Spuren zu beseitigen.«

»Du hast doch mit eigenen Augen gesehen, was er getan hat.«

»Eine Sache ist, was ich gesehen habe, eine andere, was ich beweisen kann. Und das wird erst der Anfang der Probleme sein, Theresa. Ich werde als unglaubwürdig und instabil eingestuft werden. Meine Karriere bei der Polizei wird damit beendet sein.«

Theresas Gesicht war so weiß wie die Schneelandschaft vor dem Fenster. Er schluckte die aufsteigende Übelkeit hinunter. Die folgenden Worte waren der endgültige Faustschlag aufs Zwerchfell.

»Und dann die Presse. Die wird uns keine Sekunde in Ruhe lassen. Die Nachricht von deiner Wiederauferstehung, von Siljas und meiner Rolle dabei wird die Sensation schlechthin sein. Unser Konterfei wird überall aushängen. Verabschiede dich schon mal von deinem Leben in der Anonymität. Der Fall in Smøl Vold hat internationale Aufmerksamkeit erregt, unsere Fotos werden in allen europäischen Medien zu sehen sein. Unter anderem in Rumänien.« David holte Luft. »Und du weißt, wer in Rumänien nach uns sucht.«

Ihre Lippen bewegten sich stumm. Er brauchte den Namen nicht auszusprechen.

Volos.

»Wenn er meine wahre Identität herausfindet, wird er keine Sekunde zögern, sein Netzwerk an Killern und korrupten Polizisten zu aktivieren. Selbst, wenn wir ins Zeugenschutzprogramm aufgenommen werden, sind wir nirgendwo auf der Welt sicher vor Maulwürfen.«

Theresa starrte auf die Tischplatte. David wollte ihre Hand in seine nehmen, aber er ließ es. Das hier war ihre Wirklichkeit. Das hier waren sie.

»Und was sollen wir jetzt machen?«, fragte sie nach einer ängstlichen Pause.

»Das, was wir schon eine Weile tun. Den Ball flach halten. Und Silja muss merken, dass wir für sie da sind. Alle beide.«

Theresa schüttelte langsam den Kopf.

»Warum weigerst du dich, der Realität ins Auge zu sehen?«

»Ich sehe sie. Aber ich bin nicht bereit, sie zu akzeptieren.«

»Ist das nicht fast schlimmer?«

David atmete tief ein.

»Willst du sie wirklich den Behörden überlassen?«

»Sie will nicht der Mensch sein, den du dir wünschst.«

»Sprichst du jetzt von Silja oder von dir?«

»Ich spreche von dir. Du glaubst, dass du die ganze Welt retten kannst.«

»Nein, nur dich.«

»Du hättest an jeder anderen Tür in der Fabrik klopfen können. Es war purer Zufall, dass du bei mir gelandet bist.«

»Hör auf, das zu sagen.«

»Aber das ist die Wahrheit. Zwei verlorene Seelen, die sich aus unterschiedlichen tragischen Notwendigkeiten gefunden haben. Und das sind wir immer noch.«

»Ich weiß, zu was du mich provozieren willst. Aber ich werde es nicht sagen.«

Bis jetzt war Theresa beherrscht gewesen, defätistisch. Aber plötzlich glänzten ihre Augen auf eine Weise, die er nicht deuten konnte.

»Wenn man so sehr um sein Leben gekämpft hat wie ich«, sagte sie, »dann weiß man, wann es vorbei ist. Diese Wahlmöglichkeit hast du mir genommen.«

»Ich bereue nicht, dich gerettet zu haben.«

»Gerettet?« Sie seufzte. »Das Einzige, was du getan hast, ist, mich von einem Gefängnis in ein anderes zu verfrachten.«

5

Krankenschwester Dorina Olinescu hasste die Nachtschichten auf der Intensivstation. Nicht, weil sie ihre gemütliche kleine Wohnung oder den vorwurfsvoll stierenden Empfang ihrer Katze vermisste. Und die paar Stunden an verpasstem Schlaf ließen sich immer nachholen. Auch wartete da draußen kein interessanter Mann auf sie. Sie hatte auf Tinder längst alle infrage kommenden Exemplare Temeswars durchgewischt.

Die wenigen attraktiven Männer in der App führten sich auf wie notgeile Idioten. Und die weniger attraktiven Männer führten sich genauso auf wie die notgeilen attraktiven Idioten, nur mit einer niedrigeren Erfolgsrate und in einem aggressiveren Ton. Sobald sie ihnen erzählte, dass sie als Krankenschwester im Romanian County Clinical Hospital arbeitete, kühlte die Stimmung blitzschnell ab. Was sie nicht sonderlich überraschte. Sie selbst fand Männer in Uniform sexy. Aber die Krankenschwesteruniform, die sie gerade trug, roch nach Achselschweiß, dem Durchfall eines bedauernswerten Patienten und dem Knoblauchdressing aus der Mittagspause.

Komm zu Mama!

Dorina bog um eine Ecke. Vor ihr lag der kahle Kellerkorridor. Das Geräusch ihrer Schritte wurde von den Wänden zurückgeworfen. Einen Augenblick lang klang es, als würde sie verfolgt. Warum zum Teufel hatten sie die Intensivstation in den Keller gelegt? Und warum zum Teufel hatte sie sich vor der Nachtschicht *A Quiet Place 2* angesehen?

Sie bog um die nächste Ecke. Der Polizist auf dem Stuhl am Ende des langen Korridors sah aus wie eine Actionfigur, die sich, je näher sie kam, als durchtrainierter junger Mann entpuppte. Er schob eilig sein Handy in die Tasche, als er sie kommen hörte.

»Wie steht's?«, fragte sie mit einem flirtenden Lächeln.

Er lachte verlegen. »3:0. Barca führt Cluj vor.«

Dorina hielt ihm ihr Blutprobenkit hin. »Ich habe das tagesaktuelle Passwort vergessen. Vertrauen Sie mir, Herr Polizist?«

»Alex.«

»Endlich mal ein Passwort, das man sich merken kann.«

Der Mann wurde rot. Auf Tinder war er Dorina noch nicht untergekommen.

Sie öffnete die Tür und trat in das dämmrige Krankenzimmer. Die Maschinen und Apparate um das Bett herum piepten gedämpft. Sie las den Wert für die Sauerstoffsättigung im Blut des Patienten vom Bildschirm ab und kontrollierte, ob der Urinbeutel gewechselt werden musste. Es sah alles okay aus. Er war stabil. Sie bereitete die Kanüle und die kleinen Glasampullen für die Blutproben vor und schielte zu dem Arm, der auf der Decke lag. Dorina atmete schneller. Die anderen Schwestern hatten sie gewarnt, nicht in sein Gesicht zu sehen. Aber es kam ihr unprofessionell vor, einem Patienten ohne Blickkontakt Blut abzunehmen. Und immerhin war der hier Polizist. So schlimm konnte es doch nicht sein. Der Kollege, der ihn gefunden hatte, hatte ihn schließlich erkannt. Oder hatte sie das falsch mitbekommen?

Sie dachte an die verzweifelte Frau des Patienten, die rastlos im Wartezimmer herumlief, weil sie zu ihm wollte. Der behandelnde Arzt hatte ihr erklärt, dass ein Besuch erst infrage käme, wenn sie sich einen Überblick über das Ausmaß seiner Verletzungen verschafft hatten. Was allerdings noch nicht erklärte, wieso der Patient selber sich jeglichen Besuch verboten hatte.

Eine typische Reaktion bei Patienten mit starken Gesichtstraumen. Das Gesicht ist der soziale Fingerabdruck des Menschen. Wenn einen eines Morgens aus dem Spiegel ein fremdes Gesicht anschaut, ist es gleichgültig, ob die Persönlichkeit noch intakt ist oder nicht. Da kann man schon panisch werden. Das will man nicht sehen. Die Angst vor einer ähnlichen Reaktion von einem Angehörigen ist daher ein nachvollziehbarer, natürlicher Schutzmechanismus.

Dorina seufzte.

Nur ein kurzer Blick.

Sie hob den Kopf. Und ballte im Schock die Hände zu Fäusten. Da waren nicht einmal ansatzweise menschliche Züge in dem eingedrückten Gesicht zu erkennen. Nur blutroter, platt gewalzter Brei. Unter den durchsichtigen Feuchtbandagen über der fleischigen Masse zeichnete sich kein Nasenbein ab.

Aber nicht das ließ Dorina nach Luft schnappen.

Aus dem verwüsteten Gesicht starrten sie weit offene Augen an.

Am liebsten wäre sie schreiend weggelaufen, doch sie blieb reglos stehen. Ganz ruhig.

Weil der Patient mit Grabesstimme etwas flüsterte.

Einen Namen.

6

David beugte sich vor, stützte die Hände auf den Knien ab. Vor seinem Mund stand der Frostatem, und er wischte sich Schweißtropfen von den Ohren. Er war vor dem Vorratsschuppen stehen geblieben, um kurz zu verschnaufen. Sein tägliches Training begann mit einer Laufstrecke im steilen Terrain, gefolgt von einem Dreikilometermarsch mit einem schweren Holzblock auf den Schultern und abschließenden Klimmzügen an einem Balken im Vorratsschuppen, bis er die Arme nicht mehr über Schulterhöhe heben konnte. Er lief gerne durch Tiefschnee, wo er permanent um die Körperbalance kämpfen und die Knie so weit hochziehen musste, dass die Milchsäure in die Oberschenkelmuskeln schoss. Er hatte sich noch nie in seinem Leben so tief in die Schmerzzone hineinbegeben, dem einzigen Ort, wo er sich alle Gedanken vom Leib halten konnte.

Er richtete sich auf. Der Schweiß auf seiner Haut war bis zum Gefrierpunkt abgekühlt. Er schaute zu der Rauchsäule, die sich aus dem Schornstein der Hütte emporringelte. Theresa hatte Feuer im Ofen gemacht. Er spekulierte, wie lange es dauern würde, bis seine Körperfunktionen so weit runtergekühlt waren, dass er gezwungen war, ins Warme zu gehen.

David warf seine Trainingsklamotten auf den Badezimmerboden. Es klopfte in den Leitungen, als er die Dusche aufdrehte, und es dauerte eine Weile, bis das Wasser einigermaßen temperiert war. Er taute langsam seine eingefrorenen Muskeln unter dem Wasserstrahl auf und rubbelte sich mit dem Handtuch trocken, während der Dampf den Spiegel wieder freigab, der wie ein verzögert hochgeladenes Bild bei schlechter WLAN-Verbindung seinen sehnigen, muskeldefinierten Körper zeigte, dessen Bauch so straff war, dass der Nabel einem erstaunt aufgerissenen Auge glich.

Er fuhr sich mit einer Hand über das kurze dunkle Haar, das knapp hundertneunzig Zentimeter über seinen Fußsohlen wuchs. Der grau melierte Bart rahmte das bis auf die glatte Stirn und die faltenlosen Augen markante, scharfkantige Gesicht ein. Als Kind war er von den anderen Jungen wegen seiner mandelförmigen, sanften Augen aufgezogen worden, deren dunkle Ränder nach zwei Jahrzehnten im Dienst seinem Blick etwas Instabiles und Wachsames gaben.

Sein Oberkörper war von inzwischen kaum noch sichtbaren Tattoos übersät, die er sich für die Glaubwürdigkeit seiner kriminellen Undercoveridentität hatte stechen lassen. Es fehlte noch eine letzte schmerzhafte Laserbehandlung, bis alles weg wäre. Bis auf das schlafende Kaninchenjunge auf seiner Hüfte, das wollte er behalten. Auch wenn die damit verbundenen Erinnerungen schmerzhafter waren als jede Laserbehandlung.

David zog sich eine Jeans und einen kratzenden Wollpullover an und ging raus auf den Flur. Er legte das Ohr an Siljas Tür und sah dann nach Theresa, die in eine Decke gewickelt auf dem Sofa lag. Sie atmete lautlos, schwer zu sagen, ob sie schlief oder nur die Augen geschlossen hatte, als sie ihn auf dem Flur gehört hatte.

Er begab sich in sein Arbeitszimmer und knipste die Schreibtischlampe ein. Im Lichtschein des verstaubten Lampenschirms materialisierten sich ein Drucker und ein Laptop, ein Stapel alter Polizeiberichte, Fotografien und Karten mit Routen- und Zeitmarkierungen. Dazu eine tausendeinhundert Seiten dicke Orts- und Familienchronik des Grandberg-Clans.

Er setzte sich und begann ein kurzes Wettstarren mit den zwei Fotografien an der Wand. Die eine stammte aus einer südjütländischen Lokalzeitung und zeigte William Grandberg bei der Überreichung einer Auszeichnung für seine Wohltätigkeitsarbeit mit jungen gefährdeten Frauen. David hatte das Bild wegen der unerträglichen Ironie gewählt. Um niemals zu vergessen.

Das andere Foto zeigte Lucas Stage. Heruntergeladen von einem internen Polizeiserver, da Lucas keinerlei Profile in sozialen Netzwerken hatte, noch sein Name mit irgendeiner Form von Suchalgorithmus verknüpft war. Davids Puls schnellte in die Höhe beim Anblick von Lucas' chlorgebleichtem Haar und der fast pudrigen Blässe und kantigen Symmetrie seines Gesichts, die ihm etwas Spitzes und Aggressives verliehen. In seinen auf den ersten Blick hart und sarkastisch wirkenden gletscherblauen Augen schimmerte bei genauerem Hinschauen etwas Tieferliegendes durch, eine verborgene Ebene.

David hatte in den Stunden nach der schicksalhaften Abrechnung mit William einen kurzen Blick in diesen Abgrund erhascht. Aber er hatte gereicht. Gereicht, dass er wissen wollte, was diese zwei Männer miteinander verband, die sich nach seinen Recherchen nie persönlich begegnet waren.

Er schluckte. Das war jetzt mehrere Monate her. Aber der Schock steckte ihm noch immer in den Knochen.

David spazierte im Morgengrauen durch Esbjergs Zentrum. Er fühlte sich blutleer. Wie in einer Endlosschleife lief das albtraumhaft unwirkliche Erlebnis auf dem abgelegenen Hof immer noch vor seinem inneren Auge ab. Als hoffte ein Teil von ihm, gleich schweißgebadet aus dem Schlaf aufzuschrecken, dankbar und erleichtert, solch abgrundtiefe Boshaftigkeit ins Reich der Träume verbannen zu können.

Er wickelte sich fester in seine Jacke. Vor ihm schimmerte der flaschengrüne Wasserspiegel des Hafenbeckens. Er zog sein Telefon aus der Tasche. Um 22.14 Uhr gestern Abend hatte er Lucas angerufen und ihm eine unzweideutige Nachricht auf die Mailbox gesprochen: William Grandberg, Chef der Mordkommission für den Polizeidistrikt Süd- und Süderjütland, hatte achtzehn Morde begangen.

Aber da waren keine verpassten Anrufe.

Lucas Stage hatte noch immer nicht auf seine Nachricht reagiert.

David stand am Rand des Hafenbeckens. Mit einer raschen Bewegung zog er Williams Handy aus der Innentasche und holte zu einem schwungvollen Wurf aufs Wasser aus. Das erwartete Klatschen blieb aus. Instinktiv hatten seine Finger sich schützend um das Telefon gelegt.

David starrte auf das trübe Wasser. Von innen tickte etwas gegen seine Stirn.

Ein Name.

Er zog die Brauen hoch. Wieso dachte er plötzlich an Silja?

Von einem Container rollte das Echo eines lauten Dröhnens zu ihm rüber. Ihm war klar, warum William Silja in jener Nacht mitgenommen hatte. Als menschlichen Schutzschild gegen Davids und Jennys Falle. Aber sein Gehirn suchte noch nach dem *Wie*.

Wie hatte William die Falle durchschaut?

Das ging nur mit einem Maulwurf, einem unsichtbaren Virus. David klickte sich zu Williams Anrufliste durch. Der letzte Anruf war von gestern Abend. 22.21 Uhr.

David drückte die Nummer.

Nach drei Freizeichen kam die Antwort.

»Shit, warum meldest du dich erst jetzt? Alles im Griff?«

David beendete die Verbindung. Die Zigarette fiel ihm aus dem Mund, als er nach Luft schnappte. Lucas hatte Davids Voicemail abgehört. Aber seine Loyalität galt jemand anderem. William. Dem Monster.

David beugte sich nach vorn. Die Atemzüge ergossen sich aus seinem Mund. Er spürte die Angst, eine klaustrophobische Enge, ganz allein mit seinem Wissen zu sein, seiner Scham, seinen Albträumen. Aus denen es kein Erwachen gab. Dieser Albtraum war noch lange nicht zu Ende.

Und würde es vermutlich niemals sein.

David lockerte die bis zu den Ohren hochgezogenen Schultern. Das Gefühl jenes Morgens steckte ihm noch immer in den Knochen, bis zu dem Dröhnen des Containers. Er hatte die letzten Monate dazu genutzt, Williams und Lucas' Bewegungen über die Polizeiberichte und Einsätze zu überprüfen, aber nach wie vor keine Bestätigung für eine existierende Verbindung zwischen den beiden Männern gefunden. Es war ihm nicht gelungen, sie zum selben Zeitpunkt an einem geografischen Ort zusammenzubringen. Zumindest nicht im Rahmen ihrer Polizeiarbeit.

Er griff nach dem Notizblock, auf dem er seine Ideen und Beobachtungen notiert hatte, warf ihn aber nach einem kurzen Blick frustriert wieder beiseite.

William war tot und Lucas offensichtlich aus einem dunklen Erdloch hervorgekrochen. Details über Lucas' Privatleben und familiäre Verhältnisse waren ebenso wenig existent, wie seine gletscherblauen Augen, die ihn von der Fotografie anstrahlten, bar jeder Regung waren. Hin und wieder hatte David das Gefühl, dass Lucas Stage gar nicht existierte.

Davids Laptop vermeldete das Eintreffen einer E-Mail. Er las die Betreffzeile des Reiters, der sich von rechts in den Bildschirm geschoben hatte.

Absender: james.curtis@europol.eu
Betreff: Attention! Quick response

David öffnete die Mail. James Curtis war sein ehemaliger Chef bei Europol. Er schrieb, dass der rumänische Polizeikommissar Radu Romanescu nach einem brutalen Überfall auf offener Straße auf die Intensivstation eingeliefert worden war. Infolge seiner schweren Verletzungen war Radu noch nicht in der Verfassung für ein Verhör, um die Ursache dafür zu erklären. Normalerweise wurde in solchen Fällen landesintern ermittelt, aber Europols Informationssystem EIS, das konstant übereinstimmende Daten in den digitalen Fallakten der Mitgliedsländer sichtete, war auf ein entscheidendes Detail gestoßen. Radu war für einen kurzen Moment zu Bewusstsein gekommen und hatte in Anwesenheit einer Krankenschwester mehrfach hintereinander einen Namen gemurmelt. Die Schwester hatte den Polizeibeamten vor der Tür informiert, worauf der Name ins System eingespeist und von der EIS-Suchmaschine abgefangen worden war.

David starrte auf den Namen.
Nicó Krause.
Es gab viele Lecks bei der Polizei, Kollegen, die vertrauliche Informationen weiterleiteten, aus Langeweile, um mit Journalisten zu netzwerken oder für die Aufbesserung der Urlaubskasse. Aber David war sicher, dass diese Information nicht von einem von ihnen kam. Seine Undercoveridentität war Verschlusssache und von niemandem abrufbar. Normale Beamte hatten keinen Zugang zu dieser Art von Daten, und weder die Medien

noch die Öffentlichkeit wussten etwas von seinem Geheimauftrag. Es gab nur einen einzigen Ort auf dem Erdball, an dem der rumänische Beamte den Namen aufgeschnappt haben konnte.

In der Fabrik.

Von Volos.

David hatte jetzt zwei Möglichkeiten. Möglichkeit Nummer eins war, sich umgehend mit Europol in Verbindung zu setzen und sich einen Überblick zu verschaffen, warum dieser rumänische Kommissar in Verbindung mit seinem Überfall von Nicó Krause gesprochen hatte. Es war ein offenes Geheimnis, dass die lokalen Polizeibeamten auf Volos' Lohnliste standen. Davids ehemaliger Chef hatte sicher längst einen Überblick über das Risikolevel und eine effektive Strategie parat.

Und dann war da die zweite Möglichkeit, für die David sich entschied.

Er fuhr den Computer runter. Es durfte keine Spur zu dieser Hütte führen. Er horchte in sich hinein und fühlte sich nicht operativ verpflichtet. Solange er sich ruhig verhielt, musste er keine interne Ermittlung fürchten. Aber sobald er die Tür einen Spaltbreit öffnete, könnte er nicht mehr kontrollieren, was von der anderen Seite hereindrängte.

Wie Theresa sagte, gab es Orte, von denen keine Rückkehr vorgesehen war. Aber es gab verdammt noch mal auch Orte, an die man besser nie zurückkehrte. David wäre in unmittelbarer Lebensgefahr, sobald er einen Fuß auf Temeswarer Boden setzte. Volos hatte überall in der Stadt Augen. Solange nur von Nicó Krause die Rede war, war seine wahre Identität noch geschützt.

David stellte sich ans Fenster. Sein Blick fiel auf den blutigen Fleck im Schnee. Er dachte an den empfindlichen Lebenszyklus eines Beutetiers. Alles lief darauf hinaus, den fatalen Bruchteil der Sekunde zu vermeiden, in dem man sich in falscher Sicherheit wiegte. Um zu überleben, musste man zu jeder Zeit alles in die Waagschale werfen. Augen im Nacken haben. Das war der einzige Schutz des Beutetiers vor dem Raubtier. Der Überblick. Das Sammeln von Informationen.

Denn egal, wie still es im Wald war, irgendetwas lauerte immer dort draußen. Abwartend. Beobachtend.

Er nahm den Autoschlüssel vom Tisch und verließ die Hütte.

7

David parkte vor dem Baumarkt des kleinen Ortes Terråk. In den bunten Häusern auf der Landzunge, an deren Spitze die eisgrauen Wasserspiegel des Tosenfjords und Bindalsfjords aufeinandertrafen, lebten knapp sechshundert Norweger. Die Fahrt von der Hütte in Åbygda über die spiegelglatten Straßen mit den dicht stehenden Fichten zu beiden Seiten dauerte fünfundzwanzig Minuten.

Er stieg aus dem Wagen und lief in die offene Fjordlandschaft. Die salzige Eisschicht knirschte unter seinen Sohlen, als er sich gegen die kalten Windstöße lehnte, die bei ihnen im Wald nur als sanfte Böen ankamen. Ein Schild an einem von Frost überzogenen Haus verkündete, dass es hier wieder Waffeln gab, sobald das Thermometer in den zweistelligen Plusbereich kletterte.

Er wischte den Schnee von einer Bank und setzte sich, rieb sich die Hände an den Oberschenkeln warm und sah zu den hintereinander geschachtelten Berggipfeln des grauweißen Hochfjells. Natürlich war es übertrieben, bis hierher zu fahren, um seine GPS-Position zu verbergen. Aber seine besten Entscheidungen fällte er immer noch an genau dieser Schnittstelle zwischen Vernunft und Paranoia.

Er nahm sein Handy heraus.

»Good afternoon, James Curtis' Büro«, sagte der Englisch sprechende Mann am anderen Ende der Verbindung.

David räusperte sich. »David Flugt. James erwartet meinen Anruf.«

»Sind Sie sicher, dass Sie die richtige Nummer gewählt haben, Sir?«

»Wie bitte? Sie haben sich doch gerade mit James Curtis' Büro gemeldet.«

»Augenblick, Sir.« David hörte ihn etwas tippen. Im Hintergrund war Gemurmel zu hören wie in einem Callcenter. Dann war die Stimme wieder zurück. »Ich muss Sie um ein Passwort bitten, um Sie weiterleiten zu können.«

»Was soll das? Ich bin ein alter Freund.«

»So ist das Prozedere.«

David kniff genervt die Augen zusammen. Warum zum Teufel hatte er keine Privatnummer von James? Der Brite wurde den ganzen Tag mit Informationen überschüttet und schützte sich durch ein Passwort vor unangemeldeten Anrufen.

»Der Name seines Sohnes, soviel ich weiß«, sagte David unsicher. »Aber wie hieß der Bursche jetzt noch gleich wieder.«

»Haben Sie nicht gesagt, Sie wären ein Freund, Sir?«

»Ja, doch, geben Sie mir eine Sekunde. Allen, Andrew, An… Anton!«

»Einen Moment, bitte, ich verbinde.«

David bildete sich ein, den glucksenden Sog des unter dem Eis verborgenen Wassers zu hören.

»Verdammt noch mal«, ertönte eine hektische Männerstimme. »David! Lang ist's her. Wie geht es dir?«

»Super. Und selbst?«

»Du klingst verschnupft. Bist du erkältet? Oder etwas verkatert etwa?«

»Ähm, ja«, antwortete David ausweichend.

»Ist die dänische Polizeiarbeit so erschöpfend?«

»Ich hab Urlaub.«

»Urlaub? Warum? Um mit den Kindern nach LEGOLAND zu fahren?«

»Du weißt schon, dass ich keine Kinder habe.«

»So was kann sich ändern. Ich habe schon lange nichts mehr von dir gehört.«

»Und da habe ich in deiner Fantasie mal eben eine Familie gegründet?«

James lachte trocken. »Irgendwann musst du mir verraten, wie du das machst.«

»Was?«

»Du kommst einem vor wie ein alter Freund, aber man hat permanent Lust, dich neu kennenzulernen.«

»Ich habe deine Mail bekommen«, sagte David und sah vor sich, wie der abrupte Themenwechsel eine tiefe Furche zwischen den Augenbrauen des Briten hervorrief. James war ein distinguierter älterer Herr, immer tadellos gekleidet mit gebügeltem Hemd und Bügelfaltenhose. Elegant. Sein jüngeres Ich hatte für die britische Sondereinheit SAS gearbeitet. Die Elitesoldaten nahmen an Einsätzen in den gefährlichsten Kriegszonen der Welt teil. Aber im Gegensatz zu den meisten anderen Soldaten, mit denen David bei Europol zusammengearbeitet hatte, brachte selbst das größte Glas Whisky James nicht dazu, irgendwelche Details aus seiner Zeit beim Militär auszuplaudern. Eine Eigenschaft, die David sehr schätzte. Er wusste, wie schwer es berauschten Männern fiel, ihre Heldengeschichten in der Schublade zu behalten.

»Ich bin noch dabei, mir einen Überblick zu verschaffen«, sagte James. »Wir haben dazu ein bisschen tiefer im *dark web* gegraben. Volos hat es noch nicht aufgegeben, Nicó Krause aufzuspüren. Wir haben eine Reihe ZIP-Files mit Fotos von dir ... sorry, von Nicó. Von den Überwachungskameras der Fabrik. Sie wurden an alle Einheiten des Syndikats in Osteuropa verschickt. Mit einem Kopfgeld.«

»Wie hoch?«

James zögerte.

»So schlimm?«, sagte David.

»Zweihunderttausend Euro. Tot oder lebendig.«

David glaubte wieder, ein Scharren unter dem Eis zu hören.

»Was ist mit dem Polizisten? Radu? Ich hab noch nie etwas von ihm gehört.«

»Die Daten lassen keine unmittelbare Verbindung von Radu zu irgendwas erkennen.«

»Und was ist deine persönliche Einschätzung?«

»Ich glaube, Volos hat gerade erst begonnen. Aber sicher bin ich mir nicht.«

»Warum nicht?«

»Weil du mir nie Bericht erstattet hast, was in der Fabrik eigentlich passiert ist.«

»Ich habe den Auftrag abgebrochen, weil mein Cover aufgeflogen ist.«

James seufzte. »David, lass uns vereinbaren, dass du aufhörst, mich zu unterschätzen und mir diese lauwarmen Lügen zu servieren. Dann bohre ich auch nicht weiter nach, was dort vorgefallen ist.«

»Hört sich fair an.«

»Anyway, ich finde nur wenig über Radu Romanescu. Ich habe mit seinem Chef in Temeswar gesprochen. Laut ihm ist er weder in irgendwelche Bestechungen noch in irgendwelche Disziplinarverfahren verwickelt. Er hatte bislang ausschließlich mit lokalen Ermittlungen zu tun. Diebstähle, ein paar Morde. Aber sein Chef hat in einem Nebensatz fallen lassen, dass er sich den anderen vielleicht etwas moralisch überlegen gefühlt hat.«

»In welcher Weise?«

»Sie haben ihn einmal bei einer Soloermittlung erwischt. Seine Begründung war, dass er schlicht und ergreifend die Einmischung von inkompetenten und korrupten Kollegen nicht erträgt.«

»Worum ging es in dem Fall?«

»Keine Ahnung ... Sorry, jetzt nicht, ich telefoniere grade.«
David hörte eine leise Frauenstimme im Hintergrund. Eine Tür knallte, und James war wieder in der Leitung. »Verdammt, wo, bitte, findet man eine Sekretärin mit wenigstens einem Hauch von Einfühlungsvermögen? Anyway, auch Radus Privatleben ist ziemlich unspektakulär. Er ist verheiratet, hat eine Tochter und ...« Papierrascheln. »Die Ehefrau hat einen mental nicht einfachen Onkel, der im gleichen Gebäude wie die Familie wohnt.«

»Mental nicht einfach?«

»Vermutlich eine posttraumatische Belastungsstörung. Er war als Soldat im Auslandseinsatz.«

David stand auf. Die Kälte war durch seine Kleiderschichten gekrochen.

»Gibt es noch mehr?«

»Nicht direkt, aber ...«

»Es war schön, mal wieder deine Stimme zu hören, James.«

»Was? Warte! Du kannst das nicht einfach ignorieren.«

»Für mich klingt das nicht nach einer konkreten Verbindung zwischen Romanescu und Volos. Oder Romanescu und mir. Oder?«

»Offiziell nicht, nein.«

»Also hat Volos nur den Namen eines Mannes, der nicht existiert.«

»Aber, David, wir müssen herausfinden, wieso zum Teufel eine Person, die du nie getroffen hast, aus dem Koma aufwacht und als einzige Äußerung deinen Undercovernamen von sich gibt.«

»Solange er meinen richtigen Namen nicht kennt, sehe ich kein Problem.«

James sprach schneller.

»Vergiss nicht die von dir kursierenden Fotos. Volos' Netzwerk ist groß. Auf beiden Seiten des Gesetzes. Und es gibt biometrische Software, die Gesichter online überprüfen kann.«

»Ich komme nicht nach Den Haag.«

»Warum nicht? Du bist im Urlaub, sagst du ...« James hielt inne. »So ein Quatsch. Von wo rufst du eigentlich an?«

»Ich bin im Hafen von Rødvig.«

»David, wir haben eine Abmachung, dass du dir deine Lügen sparst.«

»Und?«

James seufzte. »Andererseits ist es sicher ratsam, auf der Hut zu sein. Aber, David, ich lasse die Tür einen Spaltbreit offen.«

Sie legten auf.

David ließ den Blick über den Bergzug und die verschwimmenden Formationen der Kiefern auf der anderen Fjordseite schweifen. Wachsamkeit war kein Garant für Sicherheit, aber er verstand, was James damit sagen wollte. Etwas Bedrohliches war losgetreten worden, das er nicht einfach ignorieren konnte. Etwas Großes, Mächtiges, dem momentan noch die Richtung fehlte. Solange David sich nicht rührte und sich ganz still verhielt, konnte er darauf hoffen, dass sich das, wie so vieles andere, dessen Antrieb blinder Zorn war, selbst von innen auffraß.

8

Er parkte mit Blick auf den Hafen von Rødvig. Im Schutz der Mole wiegten sich Segelboote, Jachten und Fischkutter. Weiter draußen war die Landkrümmung mit Stevns Klint auf der einen und den unter einer zerfetzten Wolkendecke ausgerollten turbulenten Wassermassen der Ostsee auf der anderen Seite zu sehen. Er nahm den Stapel mit den Schmähschriften der Zeugen Jehovas aus dem Handschuhfach und stieg aus.

Mit dem Wind im Rücken ging er den Østersøvej hinunter und bog kurz hinter dem Abzweig auf die Rødvig Hovedgade in den Klintevej ein. Er sah einen Hund, der ihn durch eine Hecke beobachtete, ansonsten war die Straße wie leer gefegt. Mit einem Seitenblick las er die Namen auf den Postkästen entlang des Bürgersteigs. Bei dem gesuchten Namen ging er durch das Gartentor auf ein gelbes Haus mit abbröckelnder Fassade zu.

Aus dem Hausinnern war das leise Schellen der Türglocke zu hören, und er registrierte, dass es keine Aufkleber gab, die vor einem Alarmsystem oder einem bissigen Hund warnten. Er drückte ein zweites Mal auf die Klingel.

Niemand kam an die Tür.

Er schob eine Broschüre in den Briefkastenschlitz und verließ das Grundstück durch das Gartentor.

Auf dem Østersøvej spazierte er an der Rødvig Kro und dem Badehotel vorbei, wo er die restlichen Broschüren in einen Container warf, ehe er sich zurück zu dem Leihwagen von Europcar begab.

Der Duft frisch gereinigter Ledersitze erinnerte ihn an den neuen Job, den er übernommen hatte. Er arbeitete nicht häufig. Zwei, drei Aufträge im Jahr reichten für die Miete seiner Wohnung in Cádiz und ein paar anständige Urlaube.

Sorgen, arbeitslos zu werden, musste er sich nicht machen. Die Nachfrage in seiner Branche war todsicher.

9

Zwischen den dicht um die Hütte wachsenden Nadelbäumen kam die Dämmerung früher als oben am Berg, wo das Abendlicht violette Farbstreifen an den Himmel malte. Die drei Menschen, die im Schein der Küchenlampe schweigend ihr Abendessen aßen, spiegelten sich in der Scheibe des Küchenfensters.

David beobachtete Silja, die ihr Makrelenbrot in akkurate Würfel schnitt und ihre verbundenen Füße unter ihrem Stuhl baumeln ließ. Ihre Augen waren wieder klar und wach. Er bewunderte ihr Fighterherz, auch wenn es ihm nicht ganz geheuer war. Hinter ihrem aufmerksamen Blick arbeitete ihr Gehirn sicher schon auf Hochtouren an der Planung des nächsten Fluchtversuchs.

Darauf wollte David nicht ein weiteres Mal warten. Er wollte ihr zuvorkommen. Auf die unpädagogischste Weise, die man sich vorstellen kann. Er verstand nicht, wieso er nicht schon viel eher darauf gekommen war.

»Bei meiner Runde durch den Wald heute habe ich etwas Merkwürdiges erlebt«, sagte er.

Theresa und Silja stellten das Kauen ein.

»Mitten im Wald hab ich plötzlich ein Fiepen gehört. Ziemlich leise.« Davids geheimnisvoller Ton zog Silja sofort in seinen Bann. Er hatte schon immer eine gute Erzählstimme gehabt. »Zuerst dachte ich, das wäre der Wind in den Zweigen. Aber es ging kein Wind.«

Silja beugte sich auf den Ellbogen nach vorn. »Was war es dann?«

»Warte kurz, ich zeige es dir.«

David ging aus der Küche und kehrte kurz darauf mit einem Schuhkarton zurück, den er Silja überreichte.

»Sie sind ein bisschen scheu.«

Das Mädchen begann zu strahlen, als sie den Deckel öffnete und die zwei flaumigen Küken in dem Karton sah.

»Sie mögen es, wenn man ihnen über den Kopf streichelt«, sagte David. »Probier es mal.«

»Beißen sie?«

»Nein, sie wollen dich kennenlernen.«

David schielte zu Theresa, die den Hals reckte, um auch etwas sehen zu können.

Silja streichelte die Küken ganz vorsichtig mit der Fingerspitze. »Wie die piepsen, total süß.« Sie lachte und lehnte sich an David, eine Hand auf seinem Arm.

Er räusperte sich. »Weil sie sich sicher fühlen.«

»Und die hast du im Wald gefunden? Wie hast du sie gefangen?«

»Mit einer geheimen Technik.«

»Sag schon!«

David legte das Gesicht in ernste Falten.

»Tiere sind immer ein bisschen ängstlich.«

»Warum?«

»Weil in der Natur viele Gefahren lauern und sie nur so überleben können. Raubtiere, Fallen, Menschen. Also sind die Tiere immer auf der Hut. Der Trick besteht darin, sie mit einem Leckerbissen anzulocken.« David nahm ein paar Maiskörner aus der Schale und legte sie in einer Reihe auf den Tisch. »Einem Köder. Am Ende siegt meist der Hunger über die Angst, und ihre Wachsamkeit lässt nach.«

Silja folgte Davids über den Tisch spazierenden Fingern.

»Und dann schnappt man sie sich?« Silja griff nach Davids Hand.

»Nein. Erst mal lässt man sie fressen.« David schob sich ein Maiskorn in den Mund. »Und wartet noch ein bisschen … bis das Tier vergisst, auf der Hut zu sein. Und dann …« Er fegte die restlichen Maiskörner in seine Hand. »… schnappt man sich die beiden Piepser, die kaum mitkriegen, was gerade passiert.«

Silja beugte sich über die Küken und flüsterte: »Ihr braucht keine Angst mehr zu haben, ich passe auf euch auf.«

David blinzelte.

Den Rest des Tages verbrachten David und Silja im Zimmer des Mädchens, wo sie einen Pappkarton mit Stroh und zwei Schälchen mit Körnern und Wasser hergerichtet hatten. Silja hatte David überredet, Fensteröffnungen in den Karton zu schneiden, damit die Küken sich nicht eingesperrt fühlten.

Theresa saß mit einer Zigarette zwischen den Fingern auf dem Fensterbrett, als David in die Küche kam.

»Du warst heute lange weg«, sagte sie. »Was hast du gemacht?«

»Ich war im Baumarkt in Terråk und hab ein paar Werkzeuge besorgt, um die Schäden am Vorratsschuppen zu reparieren.«

»Aha.«

»Silja hat die Küken nach mindestens zehn Namensanläufen Fluff und Flocke getauft.«

Theresa blies den Rauch aus dem offenen Fenster.

David zog sich einen Stuhl heran und setzte sich zu ihr.

»Es wird ihr guttun, sich für die zwei Küken verantwortlich zu fühlen. Sie hat hier ihren Platz noch nicht gefunden. Wenn wir uns so wenig wie möglich bei der Pflege einmischen, kommt sie vielleicht endlich ein bisschen zur Ruhe.«

»Hast du mir auch ein Küken mitgebracht?«, fragte Theresa mit einem schiefen Lächeln auf den Lippen.

Diese versteckte Anerkennung von ihrer Seite löste ein ungewohntes Glücksgefühl in ihm aus.

»Das lässt sich arrangieren.«

Sie aschte in eine Kaffeetasse.

»So winzige Küken laufen wohl kaum im kniehohen Schnee herum, oder? In einem Wald mit Eulen, Mardern und Füchsen?«

»Ich hab sie von dem Bauern bekommen, dem der kleine Laden in Åbygda gehört.«

»Was für eine nette Geste von ihm, sie dir einfach zu überlassen.«

»Ja, er ist ein netter Kerl.«

Theresa sah ihn mit zur Seite geneigtem Kopf an.

»Okay, er ist ein maulwurfsblinder Greis, der nicht merken wird, dass zwei Küken aus seinem Hühnerhaus fehlen.«

»Hast du ihm wenigstens ein bisschen Geld dagelassen?«

»Ich lass ihm das Wechselgeld da, wenn ich morgen Eier bei ihm kaufe.«

Theresa wandte den Blick ab, aber David hatte das Zucken in ihren Mundwinkeln gesehen.

In der folgenden Stille war nur das Knistern der Glut von Theresas Zigarette zu hören.

»Du trägst das Foto mit dir herum«, sagte sie durch eine Qualmwolke.

David fasste sich instinktiv an die Gesäßtasche.

»Ich hätte es fast mitgewaschen.« Theresa betrachtete ihn. »Warum bewahrst du es auf?«

Er nahm ihr das Foto aus der Hand. Die Ecken waren verbogen, und quer durch das Motiv lief ein scharfer Knick, aber Theresas Lächeln war noch zu erkennen neben seinem. Er hatte das

Foto mit einer alten Polaroidkamera am ausgestreckten Arm gemacht, und sie hatten sich über die vielen Fehlschüsse amüsiert, bis er endlich einen Moment mit offenen Augen und in einem einigermaßen günstigen Winkel erwischt hatte. »Für diesen Schnappschuss hab ich den ganzen Film verschossen«, sagte er.

»Dumm nur, dass sich der Hintergrund nicht photoshoppen lässt.«

David schüttelte den Kopf. »Der Hintergrund bestätigt mir, dass das zwischen uns in Rumänien echt war. Wir sehen auf dem Bild nicht aus wie zwei unglückliche Opfer. Im Gegenteil.«

»Trau keinem Foto. Niemand macht Bilder von sich, wenn er unglücklich ist.«

»Stimmt. Und genau das macht es so kostbar.« David faltete das Foto zusammen und steckte es zurück in seine Tasche. »Weil es einem helfen kann, dorthin zurückzufinden.«

10

Er öffnete die Augen aus einer tiefen Meditation.
Dunkelheit.
Die Nacht hatte sich wie ein Vorhang vor Stevns Klint und die Ostsee geschoben. Er stieg aus. Hörte das Gischtrauschen und Meeresdröhnen entlang der Küstenlinie. Er lief unter der diesigen Korona der Straßenbeleuchtung die regennasse Straße hoch, die von glänzend schwarzen Bäumen gesäumt war. Wie schon früher am Tag bog er erneut in den Klintevej ein. Die Fenster der Häuser waren dunkle Spiegelflächen. Alle Bewohner schliefen.

So auch in dem gelben Haus.

Die Broschüre ragte aus dem Briefkastenschlitz wie eine herausgestreckte Zunge. Er drückte die Klingel und hörte das Läuten im Haus.

Er wartete. Es ging kein Licht an. Als er sicher war, dass niemand zu Hause war, schob er seinen Universalschlüssel halb in den Zylinder, warf einen Blick über die Schulter und drückte den Schlüssel bis zum Anschlag hinein. In dem Sekundenbruchteil des Stoßes, der die Stifte in dem Zylinder bewegte, drehte er den Schlüssel mit einem gut geschmierten Klicken herum.

Er atmete die lange abgestandene Luft im Flur ein und aktivierte den Bildschirm seines Handys. Das gedämpfte Licht gewährte genügend Sicht, ohne allzu große Schatten zu werfen, die von der Straße zu sehen wären.

Eine steile Treppe führte aus dem Eingangsbereich in die obere Etage. Rechts war eine offene Tür zu einem Durchgangszimmer, das in einen weiteren Raum führte. Sein Interesse galt jedoch ausschließlich den drei Räumen, die am meisten über die letzten Aktivitäten der Bewohner preisgaben: Küche, Bad, Schlafzimmer. Der schmale Gang neben der Treppe führte in die Küche. Wasser tropfte gleichmäßig aus dem undichten Wasserhahn ins Spülbecken. Ein tonloses Trommeln wie eine Erinnerung an das Ticken der Sekunden und den Wettlauf mit der Zeit.

Er öffnete den Kühlschrank einen Spaltbreit und kniff die Augen vor dem grellen Innenlicht zusammen. Bis auf ein Glas Gewürzgurken und ein Glas Oliven im oberen Fach war der Kühlschrank leer. Genau wie der Abfalleimer unter der Spüle. Und beim Durchsuchen der Schrankfächer und Schubladen fand er auch keine Quittungen oder andere entlarvende Gegenstände.

Er ging die ächzenden Stufen hoch. Aus den Wänden ragten leere Nägel, auf den Fensterbrettern spukten verwelkte Pflanzen herum, und im oberen Stock war die Luft noch muffiger. Er öffnete die erste Tür und schaltete das Licht in dem fensterlosen Badezimmer ein. Er sah sein Spiegelbild, als er einen Blick in das Schränkchen unter dem Waschbecken und in den Hochschrank neben der Toilette warf. Leer. Keine Zahnbürste, keine Handtücher an den Haken, keine Wäsche im Korb.

Das Haus war nicht nur sauber, sondern ausgeräumt.

Er begab sich ins nächste Zimmer. Das Doppelbett war nicht bezogen. Im Kleiderschrank fand er die ersten Anzeichen für Leben. Hemden in verschiedenen Farben, ein paar Blazer, Übergangsjacken. Auf dem Boden des Schrankes zwei Fächer mit Herrenunterwäsche, T-Shirts und Shorts.

Er schloss die Schubladen und die Schranktüren sorgfältig, damit es aussah wie vorher, und begab sich zurück ins Erdgeschoss.

Der Polizeibeamte wohnte augenscheinlich alleine. Laut Profilblatt waren hier aber zwei Personen gemeldet. Ein Mann und eine Frau. Doch nichts in der Wohnung deutete darauf hin, dass eine Frau hier lebte. Das war ein Männerhaushalt. Er neigte den Kopf zur Seite, auf der Suche nach dem Detail, das er übersehen hatte.

Er hörte wieder das Tropfen des undichten Wasserhahns in der Küche. Die Tropfen sammelten sich im Becken und liefen in den Abfluss, schwemmten Dinge mit sich unter die Oberfläche.

Unter der Oberfläche.

Ihm war klar, dass das Trommeln der Tropfen nur in seinem Kopf plötzlich schneller wurde, hektischer. Er lief hoch ins Bad, kniete sich in die Duschnische und klappte sein Taschenmesser auf. Mit der Spitze schraubte er die vier Schrauben los und nahm den Rost vom Abfluss. Saurer Kohlgeruch stieg von der schmierigen Masse um die Rohröffnung auf. Er stocherte mit der Klinge in dem Schleim herum und zog ein Haarbüschel heraus. Dunkel, schulterlang. Farbe und Länge passten zu der Frau auf der Fotografie.

Es bekümmerte ihn nicht länger, dass in dem Haus alle Spuren entfernt worden waren. Das passte zu der Beschreibung des Mannes. Analytisch mit einem Hang zur Paranoia. Er hatte mit ungebetenen Gästen gerechnet und die notwendigen Maßnahmen ergriffen.

Er schraubte den Rost wieder fest und schlich aus dem Haus, unbemerkt, eins mit den Nachtschatten. Wieder im Auto, spürte er ein leichtes Zittern, sein Atem ging leicht und gleichmäßig. Sein Körper hatte auf Jagdmodus umgeschaltet. Er hatte Witterung aufgenommen. Von einem menschenscheuen Mann mit dem Talent, seine Spuren hinter sich auszuradieren.

Das Display seines Handys leuchtete auf. Eine Nachricht

auf der Verschlüsselungs-App Dust. Er überflog den Inhalt. Zwischen seinen Augenbrauen bildete sich eine tiefe Furche. Auftragsänderung. Er legte das Handy weg und zündete den Motor.

Er hatte sich in dem Mann getäuscht. Ihn überschätzt.

11

Es war bald halb elf. David saß in dem schummrigen Lichtkegel seiner Schreibtischlampe. Er war auf einige Dokumente von 2013 gestoßen, als Lucas sich im Zusammenhang mit einer Polizeiübung in Süderjütland aufgehalten hatte. Zu diesem Zeitpunkt war William gerade zum Kriminalkommissar der Polizei in Aabenraa befördert worden. David suchte nach Vermisstenmeldungen junger Frauen und besonders brutaler Überfälle auf ebendiese Opfergruppe im gleichen Zeitraum, aber es fiel ihm schwer, sich zu konzentrieren. Die Buchstaben und Sätze verschwammen vor seinen Augen, er musste den Text mehrmals lesen, ehe sich Daten und verwertbare Details in seinem Gedächtnis festsetzten.

Er lehnte sich im Stuhl zurück und rieb sich mit den Händen durchs Gesicht, hatte so gar keinen Nerv, sich mit diesem Mist zu beschäftigen.

Er schob eine Zigarette zwischen die Lippen und ging raus auf die Veranda. Die Stille der Berge hatte sich wie eine weiche Steppdecke über ihnen ausgebreitet. Die nächsten Minuten inhalierte er abwechselnd todbringende Teerpartikel und klare Bergluft zum leisen Knistern der Glut, die sich durch Papier und Tabak fraß.

Nach der Rauchpause ging er zurück ins Arbeitszimmer, blieb aber verdutzt auf der Türschwelle stehen, als er Theresa vor der Tafel mit den Fotografien stehen sah.

»Ich ... wollte nur Gute Nacht sagen«, murmelte sie mit dem Rücken zu ihm.

David fluchte inwendig. Das war genau das Szenarium, wegen dem er normalerweise immer die Tür abschloss. Damit sie das Foto von William nicht zu sehen bekam. Die Erinnerungen an ihn waren auch so schon präsent genug.

David riss das Foto ab. »Tut mir leid, ich werde es ...«

Er verstummte. Theresa nahm ihn gar nicht wahr. Im Schein des Laptopbildschirms war ihr Gesicht totenbleich und schreckverzerrt. Und es war nicht Williams Foto, das sie anstarrte.

»Warum hast du ein Foto von ihm hier hängen?«, flüsterte sie mit brüchiger Stimme.

David blickte zwischen dem Foto von Lucas und Theresa hin und her. »Kennst du ihn?«

»Ich bin nicht sicher. Vielleicht bilde ich es mir nur ein.« Sie kratzte sich den rotfleckigen Hals. »Diese stechend blauen Augen. Und das chlorgebleichte Haar ... Ich glaube, ich habe ihn schon mal gesehen.«

David ließ ihr Zeit, sich zu sammeln. »Erzähl, woran du dich erinnerst.«

»In der Nacht damals, als ich William bis zur Grenze gefolgt bin und er mich entdeckt hat, da war noch jemand. Ich habe ihn in der Dunkelheit nur als Silhouette auf dem Waldweg gesehen. Er hat William eins der Mädchen gebracht. Sie haben mich betäubt. Ich weiß nicht, wie lange ich ausgeschaltet war. Irgendwann bin ich im Kofferraum wach geworden und habe laut geschrien und um mich geschlagen und getreten. Darauf hielt der Wagen an, und der Kofferraum wurde geöffnet. Er hat mich von oben herab angesehen. Ich habe ihn angefleht, aber er war völlig unberührt und hat mich wieder betäubt. Als ich das nächste Mal wach wurde, lag ich im ...«

David verzog das Gesicht. In dem versifften Raum in der Fabrik, wo er sie sechs Jahre später getroffen hatte. Er nahm das Foto von Lucas von der Tafel und reichte es ihr.

»Nimm dir die Zeit, die du brauchst.«

Sie studierte es ausgiebig. Ausdruckslos. Dann begann das Foto zwischen ihren Fingern zu zittern, und David sah ihren inneren Kampf, es weiter anzusehen, als ob Lucas' Augen sie blendeten wie zwei feindliche Sonnen.

»Theresa?«

»Ich bin mir sicher, dass ich das nicht geträumt habe.« Sie sah ihn mit einem gejagten Blick an. »Diese Augen vergisst man nicht.«

David fasste sich an den Kopf. Er taumelte unbewusst nach hinten und stieß mit dem Rücken gegen die Wand.

»Wer ist das?«, fragte Theresa. »Und was hat er mit William zu tun?«

»Er heißt Lucas Stage. Und er war mein Partner bei der Ermittlung in Smøld Vold.«

»Ist er Polizist?«

»Ja. Und offenbar noch sehr viel mehr. Ich habe von Anfang an vermutet, dass es irgendeine Verbindung zwischen ihm und William gibt, aber bis jetzt habe ich im Trüben gefischt.«

»Bis jetzt?«

Er nickte. »Bis jetzt.«

»Was hat das zu bedeuten? Ist er gefährlich?«

David zögerte. Er sollte das Gespräch an dieser Stelle beenden und sich selbst ein paar Sekunden zugestehen, um die unerwartete Situation zu analysieren.

»David? Was ist los?«

»Nichts.«

»Hör auf. Schließ mich nicht aus.«

Er rieb die Handflächen gegeneinander. Obwohl er völlig ausgelaugt war und sie am liebsten nur ganz fest in den Arm nehmen und ihr sagen wollte, dass alles gut werden würde, hatte sein Gehirn, dieser gnadenlose, ergebnisorientierte Computer, längst eine Antwort eruiert.

Die er ihr besser bei einer starken Tasse Kaffee servierte.

Die alte Wanduhr über dem Kühlschrank tickte friedlich. David schenkte Kaffee ein und setzte sich Theresa gegenüber an den Tisch.

»Lucas teilt die Kollegen in zwei Lager«, sagte David. »In dem Sinne, dass er allein in einem Lager steht. Er ist selbstherrlich und arrogant und hat den Ruf, massiv kooperationsunwillig zu sein.«

»Und wieso duldet die Polizei so einen Menschen in ihren Reihen?«

»Wegen der Erfolgsquote. Es gibt kaum einen Kollegen mit seiner Aufklärungsstatistik. Und bei der Polizei geht es nicht darum, mit allen gut Freund zu sein. Der höchste Wohlfühlfaktor ist der Respekt der Vorgesetzten.«

Theresa schüttelte den Kopf. »Mit anderen Worten: Er ist unantastbar. Es sei denn, du deckst die Verbindung zwischen ihm und William auf.«

»Oder eins der anderen Verbrechen, die er unter Garantie auf dem Gewissen hat.«

»Was ist mit mir? Ich könnte als Zeugin aussagen. Ich habe ihn in jener Nacht gesehen.«

David schüttelte den Kopf. »Du warst betäubt, in einem Kofferraum eingesperrt, hast ihn nur kurz im Dunkeln gesehen. Und es ist etliche Jahre her.«

»Aber du glaubst mir?«

»Ja. Aber nur, weil Lucas auf einen Anruf von Williams Handy geantwortet hat.«

Theresa senkte den Kopf, als wäre ihr der Kopf zu schwer.

»Du sammelst Mut, um mir schlechte Nachrichten zu überbringen, oder?« Sie hob den Blick. »Bevor du es sagst – bist du sicher, dass es das wert ist?«

»Ich wünschte, ich hätte eine Wahl.«

»Das sagen nur Menschen, die bereits eine Entscheidung getroffen haben. Man hat immer eine Wahl.«

David nippte an seinem Kaffee. »Mein ehemaliger Chef bei Europol hat Kontakt zu mir aufgenommen. Ein rumänischer Polizist aus Temeswar ist brutalst überfallen worden. Er hat knapp überlebt. In seinem Morphinnebel hat er einen Namen gemurmelt. Nicó Krause. Das ergibt keinen Sinn. Meine Akte ist streng unter Verschluss. Und der Polizist hat keinen Zugang zu diesem Sicherheitslevel.«

»Vielleicht ist es nur ein Zufall?«

Davids Blick genügte, dass Theresa die vorsichtig ausgestreckten Fühler wieder einzog.

»Ich würde es am liebsten auf sich beruhen lassen«, sagte er. »Volos stellt keine Bedrohung für uns dar, solange wir uns hier verstecken.«

»Aber das gilt nicht mehr, wenn es ein Bindeglied zwischen dir und Rumänien gibt: Lucas.«

David nickte. »Und nach dem, was du mir gerade erzählt hast, ist er gefährlicher, als ich es geahnt habe.«

»Aber du bist Polizist. Wenn Lucas einigermaßen intelligent ist, wird er doch keinen Polizistenmord begehen.«

»Das ist vielleicht gar nicht nötig. Volos hat es noch nicht aufgegeben, Nicó zu finden. Europol ist auf ein paar ZIP-Files mit Fotos von mir gestoßen, die an alle Gruppierungen des Syndikats in Osteuropa verschickt wurden.«

Theresa saß mit offenem Mund da.

»Wenn Lucas tatsächlich einen Kontakt zur Fabrik und zu Volos hat, haben wir es mit einer ganz neuen Bedrohung zu tun. Solange die Fotos im Umlauf sind, ist das Risiko groß, dass Lucas sie irgendwann zu sehen kriegt. Und er wird keine Sekunde zögern, mich auszuliefern. Und zwei Fliegen mit einer Klappe zu schlagen.«

»Was heißt zwei Fliegen mit einer Klappe?«

»Erstens verschwinde ich damit von der Bildfläche. Und

zweitens ist ein Kopfgeld auf mich ausgesetzt: Zweihunderttausend Euro.«

Theresa presste die Hände an die Wangen wie bei Munchs *Schrei*. »Und wie geht es jetzt weiter?«

»Ich muss dorthin.«

»Das ist jetzt nicht dein Ernst!«

»Wie du selbst sagst, Lucas ist unantastbar. Und ich will auch keinen Polizistenmord begehen. Aber ich könnte versuchen, sein Netzwerk unschädlich zu machen. Dann stehen wir gleich schlecht da.«

»David, du kannst nicht allein die Fabrik einreißen. Das ist völlig utopisch.«

»Ich muss nur einen Mann ausschalten.«

»Volos wird rund um die Uhr bewacht. Wie viele bewaffnete Soldaten hat er in der Fabrik? Hundert?«

»Vermutlich mehr. Aber die sind nur dem gegenüber loyal, der die Krone trägt. Wenn Volos weg ist, wird blitzschnell ein anderer seinen Platz einnehmen. Und wir sind Volos' ganz persönliches Projekt und für jeden neuen Anführer komplett uninteressant.«

Sie schüttelte den Kopf. »Du löst unser Problem nicht, indem du nach Rumänien fährst und stirbst.«

Aber ein großer Teil des Problems würde mit mir sterben, dachte David.

»Ich war drei Jahre lang Volos' Chauffeur«, sagte er. »Ich kenne seine Bewegungsmuster.«

»Es ist lange her, dass du dort warst.«

»Ich bekomme die neuesten Nachrichten von Europol.«

»Du bist beurlaubt. Wie soll das gehen …?« Theresa zögerte, dann schnaufte sie resigniert. »Du hast längst die Autorisierung von Europol und schon zugesagt.«

»Nicht offiziell, aber ja, ich habe vor, zuzusagen.«

»Wieso segnet Europol so ein Hinrichtungskommando ab?«

»Ich will niemanden hinrichten, sondern für die Festnahme eines gefährlichen Individuums sorgen.«

»So naiv kannst du doch nicht sein? Du weißt, wie es da unten läuft.«

»Und das will ich zu meinem Vorteil nutzen.«

»Vorteil? Jetzt klingst du wie Nicó. Aber David, der ist am Ende auch eingeknickt.«

»Was meinst du mit ›auch‹?«

Einen Augenblick war nur das Ticken der Wanduhr zu hören.

»Du lässt mich alleine mit Silja hier im Wald zurück und …« Ihre Stimme war leise und flehend. »Was mache ich, wenn sie wieder wegläuft?«

»Sie läuft nirgendwohin mit den wunden Füßen. Und ich komme so schnell wie möglich zurück.«

»Zurück wohin? Du bildest dir doch nicht wirklich ein, dass du das alles für mich machst? Oder für Silja?«

»Was willst du damit sagen?«

»Du murmelst jede Nacht im Schlaf den Namen des Jungen.«

David machte den Mund auf, aber es kam kein Laut heraus.

»Ich weiß, dass es herzlos klingt, aber Mikru ist tot«, sagte Theresa. »Und du fährst dorthin, weil du nicht von der Idee ablassen kannst, dass du der Einzige bist, der uns alle retten kann.«

»Ich kann die Bedrohung, die von Volos und Lucas ausgeht, nicht einfach ignorieren. Ob du mir mein Motiv abnimmst oder nicht.«

Theresa starrte ihn an. »Erinnerst du dich, warum ich damals durchschaut habe, dass du anders als Volos' Männer bist?«

»Weil ich mich so bemüht habe, es nicht zu sein.«

»Genau. Du gehörst dort nicht hin.«

»Ich habe drei Jahre lang überlebt.«

»Als Agent mit einem Auftrag. Mental und taktisch vorbereitet. Jetzt willst du wegen der mehr als vagen Hoffnung zurück …« Sie schob ihren Becher weg. »Diese Hoffnung macht dich viel zu verletzlich im Kampf gegen Männer, die nichts zu verlieren haben.«

David hielt ihren Blick fest. »Ich muss wissen, ob du allein zurechtkommst?«

»Lässt du mir eine andere Wahl?«

»Hat man nicht immer eine Wahl?«

Theresa stand auf. Sie öffnete das Fenster und steckte sich eine Zigarette an.

»Wahrscheinlich spielt es keine Rolle. Das hier ist nur ein schlechter Augenblick, bevor ein neuer schlechter Augenblick kommt.«

»Irgendwann wird es besser werden.«

»David, sag mir ehrlich, hat irgendetwas von dem, was du in Rumänien erlebt hast, dein Leben zum Besseren gewendet?«

Er wartete die stummen Sekunden ab, die sie brauchte, um ihren Trotz zu überwinden und ihn anzusehen.

»Versprich mir, in meiner Abwesenheit allein zurechtzukommen.«

»Ja, ja. Ich verspreche es.«

David schwieg. Vielleicht kam ihre Antwort ein wenig zu schnell, vielleicht lag es an dem Zucken im Augenwinkel, oder vielleicht hatte er einfach nur das Bedürfnis, in ihrem Gesicht eine Bestätigung für sein Gewissen zu finden, dass sie die Wahrheit sagte.

12

Der Hauptbahnhof Den Haag war gut belebt von neujahrsmüden Reisenden. Das Glasrautendach der Eingangshalle filterte das Sonnenlicht in Lichtsäulen, die in Uhrtafeln und Telefonbildschirmen reflektierten und über Boden, Ladenfassaden und Wände flimmernde Lichtprismen verstreuten. Aus unsichtbaren Lautsprechern strömte eine gleichmäßige Geräuschkulisse der Ankünfte und Abfahrten.

David Flugt stieg aus dem gerade angekommenen Intercity 2056 aus Utrecht. Über seiner Schulter hing ein robuster Wanderrucksack, und er hatte sich die Mütze tief in die Stirn gezogen, als er die Halle durchquerte. Die Hipsterbrille ohne Sehstärke deckte den größten Teil seines Gesichts ab. Er ging zielstrebig und jeglichen Augenkontakt meidend an den bewaffneten Polizisten vorbei, die überall patrouillierten. Er hatte sich am Tag zuvor in einen Bus in Åbygda gesetzt, der nach Namsskogan fuhr, wo er in den Zug nach Trondheim gestiegen war. Von dort war er mit mehreren Umstiegen abwechselnd mit Zug und Bus über Oslo, Kopenhagen, Hamburg, Bremen, Düsseldorf und Utrecht nach Den Haag gefahren.

Er fühlte sich weit entfernt von der sicheren Einsamkeit der Berge, während um ihn herum das Leben pulsierte: schrille Teenager, gereizte Paare mit kleinen Kindern, scheppernde Rollkoffer, Studenten, die Unterschriften für wohltätige Zwecke sammelten, Männer und Frauen mit steifem Gang und Markensonnenbrillen.

Er hob eine größere Summe Bargeld bei Forex ab und mietete sich danach auf unbestimmte Zeit ein Schließfach, in das er alle seine Ausweise legte.

Er fuhr mit der Linie 28 nach Zuiderstrand. Durch das schmutzige Busfenster sah er Gebäude, die eher wie Museen als wie private Wohnhäuser aussahen, mit Giebeln und Türmen, üppigen Ornamenten, in über die Jahrhundertwende zusammengewürfelten unterschiedlichen Baustilen, in unmittelbarer Nachbarschaft moderner Bürokästen aus Glas und Beton.

Nach sieben Haltestellen stieg er beim World Forum aus. Die siebzehntausendfünfhundert Quadratmeter große Nutzfläche des rechteckigen Glasgebäudes war das ganze Jahr für Ausstellungen, Festivals, Konzerte und politische Großveranstaltungen geöffnet. David wurde von einem begeisterten Strom von Jugendlichen auf dem Weg zu einem Wissenschaftsfestival eingeschlossen. Er blieb stehen und schaute rüber zum finsteren Nachbarn des Kulturhauses in der Eisenhowerlaan 73 – Europols vergitterter Backsteinfestung.

Er setzte sich in ein nahe gelegenes Café und schrieb eine Mail.

Bei seiner zweiten Tasse Kaffee läutete die Glocke über der Tür. James Curtis stand im Gegenlicht und schaute aus wachen Augen in einem schmalen Gesicht durch das halb gefüllte Café. Die wie mit Kohle gezogenen Augenbrauen bildeten einen krassen Kontrast zu seiner spärlichen Kopfbehaarung. Er entdeckte David im hinteren Teil des Lokals unter einem Regal mit alten Klassikern.

Zu Davids Überraschung beugte der Brite sich zu einer Umarmung vor. Das war eine Premiere. James hielt ihn einen Augenblick an der Schulter fest und maß ihn mit dem Blick.

»Gut siehst du aus. *Lean muscle*. Trainierst du für den Ironman, oder willst du uns andere Mittvierziger vor Neid erblassen lassen?«

»Du bist kein Mittvierziger, James.«

Sie setzten sich. James lehnte seine schwarzlederne Schultertasche an sein Bein.

»Wie geht es der Familie?«, fragte David.

»Gut so weit.« Der Brite schaute nervös zu den anderen Tischen.

»Oje? Ist es so schlimm mit einem Teenager im Haus?«

James wedelte mit einer Hand, als wollte er sagen, dass er nicht darüber reden wollte.

»*Anyway*, meine Frau hat neuerdings die geniale Idee, Paarabende zu veranstalten. Und sie besteht darauf, dass ich daran teilnehme.«

»Hört sich doch *hyggelig* an.«

»Sie schleppt mich zu Konzerten. Modern Jazz.«

»Da gibt es Schlimmeres.«

James schnaufte. »Für mich klingt das, als würde keiner der Musiker zuhören, was die Kollegen machen.«

David lachte. Er hatte die furztrockenen Kommentare des Briten vermisst. Die, wie sie beide wussten, nur Fassade waren. Er liebte seine Frau und seinen Sohn über alles.

»Bist du gerade gelandet?«, fragte James.

»Ich bin mit Bus und Zug gekommen.«

»Ah ja. Die sicherste Art, unter dem Radar zu bleiben, ist es, Flughäfen zu meiden. Aber mach mal halblang mit deiner Paranoia, David. Ich hab das Gefühl, mit einem aufgescheuchten Reh zu sprechen.«

»Ich wusste nicht, dass du jagst.«

James sah sich um. Das dunkle Holz der Einrichtung und das gedämpfte Licht vermittelten ein bisschen den Eindruck, man säße in einem alten ledergebundenen Buch.

»Du musst schon zugeben, dass dieses Treffen einer gewissen Dramatik nicht entbehrt.«

»Ich wollte nur deiner Sekretärin aus dem Weg gehen.«

»Anna? Die hat dich längst verschmerzt. Sie hat was vom ›schlechtesten Sex ihres Lebens‹ erwähnt.« Der Brite stützte sich auf beiden Ellbogen ab und dämpfte die Stimme. »Schlechte Nachrichten. Ich kriege keine Autorisierung für dich.«

»Was soll das heißen?«

»Die Leitung hat spitzgekriegt, dass du beurlaubt bist. Sie verlangen, dass du erst mal wieder in der dänischen Polizei aktiv wirst und dich dann um eine Versetzung zu Europol bewirbst.«

»Aber das dauert locker ein Jahr. Und in der Zeit leuchtet mein Name im System auf wie ein Weihnachtsbaum.«

»Wer weiß, wozu es gut ist, David. Solche Alleingänge sind gefährlich. Außer du spielst Modern Jazz.«

»Du blockierst mich. Ohne Geheimdienstrückendeckung nach Temeswar zu reisen, ist das sichere Todesurteil.« Er rieb sich hart durchs Gesicht. »Warum hast du mich hierherkommen lassen, wenn …« Er schwieg und schaute auf die Ledertasche, die an James' Bein lehnte.

Der Brite seufzte. »Tut mir leid, David. Das ist kein Spionagefilm, in dem ich mich gleich erhebe und meine Tasche mit wichtigen Dokumenten unter dem Tisch vergesse. Der Kalte Krieg ist vorbei. Niemand bewahrt noch vertrauliche Informationen auf Papier auf. Also?«

David sah ihn fragend an. James streckte die Hand aus, schnappte sich eine Serviette vom Nachbartisch und legte sie vor sich auf den Tisch. Dann stand er auf.

»Würdest du mir einen Salat bestellen? Deine perverse Fitness macht mir ein schlechtes Gewissen. Wenn ich zurück bin, erzählst du mir von der Frau, die du zu verstecken versuchst.«

Er bahnte sich einen Weg zwischen den eng stehenden Tischen hindurch zur Toilette.

David schaute verwirrt zu dem leeren Stuhl. Dann zu der auf der dunkel lackierten Tischplatte leuchtenden Serviette, die plötzlich eine merkwürdige Beule hatte. Er legte eine Hand darüber, zog die Serviette zu sich hin und ließ den USB-Stick diskret in seine Jackentasche gleiten.

13

Das Apartmenthotel Prins Maurits lag in einer ruhigen Nebenstraße, in der kahle Bäume Schatten über Caféaußenbereiche mit Heizlampen unter dunkelgrünen Markisen warfen. David öffnete die Tür mit einem abgewetzten Messingschlüssel. Die Einrichtung war von typisch nordeuropäischer Schlichtheit, mit hell lasierten Holzmöbeln, gemusterter Auslegeware und einem abgesenkten Doppelbett, weiß und frisch wie eine Eisscholle.

Er hatte hier schon mal mit einer Affäre gewohnt, als er für Europol gearbeitet hatte. Die Räume luden zu gedämpften Unterhaltungen und leisen Schritten ein, eine willkommene Abwechslung zu den endlosen Korridoren der großen Hotelketten, in denen nachts Rollwagen vorbeischepperten wie Güterzüge.

Er setzte Wasser in dem kleinen Wasserkocher auf und machte sich einen Becher Pulverkaffee. Dann nahm er den Laptop aus dem Rucksack, setzte sich an den Schreibtisch und startete Radioheads OK *Computer* auf seinem Telefon. Das Album von 1997. Die Band hatte die Songs auf einem alten englischen Gutshof eingespielt, wo der Leadsänger Thom Yorke nächtelang mit Geistern gesprochen und sich die Haare mit einer Kinderschere geschnitten hatte. Kreativer Wahnsinn verpackt in metallische Spieldosentöne mit elektronischem Background-Chor, dumpfen Drums und Falsett. Die ätherischen Schallwellen schärften immer Davids Konzentrationsvermögen.

Er steckte den USB-Stick in den Computer. Er konnte es immer noch kaum fassen, dass James ihm tatsächlich den Zugang zu vertraulichen Fallmappen ermöglicht hatte. Damit ging der

Europol-Chef ein nicht unerhebliches Risiko ein. Professionell und persönlich. Aus ebendiesem Grund hatte David hoch und heilig versprochen, alle Dateien zu löschen, sobald er seine Recherche abgeschlossen hatte. Aber er kannte James Curtis auch als herausragenden Strategen, der niemals voreilige oder emotionale Entscheidungen traf. Er hatte unter Garantie längst alle Verbindungen zwischen seinem Namen und dem Inhalt des USB-Sticks gekappt.

David öffnete den ersten Ordner voller körniger Fotos von Männern, eingefangen von den Teleobjektiven der Europolagenten. Die Männer waren entweder allein unterwegs oder in intensive Gespräche auf ausgestorbenen Bauplätzen oder Dächern in Temeswars Gettos vertieft. Allen gemeinsam waren die wachsamen Blicke, die vernarbte Haut und das Gefolge an Leibwächtern in dicken Daunenjacken, die ihre halbautomatischen Waffen verbargen. Das wusste David, weil er selbst einmal einer dieser Daunenjackenträger gewesen war.

Einige der Männer auf den Fotos erkannte er wieder, aber es gab, wie nicht anders zu erwarten, auch viele neue Gesichter. Das Leben in der Fabrik war für viele eine kurze Episode ohne Rücktrittsklausel.

»*There's such a chill, such a chill*«, sang Thom Yorke.

David öffnete den nächsten Ordner. Ein Foto in der ersten Datei war durch ein Fenster in einem hohen Gebäude aufgenommen und zeigte ein gottverlassenes Industriegebiet am Rand von Temeswar. Die Fabrikfassaden waren von klaffenden Kratern über Backsteinhaufen übersät, die von Dunkelheit erfüllte Gebäude offenbarten. Kletterpflanzen und Gestrüpp wucherten wild und würden irgendwann die Gebäude zurückerobern. Da entdeckte David in den Ruinen die verschwommenen Umrisse von ein paar Schattengestalten. Er klickte weiter. In der Bildfolge war zu sehen, dass der Fotograf sich nach und nach auf die schlechte Beleuchtung und seinen Zoom einstellte, die Bilder wurden immer schärfer. Auf einem Foto waren zwei ins Gespräch vertiefte Männer in einem schützenden Halbkreis ihrer Leibwächter zu sehen.

Davids Kiefermuskeln zuckten. Selbst mit der Nachtlinse und aus der weiten Entfernung bestand kein Zweifel, um wen es sich bei dem einen der beiden Männer handelte. Volos strahlte förmlich in seiner brutalen Aura – ein Gigant, der aussah, als könne er mit Leichtigkeit seine Hand in den Rücken seines Gesprächspartners bohren und ihn als Bauchrednerpuppe benutzen. David sah den Riesen vor sich. Glatt rasiert, beuliger Schädel, robuste, tief gefurchte Frankenstein-Stirn. Seine beiden Mundwinkel waren mal von einer stumpfen Messerklinge aufgerissen worden. Das noppige Narbengewebe, das die Lippen verlängerte, vermittelte den grotesken Eindruck, dass er seine Kiefer um einen Menschenkopf schließen könnte.

David richtete seine Aufmerksamkeit auf den Mann an Volos' Seite. Lässig gekleidet, maßgeschneiderter Anzug mit weißem, aufgeknöpftem Hemd. David zoomte ihn näher ran. Herablassender Blick in einem markanten Gesicht. Schmalschultrig und schmächtig, ohne schwächlich zu sein, eher sehnig und unterschwellig aggressiv wie ein tollwütiger Wolf.

David durchlebte noch einmal seinen letzten Tag in Temeswar. Er hatte Volos zum Flughafen rausgefahren, um einen unbekannten Mann abzuholen. Später hatte er die beiden im Luxushotel Tresor de Paris abgesetzt, wo Volos ihn instruiert hatte, zurück zur Fabrik zu fahren und den Mund darüber zu halten, wo er gewesen war. David betrachtete noch einmal den Mann auf der Fotografie. War das Volos' mystischer Gast vom Flughafen? Sicher war er sich nicht. In der Fabrik kursierten Gerüchte. Dass Volos an einem geheimen Projekt arbeitete. Etwas Großem in Zusammenhang mit einer anderen Organisation.

Auf den weiteren Fotos gestikulierten die Männer lebhaft mit den Armen wie Touristenguides, obgleich um sie herum nichts als eingestürzte Fassaden zu sehen war.

David klickte weiter, bis die Bilder einzufrieren schienen, als hätte der Computer sich aufgehängt. Aber die Uhrzeit am unteren Rand der Bilder lief weiter. Irgendetwas ließ Volos und die übrigen Männer verharren wie eine aufgeschreckte Hirschhorde, die Köpfe alle in dieselbe Richtung gedreht.

Auf den nächsten Bildern folgte der Fotograf mit einem Schwenk der Kamera aufmerksam der Blickrichtung der Männer. Der Mond, die einzige Lichtquelle, offenbarte außer Ruinen nichts als Dunkelheit. In dieser trostlosen Industrielandschaft konnte man sich nur schwerlich etwas Lebendiges, geschweige denn Bedrohliches außer den sieben oder acht bewaffneten Bandenmitgliedern vorstellen.

Beim nächsten Foto rutschte David bis auf die Stuhlkante vor. Auf einer bröckelnden Mauer saß eine einsame Gestalt und beobachtete aus der Distanz die Gruppe. Auf dem folgenden Bild ging das Geschöpf auf die Männer zu. Die Lichtkegel ihrer Taschenlampen bündelten sich zu einem kräftigen Leuchtfeuerstrahl auf dem Brustkasten der Gestalt.

David durchrieselte es kalt.

Die Gestalt, die sich Volos näherte, war zweifelsohne bedrohlich.

Ob sie zu den Lebenden gerechnet werden konnte, darüber ließ sich streiten.

Es war Krank.

Der selbst ernannte Anführer einer Gruppe von Streunern und Gesetzlosen, die im Abwassersystem der Stadt lebten.

1989 waren zahllose rumänische Kinderheime in Verbindung mit dem Regierungswechsel geschlossen und Tausende Kinder von jetzt auf gleich auf die Straße gesetzt worden. Diejenigen von ihnen, die nicht umgekommen waren, hatten Schutz unter der Stadt gesucht, in der Kanalisation. Im Laufe der Jahre verwandelten sich die Abwasserkanäle zu regelrechten Brutstätten der erwachsen gewordenen Waisenkinder. In der klammen Finsternis direkt unter den Füßen der nichts ahnenden Stadtbevölkerung wurden immer neue Generationen Kinder deformierter Inzucht gezeugt. Ohne soziale Codes, mit einem Hang zu Schnüffelstoffen, Kinderprostitution und vereinzelten Fällen von Kannibalismus.

Die Polizei hatte vergeblich versucht, die Kanalisation zu räumen. In den engen, an die unterernährten, mageren Bewohner angepassten Tunneln war mit einer kampfgekleideten Polizeieinheit kein Durchkommen.

David klickte weiter. Es folgte ein Wortwechsel zwischen Volos und Krank. Dem Mann im Anzug war die Konfrontation sichtlich unangenehm. Die nächste Fotografie lieferte den Grund: Volos' Männer standen plötzlich mit schussbereiten Waffen da, bereit, den Mann aus der Unterwelt hinzurichten.

David klickte mit angehaltenem Atem weiter. Plötzlich versetzte etwas die bewaffneten Männer in höchste Alarmbereitschaft. Die Lichtkegel ihrer Taschenlampen schwirrten in alle Richtungen, gefolgt von einer Serie unscharfer Bilder. Als hätte die Unruhe, die sich unten unter den Männern ausbreitete, auch den Fotografen oben auf dem Dach erfasst.

Und dann kamen sie.

Eine Horde grauweißer Wesen strömte aus den Ruinen. In wenigen Augenblicken waren Volos und seine Männer von den Gesetzlosen eingekreist.

Der Fotograf wechselte zu Weitwinkel, um die ganze Szenerie festzuhalten. Volos ging auf Krank zu und blieb dicht vor ihm stehen, aber Davids Aufmerksamkeit wurde von etwas anderem abgelenkt. Am Bildrand war eine etwas kleinere Gestalt aufgetaucht, ein Kind, vielleicht. Er zoomte die Person näher ran, bis sie vom Oberkörper aufwärts den Bildschirm füllte, und versuchte, das grobpixelige Gesicht zu erkennen. Ein Junge, zehn Jahre, vielleicht elf. Schulterlanges, verfilztes Haar.

David rieb sich übers Gesicht. In der Dunkelheit seiner Handflächen kamen die unwillkommenen Flashbacks: das Loch in der Erde mit den fauchenden Mündern, die Schreie des Jungen, die die Nacht zerrissen. Die ihn innerlich zerrissen.

David schüttelte den Kopf. Nein. Das konnte nicht sein.

Aus dem Handy dröhnte Thom Yorke: *Now we are one on everlasting peace.*

David klickte sich schnell durch die letzten Fotografien, auf denen zu sehen war, wie Volos und seine Männer sich von dem Industriegelände zurückzogen.

Seine Gedanken schweiften ab, und er beschloss, eine Pause zu machen. Er öffnete ein Fenster. Weit weg vermischte sich das Geräusch von Kirchenglocken und Vogelgezwitscher. Mit zitternden Fingern zündete er sich eine Zigarette an. Der Gedanke ließ sich nicht mehr verdrängen.

Er hatte es nicht gesehen. Er hatte Mikru nicht sterben sehen.

14

Theresa schaute durch das Küchenfenster hinaus in die Dämmerung. Die Dunkelheit hing schon kompakt zwischen den dicht wachsenden Kiefern, die die Sicht nach draußen versperrten. Oder war es umgekehrt? Versperrten sie die Sicht auf die Hütte? Schwer zu sagen, mit welcher Absicht der Eigentümer damals auf diesem abseits gelegenen Grundstück gebaut hatte.

Siljas helle Stimme drang durch die Tür zum Flur. Sie hatte sich auf unmittelbare und überbordende Kinderart mit den Küken verbandelt. Die nur das Gute sieht und einen in einen für alles andere blind machenden Glücksrausch katapultiert. Davids Idee mit den Küken war wirklich nicht schlecht. Er hatte eine Antenne dafür, was andere Menschen gerade brauchten, ohne manipulierend zu wirken. Aber dabei vergaß er immer wieder sich selbst. Wer wählte schon freiwillig ein Leben in dieser Wildnis? Im Verborgenen? Zusammen mit ihr? Einer Frau, die Schaden genommen hatte, *damaged goods* sozusagen. Aus Wrackteilen zusammengesetzt. Eine defekte Ware.

Sie nippte vorsichtig an ihrem Tee. Manche Menschen wuchsen an der Liebe. Andere löschten sich selbst aus. Vergaßen ihre eigenen Bedürfnisse und Grenzen. Theresa hatte einmal im Leben auf diese Weise geliebt. Ihn. William. Es war ungesund, sich so an einen Menschen zu verlieren. Vor allen Dingen, wenn dieser Mensch nicht der war, für den er sich ausgab. Sie hatte gar nichts dagegen, dass David bei allem das Gute in ihr sah. Aber es machte ihr Probleme, dass er dabei alles andere verdrängte. Die dunklen Flecken. Die Vergangenheit, die sie niemals würde abwaschen können. Vielleicht war es das, was ihr am meisten zu schaffen machte: seine Hoffnung zu spüren. Ihre Psyche war von Grund auf zerstört. Sie würde niemals wieder etwas Besonderes für jemanden sein können. Solange sie zusammen wären, würde sie ihn immer wieder enttäuschen, und sie würden sich beide immer weiter verlieren, immer kleiner werden, bis sie sich ganz auflösten.

Theresa versteifte sich. Sie starrte durch das verwischte Spiegelbild ihres erschrockenen Gesichts hinaus. Einer der Stämme auf der anderen Seite der Auffahrt hatte nicht die gradlinige Silhouette der anderen Bäume. Er beulte merkwürdig aus, als versteckte sich jemand dahinter oder lehnte daran.

Sie fühlte sich hinter dem erleuchteten Fenster schlagartig wie auf dem Präsentierteller. Es vergingen ein paar lange Sekunden, in denen die Silhouette sich nicht bewegte. Natürlich nicht.

Sie zuckte zusammen, als es leise klopfte. Beim nächsten Blick aus dem Fenster hatte die Dunkelheit auch den letzten Rest Tageslicht verschluckt. Jetzt war es pechschwarz zwischen den Bäumen.

Sie ging raus in den Flur. Das Klopfen kam aus einem der Zimmer. Alle Türen waren geschlossen. Es war ganz still. Nicht einmal Silja war mehr zu hören.

Theresas Herz hämmerte. Das ist die Dunkelheit, die anklopft, schoss es ihr durch den Kopf, und ich darf sie auf keinen Fall reinlassen.

Da war es wieder. Ein leises Pochen. Theresa hielt die Luft an. Das Geräusch kam vom Ende des Flurs.

»Silja?«

Keine Antwort. Eine Bodendiele knarrte, und ein Schatten glitt an dem unteren Türspalt von Siljas Raum vorbei.

15

David knallte mit dem Knie gegen den kleinen Schreibtisch und blinzelte verwirrt raus in die Dunkelheit. Der Computerbildschirm vor ihm war so schwarz wie der Himmel vor dem Hotelfenster. Wie lange hatte er geschlafen? Er tippte auf die Tastatur und kniff die Augen vor dem grellen Bildschirmlicht zusammen. 22.17 Uhr.

Er saß still da, bis sein Herzschlag sich wieder beruhigte. Er war nicht aus einem Traum aufgewacht. Sein Körper hatte routinemäßig in einer Sekunde aus dem Tiefschlafmodus zu hellwach und kampfbereit umgeschaltet. Soldatenschlaf.

Er rauchte eine halbe Zigarette, ehe er sich wieder an den Computer setzte. James Curtis hatte von verschiedenen Datenbanken Fallakten mit Ermittlungsmaterial über das Syndikat heruntergeladen. Die Ordner waren ungeordnet auf dem USB-Stick abgelegt und zeugten von einer gewissen Hektik, in der James wie eine unsichtbare Mücke seine Quellen nur gerade so lange angezapft hatte, dass seine Online-Anwesenheit nicht aufflog.

David hatte drei Stunden gebraucht, um die Dateien in eine einigermaßen überschaubare Reihenfolge zu bringen.

Er überflog seine Notizen, die nach einem einfachen System angelegt waren: Jede Fotografie war mit einem Datum und einem Zeitstempel versehen. Er notierte Datum, Uhrzeit und Ort aller Bilder, auf denen Volos zu sehen war, und hatte bis jetzt schon einen ansehnlichen Stapel mit dem ins Auge fallenden Gangsterboss gesammelt. Er beschloss, zur nächsten Phase überzugehen.

Er lud einen Stadtplan von Temeswar herunter und legte in Photoshop ein Schablonengitter darüber, das die Stadt in kleine quadratische Zonen aufteilte. Anhand der gesammelten Daten markierte er auf der Karte, wo Volos zu welchem Zeitpunkt und wie oft aufgetaucht war.

Er schaute mit einem leeren Gefühl im Bauch auf den Bildschirm. Die Karte mit seinen Markierungen sah aus wie ein Spielplan von Schiffe Versenken. Es war kein unmittelbares Bewegungsmuster zu erkennen, wenn Volos seinen Bunkerkeller in der Fabrik verließ. Außerdem wurde sein Wagen rund um die Uhr von einem Transporter mit einer unbekannten Zahl bewaffneter Bodyguards beschattet. Ein Zeichen dafür, dass Volos' Paranoia neue Höhen erreicht hatte. Es würde unmöglich sein, ihn unter vier Augen auszuschalten.

David betrachtete die kleinen Punkte auf der Karte, bis seine Augen tränten. Er konnte einfach kein Muster erkennen. Volos schien bewusst für unregelmäßige Bewegungsroutinen zu sorgen. In seiner Branche machte man sich mit Routinen und Gewohnheiten zur offenen Zielscheibe für jeden Gegner.

Dann war da noch der Unbekannte, der Volos auf den Fotos Gesellschaft leistete. Vielleicht könnte James Curtis ihm bei der Identifizierung helfen.

David verwarf die Idee schnell wieder. James hatte schon genug riskiert. Außerdem war der Unbekannte ein seltener Gast in Temeswar und gehörte offensichtlich nicht zum harten Kern. Das war an Volos' Körpersprache zu sehen. Der Gigant war in Gesellschaft des Mannes aufmerksam, passte sozusagen seine Schritte an den Rhythmus des anderen an. So eine Devotheit würde Volos seinen eigenen Männern gegenüber niemals an den Tag legen.

David verschränkte die Finger im Nacken und sah sich das organisierte und systematische Gitternetz über der Karte an. Er dachte an Volos' Spitznamen: Stierhai. Ein unterseeisches Raubtier, das in Salz- und Süßwasser jagte. Es war unmöglich vorherzusagen, wo er seiner Beute auflauerte und das nächste Mal zuschlug.

David schnalzte mit der Zunge. Das Licht des Computerbildschirms reflektierte sein Gesicht in dem Bilderrahmen an der Wand. Er ließ seinen Gedanken freien Lauf. Um an Volos heranzukommen, musste er umdenken. Weniger Kopf, mehr Körper. David wusste, dass er im Grunde genommen eine Kopie seines Vaters war. Ein gutherziger Neurotiker. Und wie bei seinem Vater zeichnete seine Neurose sich durch Intelligenz und Zweifel aus. Die Intelligenz führte zur Überanalyse, die Überanalyse zu Zweifel, und der Zweifel letztendlich zu Handlungsunfähigkeit. Dem Startpunkt für den nächsten Zyklus.

David hatte, was seinem Vater nie gelungen war, in Rumänien eine Transformation durchlaufen. Er hatte in seinem Innern eine Abkürzung gefunden, einen direkteren Weg zwischen Gedanken und Tat.

David behielt das Spiegelbild im Blick, die Bereiche, in denen sein Gesicht im Schatten lag. Obgleich er alles getan hatte, Nicó Krause zu verdrängen, war er noch immer da.

David rieb sich die Oberschenkel. Er wollte das alles nicht. Das Risiko, die lebensbedrohlichen Situationen.

Aber er konnte es.

Zwischen seinen Ohren baute sich ein rauschender Druck auf, als wollte sein Gehirn kurzschließen, die schlechte Idee pulverisieren, die dort Form annahm. Er schloss die Augen. Wog die Alternativen gegeneinander ab. Es gab keine. Einen Hai fängt man nicht mit trockenen Füßen. Man muss sich ins tiefe Wasser begeben, die Bestie in ihrem Lebensraum aufsuchen.

Er musste nach Temeswar. In die Todeszone. Er sah sein Spiegelbild an. Nicó hatte dort mehrere Jahre überlebt. An dem Gedanken hielt David sich fest. Seiner einzigen Hoffnung.

Er öffnete die Googleseite. Gab Radu Romanescus Namen ein und drückte die Entertaste.

16

Theresa presste ein Ohr an Siljas Zimmertür. Selbst die fiepsenden Küken waren still.

Sie legte eine Hand auf den Türgriff. Zögerte. Silja war ein aufgewecktes Kind. Theresa hatte mehrmals miterlebt, wie sie David ausgetrickst hatte. Was, wenn Silja nur vortäuschte, wie weh ihre Verletzungen an den Füßen wirklich taten? Sie dachte sich ständig neue Fluchtstrategien aus. Aber sie würde sie beide in Gefahr bringen, wenn sie wieder in den Wald rannte. Bei der Kälte wäre ihr Körper in Minutenschnelle unterkühlt, und überall im Wald lauerten Felshänge und illegale Schlingenfallen aus Stahldraht.

Theresa schluckte. Für einen kurzen Moment hatte sie das andere Wesen vergessen, das möglicherweise zwischen den Bäumen lauerte.

»Silja?«, wiederholte sie heiser. »Bist du wach?«

Noch immer keine Antwort.

Theresa versuchte es noch einmal mit festerer Stimme. »Kommt das Klopfen von dir?«

Ihr schossen Tränen in die Augen. Drehte sie jetzt endgültig durch? Bildete sie sich das Geräusch nur ein? Das Gefühl einer unbekannten Gefahr hinter den Holzwänden wuchs mit jeder Sekunde. Nester sich windender Schlangen, die jederzeit hereingekrochen kommen konnten. Sie spürte Panik in sich aufsteigen. Eine leise, feige Stimme flüsterte ihr ein, wegzulaufen. Egal, ob die Kälte oder die Felsen sie umbrachten. Es war ohnehin alles kaputt. Zerstört.

Siljas Stimme direkt hinter der Tür schoss wie ein Stromschlag durch ihren Körper.

»Bitte, lass mich raus«, sagte sie.

Theresa holte zitternd Luft, ehe sie antworten konnte.

»W-warum?«

»Weil ...« Das Mädchen zögerte.

»Sag es. Ich muss es wissen. Sonst kann ich die Tür nicht aufmachen.«

Theresa hatte die Tür von außen abgeschlossen, als David gegangen war. Um sicher zu sein, wo Silja war.

»Bitte, mach die Tür auf.« Silja klang weinerlich.

»Ich kann nicht ...«

»Ich hab mir in die Hose gemacht«, schluchzte Silja leise.

»Daran lässt sich nichts ändern.« Theresa trat rückwärts von der Tür weg, ihr wurde vor Übelkeit schwarz vor Augen, die Panik war jetzt nicht mehr zu bändigen. »Ich ... ich kann dir da jetzt grad nicht helfen.«

Siljas Schluchzen folgte Theresa bis in die Küche. Die Verzweiflung eines kleinen Menschen, der allein war mit seinen Dämonen, seiner Angst und seiner Einsamkeit. Aber Theresa sah keine andere Möglichkeit. Die abgeschlossene Tür war notwendig. Um Silja vor ihrer Mutter zu schützen.

17

Die schmuddeligen Schneehaufen vor den kein Stück weniger schmuddeligen Wohnblöcken mit den zahllosen Parabolantennen vermittelten den grotesken Eindruck schmelzender Fassaden. Der Flixbus aus Budapest suchte sich auf den Straßen ohne jede Fahrbahnmarkierung wie auf Autopilot die Fahrspur zur Endstation: einem verlassenen Busterminal hinter zwei heruntergelassenen Schranken, die so weit voneinander entfernt waren, dass der Busfahrer entspannt zwischen ihnen hindurchfahren konnte, um sich einen Parkplatz zu suchen.

»*Destinatie finala, Arad. Final stop, Arad*«, krächzte die Lautsprecherstimme des Fahrers.

David massierte seine malträtierten Kniescheiben, die während der gesamten Tour gegen den Sitz gedrückt gewesen waren, weil der stämmige Typ vor ihm als Erstes nach dem Einsteigen die Rückenlehne zurückgeklappt hatte. Seit seiner Abreise aus Den Haag hatte David diverse Busrouten als Trittsteine auf seiner ostwärts führenden Tour durch Europa genutzt. Und nun, anderthalb Tage später, in dem kleinen Ort Arad im rumänischen Westen angekommen, fühlte er sich wie gerädert.

Es war windig, aus den grauen Wolken fiel ein ungemütlicher Schneeregen. David schwang sich den Rucksack über die Schulter und beeilte sich, ins Trockene des primitiven Terminals zu kommen. Die Menschenmenge verlief sich schnell, viele seiner Mitpassagiere wurden mit Autos abgeholt oder arbeiteten sich in der langsamen Taxischlange voran.

Er setzte sich auf einen der Plastiksitze, die an eine hellrote Betonsäule geschraubt waren, und schaute auf seine Uhr. 14.47 Uhr. Laut AccuWeather war erst in zwei Stunden Sonnenuntergang. Er hatte sich zwar seit seinem letzten Besuch hier einen Vollbart zugelegt und trug eine Schirmmütze und die protzige Hipsterbrille, wollte aber trotzdem den Einbruch der Dunkelheit abwarten, ehe er den letzten Streckenabschnitt von etwa einer Stunde nach Temeswar weiterfuhr. Volos hatte seine Augen überall, und wegen der ausgelobten Belohnung waren die Leute vermutlich besonders aufmerksam.

Zwei Backpacker begaben sich todesmutig raus ins Unwetter. David war jetzt alleine in dem Terminal. In der Stille merkte er erst, wie müde er war. Er hatte kaum geschlafen zwischen den vielen Umstiegen. Vielleicht sollte er sich ein kurzes Nickerchen gönnen. Die Frau, die er aufsuchen wollte, käme ohnehin erst zur Spätschicht in die Privatpraxis, in der sie putzte. Seiner Einschätzung nach war sie momentan der einzige Mensch in Temeswar, dem er trauen konnte. Er musste sie jetzt nur noch davon überzeugen, dass das umgekehrt genauso war.

Seine Lider wurden schwer, aber der Körper stand unter Strom und wehrte sich mit kurzen Einschlafzuckungen.

Er lauschte dem trägen Surren der Neonröhren. Schläfrige Gedankenfetzen glitten vorbei wie Schleierschwänze. Er rief sich die kleine, kaum zu erkennende Gestalt in dem Industriegelände ins Gedächtnis, deren Gesicht nicht zu erkennen war. Das Gefühl, etwas gesehen zu haben, das sämtlichen Plänen in die Quere kommen könnte.

David wurde von einem klatschenden Geräusch geweckt und richtete sich hastig auf. Ein alter Mann wischte den Boden um den Kaffeeautomaten, vornübergebeugt wie bei starkem Gegenwind.

Draußen war es dunkel, und obwohl das Gebäude nicht beheizt war, merkte David einen Schweißfleck zwischen den Schulterblättern. Er hatte zu lange in der unbequemen Haltung gesessen. Jeder Muskel schmerzte. Er kam auf die Beine und streckte sich, um seine steifen Muskeln zu lockern. Er steckte eine Münze in den Kaffeeautomaten und entschied sich kurzfristig um, als er die graubraune Substanz sah, die die Maschine in den Becher spotzte. Reflexartig schob er erneut die Hand in die Tasche. Shit! Er hatte das Foto nicht mit den Ausweisen ins Schließfach gelegt. Er zog es aus der Tasche und betrachtete den Mann, der seine Wange an Theresas Wange drückte. Hinter dem Lächeln lagen mehrere Jahre Vorbereitung und mentales Training. In gewisser Weise hatte sie recht. Instinkte und Reflexe funktionierten wie ein Muskel, der bei Stillstand verkümmerte. In seiner momentanen Verfassung war er vermutlich wirklich nicht für die aktive Feldarbeit geeignet. Aber das hatte er schon vorher gewusst. So, wie er wusste, dass es kein Back-up für sein privates Unterfangen gab.

Darum musste er auf die Karten setzen, die er in der Hand hatte.

Herz.

Und Willen.

Als Kind war er in einer Pause von ein paar großen Jungs hinter einen Schuppen gezerrt worden. Sie hatten ihn getreten und geschlagen, bis sie am Ende verängstigt vor dem Jungen, der immer wieder aufstand und sie mit blutverschmiertem Gesicht anstarrte, weggelaufen waren.

Seine Mutter war über seinen Anblick so aus der Fassung geraten, dass er am Ende sie trösten musste, während sein Vater sie wortlos aus seinem Sessel beobachtete. Bevor David an diesem Abend ins Bett ging, hatte er seinen Vater gefragt, ob er es überhaupt nicht schlimm fand, was ihm widerfahren war.

Sein Vater hatte ihm über die Stirn gestrichen und gesagt: »David, du hast heute mehr über dich gelernt als mancher Mensch in seinem ganzen Leben.«

»Weil die anderen Jungen stärker und in der Überzahl waren und ich trotzdem gewonnen habe?«

»Du hast nicht gewonnen, mein Junge. Aber du hast herausgefunden, dass du etwas mehr Herz hast als die meisten.«

»Was heißt das?«

Sein Vater hatte eine warme Handfläche auf den Brustkasten seines Sohnes gelegt.

»Dass du nicht immer einen Schritt nach vorne gehen musst, auch wenn du es kannst. Vergiss nicht, dass morgen auch noch ein Tag ist.«

Die Stimme seines Vaters echote in seinem Kopf.

Er warf einen letzten Blick auf die Fotografie, knüllte sie zusammen und warf sie in den Abfalleimer. Theresa hatte recht. Er war nicht mehr der Mann von dem Foto. Und nach der Zeit, die sie gehabt hatten, sich besser kennenzulernen, musste er einsehen, wie wenig sie sich eigentlich kannten.

David stand auf und begab sich hinaus in die stürmische Abenddunkelheit, ohne das graue Augenpaar in seinem Rücken zu bemerken, das ihm folgte. Als der alte Mann alleine war, lehnte er den Wischmopp gegen die Wand, ging zu dem Abfalleimer und fischte das zerknüllte Foto heraus. Er murmelte etwas in dem typischen Wortmix eines Sprachnomaden aus dem multikulturellen Banat – Rumänisch, Ungarisch, Serbokroatisch. Eines Mannes, dessen Lebenszeit mehrere Landesgrenzen umspannte und der trotz seines fortgeschrittenen Alters an der Vorstellung festhielt, alles werden zu können, und deshalb als Nichts sterben würde. Es gab keinen Beruf, an dem er sich nicht versucht hätte, keine Narbe an seinem Körper ohne eine Geschichte, und es gab nicht ein Gesicht, das ihm auf seinem Weg begegnet war, an das er sich nicht erinnerte.

Er starrte den Mann auf dem Foto lange an, ehe er es zusammenfaltete und in seine Tasche schob.

18

Alina Romanescu lag auf ihrem Bett und starrte an die Zimmerdecke. Ihre Tochter Simona lag ruhig und gleichmäßig atmend neben ihr. Der Schein der Straßenlaterne fiel durch den Gardinenspalt und warf einen Lichtstreifen auf die Holzmaske, die Radu und sie auf ihrer Hochzeitsreise nach Südafrika gekauft hatten.

Sie schaute auf die Uhr auf ihrem Handy. Seufzte. 21.03 Uhr. Ihr Wecker stand auf 21.30 Uhr.

Der Besuch im Krankenhaus war abgelaufen wie an allen Tagen zuvor. Radu wollte sie nicht sehen, und das anfängliche Mitgefühl der Krankenschwester für ihre Situation war einer professionellen Distanz gegenüber ihrer Anwesenheit gewichen. Sie sprachen mit ihr in den immer gleichen Standardrepliken, als wäre sie ein Haken auf ihrer täglichen To-do-Liste.

Das Krankenhaus war das reinste Sammelbecken menschlicher Tragödien. Ab einem bestimmten Zeitpunkt erwartete das Personal, dass man weitermachte. Aber was sollte das heißen? Ihr geliebter Radu lag in einem Krankenzimmer, bewacht von einem Polizisten, der sie daran hinderte, zu ihm zu gehen. Aber auch wenn er sie nicht sehen wollte, sollte er doch wenigstens merken, dass sie in seiner Nähe war. Die Vorstellung von ihm in dem sterilen Raum, umgeben von all den Apparaten, war ihr unerträglich. Wenigstens hatte die Krankenschwester, der sie Radus alte, kaffeefleckige Hausschuhe übergeben hatte, versprochen, sie ihm anzuziehen. Er fror doch immer so an den Füßen. Und das faltige Leder roch nach entspannten Sonntagen mit Zeitungen und Brötchen. Nach ihnen. Zusammen.

Sie sollten ihn daran erinnern, dass er nicht alleine war in seinem Leid.

Sie lauschte auf die Mikrogeräusche in den Wänden. Vertraute Laute. Aber nicht die, die sie geweckt hatten.

Sie stieg aus dem Bett, ging zum Fenster und schob die Gardine ein Stück beiseite. Gehweg und Fahrbahn waren von Schneematsch bedeckt. Erinnerten an die zermatschten Überreste einer Qualle. Ihr Blick wanderte von dem Gartentor zum Gehweg und weiter zu dem kleinen Grasfleck, der zu ihrem Aufgang gehörte. Sie wusste nicht, wonach sie Ausschau hielt. Aber dann blieb ihr Blick an etwas hängen. Fußspuren. Über den Rasen bis zum Schuppen, aus dem sie gleich ihr Rad holen würde. Eine gestrichelte Linie in dem grauen Matsch. Wie die Markierung einer Grenze.

Es führte keine Spur zurück.

Alina trat kräftig in die Pedale. Die Reifen schnitten breite Streifen in die nassen Schneereste, und die Kälte trieb ihr Tränen in die Augen. Ihre Lungen drückten von innen gegen den Brustkorb, aber sie hatte nicht vor, das Tempo zu drosseln. Es schien ihr eine Ewigkeit her, seit sie das letzte Mal ihre gewohnte Route durch die abendleere Stadt in die Praxis gefahren war. Sie hatte sich mit ihrer ganzen Energie auf Radu konzentriert. Aber sie konnte unmöglich noch mehr Nachtschichten für die Reinigungsfirma absagen, für die sie arbeitete.

Alina genoss die Radtour. Das Gefühl eines permanent zugeschnürten Halses ließ gleich ein wenig nach.

Sie bog auf die Calea Bogdanestilor im westlichen Teil der Stadt ab. Seit Jahren wollte der Bürgermeister das triste Viertel in eine Gegend mit grünen Alleen, breiten Fahrradwegen und modernisierten Straßenbahnen verwandeln. Aber das ließ auf sich warten. Die Fenster der abbruchreifen Häuser waren mit

Brettern vernagelt, und aus den Schatten hinter den Drahtzäunen starrten herrenlose, einsame Hunde.

Trotzdem hatte Alina sich hier nie unsicher gefühlt. Die Leute hier kümmerten sich um ihren eigenen Kram. Das einzig Unheimliche war eine jüngere Frau, die sich in den Müllcontainern ihr Essen zusammensuchte und Fahrradfahrer und Fußgänger anspuckte.

Sie stieg ab und schob ihr Rad das letzte Stück. Die Praxis gehörte einem älteren Arzt. Neben seinen festen Patienten öffnete er sie mehrmals im Monat für die Kinder aus der Nachbarschaft für gratis Untersuchungen. Sein Haus war das einzige in der Straße, das noch nicht dem Vandalismus ausgesetzt war.

Der Schneematsch schmatzte unter ihren Stiefeln, als sie den Fliesenweg zur Tür hinaufging. Sie dachte an die Spuren vor ihrem Haus. Es hatte niemand im Fahrradschuppen auf sie gewartet. Natürlich nicht. Sie lebten an einem friedlichen Ort. Radus Kollegen hatten ihr außerdem versichert, dass der Überfall auf ihren Mann völlig unmotiviert war. Verfluchtes Pech. Er war einfach zur falschen Zeit am falschen Ort gewesen. Sie müsse nicht befürchten, dass jemand zu ihnen nach Hause kam. Und falls Simona in der Nacht aufwachte und Angst haben sollte, war abgemacht, dass sie zu ihrem Onkel ging, der in der Wohnung direkt gegenüber wohnte.

Alina nahm die vier Stufen zur Haustür. Als sie in der Tasche nach dem Schlüssel suchte, überkam sie das starke Gefühl, dass hinter ihr jemand stand. Hör auf, dachte sie. Da ist niemand. Als sie sich dann doch umdrehte, war nichts zu sehen außer dem menschenleeren Gehweg und den parkenden Autos.

Sie atmete tief aus, als sie den Schlüssel zu fassen bekam.

Ihre Finger zitterten, die Spitze des Schlüssels hackte gegen den Zylinder. Ein Windstoß fegte durch die Büsche um das Grundstück. Die Blätter knirschten wie ein Gebiss. Sie zuckte zusammen und ließ den Schlüssel auf die Fußmatte fallen. Der Wind legte sich, aber die Stille stellte sich nicht wieder ein. Hinter ihr näherten sich Schritte. Schnell, schwer.

Dieses Mal kam sie nicht mehr dazu, sich umzudrehen, ehe ihre Knie nachgaben und ihr schwarz vor Augen wurde. Eine Sekunde später lag sie schwer atmend auf dem Rücken. Der eiskalte Schneematsch drang durch den Stoff ihrer Jacke, als ihr eine gesichtslose Gestalt die Hand reichte.

19

Alina kniff die Augen vor einem grellen Lichtviereck zusammen. Ihr Mund war trocken, sie spürte ihren Puls als dumpfen Druck an den Schläfen. Eine Träne lief ihr über die Wange, und starr vor Angst stellte sie fest, dass sie auf einer der Patientenliegen in der Praxis lag.

»Ich tue Ihnen nichts«, sagte eine tiefe Stimme.

Sie erschrak und brauchte ein paar Sekunden, ehe ihr aufging, dass der Mann Rumänisch sprach. Mit einem ungewöhnlich hellen, singenden Akzent.

»Auf dem Tisch steht ein Glas Wasser für Sie.«

Sie begann zu zittern. Spielte er mit ihr? Er klang so freundlich. Das machte alles noch beängstigender. Sie setzte sich auf der Pritsche auf, die Hände auf den Oberschenkeln, den Blick auf den Boden geheftet.

»Ich … ich habe Ihr Gesicht nicht gesehen«, stammelte sie. »Ich werde nichts sagen.«

»Ich will nur reden. Mehr nicht.«

»Worüber?«

»Über Ihren Mann. Radu.«

Alina hob den Blick. Der Mann auf dem Stuhl vor ihr sah ganz anders aus als erwartet. Seinem gepflegten Auftreten zum Trotz hatte er die Statur eines Mannes, der auf einer Baustelle arbeitete oder Heizungen montierte. Kurzes, dunkles Haar und einen dichten Vollbart, der ihm einen breiten und kräftigen Kiefer verlieh. Ausdrucksvolle, mandelförmige Augen. Und ganz offensichtlich war ihm die Situation unangenehm. Er trug eine dunkelgrüne Outdoorjacke und eine Softshellhose.

»Woher kennen Sie Radu?«, fragte Alina. »Sind Sie von der Polizei?«

»Nein, ich bin kein Polizist.« Er blinzelte langsam. »Oder doch, bin ich, aber gerade nicht.«

Alina verstand nicht, was er damit meinte, hakte aber nicht nach. Womöglich war der Mann bewaffnet. Ein geisteskranker Irrer, der plötzlich die Persönlichkeit wechselte und gewalttätig wurde.

»Tut mir leid«, sagte er. »Das muss alles überwältigend für Sie sein. Aber mir bleibt nicht viel Zeit.«

»Ich … Was wollen Sie? Ist Radu in irgendeinen Scheißdreck hineingeraten?«

»Nein, ich …«

»Er hat Sie nie erwähnt. Ich weiß noch nicht einmal Ihren Namen.«

Der Mund des Mannes verzog sich zu einem strengen Strich.

»Mein Name tut nichts zur Sache, ich kenne Ihren Mann nicht. Aber er scheint etwas über mich zu wissen. Und ich muss herausfinden, was das ist.«

Dann sind wir schon zwei, dachte Alina und wandte sich den Gegenständen auf dem Schreibtisch des Arztes zu. Eine Schirmmütze und eine große, viereckige Brille. War das seine Verkleidung? Ein entflohener Häftling?

»Können Sie mich zu Ihrem Mann bringen?«, fragte er.

Alina schüttelte energisch den Kopf. »Vor dem Krankenzimmer sitzt ein Wachmann. Und Radu will mich nicht sehen.«

Der Mann kratzte sich im Bart. »Können Sie mir wenigstens sagen, wo er liegt?«

Sie trank einen Schluck Wasser und stellte das Glas zurück auf den Tisch.

»Er liegt in der Spitalul Clinic Municipal de Urgență. Station H, Zimmer 7.«

Der Mann rieb seine Handflächen aneinander.
»Ich verstehe Ihr Bedürfnis, ihn zu schützen.«
»Was?«
»Ihr Mann liegt nicht im Spital. Er liegt im Romanian County Clinical Hospital. Nennen Sie mir einfach nur die Station.«
Alinas Wangen glühten. Ihre Gedanken fuhren Karussell. Sie hatte furchtbare Angst, etwas Verkehrtes zu tun oder zu sagen.
»Aber ich weiß doch gar nicht, ob Sie …«
»Ich habe nichts mit den Männern zu tun, die Radu überfallen haben.«
Alina nickte. Der ängstliche Ausdruck im Gesicht des Mannes löste den Wunsch in ihr aus, ihm zu glauben.
»Haben Sie einen Ausweis, den Sie mir zeigen können? Von der Polizei?«
»Wie gesagt, keine Namen.«
Alina presste die Lippen aufeinander. »Aber warum sollte ich Ihnen trauen?«
»Glauben Sie, wir würden dieses Gespräch führen, wenn ich Ihnen etwas antun wollte?«
»Und wieso verkleiden Sie sich? Vor wem verstecken Sie sich?«
Der Mann neigte den Kopf zur Seite. Alina sah ein, dass ihr nervöses Gebrabbel die Dinge hundert Mal schlimmer machte. Das folgende Schweigen schien für ihn ebenso unerträglich wie für sie. Schließlich schüttelte er den Kopf, als wollte er noch einmal von vorn anfangen.
»Ich … ich habe eine Tochter«, sagte er. »Und eine Frau. Sie sind in Lebensgefahr.«
»Warum?«
»Wegen mir.«
Alina wendete den Blick ab. In was war Radu da hineingeraten? Hatte ihr Mann, mit dem sie seit zwanzig Jahren verheiratet war, ein Doppelleben geführt?

»Denken Sie nicht schlecht über Ihren Mann«, sagte der Fremde, als klebten ihre Gedanken gut sichtbar auf einem Post-it-Zettel auf ihrer Stirn. »Ich kenne nicht alle Details.«

»Und Sie glauben aus irgendeinem Grund, den Sie mir nicht nennen wollen, dass mein Mann Ihnen helfen kann?«

»Lassen Sie mich Ihnen stattdessen ein Versprechen geben: Wenn Sie mir helfen, werde ich alles daransetzen, Radus Angreifer zu finden. Ich habe Kontakte, die sehr viel mächtiger sind als Temeswars Polizeiführung.«

Alina rutschte unruhig hin und her. »Was wollen Sie von mir?«

»Es ist ganz einfach. Ich begleite Sie morgen in die Klinik. Sie stellen mich als einen Freund der Familie vor. Ab da fällt mir schon eine Lösung ein.«

»Ich weiß nicht ...«

»Sie müssen eine Entscheidung treffen.«

Alina sah ihn an. Er strahlte etwas Beruhigendes aus, auch wenn sie nicht genau sagen konnte, was es war. Vielleicht seine Stimme. Ein sonores Brummen ohne Höhen und Tiefen. Die Worte kamen ruhig wie eine laue Sommerbrise zwischen Buchen. Es war fast unmöglich, ihm nicht zu glauben. Sie trank noch einen Schluck Wasser. Die letzte Zeit war so voller Sorge und Unsicherheit gewesen und sie so am Boden, wie sie es nicht für möglich gehalten hätte. Konnte sie sich überhaupt selber trauen? Oder hörte sie nur das, was ihr Herz hören wollte?

»Erzählen Sie mir von Ihrer Tochter«, sagte sie.

»Wie bitte?«

Sie schluckte. Das war ihr so rausgerutscht. »Ich muss wissen, ob Sie lügen.«

Bleich im Gesicht, rieb er sich ein Auge. Dann lehnte er sich zurück, die Hände im Schoß.

»Sie ist zehn. Wahnsinnig neugierig und eine echte Draufgängerin. Wir verbringen viel Zeit zusammen. Ihre Mutter arbeitet viel. Sie will stark sein und mir nicht zeigen, dass sie das traurig macht. Sie liebt Gutenachtgeschichten, besonders eine, die ich selbst erfunden habe. Von ein paar Kaninchenjungen und einem Fuchs. Ich habe mir sogar ein Kaninchenjunges auf meine Hüfte tätowieren lassen. Das erinnert mich immer an ...« Er machte eine kurze Pause. »Sie.«

Alina stiegen Tränen in die Augen. Das Timbre seiner Stimme. So klang sie selbst, wenn Simona Fragen zu ihrem Vater stellte. Eine vorgetäuschte innere Ruhe, um die Stimme daran zu hindern, hysterisch zu werden. Und um die eigene Angst zu verbergen.

20

»Hier drinnen ist es«, sagte Alina. David musterte skeptisch die rostige Stahltür mit dem Vorhängeschloss. Die rumänische Frau stellte sich auf die Zehen und fuhr mit den Fingerspitzen über den Türrahmen. Vertrocknete Insekten und Dreck fielen zusammen mit einem Schlüssel herunter, den sie in der Luft auffing.

»Der Raum steht leer, seit ich hier arbeite.« Sie steckte den Schlüssel ins Schloss. »Es ist feucht und schimmelig hier. Alles, was hier gelagert wird, kann man hinterher wegschmeißen.«

Sie befanden sich in dem weitläufigen Keller der Arztpraxis. Sie hatte ihn durch einen einigermaßen ordentlichen und aufgeräumten Raum geführt, in dem Medikamente gelagert wurden. Danach waren sie durch einen engen, schallisolierten Gang zu der Stahltür gelangt, die Alina nun aufschob.

Ein muffiger Geruch wie aus einer Krypta schlug David entgegen. Alina drückte einen Schalter, worauf ein funzeliges Licht aus einer verdreckten Deckenlampe fiel. Die Wände des besenkammergroßen, kahlen Raumes waren von Spinnweben überzogen, in einer Ecke hing ein unappetitlich versifftes Handwaschbecken.

»Was grummelt da so?«, fragte David.

»Hinter der Wand ist die Ölheizung. Es ist ein bisschen laut, dafür ist der Raum einigermaßen warm.«

»Funktioniert der Wasserhahn?«

»Ich glaube schon. Aber lassen Sie es besser eine Weile laufen, ehe Sie es trinken.«

David lächelte angestrengt. »Gibt es was für die anderen menschlichen Bedürfnisse?«

»Bei der Treppe ist die Personaltoilette. Aber die können Sie nur außerhalb der Öffnungszeiten benutzen. Ansonsten gibt es einen McDonald's in der Nähe. Am besten schleichen Sie sich durch die feuersichere Tür raus, am Ende des Gangs.«

David stellte seinen Rucksack ab. »Gibt es WLAN?«

Alina lachte belustigt, verstummte aber, als sie David seinen Laptop auspacken sah.

»Bestimmt gibt's hier auch irgendwo ein Signal«, sagte sie schließlich. »Ein Code ist nicht nötig.«

David rollte seine Isomatte auf dem versifften Kellerboden aus.

»Wann gehen Sie morgen ins Krankenhaus?«

»Gegen halb neun. Ich muss vorher noch meine Tochter zur Schule bringen.«

»Okay. Wir treffen uns auf dem Parkplatz und gehen zusammen rein.« David richtete sich auf und betrachtete die Frau vor sich. Sie war Ende vierzig, hatte ein freundliches Gesicht und dunkles Haar. Sie trug weder Schmuck noch Make-up, stattdessen Turnschuhe und eine graue Putzuniform. Sie wirkte schwermütig mit den geröteten Augen und den niedergeschlagenen Lidern, selbst wenn sie lächelte.

»Wer garantiert mir, dass Radu nicht in Gefahr gerät, wenn er mit Ihnen spricht?«

»Niemand gerät in Gefahr. Vertrauen Sie mir.« David wunderte sich über die Gefasstheit seiner Stimme. Die Stimme eines Mannes, der nur sein eigenes Ziel vor Augen hatte. Der die Lüge von seiner eigenen Tochter erzählt hatte, weil er aus seinem Versteck vor dem Haus der Frau sie zusammen mit einem Mädchen beobachtet hatte. Mutter und Tochter. Selbst aus der Entfernung war die enge Verbindung zwischen den beiden deutlich zu erkennen gewesen. Und David hatte sofort gewusst, dass dies der schwache Punkt der Frau war.

»Was soll das?«, fragte David mit einem Blick auf das Vorhängeschloss, das Alina in der Hand hielt.

»Vertrauen ist gut, Kontrolle ist besser.«

Sie schloss die Tür hinter sich.

David stand still da und lauschte der grummelnden Ölheizung.

Wie ein Zug, der ohne Ziel durch die Nacht fuhr.

21

Theresa schloss die Tür auf.

»Guten Morgen«, sagte sie in den dunklen Raum.

Ein paar vorwitzige Haarspitzen mogelten sich unter der Bettdecke hervor, als Silja mit einem genuschelten »Guten Morgen« antwortete. Die vollgepinkelte Schlafanzughose hatte sie über den Radiator gehängt.

Theresa schämte sich für ihren Mangel an Empathie am Vorabend.

»Heute Nacht hat es geschneit«, sagte sie unsicher. »Richtig viel.«

»Aha«, kam es gleichgültig von Silja.

»Willst du es dir ansehen?«

»Später vielleicht. Fluff und Flocke brauchen erst mal frisches Wasser und trockene Streu.«

Theresa schielte in den Pappkarton, der mit zwei Eierbechern als Wasserschalen und einer Handvoll Heu eingerichtet war.

»Na, das sieht mir aber nach einem Ganztagsprojekt aus.«

»Was weißt du denn schon davon, dich um jemanden zu kümmern«, murmelte Silja.

Theresa nickte verzagt. Die Worte trafen sie härter, als das Mädchen ahnen konnte. Aber sie hatte es nicht anders verdient. In diesem Moment vermisste sie Davids Fähigkeit, Silja zu besänftigen. Seine Abwesenheit war plötzlich so greifbar, als hätte er ein Stück von der Hütte abgebrochen und mitgenommen.

»Okay, dann lass ich dich mal …«

»Du gibst ja ganz schön leicht auf«, fiel ihr Silja ins Wort.

Theresa runzelte die Stirn. »Was meinst du damit?«

Das Mädchen stemmte sich gereizt auf die Ellbogen. »Mein Schlafanzug muss gewaschen werden, meine Füße brauchen neue Verbände. Und du musst Frühstück machen. Schaffst du das?«

In der folgenden Stille wurde Theresa klar, dass sie vor einer ganz neuen Herausforderung stand. David als emotionaler Puffer zwischen ihnen war nicht mehr da. Und die Umstellung gelang dem zehnjährigen Mädchen eindeutig schneller als ihr.

»Ähm, was hättest du denn gerne zum Frühstück?«

»Haferbrei mit Zimt und einem Butterklecks.« Silja befreite sich von der Decke und schwang die Beine über die Bettkante. »Du musst mir helfen, in die Küche zu kommen. Meine Füße tun saumäßig weh.«

Theresa ging zu ihr und stützte sie bis in die Küche.

»Wow, das sieht ja aus wie in *Frost*«, platzte Silja heraus, als sie die Schneemassen vor dem Küchenfenster sah.

Theresa half ihr auf ihren Stuhl.

»Welcher Frost?«

Silja humpelte grashüpferleicht auf ihren wunden Füßen.

»Sag nicht, dass du *Frost* nicht kennst? Das muss wirklich ein seltsamer Ort gewesen sein, an dem du dich versteckt hast.«

Theresa füllte einen Eimer mit lauwarmem Seifenwasser und stellte ihn vor Siljas Stuhl.

»Weich deine Füße ein, dann verbinde ich sie dir hinterher neu.«

Sie setzte einen Topf mit Haferflocken und Wasser auf den Herd und schaltete die Platte an.

»Ich mag es, wenn der Haferbrei so'n bisschen schleimig ist«, sagte Silja hinter ihr.

»Und wie viel Butter? Großer Klecks?«

»Nicht größer als die größte Staubfluse auf dem Boden. Das sagt David immer.«

»Den kann ich grad nirgends sehen. Du?«

Hinter ihr ertönte ein gedämpftes Kichern. Theresa fühlte eine ungewohnte Leichtigkeit in ihren Bewegungen, als sie den Brei umrührte, und sie bekam eine Gänsehaut. Gar nicht unangenehm. Eher wie eine wärmende Hautschicht. Sie hatte völlig vergessen, wie es sich anfühlte, gebraucht zu werden. Jemandem etwas zu bedeuten. Sie rieb sich mit dem Handrücken die Augen, ehe sie den Topf von der Platte nahm.

»Während wir den Brei abkühlen lassen, seh ich mir deine Füße an.«

Sie kniete sich vor Silja, nahm ihre Füße nacheinander aus dem Wasser und tupfte die Schnitte mit einem Tuch trocken. Eine Weile hörte sie nur tropfendes Wasser und Siljas seufzende Atemzüge. Theresa spürte den Blick des Mädchens auf sich.

»Werde ich mal wie du, wenn ich groß bin?« Siljas Stimme war ein leises Flüstern.

»Vielleicht. Warum?«

»Nichts.«

Theresa strich mit einem Finger über Siljas Knöchel, folgte den Knochen und betrachtete die kleinen Zehennägel. Spürte die ungewohnte Nähe von etwas zugleich Fremdem und intim Vertrautem.

»Tut das weh?«, fragte sie.

»Es brennt ein bisschen.«

»Sollen wir eine Pause machen?«

»Nein, ist schon okay. Papa sagt immer, dass man ...«

Es platschte, als Theresa den Lappen in den Eimer fallen ließ. Es war, als würde jemand einen Eimer kaltes Wasser über ihr ausgießen, als Williams böser Blick sie aus Siljas Augen anstarrte.

»Aua, du tust mir weh!«

Theresa zog die Hand zu sich. Sie sah den roten Abdruck über Siljas Knöchel, wo sie unbewusst zugedrückt hatte.

»Ich … ich«, stotterte Theresa. Ihr Herz hämmerte so heftig, dass die Worte sich verhedderten.

Und dann brach alles auf einmal über sie herein: die einstürzende Mauer, Williams Würgegriff, die Panik, keine Luft mehr zu kriegen, Siljas angstbleiches Gesicht.

Theresa stürmte aus der Küche, einen einzigen Gedanken im Kopf: Wie konnte sie sich einbilden, jemals wieder für irgendeinen Menschen wichtig zu sein?

22

David schlug die Augen auf und stellte den Wecker seiner Smartwatch aus. Er stöhnte, als er die Daten des Schlaftrackers sah. Er wollte schon lange die Funktion deaktivieren. Es konnte nicht gesund sein, mit einem Säulendiagramm aufzuwachen, das einem direkt aufs Auge drückte, wie schlecht man geschlafen hatte.

Er gab die Adresse des Krankenhauses, vor dem er mit Alina verabredet war, ins GPS ein. Dann schälte er sich aus dem Schlafsack und kam mit einem Altmännerstöhnen auf die Beine. Seine Isomatte war für nachgiebigen Waldboden designt, nicht für Beton. Er fühlte sich wie von einer Dampfwalze überrollt.

Er spritzte sich an dem Handwaschbecken Wasser ins Gesicht. Sein T-Shirt war durchgeschwitzt. Hinter der Wand bollerte die Ölheizung. Er legte eine Hand an die stockfleckige Fläche. Warm.

Trotz Schlafmangel war er gut aufgelegt. Immerhin war die Abstellkammer im Laufe der Nacht nicht von der Polizei gestürmt worden. Alina war also offensichtlich das, wofür sie sich ausgab. Eine Verbündete. Das war ein guter Start in einer Stadt, in der er eine lebendige Zielscheibe war.

Er zog sich frische Sachen an, aß zwei Proteinriegel und öffnete vorsichtig die Tür. Der Korridor zum Lagerraum war dunkel. Er schlüpfte durch die Brandschutztür ins Freie und gewöhnte seine Augen an das grauweiße Dämmerlicht, ehe er den Praxisgarten durchquerte und auf die Straße trat.

Das Smartwatch-GPS informierte ihn darüber, dass der kürzeste Weg zum Romanian Clinical Hospital durchs Stadtzentrum führte. Er gab eine alternative Route durch die Parks um die Temeswar Orthodox Cathedral ein. Das Zentrum wäre selbst mit seiner Tarnung ein unnötiges Risiko. Der Innenstadtbereich war überlaufen von Volos' Leuten und der Polizei, die beide Nicó Krause im Visier hatten.

Er saugte alle Details in sich auf während seines Fußmarsches von Ost nach West durch diese exzentrische Stadt, die marginalen, aber trotzdem ins Auge fallenden Veränderungen in der Architektur, den Läden, den Cafés, dem Kleidungsstil der Leute. In einem Tankstellenshop kaufte er eine Schachtel Streichhölzer und eine kleine Flasche Brennspiritus.

Er lehnte sich an eine niedrige Mauer, von der er den Parkplatz gut im Blick hatte. Dann zündete er sich mit dem Feuerzeug eine Zigarette an. Das achtstöckige, schmutzig graue Betongebäude mit den moosgrünen Balkonen und den hoch aufragenden Antennen auf dem Dach sah aus wie eine nicht allzu gelungene Kreuzung zwischen Art déco und DDR-Plattenbau.

David klemmte ein Streichholz so in die Spanne zwischen Daumen und Streichholzschachtel, dass der Zündkopf auf die raue Reibfläche drückte. Sobald er den Daumen nach unten schnappen ließe, würde sich der Zündkopf entzünden und mit feurigen Purzelbäumen durch die Luft fliegen. Streichholzkrieg. Damit hatten er und seine Kumpel sich auf dem Schulhof die langweiligen Pausen vertrieben.

David ließ den Daumen nach unten schnappen.

Das Streichholz brach, und der glühende Zündkopf versengte seine Fingerkuppe.

»Shit!« Er wedelte mit der Hand und klemmte das nächste Zündholz ein.

Als Alina kam, war seine Daumenspitze schwarz verrußt.

»Sind Sie bereit?« Sie schaute auf den Haufen abgebrannter Streichhölzer zu seinen Füßen.

Als sie zwischen den parkenden Autos hindurch zum Eingang der Klinik gingen, beobachtete David aus dem Augenwinkel die Trippelschritte der Frau, ihren nervös flackernden Blick.

»Wie oft waren Sie schon hier?«

»Ich hab aufgehört zu zählen.«

»Das Personal kennt Sie also? Dann achten Sie darauf, nicht von Ihren Gewohnheiten abzuweichen und sich so wie immer zu verhalten.«

»Weinen, meinen Sie? Mich aufregen? Ich bin für beides zu nervös.«

»Probieren Sie es. Wir wollen so wenig Aufmerksamkeit auf uns ziehen wie möglich.«

»Aber das hier ist doch …«

David blieb stehen. Drückte beruhigend ihre Schultern.

»Stellen Sie sich vor, Sie wären unter Wasser. Langsame, kontrollierte Bewegungen. Der Körper wird dann ganz von alleine ruhig.«

»Unter Wasser?« Sie schüttelte den Kopf. »Ich krieg ja so schon kaum Luft.«

Sie gingen durch die Schiebetüren des Haupteingangs. Die Rezeptionistin hob den Blick von ihrem Computerbildschirm. Nach hinten frisiertes Haar, roter Lippenstift, formelles Lächeln unter müden Augen.

»Heute so früh, Alina? Hatten Sie gestern nicht Spätschicht?«

»Ich habe gerade Simona in die Schule gebracht.«

David lächelte im Vorbeigehen und signalisierte Alina mit einem Blick, dass sie nicht langsamer werden sollte.

»Und wen haben Sie da mitgebracht?«

Sie waren an der Schranke vorbei.

»Einen Freund der Familie«, antwortete Alina über die Schulter.

»Moment.« Ihre Stimme klang jetzt strenger.

David blieb stehen, drehte sich um und sah die Rezeptionistin, wie er hoffte, freundlich verwundert an. Sie beorderte ihn mit einem wippenden Zeigefinger zurück an den Tresen.

»Sie können hier nicht einfach so reinspazieren!«

David fluchte innerlich. Er verstand genügend Rumänisch für den Hausgebrauch. Aber er sprach es ungefähr so, wie Dänen Schwedisch sprechen: sehr viel schlechter, als sie es sich einbildeten. Sie würde sofort seinen Akzent hören, Fragen stellen. Im schlimmsten Fall seinen Ausweis sehen wollen.

»Radus Bruder ist fast taub«, sagte Alina. »Er kommt vom Land. Fährt Traktor ohne Hörschutz. Er spricht nur selten.«

Es folgten ein paar Sekunden Stille, in denen die Frauen sich ansahen. Schließlich schob die Frau ein Clipboard über den Tresen. »Stumm oder nicht, neue Besucher müssen sich anmelden. Das wissen Sie doch.«

Alina kritzelte etwas auf das Blatt und zog David mit sich ins Wartezimmer. Sie nahmen auf den harten Plastikstühlen Platz und schnappten sich eine Zeitschrift von dem Stapel. Das Wartezimmer war voller verschlafen aussehender Gestalten. Manche unterhielten sich gedämpft, jemand weinte leise, in der Spielecke wühlte ein Kind in der Legokiste. Auf der anderen Seite einer drahtverstärkten Glasscheibe herrschte ein lautloses Gedränge von hin und her laufenden Krankenschwestern, Ärzten und Pflegern, vorbeirollenden Patientenbetten und Türlampen, die von Rot auf Grün wechselten.

Alina atmete schwer.

»Umblättern nicht vergessen«, flüsterte David.

Vielleicht war es seine Paranoia, aber er hatte das Gefühl, dass die Rezeptionistin immer wieder zu ihnen rüberschaute. Nach einer halben Stunde klappte er die Zeitschrift zu und stand auf.

»Geht es jetzt los?«, fragte Alina.

David nickte. Sein Magen grummelte nervös. »Egal, was passiert, verhalten Sie sich ruhig.«

Sie sah ihn mit ängstlich aufgerissenen Augen an. »Was haben Sie vor?«

»Mal schauen.«

»Sie lügen. Sie haben doch was geplant.«

»Ja.« Er zog den Reißverschluss halb hoch. »Aber es ist das Beste, wenn Ihre Reaktion echt ist.«

David verließ das Wartezimmer. Mit gesenktem Blick spazierte er an der Rezeption vorbei und ging erst schneller, als er um eine Ecke bog. Er trat in einen Toilettenraum und kontrollierte, dass keine der Türen ein rotes Besetztfeld über dem Schloss hatte. An der gegenüberliegenden Wand waren die Waschbecken und Papierautomaten. Er zog alle Tücher aus einem der Automaten, knüllte sie zusammen und steckte sie sich unter die Jacke.

Dann begab er sich zurück in das Treiben auf dem Krankenhauskorridor. Den beschäftigten Angestellten fiel gar nicht auf, dass der schlanke Mann, der in die Toilette hineingegangen war, jetzt zwanzig Kilo schwerer wieder herauskam.

Auf der Fahrstuhlfahrt in die Kellerebene schraubte David den Verschluss von der Spiritusflasche. Hier unten war weniger los als in dem quirligen Empfangsbereich. Weiße Kittel mit ernsten Mienen hasteten vorbei, ohne ihn zu beachten. Einige Türen standen offen. Aus dem Augenwinkel sah er Gestalten mit himmelwärts gewandten Gesichtern, reglos in ihren Betten liegend wie angeschwemmtes Treibgut.

Er folgte mit ruhigen Schritten dem scharf abknickenden Gang. Der Wachmann vor Radus Zimmer war nur mit seinem Handy beschäftigt. Er hob nicht einmal den Blick, als David an ihm vorbeiging.

Etwas weiter den Flur runter kam eine Krankenschwester mit einem Essenswagen. Er kniete sich hin und fingerte an seinem

Schnürsenkel herum. Als die Schwester in einem der Zimmer verschwand, lief er los. Kurz vor dem Essenswagen zog er den Reißverschluss seiner Jacke runter und verteilte Spiritus auf dem Papierklumpen. Ohne langsamer zu werden, ließ er im Vorbeigehen den durchtränkten Papierball in den Abfallsack des Essenswagens fallen und ging weiter zu einem Wasserspender.

Er hielt einen Becher unter den Wasserstrahl. Beobachtete mit einem Seitenblick den Wachmann. Der Kerl war immer noch voll auf seinen Bildschirm konzentriert.

Die Schwester kam wieder heraus, schob den Wagen zur nächsten Tür und wiederholte die Prozedur, scheinbar ohne den Spiritusgeruch zu bemerken. Teller, Plastikverpackung, rein ins Zimmer.

David schob eine Hand in die Jackentasche und ging den gleichen Weg zurück, den er gekommen war. Gesetztes Tempo. Keine Eile.

Drei Meter vor dem Essenswagen zog er die Hand aus der Tasche. Hielt sie dicht an die Hüfte.

Zwei Meter.

Er peilte das Ziel an.

Ein Meter.

Direkt neben dem Wagen ließ er den Daumen nach unten schnappen. Mit einem kurzen Zischen begann das Streichholz zu brennen. Der Wachmann hob den Blick und bekam den Fahrtwind des vorbeigehenden David in die Augen.

Ein schwacher Geruch nach Schwefel und Rauch hing in der Luft. Zu schwach, hoffte David. Er hörte ein Stuhlbein über den Boden scharren und widerstand dem Drang, einen Blick über die Schulter zu werfen. Weiter unten im Flur waren Schritte zu hören. Er nahm die Hände aus den Taschen. Bereitete sich darauf vor, eine Hand auf seiner Schulter zu spüren, die Hand zum Ellbogen herumzuwinden und den Wachmann auszuschalten.

Er wollte keine Gewalt. Aber er konnte sie einsetzen, wenn er musste.

Im nächsten Augenblick hallte ein Schrei durch den Korridor.

»*Ajutor! Este în flăcări!*« Hilfe! Es brennt!

Jetzt drehte David sich um.

Der Wachmann rannte von ihm weg zu der panischen Krankenschwester, die mit den Armen wedelte, als wollte sie so die Flammen löschen, die aus ihrem Essenswagen auflodderten.

Und dann heulte der Feueralarm los wie eine alte Schulglocke.

David lief zu der Tür mit dem leeren Stuhl davor und trat ein. Die Vorhänge waren vorgezogen und das Licht gelöscht, und es war dunkler und kälter als sonst in einem Krankenzimmer. In dem Dämmerlicht waren die Umrisse eines Bettes zu erkennen, und in dem schwachen Licht der blinkenden Apparate sah er die Silhouette eines darin liegenden Menschen. Über dem Bett hing eine kleine Wandlampe. Er knipste das Licht an.

Davids Nackenhaare stellten sich auf. Selbst in der spärlichen Beleuchtung war der Anblick nur schwer zu ertragen. Es würde eine Reihe rekonstruierender Operationen brauchen, um aus diesem Schlachtfeld auch nur annähernd wieder ein Gesicht zu formen.

Er schluckte den Würgereflex runter. Für solche Empfindlichkeiten war keine Zeit. Er hatte ungefähr eine Minute, bis er wieder hier raus sein musste.

»Radu? Verstehen Sie mich?«

Keine Reaktion.

David widerstand dem Drang, ihn zu schütteln, und wiederholte seine Frage etwas lauter.

Die zerfetzten Lippen des Patienten zuckten. Die Worte rieselten wie Schuppen heraus. »Wer ... sind ... Sie?«

»Ein Freund von Alina.«

Die Augenlider in dem zerstörten Gesicht blieben geschlossen.

»Wir haben nicht viel Zeit«, erklärte David und beugte sich zu ihm hin. »Was wissen Sie über Nicó Krause?«

Endlich kam eine Reaktion. Radus Brustkorb hob und senkte sich mit großer Anstrengung. Der Anhänger seiner Halskette in der Halsgrube blinkte matt. »Gefahr. Große Gefahr.«

»Ist Nicó in Gefahr?«

»… Frage der Zeit. Sie sind dicht dran.«

David warf einen gehetzten Blick raus auf den Flur. Hörte er das Rauschen eines Feuerlöschers? Schwer zu sagen bei dem infernalischen Lärm der Alarmglocke.

»Wer ist dicht dran?«, fragte er. »Was wissen Sie über Nicó Krause?«

»Nicht nur Nicó. Alle.«

»Alle? Was meinen Sie damit?«

Radus Augenlider glitten nach oben. David schauderte. Beide Augäpfel glänzten tiefrot, entzündet.

»Alle, die zu Nicó gehören«, hauchte er. »Sie werden leiden. Sterben.«

»Wissen sie, wer Nicó ist?«

Er atmete hektisch und rasselnd. »Arcturus.«

»Was ist das?«

»Das Einzige, was sie aufhalten kann.«

Die Fragen überschlugen sich in Davids Kopf, als er die Stimme zu ignorieren versuchte, die ihm laut ins Ohr brüllte, dass er sich schleunigst aus dem Staub machen sollte. Lass dir was einfallen, mach schon!

Der Alarm verstummte, Rufe und lauter Tumult drangen durch die Tür.

Er starrte Radu frustriert an, dessen Antworten nur noch mehr Fragen aufwarfen.

»Tut mir leid, aber ich muss Ihrer Frau ein bisschen Hoffnung geben.«

Er umfasste den Anhänger der Halskette, riss ihn mit einem kurzen Ruck ab und steckte den Schmuck in die Hosentasche, ehe er raus auf den Flur lief.

23

Der Feueralarm schrillte ohrenbetäubend durchs Wartezimmer. Alina schaute durch die Glasscheibe, hinter der das Krankenhauspersonal hektisch hin und her lief. Eine junge Frau drehte sich mit blutig verschmierter Nase im Kreis, während Krankenschwestern um ein Bett herum einen hysterischen Jungen festzuhalten versuchten.

Sie schluckte. Dieses Chaos hatte ganz offensichtlich der namenlose Mann ausgelöst. Sie betete zu Gott, dass er Radu nichts angetan hatte.

»Alina?«

Das Gesicht mit dem gelben Glorienschein von der Deckenlampe, in das sie hochschaute, war nicht Gott. Die Rezeptionistin lächelte ausdruckslos.

»Wo ist Ihr Freund?«

Alina sah die zwei durchtrainierten, Kaugummi kauenden Wachmänner an, die sich hinter ihr aufgebaut hatten.

»Ich habe ihn vor zwanzig Minuten auf die Toilette gehen sehen«, sagte die Rezeptionistin, professionell, nicht anklagend.

Der Alarm verstummte.

Alina sah sich um. Die anonyme Menge hatte sich im Schreck über den falschen Alarm und die Hektik vereint zusammengedrängt. Sie konnte ihn nirgends sehen. Er ließ auf sich warten. Natürlich kam er nicht zurück.

»Und?«, sagte die Rezeptionistin und fuchtelte mit ihren roten Nägeln herum. »Wo ist er?«

Alina bereitete sich innerlich auf ein Geständnis vor, als er auf sie zugehumpelt kam.

»Wo waren Sie?«, giftete die Rezeptionistin. »Sie sind verschwunden, und kurz darauf ist der Alarm ausgebrochen.«

Er sah sie stumm an. Die Männer hinter ihr stellten die Kaubewegungen ein und pumpten ihre Brustmuskeln unter den Uniformjacken auf. Alina schüttelte resigniert den Kopf. Er war entlarvt. Jetzt waren sie dran.

Da streckte der Mann den Daumen hoch. Die Fingerspitze war schwarz verrußt.

»Brandwunde«, sagte er. »Tut höllisch weh. Eine nette Schwester hat mir Salbe gegeben.«

»Wie heißt die Schwester?«

»Weiß ich nicht.«

»Ana? Petra?«

Der Mann zog die Schultern hoch.

»Tut mir leid, weiß ich nicht.«

David und Alina überquerten die stark befahrene Straße vor dem Krankenhaus und liefen zügig weiter. Irgendwann blieb Alina stehen und sah ihn mit wildem Blick an.

»Sie!«, presste sie kurzatmig hervor, verstummte aber, als sie sah, dass sie neugierige Blicke auf sich zog. Sie machte einen Schritt auf ihn zu und dämpfte die Stimme. »Sie haben Feuer in einem Krankenhaus gelegt.«

»Ich hatte alles unter Kontrolle.«

»Packen Sie Ihre Sachen. Sie müssen aus der Praxis raus.«

»Alina, bitte. Atmen Sie. Das ist das Adrenalin.«

»Ich rege mich darüber auf, wie vollkommen egal Ihnen die Sicherheit anderer Menschen ist. Und über die Menschenleben, die ich auf dem Gewissen hätte, wenn das Krankenhaus abgebrannt wäre!«

»Ich versuche nur, dieser Sache auf den Grund zu gehen. Und Ihnen zu helfen.«

»Ihnen geht es doch gar nicht darum, mir zu helfen. Oder Radu. Sie befinden sich auf einem privaten Rachefeldzug.«

Sie sah ihn verächtlich an. David fluchte innerlich. Die rumänische Frau war seine einzige Verbindung zu Radu. Verlor er sie, war alles verloren.

Er zog die Kette aus der Tasche.

»Radu hat mich gebeten, Ihnen das hier zu geben.«

Ihr Gesicht erstarrte. Sie nahm ihm die Kette aus der Hand.

»Er will Sie sehen, sobald er so weit ist«, sagte David mit schlechtem Gewissen über die bitter schmeckende Lüge.

Alina stieß einen erleichterten Seufzer aus, mit Tränen in den Augen. »Hatte er seine Hausschuhe an?«

David runzelte die Stirn. »Hausschuhe? Ich hab keine gesehen.«

»Hab ich mir schon gedacht, dass die Schwester mir nur nach dem Mund geredet hat!«

»Die tun bestimmt alles, was sie können.«

»Tun, was sie können?« Die Farbe wich aus Alinas Gesicht. »Ist es so schlimm?«

David schaute mit offenem Mund einer anzuggekleideten Gruppe Männer hinterher, die an ihnen vorbeilief. Seine Stimmbänder hatten offenbar beschlossen, nicht mehr zu lügen. Die bedauernswerte, traumatisierte Frau nicht weiter auszunutzen. Wobei sein Schweigen viel bedrückender war als jede tröstende Lüge, die er sich hätte ausdenken können.

Als Alina schließlich das Wort ergriff, zitterte ihre Stimme. »Wenn ich um Mitternacht in die Praxis komme, sind Sie weg. Wenn Sie mich jemals wieder kontaktieren, gehe ich direkt zur Polizei.«

David schaute ihr hinterher, als sie die Straße überquerte und ihr Fahrrad aus dem Ständer nahm. Sie trat fest in die Pedale, ohne sich umzusehen.

Sein Spielraum war mit beunruhigender Geschwindigkeit geschrumpft. Er schrieb eine knappe SMS, ein absoluter Schuss ins Blaue, und wurde in einen wilden Strom von Menschen und bruchstückhaften Gesprächen gezogen. Aber vor allen anderen hörte er immer wieder Alinas Stimme.

Sie haben in einem Krankenhaus Feuer gelegt.

Das war ein beängstigender Gedanke.

Aber noch beängstigender war die Tatsache, dass er keinen Gedanken daran verschwendet hatte, bis sie es gesagt hatte.

24

Theresa kämpfte sich durch die Schneewehen am Straßenrand. Das Salz und die Eisschicht knarrten unter ihren Stiefelsohlen. Das Echo ihrer Schritte durchschnitt die Stille zwischen den Bäumen. Es war erstaunlich, dass so weit draußen mit den weit verstreut liegenden Häusern und der Durchgangsstraße auf der anderen Seite der Kluft die Wege geräumt und gestreut wurden. Aber eigentlich passte es zu dem hohen Lebensstandard eines reichen Landes wie Norwegen.

Sie ging über die alte Steinbrücke, unter der der schwarze Fluss hindurchströmte. Der Hof lag weiter oben am Waldrand. An der Einfahrt des verwahrlosten Grundstücks stapelten sich verrottete Holzzaunteile neben einem Autowrack und zwei notdürftig von einer Plane bedeckten Kühlschränken. Trygve, der fast blinde Witwer, der den Hof bewohnte, war nicht direkt unfreundlich, aber ziemlich depressiv. Wie sein Grundstück hatte er seine besten Jahre hinter sich.

Die Türglocke läutete, als Theresa in den kleinen Laden trat. Hier bezahlte man mit seinem Gewissen, es gab keine festen Preise für das spärliche und teilweise angestaubte Warenangebot in den Regalen. Sie nahm ihren Einkaufsbeutel und packte Mehl, Backpulver, Haferflocken, Mullbinden und vier Eier ein, die einzige Frischware im Laden. Sie ging an die Theke und drückte den Klingelknopf. Es kam niemand aus dem hinteren Raum. Sie wartete noch eine Weile.

Dann hörte sie Schritte. Ein ihr unbekannter Mann tauchte hinter der Theke auf.

Er war vielleicht vierzig, einen Kopf kleiner als sie, Stiernacken, breite Schultern. Sein fettiges Haar klebte strähnig hinter den Ohren, seine Gesichtshaut war schorfig rot. Er schraubte mit schwieligen Fingern den Deckel auf eine Snusdose.

»Hallo. Wer sind Sie?«, fragte Theresa nach einer peinlichen Stille.

»Stein.«

»Wo ist Trygve?«

»Mein Vater? Der ruht sich aus.«

Theresa hatte Schwierigkeiten, Trygves sanfte Züge in diesem ungepflegten, groben Klotz wiederzuerkennen. »Alles okay mit ihm?«

»Warum sollte es das nicht sein?«

»Ich kann mich, ähm, nicht erinnern, dass er jemals was von einem Sohn erzählt hat.«

»Und was hat das damit zu tun, wie es ihm geht?« Es war keine Ironie aus seiner Stimme rauszuhören, die neutral und gedämpft klang. In einem noch schwerer zu verstehenden Dialekt als Trygves.

»Das weiß ich auch nicht«, sagte Theresa mit einem Lächeln. »Kann ich zahlen?«

»In der Regel legen die Leute das Geld einfach auf den Tresen.«

»Ich weiß.«

»Warum haben Sie dann geklingelt?«

»Weil ich Ihrem Vater Hallo sagen wollte.«

»Und dann bin ich gekommen.«

Nach einer weiteren Schweigepause nahm Theresa ihre Geldbörse heraus.

»Wollen wir abrechnen?«

Der Mann bleckte die Zähne und verschob die Kiefer, um den Snus unter der Oberlippe zu justieren.

»Ihr wohnt oben in der Hütte vom alten Wallmann, stimmt's?«

»Ja.«

»Das Dach ist undicht. Ich kann kommen und mich darum kümmern.«

»Alles gut, wir kommen zurecht.«

Er starrte sie mit seinen vorstehenden Augen an. »Warum wollen Sie unter einem undichten Dach leben, wenn es repariert werden kann?«

»Darum kümmert sich mein Mann.«

»Ist der nicht verreist?«

Theresas Wangen begannen zu prickeln. Woher wusste der Kerl, dass David weg war? Sie hatten mit niemandem darüber gesprochen, und er war vorm Hellwerden aufgebrochen.

»Wie kommen Sie darauf, dass mein Mann verreist ist?«

Der Mann fuhr sich mit einer nikotinbraunen Zungenspitze über die Oberlippe. »Kein anständiger Mann schickt seine Frau durch die Kälte zum Einkaufen.«

»Aha.« Theresa sah sich ertappt im Laden um. »Und wo ist Ihre Auserkorene?«

Er sah sie bissig an. Theresa schluckte. Gleich darauf hatte sein Gesicht wieder einen neutralen Ausdruck.

»Soll ich die Eier einpacken?«, fragte er tonlos.

Theresas Herz klopfte, als sie aus dem Laden ins Freie trat. Die beißende Kälte prickelte auf ihren glühenden Wangen. Sie fluchte und schaute zurück zu dem kleinen Laden, versuchte, die Begegnung herunterzuspielen. Mein Gott, das war halt ein armes Würstchen, das sich langweilte. Aber ihr Herzschlag wollte sich nicht beruhigen. Sie war eben bitter daran erinnert worden, wie es war, von einem Mann mit diesem gewissen Blick angesehen zu werden. Geil und angewidert zugleich.

Wie eine Hure.

Theresa räumte die eingekauften Waren in der Küche ein. Ein starkes Unbehagen hatte sie auf dem gesamten Rückweg zur Hütte begleitet. Es wuchs, als die Dämmerung sich grauschimmerig über den Waldrand herabsenkte und der Himmel minutenschnell pechschwarz wurde.

Sie blieb am Fenster stehen und suchte mit dem Blick die Dunkelheit zwischen den Stämmen ab. War das Trygves seltsamer Sohn, den sie gestern dort gesehen hatte? War er nicht nur ein verschrobener Sonderling, sondern gefährlich?

»Wonach guckst du?«

Theresa fuhr erschrocken herum. Silja stand in der Tür.

»Wie lange stehst du schon da?«, fragte Theresa verlegen.

Das Mädchen musterte sie. »Ist irgendwas da draußen?«

Theresa beeilte sich, die Gardinen vorzuziehen.

»Nein, wir sind alleine.«

»Es sah aber aus, als hättest du was gesehen. Das könnte …«

Siljas Gesicht versteinerte sich.

»Was könnte das sein?«

Silja sah Theresa mit großen, ernsten Augen an. »Ich darf nichts sagen.«

»Was um alles in der Welt meinst du?«

Silja stand reglos da, die Finger über dem Nabel verschränkt, als müsste sie dringend pinkeln.

»Sag schon?«, versuchte es Theresa noch einmal.

»Per.«

»Per?«

»Das Eichhörnchen mit dem weißen Fleck.«

Siljas ernster Gesichtsausdruck mit der leisen, fiepsigen Stimme war so komisch, dass Theresa ein Lachen rausrutschte, das sie aber augenblicklich runterschluckte, als sie den gekränkten Blick des Mädchens sah.

»Was ist … mit Per?«

»Er kann sprechen.«

»Was? Ist das Tier etwa in der Hütte gewesen?«

»Ich kann ihn durch die Bretterwand hinten im Garten hören.« Sie fingerte am Saum ihrer Hosentasche herum. »Er hat gesagt, dass ich weglaufen soll. Und dass er im Wald auf mich wartet.«

Theresa war das Lachen vergangen. Sie sah Siljas Pulsschlag unter der dünnen Haut des Halses.

»Was hat das zu bedeuten?«, fragte sie.

Das Mädchen flüsterte jetzt. »Er hat gesagt, dass er sauer wird, wenn ich es irgendjemandem erzähle. Richtig sauer.«

»Aber ...«

»Ich mag heute Nacht nicht alleine schlafen.«

Theresa wusste nicht, was sie davon halten oder wie sie das Ganze interpretieren sollte. Dann versuchte sie, das ungute Gefühl abzuschütteln. Sammelte sich. Du meine Güte. Ein sprechendes Eichhörnchen.

25

David schnallte die zusammengerollte Isomatte an den Rucksack. Die Heizung rumpelte wie eine Armada Bombenflugzeuge. Es musste eiskalt sein da draußen. An einer Stelle sahen die zusammengeballten Stockflecken an der Wand aus wie ein laufender Hund.

Ihm blieb nicht viel Zeit, eine andere Unterkunft zu suchen, wenn er die Nacht nicht bei Minusgraden auf der Straße verbringen wollte. Die von Volos' Männern überrannten Hotels in der Stadt waren keine Option. Sie stiegen in den billigeren Absteigen mit ihren Geliebten und Huren ab, mit ihren Frauen gingen sie in die Drei- bis Vier-Sterne-Hotels. Das Fünf-Sterne-Hotel Tresor le Palais war ebenfalls ausgeschlossen, weil er dort in seiner Rolle als Nicó Krause einmal Schulden von dem Hotelmanager eingetrieben hatte, einem notorischen Spieler und Junkie. Im Laufe der harten Verhandlungen hatte der Manager unfreiwillig seinen Darm entleert. Nicós Gesicht hatte sich garantiert auf seiner Netzhaut eingebrannt.

David seufzte frustriert.

Er suchte die hintersten Winkel seines Gehirns nach brauchbaren Argumenten ab, mit denen er Alina überzeugen konnte. Er sah sie vor sich. Eine sympathische Frau. Fürsorglich. Loyal. Er zweifelte keine Sekunde daran, dass sie weit gehen würde, um die Täter zu finden, die ihrem Mann das angetan hatten. Sie war an einem Punkt angelangt, an dem Moral sich wie ein glutheißer Stein in der Hand anfühlte. An dem es eine gehörige Portion Willensstärke benötigte, nicht seinen ganz privaten, egoistischen Impulsen nachzugeben. Aber noch war sie standhaft und ihren Werten treu.

David schüttelte den Kopf. Er sah ein, wo der Fehler lag. Anstatt zu versuchen, Alina zu überzeugen, sollte er bei ihr in die Lehre gehen.

Er schnallte den Rucksackgurt vor dem Bauch fest und wollte gerade aufbrechen, als die Kellertür aufschwang. David sah die Person im Türrahmen verdutzt an.

»Es ist noch nicht Mitternacht. Ich habe gerade meine Sachen gepackt.«

Alina wog das Vorhängeschloss in der Hand. Die spärliche Beleuchtung betonte die dunklen Halbmonde unter ihren Augen.

»Ich sollte Sie hier einsperren. Die Polizei rufen. Sie sind gefährlich.«

David stand stumm vor ihr.

Alina seufzte. »Er will mit Ihnen reden.«

»Wer?«

»Eine Ärztin aus dem Krankenhaus hat angerufen und gesagt, Radu hätte darum gebeten, dass sein ›Freund‹ ihn besucht. Am Donnerstag nach seiner ersten Hauttransplantation.« Alina sprach leiser, ohne David aus den Augen zu lassen. »Wenn Radu mich zu sich lassen würde, würde ich ihm davon abraten, sich mit Ihnen zu treffen.«

»Und trotzdem sind Sie zu mir gekommen.«

»Das tue ich nur für Ihre kleine Tochter.«

David nickte. »Danke.«

Alina schniefte. »Ich habe einen besseren Schlafplatz für Sie.«

»Ich dachte, Sie halten mich für gefährlich?«

»Wenn mein Mann Ihnen vertraut, muss ich das auch.«

»Weil Sie ihn lieben?«

»Weil ich glaube, dass Radu vielleicht einen gefährlichen Freund braucht.«

Alina führte David durch ein Gittertor vor einem rußschwarzen Wohnblock im Osten der Stadt. Sie schloss die Eingangstür auf und ging die knarrende Treppe in den dritten Stock hinauf. David roch Gras, Nudelsoße und etwas Fauliges, wie ein in der Sonne gärender Müllsack.

»Hier wohnen Familien und alleinstehende Männer«, fasste Alina treffend die Geruchspalette zusammen.

Vor einer verschrammten Tür blieb sie stehen. Der Name des Bewohners war auf einem Streifen Papier über ein Messingschild geklebt.

»Mihai Pavel«, las David laut.

»Mein Onkel«, erklärte Alina und drehte den Schlüssel im Schloss herum.

»Ist er zu Hause?«

»Vielleicht. Ansonsten ist er in seiner Datsche.«

»Hat er nichts gegen Fremde in seiner Wohnung?«

»Es würde mich überraschen, wenn er Sie überhaupt bemerkt.«

Der erste Raum der Wohnung war ein Wohnzimmer, in dem es muffig roch wie nach den Sachen im Kleiderschrank eines Verstorbenen. An einer Wand stand ein unlackiertes Pressholzregal voller Ordner, in der Ecke daneben ein hellgrauer Bauerntisch mit gedrechselten Beinen. Auf dem Tisch war unter ein paar Bierdosen und Weinflaschen, drei zerknüllten Tabakbeuteln und einem Kaffeebecher mit Rotweinflecken eine Landkarte ausgebreitet.

»Sie können hier schlafen«, sagte Alina mit einem Nicken zu einem Sofa mit platt gedrückten Kissen hin, das wie ein havariertes Gummiboot aussah. »Ich hole Ihnen ein Laken zum Zudecken.«

»Wie wäre es mit einer Plane?«

Ein Lächeln zuckte in Alinas Mundwinkeln.

»Brauchen Sie sonst noch was?«
»Kommt Ihr Onkel irgendwann nach Hause?«
»Das will ich hoffen.«
»Hoffen?«
»Damit Sie begreifen, dass ich auch einen gefährlichen Freund habe.«

Ihre Blicke verhakten sich für einen kurzen Moment, ehe sie das Wohnzimmer verließ und die Tür hinter sich zuknallte. Und David in jäher Stille zurückließ. Er drückte die Fingerspitzen an die Schläfen. Die Müdigkeit brummte in seinem Kopf und im ganzen Körper. Nach knapp zwei Tagen in Temeswar fühlte er sich wie durch die Mangel gedreht, bombardiert mit Eindrücken und Entscheidungen und gebeutelt von einem allzu früh einsetzenden schlechten Gewissen.

Er setzte sich aufs Sofa und rauchte bei geschlossenen Fenstern eine Zigarette, in der Hoffnung, den strengen Geruch in der Wohnung ein wenig zu neutralisieren. Dabei googelte er Arcturus. Der hellste Stern der nördlichen Himmelssphäre. Aber nicht die astronomische Bedeutung fesselte seine Aufmerksamkeit. Arcturus war auch der lateinische Name für einen Wächter.

Wenig später kroch er auf dem zu kurzen Sofa in seinen Schlafsack und schloss die Augen. Er lag ganz still und konzentrierte sich auf seinen Atem. Die leeren Augenblicke zwischen den Gedanken wurden immer länger. Sein Herzschlag wurde ruhiger.

26

Ein Scheppern krachte in Davids Träume.
Er schreckte mit einem Ruck hoch und fuchtelte abwehrend mit den Armen in der leeren Dunkelheit über sich.
Es krachte erneut.
Er wälzte sich mit dem um die Knöchel verknoteten Schlafsack auf den Boden. Säuerlicher Bratenduft stieg ihm in die Nase. Er blinzelte verwirrt zu dem Lichtstreifen unter der angelehnten Küchentür.
Er schnappte sich eine der leeren Weinflaschen und schlich barfuß über den Parkettboden. Die freie Hand legte er auf die Klinke und riss die Tür auf.
Der Anblick war so unerwartet, dass er ein paar Sekunden dumpf den grauhaarigen Mann in der Lederjacke anstarrte, der sich mitten in der Nacht eine Wurst briet, während Ascheflocken von der Zigarette zwischen seinen Lippen rieselten. Er konnte alles zwischen fünfzig und siebzig sein. Lederhaut, schlaksig, ein Netz aus Falten um die Augen, manche so tief, dass es aussah, als könne man darin einen Zahnstocher festklemmen. Das graue, an den hohen Schläfen zurückgestrichene Haar lockte sich im Nacken.
David rieb sich die brennenden Augen.
»Bratwurst in Essig«, sagte Alinas Onkel mit hoch konzentriertem Blick auf die brutzelnde Pfanne. »Die klebt sich beim Kauen an den Gaumen, der Geschmack geht sozusagen direkt in die Tränenkanäle.«
Der sonore Bariton passte perfekt zu dem zerfurchten Gesicht.

»Ihre Nichte hat mir einen Übernachtungsplatz auf Ihrem Sofa angeboten.« David lächelte matt.

»Das hab ich gesehen.«

»Wundert es Sie nicht, dass ein Fremder auf Ihrem Sofa schläft?«

»Ich hab Hunger. Und dachte mir, dass Sie mir schon erzählen, was Sie in meiner Wohnung machen, wenn Sie wach werden.« Er sah ihn mit zwei dunklen, tief liegenden Augen an.

»Und genau das passiert ja gerade, oder?«

»Ja.«

»Meine Mutter war Wahrsagerin in dem kleinen Dorf, in dem ich aufgewachsen bin. Und bei der Geburt kriegt man ja halbe-halbe die Gene seiner Mutter und seines Vaters mit. Also: Ich kann die Zukunft vorhersagen.«

David wischte sich mit dem Kragen die Tränen von den Wangen.

»Und was haben Sie von Ihrem Vater mitbekommen?«

»Keine Ahnung, der hat sich vor meiner Geburt verdünnisiert. Es hat meine Mutter ihren guten Ruf gekostet, dass sie in dem Loser eine Zukunft gesehen hat.«

Mihai stach eine Gabel in die Wurst und klatschte sie auf einen Teller. Dann setzte er sich an seinen kleinen Esstisch, die Gabel im Mundwinkel hängend, und quetschte den letzten Rest Senf aus einer Tube. Plötzlich hielt er inne.

»Hunger?«

David sah die ölig glänzende Wursthaut.

»Danke, nein.«

»Warum glotzen Sie dann wie eine Kuh?«

»Ich leg mich wieder hin. Danke, dass ich hier übernachten kann.«

Mihai biss mit zwei gelben Schneidezähnen den Wurstzipfel ab.

»Steigen Sie mit Alina in die Kiste?«

»Nein, natürlich nicht!«

»Könnte doch sein. Jetzt, wo Radu sein Gesicht verloren hat.«

»Ihre Nichte macht sich große Sorgen um ihn.«

»Was zum Teufel verstehen Sie denn schon von Frauen? Die verstehen sich ja selber kaum.«

David musterte Alinas Onkel. Er schien betrunken zu sein. Oder verrückt. Vielleicht beides.

»Jetzt gucken Sie nicht so grimmig.« Mihai kaute munter auf seiner Wurst. »Der Krieg hat mich gelehrt, dass ein humorloser Soldat tot ist, bevor er seinen ersten Schuss abgefeuert hat.«

David nickte. Er wusste, was der Onkel meinte. Kannte selber nur zu gut den Galgenhumor der Polizisten, um tragische Ereignisse zu bagatellisieren und die eigene emotionale Distanz zu wahren.

»Wo haben Sie gedient?«, fragte David.

»In einem Krieg, der keine Medaillen verleiht.«

»Söldner?«

Er schüttelte kauend den Kopf. »Für meine Heimat. Moldau.«

»Ich wusste gar nicht, dass Moldau in jüngster Zeit in einen Krieg verwickelt war.«

Mihai öffnete mit einem feuchten Zischen eine Dose Bier.

»Nicht Kunst oder Kultur, die Bevölkerungszahl oder die Farben der Flagge definieren eine Nation, sondern die Politik und ihre Kriege.«

»Soll heißen, Sie haben in einem geheimen Krieg gekämpft.«

»Jepp. Die Politiker wollten einen Baum fällen, ohne mit der Axt in der Hand gesehen zu werden.« Er trank. »Haben Sie Ihrem Land gedient?«

David nickte.

Mihai stellte das Kauen ein, zum ersten Mal richtig aufmerksam. »Aber da haben Sie das nicht gelernt«, murmelte er.

»Was?«

Er führte verschmitzt die Dose an die Lippen, trank, und wischte sich mit dem Handrücken den Schaum aus dem Bart.

»Machen Sie die Tür zu, damit ich Sie nicht wach halte.«

»Wollen Sie nicht schlafen?«

»Schlafen? Und dann?« Mihais Augenlider glitten ganz auf, als wollten sie den Tränen Platz machen, die ihm eine Sekunde später von seinem kehligen Lachen in die Augen schossen.

David kroch zurück in den Schlafsack und schloss die Augen. Das heisere Lachen aus der Küche folgte ihm bis in den Schlaf.

27

Karl-Ove hatte das kleine Familienhotel in Terråk, Gemeinde Bindal, nach dem Tod seines Vaters 1987 übernommen. Weder war es eine Überraschung gewesen, dass sein Vater relativ jung den Kampf gegen den Mundhöhlenkrebs verloren hatte, noch dass Karl-Ove derjenige der vierköpfigen Geschwisterschar war, der das Familienunternehmen übernahm. Seine drei Brüder hatten alle nach Höherem gestrebt und sich in Oslos schillerndes Verderben gestürzt, wo sich ihre Großstadtambitionen schnell in bescheidenen Karrieresackgassen festgefahren hatten. Diese Enttäuschung hatte Karl-Oves ältesten Bruder vor vielen Jahren in den Selbstmord getrieben. Die beiden anderen hatten sich inzwischen mit verbrannten Träumen und Fingern in andere Käffer zurückgezogen.

Sie hätten auch einfach bleiben können. Aber heutzutage war ja niemand mehr zufrieden mit seinem kleinen Leben. Karl-Ove seinerseits hatte keine Zweifel. Wenn diese hektischen Stadtnorweger, die jeden Sommer Bindal mit ihren krakeelenden Gören und teuren Karren überrannten, erst mal erfahren hatten, wie so ein Leben in einem ganz eigenen Tempo war, wollten sie ihre Autoschlüssel im Fjord versenken und nie mehr zurück in die Hauptstadt.

Karl-Ove beugte sich über den Empfangstresen und schaute aus dem großen Fenster über Terråks bescheidenen Marktplatz. Sein fester Aussichtsposten seit bald vierzig Jahren. Von hier aus sah er einen Ort, der seinen lokalen Geschäften treu geblieben war, die lokale Waren verkauften, die mit dem Fleiß lokaler Generationen produziert worden waren. Aber er hatte durch die verdunkelte Glasscheibe auch ganz andere Dinge im abendlichen Dämmerlicht gesehen. Da brauchte es keine sozialen Medien, wo sich alle gegenseitig ihre in Szene gesetzten Glückspillen aufschwatzten. Ihr wahres Ich zeigten nur die Leute, die sich unbeobachtet fühlten.

Seitensprünge, Schlägereien, Trunkenheit, Leute, die mit Absicht eine Beule ins Auto ihres Nachbarn fuhren. Oh ja, Karl-Ove hatte viele menschliche Schattenseiten durch sein Fenster beobachtet. Und ab und zu hatte er was durchsickern lassen. Zur Belebung des Alltags. Kleine Orte waren schließlich nur so attraktiv wie die Qualität ihres Tratsches.

Das Licht von zwei Autoscheinwerfern schwappte durch die Rezeption. Für einen Augenblick war Karl-Ove hinter seinem Fenster hell erleuchtet. Er kniff die Augen zusammen. Vielleicht bildete er es sich ja nur ein, aber ihm war, als hätte der Fahrer ihn fixiert, ehe er das Licht ausgeschaltet hatte. Ein schlanker Mann in eng anliegenden Kleidern stieg aus dem Wagen und nahm eine Tasche von der Rückbank.

Karl-Ove beeilte sich, das Licht anzuschalten, und tippte willkürlich auf der Tastatur herum.

Aber es kam niemand herein. Karl-Ove schaute diskret über den Computerbildschirm hinweg.

Der Mann stand reglos draußen auf dem Parkplatz. Sein Atem stand im Licht des roten Coop-Schilds in einer roten Wolke vor seinem Gesicht. Er schien sich einen gründlichen Überblick über den Platz zu verschaffen, ehe er sich ruckartig umdrehte und Kurs auf Karl-Oves Hotel nahm.

Die Tür öffnete sich mit einem eiskalten Windstoß. Karl-Ove hob den Blick erst von dem Bildschirm, als die Schritte vor dem Tresen stehen blieben. Die Augen des Mannes hatten dieselbe Farbe wie die wochenalten Eisflecken auf dem Gehweg. Er war schlank, hatte einen langen, sehnigen Hals und pechschwarzes, kurz geschnittenes Haar. Sein Gesicht hatte etwas Asiatisches.

»Guten Abend«, begrüßte Karl-Ove ihn heiser. »Was kann ich für Sie tun?«

Der Mann neigte den Kopf zur Seite. Seine stille Pose hatte etwas von militärischer Disziplin. Er sagte etwas in gebrochenem Englisch.

Karl-Ove schluckte. Sein alterndes Gehirn war mit den Jahren träge geworden und sein Gedächtnis teilweise schwammig. Seine Englischkenntnisse lagen in einer alten, klemmenden Schublade, und es war wenig zuträglich, dass der Mensch vor ihm ihn hemmungslos musterte.

Karl-Ove räusperte sich. »Ähm. *Welcome. We have rooms for everything.*«

Der Mann zog eine Braue hoch. »*Everything?*«

»*No, no,* natürlich *not! I mean everyone.*« Karl-Ove trank mit heißem Kopf einen Schluck aus seinem Wasserglas.

Der Mundwinkel des Mannes zuckte kurz.

»Lassen wir das mit dem Englisch«, sagte er in einer Mischung aus Schwedisch und Dänisch und schob seinen Pass über den Tresen.

Er fühlte sich neu an. Der Rücken knackte, als Karl-Ove ihn aufschlug. Er notierte den Namen des Mannes, gab ihm den Pass zurück und tippte auf der Tastatur.

»Was führt Sie nach Bindal?«

»Ich will wandern.«

»Im Winter ist es gefährlich da draußen. Ich kenne einen Guide, wenn Sie …«

»Ich komm schon zurecht.«

Karl-Oves Blick klebte am Bildschirm. Der Kerl sah nicht wie ein Wanderer aus. Eher wie jemand, der auf dem Weg nach Oslo falsch abgebogen und nun gezwungen war, in einem gottverlassenen Kaff zu übernachten, über das er sich später mit seinen Freunden in einer sündhaft teuren Cocktailbar lustig machen würde.

»Wie viele Nächte?«

»Drei. Erst mal.«

Karl-Ove nickte und tippte. Seltsame Antwort. Er schob einen Schlüssel über den Tresen. Der Mann wog den grob geschnitzten Holzanhänger in der Hand. Er schien etwas sagen zu wollen, überlegte es sich dann aber anders und verließ die Rezeption, ohne sich noch einmal umzudrehen.

Karl-Ove, der unbewusst die Luft angehalten hatte, atmete aus. Ganz langsam entspannte er sich wieder. Meine Güte. Das war doch nur ein neuer Übernachtungsgast. Schon etwas speziell, aber was sollte es.

Nach ein paar Atemzügen schlug sein Herz wieder normal.

Da sah er den alten Olav draußen auf dem Platz. Hatte der alte Gauner sich etwa ein Paar neue Langlaufski gekauft? Er schuldete ihm immer noch fünfhundert Kronen für eine Übernachtung 1997, als seine Frau ihn vor die Tür gesetzt hatte. Glatt wie ein Aal in der Pfanne war er!

Es vergingen ein paar Minuten.

Karl-Ove verlor sich in seinen Gedanken an seinem Fenster. Die Begegnung mit dem unbehaglichen Gast verzog sich in die hinteren Hirnwinkel. Vielleicht war er ja gar nicht so schräg gewesen und das Ganze hatte nur in seinem Kopf stattgefunden.

28

Er sah sich in dem primitiven Hotelzimmer um. Winziges Bad, kurzfloriger Teppich, in Plastik eingeschweißte Bettwäsche am Fußende des Bettes. Die Acrylbilder an den Wänden sahen aus wie aus einem Volkshochschulkurs. Er rümpfte die Nase. Hierher könnte er noch nicht mal eine Nutte einladen.

Er warf seine Tasche aufs Bett und klappte auf einem kleinen Sideboard seinen Laptop auf. Er stieß mit dem Knie gegen die Wand, als er sich setzte. Er klickte den AES-Verschlüsselungs-Key an und landete in der »Session« seines Auftraggebers. Über den Bildschirm rollte ein verschlüsselter Strom aus Buchstaben, Symbolen und Zahlen. Er decodierte den Code mit seinem Passwort und scrollte sich durch die Kurznachrichten.

11.37 – Shipment #37 am Dock 11 in Karaburun (midnight pickup)
23.55 – Weapons deal cancelled, burn contact in Riga
17.29 – Need adress for officer Radu Romanescu – Timişoara police district, asap!?
04.13 – We have shipment #13X ready for pickup, Port Pescaresc
16.47 – No deal. I will go dark for a while.
10.22 – Pic upload of target

Er öffnete die Bilddatei, lehnte sich zurück und sah meditierend auf die Gesichtszüge der Frau. Klassische Schönheit, wie ein Filmstar aus den Sechzigern, fülliges Haar, markante Brauen und ausdrucksvolle, dunkle und etwas traurige Augen.

Er zog den Reißverschluss der Tasche auf und riss das Preisschild von den Lederhandschuhen, die er in Oslo gekauft hatte.

Nubuk. Er zog die Handschuhe an. Begleitet von einem trockenen Knarren, öffnete und schloss er die Fäuste, während sich das Leder der Form seiner Hände anpasste. Er stellte sich für einen Augenblick das Gesicht der Frau vor. Kurz bevor das Licht in ihren Augen erlosch. Er hatte so viele Menschen auf unwürdige und grausame Weise sterben sehen. Das rasselnde Schnappen nach Luft, die verzerrten Kiefer und geplatzten Äderchen in den Augen, das Erschlaffen des Ringmuskels, wenn der Darm sich entleerte. Erdrosseln war im wahrsten Sinn des Wortes eine beschissene Angelegenheit. Er zog die Opfer vor, die sich mit Würde in ihr Schicksal fügten und ihn das Leben aus ihnen herauspressen ließen. Und dachte an den einzigen andersartigen Auftrag. Der Typ hatte ihn nicht verzweifelt oder panisch angestarrt, sondern regelrecht empört, als wäre das Leben ein Grundrecht, dessen er gerade beraubt wurde. So ein Schwachsinn. Niemand hatte ein Recht auf Leben. Aber die Vorstellungen der Menschen von zukünftigen Ereignissen waren bisweilen sehr lebendig und von Erwartungen geprägt: der Urlaub im nächsten Monat, das im Bauch heranwachsende Kind, der Lover, von dem man nach Feierabend erwartet wurde.

In Wahrheit war das Leben nicht mehr als der nächste Atemzug, der entweder kam oder nicht.

Er spürte das Leder nachgeben und sich um seine Finger schmiegen. Sein Blut begann, schneller durch den Kreislauf zu pumpen. Wenn er das nächste Mal diese Handschuhe anzog, würde die Frau von dem Foto ihm ihr wahres Gesicht zeigen.

29

David war zeitig auf den Beinen und verließ Mihais Wohnung mit dem Schlüsselbund vom Haken neben der Tür in der Tasche. Er hatte keine Ahnung, ob Alinas Onkel noch zu Hause war. Er hatte kein Lebenszeichen aus den ans Wohnzimmer grenzenden Räumen gehört. Auch nicht, als er eine halb volle Flasche Wein umgestoßen und der Nachbar von unten gegen die Decke gehämmert hatte.

David trat hinaus auf den Gehweg. Wie in den anderen Stadtrandvierteln dümpelten die angegrauten Wohnblocks wie namenlose, ärmliche Nebenflüsse von dem schillernden, pulsierenden Zentrum von Temeswar weg. Er folgte einem auf und ab wippenden Regenschirm und suchte Schutz in einem Wartehäuschen an einer Bushaltestelle. Er nahm sein Handy ans Ohr und kaute auf seiner Unterlippe, während das Freizeichen in seinem Gehörgang schrillte.

»*James Curtis' office, how may I help you?*«

David zögerte, als er die Männerstimme am anderen Ende hörte, ohne zu wissen, warum.

»David Flugt hier. Ist James zu sprechen?«

Wie beim letzten Mal waren im Hintergrund Callcentergeräusche zu hören.

»Ich horche mal nach, Sir.«

»Kein Passwort heute?«

Der Sekretär tippte etwas. »Das ist diesmal nicht nötig, Sir.«

Die Verbindung wechselte in ein atmosphärisches Vakuum. David erschrak regelrecht, als unvermittelt eine raue, schlecht gelaunte Stimme in sein Ohr krächzte.

»Hallo?«

»James? Bist du das?«

Es wurde still am anderen Ende.

»David?« Der Brite klang überrumpelt. Gleich darauf ein wenig gefasster. »Bleib kurz dran.«

David hörte schnelle Schritte, und dahinter ein weiter entferntes Geräusch. Ein Pfeifen. Vielleicht eine Straßenbahn? Eine Tür wurde geschlossen. Dann war James zurück am Telefon.

»David, alles in Ordnung?«

»Du klingst erschöpft. Hast du ein Nickerchen im Büro gemacht?«

»Was? Nein. Es geht grad eine heftige Erkältungswelle durch die Abteilung.«

»Solltest du dann nicht besser zu Hause sein?«

»Wie meinst du das?«, fragte James defensiv.

»Na, die Ansteckungsgefahr«, sagte David. »Willst du etwa die Gesundheit deiner werten Kollegen gefährden?«

Der Brite seufzte. »Was ist los? Bist du angekommen?«

»Ich bin angekommen. Aber ich brauche deine Hilfe.«

»David, das ist ...«

»Ja, ich weiß. Das ist riskant. Aber du sollst nur ein harmloses Wort für mich in der EIS-Datenbank recherchieren. Arcturus. Schauen, ob da irgendwas auftaucht.«

»Was soll Arcturus sein?«

»Der klarste Stern der nördlichen Himmelssphäre.«

»*All right,* ich leite die Frage an Europols Astronomieabteilung weiter.«

»Okay, okay«, sagte David. »Ich habe mit Radu gesprochen. Ich bin mir nicht ganz sicher, was genau Arcturus ist. Aber ich glaube, es ist etwas, womit man ...« Er dämpfte die Stimme. »... Volos vernichten kann.«

»Bist du sicher, dass du weißt, was du dort unten laufen hast?«
»Ich weiß, was ich haben will. Das ist wohl fast dasselbe.«
»Du hast keinen Plan, kein Back-up, und auch keine Waffe, wie ich vermute. An deiner Stelle würde ich in Erwägung ziehen …«
»Aufzugeben?«, fragte David. »Wie weit würdest du gehen, wenn deine Familie in Gefahr ist?«
»Bis zum Ende. Ohne zu zögern.« James schwieg ein paar Sekunden. »Aber du hast doch keine Familie …«
»Nein, aber es ist trotzdem persönlich.«

Nach dem Gespräch ging David zurück in Mihais Wohnung. Er hatte James' Privatnummer bekommen, damit er nicht mehr den Umweg über Europol nehmen musste. James war sich ziemlich sicher, dass ihre über das Büro laufenden Gespräche abgehört wurden. Aber er hatte auch klargestellt, dass dies keine Einladung war und David die Nummer nur im äußersten Notfall nutzen durfte. Mit anderen Worten: Der Brite wollte so wenig wie möglich behelligt werden.

Mihai saß mit einer Dose Cola am Küchentisch und starrte mit leerem Blick vor sich hin.

Er zuckte zusammen, als er David sah.

»Da bist du ja«, begrüßte er ihn wie einen alten Bekannten und fegte einen Stapel Briefe und Reklameblätter zur Seite, damit David sich setzen konnte. Er trug einen Overall mit ausgebeulten Knien und einen strohbraunen Strickpullover voller Mottenlöcher, der stellenweise aufgeribbelt war. Mit den fliehenden Geheimratsecken und den Faltenfächern um die Augen sah er aus wie ein wettergegerbter Seebär. »Gut geschlafen?«

»Gut, ja. Danke für den Übernachtungsplatz.«

»Bedank dich nicht bei mir«, sagte er mit kratzig quäkender Stimme. »Umsonst ist das nicht.«

»Was heißt das?«

»Wir fahren zusammen raus zu meiner Datsche.«

»Und was machen wir da?«

»Arbeiten. Ich habe einen Overall für dich.«

David schüttelte den Kopf. »Ich helfe sonst gerne, aber das ist grad ganz schlechtes Timing.«

»Mein Sofa ist ungemütlich und riecht nach Hundearsch«, sagte Mihai. »Vermutlich würdest du an jedem andern Ort lieber schlafen, hab ich recht?«

David nickte. Der Essiggeruch hing noch immer in der Luft.

»Aber es gibt in dieser Stadt für dich keinen anderen Platz als diesen. Du möchtest …« Mihai riss den Dosenverschluss ab und steckte ihn in die Tasche. »… unter dem Radar fliegen, stimmt's?«

David zögerte. Ihm gefiel die Wendung nicht, die ihre Unterhaltung nahm.

»Ganz ruhig, Tom Cruise. Es ist mir scheißegal, ob du in spezieller Mission in Temeswar bist oder weil du vögeln oder sterben willst. Aber heute brauche ich deine Hilfe. So, wie du mein Sofa brauchst. Ein mieser Deal, aber besser als nichts.«

»Wer hilft dir sonst?«

»Jemand anderer.«

David fuhr sich mit der Zunge über die Zähne. »Hast du keine Freunde?«

»Meine Freunde haben entweder weggesprengte Beine oder versumpfen in der Kaffeebar.«

»Warum rufst du nicht einen von denen an?«

Mihai schnaubte verächtlich. »Kaffee*bar*. Promille, Alkohol. Nicht Koffein.«

David schaute auf die Uhr. »Es ist halb neun.«

»Wenn meine Freunde nicht saufen, wenn sie zusammen sind, bringen sie sich gegenseitig um.«

»Warum bleiben sie dann nicht einfach zu Hause?«

»Weil sie sich dann selbst umbringen.«

Er leerte die Cola, plötzlich amüsiert über irgendwas. »Zieh dich um, wir fahren, sobald ich gepisst habe.«

Mihais moosgrüner VW Transporter von 1993 hatte einen funktionierenden Scheibenwischer, einen Seitenspiegel und einen Sicherheitsgurt, der David an den Beifahrersitz fesselte, während der Mann hinterm Lenkrad den Lieferwagen durch den Morgenverkehr lenkte wie eine wild gewordene Flipperkugel.

»Das Problem mit dem Verkehr ist, dass jeder von sich denkt, der beste Fahrer auf der Straße zu sein«, rief Mihai durch den Lärm des rauschenden Gebläses, das den muffigen Geruch in der Kabine verquirlte. »Und darum glauben die Idioten, sie könnten fahren, wie es ihnen passt.«

»Achtung!«, rief David.

Ein Auto hupte, als Mihai auf der Notspur überholte.

»Immer mit der Ruhe. Den Idioten hab ich gesehen.«

Sie fuhren bei Podul Muncii über die Brücke und weiter in östlicher Richtung zur Jiul-Passage und der Calea Aradului.

»Wo liegt die Datsche?«, wollte David wissen.

»In Pecica, im Wald.«

»Ich wusste gar nicht, dass da Menschen wohnen.«

»Tun sie auch nicht.«

Nach wenigen Kilometern öffnete sich die Landschaft. Sie fuhren durch öde Industriegebiete, kleine Ortschaften und vorbei an verschneiten Ackerozeanen. Auf der anderen Fahrspur kamen ihnen lange Lastwagenkolonnen entgegen, deren Luftwellen die Karosserie des Transporters ordentlich durchruckelten.

David beobachtete Mihai von der Seite, der hinter dem Steuer in eine Art Trance gefallen zu sein schien. Kleine Tics zuckten in seinen Mundwinkeln, als würde jeden Augenblick ein Lachen aus ihm herausbrechen. Oder ein Weinen. Die vielen Runzeln und Falten sollten seinem Gesicht eigentlich Charakter geben, aber es war darin weder Sehnsucht, Freude, Trauer, Neugier noch Wut zu erkennen, wie lange er auch danach suchte.

»Soll ich die Katze gleich aus dem Sack lassen und verraten, dass wir hinterher nicht zusammen in die Sauna gehen?«, sagte Mihai, ohne die Straße aus den Augen zu lassen.

David wendete den Blick ab. »Was für eine Arbeit erledigen wir draußen bei deiner Datsche?«

»Je weniger du weißt, desto besser.«

»Was heißt das?«

Mihai zog zerstreut die Schultern hoch.

»Halt an«, sagte David.

»Was?«

»Halt. An.«

»Ist dir schlecht?«

David schloss die Hand um die Handbremse.

»Sag auf der Stelle, was wir in Pecica machen, oder es gibt eine Notbremsung.«

»Saudumme Idee. Außer du willst von einem Lastwagen zermatscht werden.«

»Ich will nicht in deinen Dreck reingezogen werden!«

Mihai wedelte mit einer Hand. »Mein Dreck, dein Dreck. Wo ist da der Unterschied?«

»Ich meine es ernst!«

Mihai richtete einen starren Blick auf David, ohne vom Gas zu gehen.

»Du willst nicht in meinen Dreck reingezogen werden. Aber

dich bei mir zu verstecken und mich in deinen Dreck reinzuziehen, ist okay.«

»Guck gefälligst auf die Straße ...«

»Stelle ich etwa Fragen? Werde ich plötzlich zu Tom Cruise, der keinen Fleck auf seiner weißen Weste duldet?«

»Mihai, Straße!«

Der Lieferwagen hatte sich halb auf die Gegenfahrbahn geschoben, weiter vorne im Schneetreiben waren die dunklen Umrisse eines Lastwagens zu erkennen.

Mihai hatte sich in Rage geredet. »Komm mir also nicht mit der Moralpredigt eines Mannes, der bis zum Kinn im Dreck steckt und mir noch nicht mal seinen Namen verrät.«

Das Hupen des entgegenkommenden Lastwagens wurde lauter, die Scheinwerfer blinkten bedrohlich. David sah die Lichtreflexe in Mihais tot nach vorne starrenden Augen. Er ließ die Handbremse los, griff ins Lenkrad und riss es herum. Der Lastwagen rauschte mit hitzigem Hupen an ihnen vorbei.

»Okay, okay! Ich hab's verstanden«, fauchte David.

»Gut«, sagte Mihai und korrigierte den Rückspiegel. »Du hast sicher auch deine Gründe. Ärgerlich nur, dass deine Meinung heute nicht die Bohne zählt.«

Nach etlichen Kilometern bog Mihai von der Landstraße auf einen schmalen Schotterweg ab. David schaute aus dem Seitenfenster. Nur wenige Meter trennten die Reifen von der Kante eines Hanges, der steil zu einem teilweise zugefrorenen Fluss abfiel.

»Wie oft fährst du hier raus?«, fragte David.

»Der Weg ist endlich wieder befahrbar. Letztes Jahr gab's hier einen Erdrutsch, dreitausend Kubikmeter Schlamm, einfach weggeschwemmt. Das Fundament unter uns ist noch ganz frisch.«

»Beruhigend.«

Die Fahrt ging noch eine Viertelstunde weiter, bis der Weg auf einer kleinen Erhebung einfach endete. Mihai schaltete den Motor ab, und sie stiegen beide aus. David zündete sich eine Zigarette an. Der Rauch breitete sich bleischwer aus. Es ging kein Windhauch zwischen den Stämmen.

»Wo ist die Datsche?«

Mihai zog ein Paar gefütterte Handschuhe an. »Drei Kilometer südlich von hier.«

David konnte nirgends einen Weg erkennen, nur Schneewehen und Baumstämme.

»Du hättest vielleicht festere Schuhe anziehen sollen«, sagte Mihai.

»Ich konnte ja nicht ahnen, dass wir durch kniehohen Schnee stapfen.«

»Knöchelhoch. Tritt in meine Fußspuren und stell dir einen Sandstrand an einem Sommertag vor.«

Die Kälte trieb David Tränen in die Augen, als sie durch den unwegsamen Wald stapften. Nach nicht einmal einem Kilometer waren seine Zehen steif gefroren. Und die Temperatur sank noch weiter, als sie durch eine Talsenke an dem zugefrorenen Fluss gingen.

Dreißig Meter vor ihnen auf einer Lichtung schwebte ein auf zwei dicken Baumstämmen aufgebockter, von Rost zerfressener Campingbus. Die Achsen waren verrostet, Wind und Wetter hatten den Lack auf der Karosserie zu graubraunen Schattierungen abgeschliffen. David dachte unwillkürlich an Walter Whites rollendes Methamphetaminlabor aus *Breaking Bad*.

»Bei Sonne macht er mehr her«, sagte Mihai.

»Was ist das?«, fragte David mit einem Nicken zu einem primitiven Schuppen ein Stück von dem Camper entfernt. Der Schuppen war zu einer Seite offen, darin stand ein großes, von einer Plane zugedecktes Objekt.

»Komm mit, ich zeig es dir.«

Sie überquerten die Lichtung. Auf der vereisten Oberfläche des Schnees war das Vorankommen gleich leichter.

»Gesponsert von meinem Auftraggeber für die langen Winterperioden«, sagte Mihai und zog die Plane herunter.

David bestaunte den Schneescooter mit dem montierten Anhänger, der darunter zum Vorschein kam.

»Wer ist dein Auftraggeber?«

»Keine Ahnung. Du wirst sie gleich kennenlernen.« Mihai überreichte David eine von zwei Schneebrillen, die an einem Wandhaken hingen.

»Fahren wir jetzt gleich? Mir fallen die Zehen ab.«

Mihai schwang ein Bein über den Sitz. »Schlimm wird's erst, wenn du sie nicht mehr spürst. Drück die Schuhe gegen den Motor, das wärmt.«

David zog sein Halstuch vor Mund und Nase, setzte sich hinter Mihai und legte zögernd die Arme um seinen Bauch.

»Na, nicht so schüchtern.«

Mihai zog Davids Hände vor seinem Bauch zusammen und startete den Scooter mit einem dieselstinkenden Dröhnen. Sie wurden von den Auspuffgasen eingehüllt, während der Motor sich aufwärmte. Dann starteten sie mit einem Ruck und verschwanden in Kaskaden aufspritzenden Schnees. Mihai stand mit gebeugten Knien über dem Sitz und lenkte den Scooter mithilfe seines Körpergewichtes durch den Wald und den Hang hinauf, den sie gerade erst zu Fuß bewältigt hatten.

Als David den Kopf drehte, ahnte er die vorbeirauschenden Baumstämme hinter dem hochgefrästen Schneegestöber. Er redete sich ein, dass der Alte die Tour schon unendliche Male gefahren war und sie nicht vor einem Baum enden würden. Aber in Wirklichkeit war nichts an Alinas Onkel vertrauenswürdig oder auch nur im Ansatz vorhersehbar.

Sie erreichten den höchsten Punkt. Als Mihai das Gewicht auf den Beinen verlagerte, drückte etwas Hartes, Kantiges in der Overalltasche des alten Mannes gegen seinen Unterarm. Jeder Zweifel war ausgeschlossen. Mihai hatte eine Pistole dabei.

30

David rieb sich Wangen und Nase durch das Halstuch, um sicherzustellen, dass sie weiter durchblutet wurden. Er hatte gesehen, welche Frostschäden schon kleinere Erfrierungen im Gesicht anrichten konnten. Mihai wendete den Schneescooter so, dass er mit dem Anhänger zum Waldweg stand, wo sie den Transporter abgestellt hatten. David hätte problemlos im Wagen warten können, während er den Schneescooter alleine vom Campingbus hergefahren hätte. Für die endgültige Entscheidung, ob das nur Machogehabe war oder ob der Kerl schlicht und ergreifend nicht daran gedacht hatte, war David aber zu durchgefroren.

Mihai schaltete den Motor aus und drehte sich zu ihm um.

»Spendierst du eine Zigarette, mein Freund?«

David reichte ihm die Schachtel und ein Feuerzeug. »Ist die Pistole in deiner Innentasche ebenfalls ein Präsent deines Auftraggebers?«

»In Piatra Craiului wimmelt es nur so von Braunbären«, antwortete Mihai. »Brutale Biester. Die werden bis zu dreihundert Kilo schwer.«

»Piatra Craiului ist vierhundert Kilometer entfernt.«

»Glaubst du, die Bären wissen das?«

Mihai zündete sich eine Zigarette an und inhalierte den Rauch tief in die Lungen.

»Und jetzt warten wir.«

David gab es auf, nach Mihais kryptischen Antworten noch weitere Fragen zu stellen, und zündete sich auch eine Zigarette an. Er ließ den Blick über die Landschaft schweifen. Der Schnee wischte alle Farbe vom Himmel, und die Nachmittagsdämmerung schnürte das Licht in ihr herabsinkendes Netz.

Am hinteren Ende der Kurve flackerten zwischen den Bäumen plötzlich Scheinwerfer auf. Das bedrohliche Knarzen von Autoreifen auf gefrorenem Schnee war zu hören. Ein schwarzer Porsche Cayenne rollte langsam auf sie zu. Ein älteres, nicht allzu auffälliges Modell, das aber trotzdem Power ausstrahlte. Genau der Autotyp, in dem Volos' Männer herumfuhren.

David trat seine Zigarette aus und zog das Tuch wieder vor Mund und Nase.

»Übrigens …«, sagte Mihai. »Die Jungs im Porsche sind gut ausgerüstet. Also entspann dich.«

»Ausgerüstet? Womit?«

»Schlechte Hygiene. Essstäbchen. Was glaubst du denn?«

Der SUV parkte hinter dem Transporter, zwei grimmige Gestalten stiegen aus. Muskelpakete in Lederjacken mit rasierten Schädeln und groben Gesichtszügen. Einer von ihnen war bis zu den Ohrläppchen mit kyrillischen Schriftzeichen tätowiert.

Sie musterten David misstrauisch.

»Wer zum Teufel bist du, *tâmpit?*«, blaffte der Mann mit dem Halstattoo.

»Mein üblicher Kompagnon ist heute unpässlich«, sagte Mihai und stieß ein befremdlich devotes Lachen aus.

»Können wir ihm trauen?«

Mihai nickte. »Er ist mir was schuldig.«

Davids Herz hämmerte, die Atemwolke vor seinem Gesicht verriet seine etwas zu schnellen Atemzüge. Er war sich ganz sicher, sah es an ihren Blicken, ihrer Körpersprache, die die Unverwundbarkeit der Männer ausstrahlte, die unter dem Banner des Teufels standen. Die Männer gehörten zu Volos.

»Runter mit dem Tuch!«, schnarrte das Halstattoo.

David zögerte. Was, wenn die Fotos mit seinem Konterfei und die Höhe des Kopfgeldes sich auf den Netzhäuten der beiden Monster eingebrannt hatten. Er sah das Fragezeichen in Mihais Augen und hörte den Schnee unter den Stiefeln des einen Mannes knirschen, als ob er das Gewicht verlagerte, sich bereit machte, seine Waffe zu ziehen.

David zog das Tuch herunter. Die Männer betrachteten sein entblößtes Gesicht. Für ein paar Sekunden war nur die verdichtete Stille des Waldes zu hören.

Dann löste das Halstattoo die Stille auf.

»Verdammt, Mihai! Wo treibst du immer solche Pickelfressen auf?«

Die Männer gingen um das Auto herum und öffneten den Kofferraum. David fasste sich ins Gesicht. Der Rotz aus seiner laufenden Nase baumelte wie gefrorener Christbaumschmuck in seinem Vollbart. Er atmete erleichtert aus. Die unappetitliche Tarnung hatte ihm das Leben gerettet.

»Los, mach dich nützlich«, sagte Mihai mit zwei glucksenden Plastikkanistern in den Händen, die er auf den Anhänger des Schneescooters warf. Dann ritzte er mit dem eingesteckten Clip seiner Coladose ein Kreuz hinein. David ging zum Kofferraum des Porsches. Die etwas abseits rauchenden Männer unterhielten sich mit gedämpften Stimmen. Der Laderaum war mit identischen Kanistern gefüllt, die David und Mihai in mehreren Runden auf den Anhänger umluden. David registrierte, dass Mihai alle Kanister mit einer leicht schäumenden Flüssigkeit mit einem Kreuz markierte, die übrigen mit einem Kreis.

Als nur noch wenige Kanister mit einer hellblauen Flüssigkeit übrig waren, auf die mit Edding ein »MM« gemalt war, fragte Mihai die beiden Männer, wie er die Kanister markieren sollte.

»Was weiß denn ich? Mal einen fucking Smiley drauf«, sagte der eine lachend und schnipste seine Kippe den Hang hinunter.

»Aber mein Kontakt muss das wissen.«

Der Kerl mit dem Halstattoo schlurfte zu Mihai und sah ihn amüsiert herablassend an. »Du nimmst es aber heute ganz genau.«

Mihai zuckte mit den Schultern. »Vergiss meine Frage.«

Das Halstattoo zog ein dickes Bündel Geldscheine aus der Tasche, rollte das Gummiband ab und blätterte.

»Heute gibt's nur die Hälfte.«

»Was?«

»Weil du einen Fremden mit zu unserer Operation gebracht hast ... Ohne meine Genehmigung.«

»Nein«, sagte Mihai scharf.

»Nein?« Der Mann blinzelte verdutzt. Sein Partner näherte sich von hinten.

Mihai sah ihn eindringlich an. »Ich brauche das ganze Geld, ich ...«

Das Halstattoo lachte. »Willst du mich verarschen?«

Er drückte seine Pistole an Mihais Stirn, packte ihm im Nacken ins Haar und zog den Kopf so jäh zurück, dass Mihai auf die Knie sackte.

»Hast du vergessen, wen du vor dir hast? Du kannst auch mit leeren Taschen nach Hause gehen.«

David beobachtete ungläubig das Schauspiel.

»Scheiße, wie siehst du eigentlich aus«, kläffte das Halstattoo. »Hast du keine Selbstachtung?«

»Ich habe meinen Botoxtermin letzte Woche verpasst«, sagte Mihai.

Die beiden Männer grinsten schmierig. Das Halstattoo nahm die Pistole von Mihais Stirn und schob sie zurück ins Holster.

»Alter Schwachkopf. Ich mach nur Spaß. Du kriegst dein Geld.«

Mihai rieb sich den Nacken. »Die Firma dankt.«

»Aaaber.« Das Halstattoo schlug sich mit dem Scheinbündel in die Handfläche. »Mein Kumpel ist in einem Junkiehotel in der Stadt in was Weiches getreten. Könntest du dir das mal ansehen?«

»Was willst du?«

»Das weißt du genau. Mach schon, und zwar ein bisschen flott.«

Der andere streckte ihm seinen Stiefel entgegen. Mihai, auf allen vieren, schnüffelte an der Schuhspitze.

»Ich will exakt wissen, was das ist«, sagte der Mann streng. »Sonst gibt es kein Geld.«

Mihai streckte widerwillig die Zunge raus und leckte über das genoppte Leder. Die Männer prusteten los.

»Und, wonach schmeckt es? Junkiescheiße? Sag nicht, dass es Kotze ist. Ich hasse Kotze.« Mihai hustete gegen den Würgereflex an. Das Halstattoo warf ihm das Scheinbündel in den Nacken. »Für die gut ausgeführte Arbeit. Wir sehen uns in drei Tagen.«

Zurück beim Campingbus, stellte David die letzten zwei Kanister auf den Stapel in der einen Bushälfte und schloss die Tür gegen die Kälte.

Er setzte sich an den Klapptisch, wo Mihai zähneklappernd und mit vor der Brust verschränkten Armen saß. Eine träge Klimaanlage auf Rädern blies abgestandene Luft in die Kabine. Der Wind war stärker geworden und presste sich durch die mikroskopischen Risse in den pockennarbigen Buswänden.

Mihai rückte näher an die Anlage heran.

»Hast du den Scooter rückwärts in den Schuppen gefahren?«

»Ja.«

Das waren die ersten Worte, die sie nach dem Auftritt der Bandenmitglieder wechselten.

Mihai nahm eine Packung Kekse aus einem kleinen Metallschrank. Dabei erhaschte David einen kurzen Blick auf kleine Flaschen mit Chlorhexidin und Beutel mit Watte im oberen Fach, ehe die Tür sich wieder schloss.

»Auch was?« Mihai hielt ihm die Kekse hin.

David nahm ein paar, biss in die pappige Masse, war aber so hungrig, dass es ihm egal war.

»Alles okay mit dir?«

Mihai kaute mit offenem Mund. »Warum sollte es das nicht sein?«

»Es ist nicht schön, eine Pistole an die Stirn gedrückt zu bekommen.«

»Ha! Die Jungs machen mir so viel Angst wie eine Mücke auf meinem Arm. Aber sie geben mir das Geld, was meine Kriegspension nicht auszahlt. Darum muss ich nach ihrer Pfeife tanzen.«

Mihais Stimme hatte den gleichen munter zurückhaltenden Ton, wie David ihn auch von sich kannte, wenn Kollegen ihn nach seinem Undercoverjob in Rumänien fragten.

»Und, willst du mir gar keine Löcher in den Bauch fragen wegen der Kanister?«, grunzte Mihai.

David schüttelte den Kopf. Er wusste genau, was da lief.

Bei der Produktion so großer Mengen Ecstasy wie von Volos' Organisation blieben nach dem Pressen der Pillen große Mengen überschüssige Chemikalien zurück. Drogenabfälle. Salzsäure und Aceton. Die Behörden hatten hochgerechnet, dass im Laufe eines Jahres Hunderte Tonnen davon zusammenkamen. Amateure entsorgten ihren Giftmüll in der einsamen Natur, der aber häufig entdeckt wurde und zu seinen Produktionsstätten zurückverfolgt werden konnte. Profis engagierten einen »Müllmann«, der die Drogenabfälle zwischenlagerte, bis ein dritter Part, gewöhnlicherweise ein Fahrer für ein professionelles Müllunternehmen, die Chemikalien in kleinen Portionen abholte, die nicht nachweisbar den großen Mengen Giftmüll untergejubelt werden konnten, die das Unternehmen jährlich entsorgte. Mihais Markierungen an den Kanistern waren vermutlich der Code für die Fahrer, was wo entsorgt werden sollte.

»Wann kommt dein Partner und holt die Kanister ab? Und wie hält er es vor seinem Chef geheim?«

Mihai zerbiss einen Keks mit dem Eckzahn.

»Das ist nicht illegal. Sein Job ist es ja, solche Giftstoffe abzuholen.«

»Deckt sein Gehalt auch ab, dass er das Zeug abholt?«

»Wenn das Müllunternehmen ihm ein ordentliches Gehalt zahlen würde, müsste er das hier nicht machen.«

David konnte sich ein Grinsen nicht verkneifen.

»Was glaubst du, ist in den mit MM markierten Kanistern?«

»Keine Ahnung. Aber ich hab die Idioten mal über etwas reden hören, was sie ›Mollys Masacrul‹ nennen. Das könnte MM sein.«

David dachte nach. Molly war der Straßenname für Ecstasy. *Masacrul* war Rumänisch und hieß Massaker. Mollys Massaker. Hatten die Drogenbosse eine neue Superdroge entwickelt, die Süchtige an neue Rauschhöhepunkte katapultierte? War sie ausreichend geprüft? Oder würde die europäische Jugend demnächst von einem neuen Gift verseucht werden?

David wollte es gar nicht wissen. Weil er mit jeder neuen Kenntnis riskierte, plötzlich Zusammenhänge zu erkennen, die sein Polizeigehirn dann nicht mehr loslassen konnte. Und das Letzte, was er jetzt brauchen konnte, war noch mehr Verantwortung.

Die Klimaanlage begann zu rasseln.

»Das Schrottteil gibt gleich den Geist auf. Sieh zu, dass du mit dem Essen fertig wirst«, sagte Mihai genervt.

»Ich kenne jetzt deine Geschäfte. Ist es nicht riskant, mir zu vertrauen?«

»Ich vertraue dir nicht, Tom Cruise. Aber du hast die Kacke am Dampfen. Darum weiß ich, dass ich auf dich zählen kann.«

David klapperte lächelnd mit den Zähnen.

»Ich glaube ja, du hast mich nur mitgenommen, weil du mich so sympathisch findest.«

»Ich habe dich im Scherz als Schwachkopf bezeichnet, nicht, weil du es mir beweisen sollst.«

David schüttelte den Kopf, das Lächeln verschwand aus seinem Gesicht.

»Ich brauche eine Waffe. Könntest du deine bis zu deinem nächsten Treffen hier draußen entbehren?«

Mihai hörte auf zu kauen. »Ich soll dir eine Waffe geben? Einen Tag, bevor du den Mann meiner Nichte triffst? Auf den gerade erst ein Attentat verübt wurde?«

»Zu meinem eigenen Schutz. Und nur dafür.«

»Meine Pistole kriegst du auf keinen Fall.« Mihai kratzte sich im schütteren, grauen Haar. Als er Davids flehenden Blick sah, hielt er abwehrend die Hände hoch. »Okay, schon gut«, schimpfte er. »Aber nur eine kleine Pistole.«

»Danke, Mihai.«

Der Rumäne begab sich in den vorderen Teil des Campingbusses.

»Bedank dich nicht. Man ist vorsichtiger ohne eine Waffe. Kugeln flößen einem falschen Mut ein und führen zu dummen Entscheidungen.«

Er zauberte einen Kreuzschlitzschraubenzieher unter dem Beifahrersitz hervor und schraubte routiniert die Verkleidung über der Gangschaltung los. Wo mal der Motor gewesen war,

war jetzt ein großer Hohlraum. Die Öffnung war breit genug, um den Oberkörper hineinzuschieben.

»Da, halt mal.« Mihai reichte zwei Uzi nach hinten raus, danach eine größere Maschinenpistole und eine Schachtel mit Ladestreifen und Munition für unterschiedliche Kaliber. David legte die Gerätschaften beeindruckt auf dem Beifahrersitz ab.

»Die muss hier doch irgendwo sein«, brummte Mihai in dem Hohlraum.

»Hast du unter der Bazooka nachgeguckt?«, murmelte David.

»Jepp, da ist sie nicht.«

Mihai schlängelte sich aus dem Loch und reichte David einen Karton mit Handgranaten. Danach zog er eine handliche Pistole mit kurzem Lauf heraus.

»Ruger LCP Halbautomatik, älteres Modell. Die Waffe gibt dir genau sechs Chancen.«

David nahm die Pistole. Wog sie in der Hand. Perfekte Größe, keine verdächtigen Macken am Gehäuse.

»Danke.«

Mihai brummelte was Unverständliches und legte die anderen Waffen zurück. David zog den Reißverschluss des Overalls runter und wollte die Pistole in der Innentasche verstauen, als es einen Knall gab, gefolgt von einem wütenden »Scheiße!«. Der Karton mit den Handgranaten krachte auf den Boden.

Einen Augenblick lang war nur das Ticken der zwischen ihren Füßen herumrollenden Stahleier zu hören. Davids Blick wanderte nach unten und blieb an etwas Blinkendem hängen. Rund und schmal wie ein Schlüsselring. Oder ein …

»Sicherungsstift!«, brüllte er.

Er fuhr herum und fühlte die Zeit stehen bleiben, als er sich durch das Gerümpel im Wageninnern schaufelte, über etwas Scharfkantiges stolperte und die fünf Stufen vor dem Wagen halb herunterstürzte, halb kollerte und in der eiskalten Umarmung des Schnees landete.

Er krümmte sich zusammen und presste die Hände auf die Ohren. Zehn Sekunden später war immer noch nichts passiert. Er rollte sich auf den Rücken. Blinzelte verwirrt. Mihai betrachtete ihn von der Türöffnung her, lässig mit der Schulter gegen den Rahmen gelehnt.

»Schön, dass du auch an meine Sicherheit denkst, Tom Cruise.«

»Ich ...«, stammelte David.

Mihai hielt die entsicherte Granate in der Hand. »Alter Plunder. Nicht gefährlicher als eine Bowlingkugel.«

Er schleuderte die Granate Richtung Waldrand.

David schoss die Schamesröte ins Gesicht. Er rappelte sich auf, bürstete den Schnee vom Overall. »Sorry, dass ich den Schwanz eingeklemmt habe ...«

Ein ohrenbetäubendes Dröhnen hallte durch den Wald. David fuhr zusammen und sah zu der Rauchsäule, die mit einem Schwarm panisch aufflatternder Vögel zwischen den Bäumen aufstieg. Eine hohe Kiefer schüttelte den Schnee von ihren Zweigen, schwankte von rechts nach links, und dann kippte der Koloss, begleitet von dem Geräusch splitternden Holzes, auf die Lichtung und landete in einer dröhnenden Puderwolke im Schnee.

David sah zu Mihai hoch, der sich keinen Millimeter in dem Türrahmen bewegt hatte.

»Glück muss man haben«, sagte er zufrieden. »Stell dir vor, der Baum wäre auf meiner Datsche gelandet.«

31

Theresa lauschte auf Siljas tiefe, friedliche Atemzüge. Nach drei angsterfüllten Stunden war das Mädchen endlich eingeschlafen, völlig außer sich vor Angst, das Eichhörnchen würde sich durch die Hüttenwand nagen, weil sie Theresa von ihren heimlichen Unterhaltungen erzählt hatte.

Theresa fühlte sich unwohl, in Siljas Zimmer zu schlafen, diese Art von Intimität war sie nicht gewohnt. Aber Silja hatte um nichts in der Welt alleine schlafen wollen. Also hatte Theresa irgendwann nachgegeben und Platz für eine zweite Matratze freigeräumt.

Theresa wollte nichts mehr von dem verfluchten Eichhörnchen hören. Siljas kleine Fantasiegeschichte hatte ihren humorvollen Unterton verloren. Theresa befürchtete ernsthaft, dass mit dem Mädchen was nicht stimmte. Auf den ersten Blick wirkte Silja fröhlich, verspielt und unbekümmert. Aber unter der Oberfläche simmerte auch etwas anderes. Das schwarze Unberechenbare, wenn nicht gar Gefährliche? Trug sie es in sich?

Wie ihr Vater?

Zwischendurch wurde ihr Blick völlig abwesend und richtete sich nach innen, als kämpften in den dunklen Winkeln ihres Gehirns ungezügelte Naturgewalten miteinander. War Verrücktheit erblich? Litt das Mädchen unter den gleichen dunklen Impulsen, die ihren Vater in den Wahnsinn getrieben hatten?

Theresa betrachtete Siljas auf dem Kissen aufgefächerte Locken im Schein der Nachttischlampe. Bei diesem Anblick kam ihr der Gedanke völlig abwegig vor. Theresa musste weitermachen wie bisher. Sich immer wieder sagen, dass es nicht so war. Das Böse war mit William gestorben.

Alles war gut. Hier hatten sie nichts zu fürchten.

Nichts.

32

Mihai lenkte den Transporter an der Piața Victoriei vorbei. Farbenfrohe Prachtbauten säumten den offenen Platz, auf dem rußfarbene Tauben sich um Abfallbrocken stritten. Ein Strom an Winterjacken und über die Ohren gezogenen Mützen schwemmte in frostiger Anonymität über die Bürgersteige.

Bei der orthodoxen Kathedrale bog Mihai rechts ab auf den Bulevardul Regele Ferdinand 1.

David runzelte die Stirn.

»Fahren wir nicht zurück in die Wohnung?«

Mihai schüttelte den Kopf.

»Wir machen einen kleinen Umweg über Chișoda für eine Erfrischung in der Kaffeebar.«

»Es war nur abgemacht, dass ich dir draußen bei deiner Datsche helfe.«

»Ein Bier, dann fahren wir wieder.«

David biss die Zähne aufeinander. Der Schlafplatz auf Mihais Sofa wurde immer teurer.

»Also gut, ein Bier. Keinen Tropfen mehr.«

Sie fuhren schweigend weiter.

Die Kaffeebar lag in einer von Chișodas rechtwinkligen Straßen. Das alte rumänische Dorf in der Banat-Ebene war von der explosiven Ausbreitung neuer Wohnsiedlungen von Temeswars Stadtgebiet vereinnahmt worden. David stellte sich eine große, familienähnliche Versammlung alter Kriegsveteranen vor, die trinkend und rauchend palavernd um einen Tisch voller Brandflecke und Bierringe saßen und sich gegenseitig auf die Schulter klopften.

Die Wirklichkeit zeigte ein vergilbtes, fast leeres und verqualmtes Lokal. Wettergegerbte Männer führten gedämpfte Gespräche über schmuddeligen Biergläsern und Flaschen ohne Etiketten. Die zum Schneiden dicke Luft roch nach Aftershave, Schweiß und unangenehm beißend nach Minze. An der hinteren Wand flimmerten drei Flachbildschirme mit Pferderennen, Fußball und dem grobkörnigen Livebild zweier Männer in einem Türrahmen. David erkannte sich selbst und wandte den Blick zu der Überwachungskamera unter der Decke.

»Verkauft der Besitzer Diamanten unter der Theke?«, fragte er trocken.

»Nein. Etwas viel Kostbareres«, sagte Mihai und steuerte auf den Bartresen zu. »Kriegsgeheimnisse.«

David folgte ihm unter den verstohlenen Blicken von den umstehenden Tischen. Die klebrige Schicht auf dem Boden heftete sich wie Saugnäpfe an die Schuhsohlen.

»Das Übliche«, sagte Mihai und legte einen Ellbogen auf den Tresen.

Der Barkeeper, ein dicker, schwitzender Mann mit aufgeknöpftem Hemd, starrte Mihai streng an.

»Du hast vergessen, deine Schuhe abzutreten.«

Mihai zog angesäuert den Mundwinkel hoch.

»Weil deine Katzenpisse total überteuert ist.«

»Und was willst du?« Der Barkeeper sah David fragend an. Hinter ihm waren unleserlich die Namen der Erfrischungsgetränke auf eine Tafel gekritzelt.

»Einen einfachen Kaffee«, antwortete David.

»Aber gerne, der Herr!« Der Barkeeper schenkte zwei Bier vom Fass ein und knallte sie auf den Tresen. »Sonst noch was?«

David sah in ein Paar gerötete Augen und nahm protestlos sein Bier. In einem Regalfach hinter der Theke entdeckte er ein großes, verschmiertes Glas, in dem er zuerst Trinkgeld vermutete, beim zweiten Hinschauen aber Gold- und Silberringe erkannte.

»Das sind die Eheringe der Burschen«, erklärte Mihai. »Man kriegt seinen Ring erst wieder zurück, wenn man seiner Frau wieder in die Augen sehen kann.«

»Was heißt das?«

»Du trinkst hier mit einer Horde Massenmörder. Wir müssen nach all den Dingen, die wir auf dem Schlachtfeld getan haben, erst wieder lernen, unseren Anblick im Spiegel zu ertragen.«

David kniff ein Auge zu.

»Ist das da ein Hundehalsband im Glas?«

»Ja. Von Andreis Hund.«

»Ist er nicht verheiratet?«

»Würdest du seine Frau kennen, wüsstest du, warum er den Hund vorzieht.«

Sie setzten sich an einen der Tische. David beugte sich vor und sagte mit gedämpfter Stimme:

»Schon mal in Erwägung gezogen, zu einem Kriegspsychologen zu gehen?«

»Guter Versuch, Dr. Phil.«

»Schaden täte es nicht.«

Mihai kaute auf seinem Daumennagel herum. »Hab's versucht. Das Gespräch hat zwei Minuten gedauert.«

»Warum?«

»Wegen der Taschentücher.«

»Was heißt das?«

Mihai schnaubte. »Da stand eine Kleenexbox auf dem Tisch. Für all die flennenden Soldaten vor mir. Und alle, die nach mir kommen. Mein Trauma ist weder speziell noch einzigartig. Der Psychologe hatte es garantiert schon tausendmal gehört.« Mihai schüttelte den Kopf. »Beim Anblick der Taschentücher kam ich mir plötzlich so dämlich vor. Eine weitere Nummer in einer langen Reihe.« Er wedelte mit der Hand. »Aber was weiß ich schon? Graue Haare sind kein Garant für Weisheit.«

David trank einen Schluck Bier und hustete. »Schmeckt bitter.«

Mihai verdrehte die Augen. »Willst du lieber einen rosa Cocktail?«

Ein großer Schatten senkte sich über das Lokal, und die Fenster zur Straße raus begannen zu vibrieren, als ein Lastwagen vor der Kaffeebar auf den Bürgersteig fuhr.

Mihai erhob sich. »Du sprichst bitte mit niemandem, während ich weg bin.«

Mihai verschwand durch die Tür. David las das Firmenlogo auf der Lastwagenseite. BioClean. Der Fahrer stieg aus dem Führerhaus und sagte etwas zu Mihai, worauf Mihai ihm ein Bündel Geldscheine zusteckte. David schloss daraus, dass das Mihais Kontakt war, der für ihn den chemischen Abfall aus seiner Datsche entsorgte.

»Bist du Mihais Sohn?«, ertönte direkt hinter ihm eine Stimme.

David drehte sich mit einem Ruck zu dem Mann um, der mit seinem Rollstuhl unbemerkt ganz dicht hinter ihn gefahren war. In seinem knochigen, schmalen Gesicht zog sich eine breite Narbe von der Schläfe über das von Narbengewebe verschlossene Auge.

David schüttelte den Kopf. »Nur ein Freund.«

»Gut. Familie hat keinen Zutritt hier, verstehst du?«

»Ähm, ja.« David nahm einen Schluck von dem bitteren Bier und fokussierte das unversehrte Auge des Mannes, als Mihai mit einem kalten Windzug zurück ins Lokal kam.

»Warum belästigst du meinen Freund, Peitr? Er hat kein Geld, das er dir leihen kann.«

»Fick dich, Mihai. Komm her und lern meine Klinge kennen.«

Mihai setzte sich an den Tisch. »Brauchst du den Stuhl überhaupt? Roll doch lieber auf deinen dicken Eiern.« Er winkte dem Barkeeper zu.

»Ein Bier war abgemacht«, zischte David.

»Wann hat ein Bier jemals ein Bier bedeutet?«

Peitr lachte wiehernd.

Mihai durchbohrte David mit seinem Blick. »Komm schon. Du trinkst wie ein Hamster. Willst du gerne auf der Straße schlafen?«

David schickte ihm einen finsteren Blick, der heißen sollte, dass er genug von seinen billigen Spielchen hatte.

»Das gibt einen auf den Arsch, Mihai.« Peitr lehnte sich gut gelaunt in seinen Rollstuhl zurück.

»Du bist neu in dieser Kneipe«, sagte Mihai. »Die Leute trauen keinem Mann, der nichts trinkt. Ich jedenfalls nicht.«

Der Barmann stellte zwei gezapfte Biere vor sie auf den Tisch. David spürte alle Blicke auf sich. Er legte die Handflächen auf den Tisch, um sich hochzustemmen, überlegte es sich im letzten Augenblick aber noch einmal anders. Es geht nur um ein paar Biere, redete er sich gut zu. Und meine Güte, er war in Topform, pure Muskelmasse. Sein Körper würde die Prozente blitzschnell verbrennen, auch wenn er fast ein Jahr nichts getrunken hatte. Davon abgesehen gönnte er Mihai nicht diesen Triumph vor seinen Soldatenfreunden. David trank so schnell, dass ihm das Bier aus den Mundwinkeln rann, und knallte das leere Glas auf den Tisch. Danach leerte er das zweite Glas in einem Zug.

»*Rândul tău bătrâne*«, sagte David kurzatmig. Du bist dran, alter Mann.

Gedämpftes Lachen an den Tischen um sie herum.

Von einer Sekunde auf die andere zerbröselte Mihais Gesichtspanzer. David genoss den überrumpelten Blick.

»Ich hab nicht auf ex gesagt, Tom *Juice!*« Mihai lachte amüsiert. »Iulian peppt sein Bier mit Wodka auf. Darum schmeckt es ein bisschen seltsam.«

David fluchte, den brennenden Nachgeschmack vom Wodka am Gaumen. Er merkte schon die Hitze in den Wangen, das dösige Ziehen im Bauch. Eigentlich sollte er sofort auf die Toilette und sich den Finger in den Hals stecken.

»Und, was meinst du, Tom Juice?« Mihai sprach mit den Lippen am Glasrand. »Willst du immer noch nach Hause?«

David trieb auf der warmen Welle mit, die alles Harte in seinem Innern zerschmolz. Wann hatte er sich zuletzt eine Pause gegönnt? Keine Verpflichtungen, keine Verantwortung. Nur ein Augenblick Vergessen. »Ich meine …« David atmete tief in die Lungen ein. »Ich meine, dass du mir verdammt noch mal einen rosa Cocktail versprochen hast!«

33

Gegen zehn Uhr abends verließ er sein Hotelzimmer, überquerte den windgepeitschten Platz und suchte Schutz in der einzigen Wirtschaft des Ortes. Die schäbige Kneipe oder Bar, wie immer man sie bezeichnen wollte, war maritim eingerichtet mit Rudern und Modellschiffen an den braunen Wänden und Kerzen in Flaschen auf karierten Tischdecken. Die Spielautomaten blinkten hektisch, und aus dem verrauchten Hinterzimmer klang das sporadische Klackern von Billardkugeln herüber.

Sein stylisches Äußeres zog nur ein paar wenige gelangweilte Blicke auf sich. Hier war man anscheinend privilegienignorante Gäste gewohnt, die in Käffer wie diese kamen, um sich, freundlich ausgedrückt, ihren primitiven Landsleuten gegenüber überlegen zu fühlen.

Er ging an die Bar und bestellte ein Bier. Normalerweise mied er im Auftragsmodus Alkohol und Menschen. Aber da er mit unvollständigen Daten operierte, brauchte er unbedingt noch etwas mehr Hintergrundinformationen zu seinem Zielobjekt. Und in Kneipen fanden sich immer Leute, die irgendwas Interessantes zu erzählen hatten.

Er musterte diskret die Versammlung und registrierte einen ins Auge fallenden Hang zu Übergewicht, schlechter Zahnhygiene und selbst gedrehten Zigaretten. Die Frau würde hier sofort auffallen. In so einem Kaff wusste garantiert jeder, wer sie war. Sein Blick blieb an einem Mann hängen, der mit einstudierter Cowboyattitüde zur Jukebox schlenderte, den gekrümmten Daumen hinter den Gürtel geklemmt.

Er blieb stehen und wartete. Als der Cowboy den letzten Schluck aus seinem Glas trank, nahm er sein frisch gezapftes Bier und durchquerte das Lokal.

»Ich hab das verkehrte Bier bestellt, und du scheinst auf dem Trockenen zu sitzen«, sagte er.

Der Cowboy sah ihn mit im Licht der Jukebox glasig roten Augen an.

»Wer bist du, und was ist das richtige Bier?«

»IPA.«

»Meine Stimme für deine beschissene Partei kaufst du damit nicht.«

»Ich bin kein Politiker. Ich meine IPA-Bier. Irish Pale Ale.«

»Klingt total nach Snob.« Der Cowboy grapschte nach dem Glas und trank einen gierigen Schluck.

»Sind Sie von hier?«

»So was von hier, dass du eine Kiefer aus meinem Arsch ziehen kannst.«

Er lachte sein unechtes Lachen. »Dann kennst du also die meisten hier im Ort?«

Der Cowboy entblößte eine gräuliche Zahnreihe.

»Was zum Teufel willst du eigentlich, *suit*?«

»Ein bisschen Gesellschaft. Ich langweile mich in meinem Hotelzimmer.«

»Was für eine Art von Gesellschaft?«

»Was Hübsches fürs Auge. Vielleicht auch mehr.«

»Hier draußen gibt's nur Schlampen«, näselte der Cowboy.

Er betrachtete sein Gegenüber. Um die vierzig, untersetzt, stiernackig. Das fettige Haar hinter die Ohren gestrichen, auf den Wangen trockene Hautschuppen in einem pubertären Vollbart. Der perfekte, waschechte Incel. Unattraktiv, niedrige Bildung und besessen von einem vernichtenden Hass auf alle Frauen, die er so gerne hätte, die ihn aber nicht wollten.

Unbeschwert schwenkte er auf die Wellenlänge des Cowboys und einen verbrüdernden Unterton um.

»Ganz deiner Meinung, Kumpel. Im Grunde sind alle Frauen doch nur auf der Suche nach ihrem nächsten Betabux.«

Der Cowboy schnaufte mit den Lippen am Glasrand. Betabux war die abwertende Incel-Bezeichnung für schwache Männer, die Frauen finanziell unterstützten, während sie ihre sexuelle Befriedigung bei Alpha-Männern suchten.

»Weiber sitzen auf einem verdammt hohen Ross«, sagte der Cowboy.

»Trotzdem tut es gut, ab und zu Druck abzulassen. Gibt's hier denn gar keine Singlefrauen?«

Der Cowboy hob seinen glasigen Fuselblick und kniff die Augen zu schmalen Schlitzen zusammen.

»Die Chicks aus dem Ort sind nichts für einen wie dich. Nimm das als Kompliment.«

Der Cowboy torkelte auf die Herrentoilette.

Er trommelte mit den Fingern auf die Jukebox. Ein Countrysänger schnulzte was von gebrochenen Herzen, Trailerparks und Hunden als besten Freunden des Mannes. Ein winziger Tick hatte sich im Augenwinkel des Cowboys gezeigt, ehe er aufgestanden war. Das konnte alles Mögliche bedeuten. Stress, hoher Blutdruck, unterdrückte Wut. Seine Finger hörten auf zu trommeln. Oder es bedeutete, dass der Cowboy log. Er nahm Kurs auf das beleuchtete Toilettenschild.

Der Cowboy stützte sich mit einer Hand an der Wand ab und pinkelte mit bis zu den Knien runtergelassener Hose.

Er rümpfte die Nase beim Anblick des weißen Bauernarsches.

»Ich glaube ja, dass du mir eine Frau verheimlichst.«

Der Cowboy kniff beim Klang seiner Stimme die Pobacken zusammen.

»Was willst du? Man spricht keinen Mann an, der grad seinen Schwanz in der Hand hält.«

Er verhielt sich ruhig, wartete. Aus seiner Erfahrung brachte man andere zum Sprechen, wenn man sich selber zurücknahm.

Der Urinstrahl des Cowboys plätscherte in der Stille. Er räusperte sich, gereizt, sein Hals wurde rot bis an die Ohrläppchen, am Ende blaffte er über die Schulter: »Die ist off-limits, kapiert, Alter?«

»Wer ist sie?«

»Irgendeine Dänin.«

Er machte einen Schritt nach vorn. Der Cowboy hatte nun seine ganze Aufmerksamkeit. Die Frau, die er suchte, war Dänin. »Ist sie erst vor Kurzem hergezogen?«

Der Cowboy grunzte. »Was ändert das?«

Alles, dachte er. Eine Dänin, die vor Kurzem in dieses gottverlassene Kaff gezogen war, passte perfekt in sein Profil. »Rück schon raus damit.« Sein Ton wurde schärfer.

»Such dir deine eigene, Alter.« Der Cowboy schüttelte den letzten Tropfen ab. »Ich bin mit ihr noch nicht fertig.«

Er schaute blitzschnell nach roten Feldern an den Toilettentüren. Alles leer. Er griff in seine Jackentasche. Die neuen Lederhandschuhe glitten über seine Hände. Er maß den Hals des Cowboys mit dem Blick. Eine Kombination aus Muskeln und Fett. Aber das würde ihn nicht retten. Seine geschmeidigen Finger waren baumstark wie Würgeschlangen. Wo er zupackte, war der Schock über seine Kraft lähmend. Das Opfer erstarrte, außerstande, sich zu wehren. Sein Plan war ganz simpel. Er würde die Adresse der Frau aus dem Cowboy herausquetschen, sie aufsuchen und über alle Berge sein, ehe seine erdrosselte Leiche in einer der abgeschlossenen Klokabinen entdeckt wurde.

Er schlich sich von hinten an.

Der Cowboy spuckte ins Urinal und fummelte auf wackeligen Beinen an seiner Gürtelschnalle herum.

»Und ihre kleine, hübsche Tochter darf uns zuschauen.«

Er blieb stehen, einen Schritt hinter dem Cowboy. Eine Tochter? Im Steckbrief der Frau hatte nichts von einer Tochter gestanden. Dabei war sein Auftraggeber immer sehr gewissenhaft, alle relevanten Details aufzuführen. Diese Auslassung stellte eine äußerst unglückliche Komplikation dar. Seine Bauchdecke zog sich zusammen. Es bestand kein Zweifel, was er zu tun hatte.

Der Cowboy schaffte es endlich, seinen Gürtel zu schließen. Er drehte sich um und blinzelte verwirrt. Er war alleine in der Herrentoilette.

34

David und Mihai taumelten durch das wilde Durcheinander in der Wohnung des alten Mannes.

»Wo ist der Sprit?«, brüllte Mihai, seine Schnürsenkel schleiften über den Boden.

David blinzelte unfokussiert. Es war noch vor Mitternacht, und ihm war schon schwindelig vom Bier, Wodka und Nikotin. Der Besitzer hatte das Trinkgelage irgendwann beendet und die grölenden Männer mit einer abgesägten Schrotflinte aus dem Lokal gejagt.

»Deine letzte Flasche habe ich wohl heute Morgen umgetreten.«

»Volltrottel!« Mihai klopfte David auf die Schulter, geriet dabei aus dem Gleichgewicht und kippte rückwärts aufs Sofa.

David beugte sich über ihn. Seine Alkoholfahne und der Geruch nach altem Schweiß brannten in der Nase. »Das ist *mein* Bett. Mach Platz.«

»Fuck off, Tom Juice!«

»Was kann deine Meinung ändern?«

»Demenz!« Mihai schlug mit der flachen Hand nach ihm, traf aber nur Luft.

David fiel lachend in den Sessel. Der Raum bewegte sich, wenn er den Blick schweifen ließ.

»Sie war so hübsch, so sanft«, murmelte Mihai und schnurrte wie eine Katze im gedämpften Licht der Glühbirne.

»Deine Frau?«

Mihai seufzte. »Ich wäre für sie über glühende Kohle gegangen! Hätte mit einem Lächeln mein Leben für sie geopfert! Für nur einen Tag mehr mit ihr.«

David legte den Kopf in den Nacken und schloss die Augen. »Tut mir leid, dass du sie verloren hast.«

»Ist wahrscheinlich besser so. Sie hat mir den Mann gezeigt, der ich gerne sein wollte. Der Krieg hat mir den Mann gezeigt, der ich bin.«

»Aber das muss dich nicht aufhalten. Man kann sich selbst vergeben und weitermachen.«

»Bullshit!«

»Das ist wahr.«

»Wahr?« Mihai schnaubte. »Die Leute sagen alle das Gleiche. Ob sie nun ein Feuergefecht oder einen Autounfall überlebt oder ihren Partner mit jemand anderem im Bett erwischt haben: dass es sich unwirklich anfühlt. Aber sie irren sich. Das, womit man hinterher zu kämpfen hat, ist, dass sich das Geschehene allzu wirklich anfühlt.«

»Worum geht's jetzt grade?«

Mihai stemmte sich auf den Ellbogen hoch. »Man kann dem Teufel nur eine begrenzte Zeit Gesellschaft leisten, bevor einem selber Hörner wachsen.«

»Warum erzählst du mir das?«

»Weil … weil …« Mihais Lider zuckten, dann sackte er aufs Sofa zurück, kraftlos wie eine vom Bügel rutschende Jacke. Sekunden später war sein schwerer Atem zu hören. David starrte den schlafenden Mann an. Er selbst war zu rastlos zum Schlafen, also ging er raus in die Küche, schaltete die braun verkrustete Kaffeemaschine an und setzte sich an den Küchentisch. Er nahm sein Handy heraus. Was eine dumme Idee war. Richtig dumm. Er fand ihren Namen im Telefonbuch. Sie antwortete nach einem Freizeichen.

»David? Alles okay bei dir?«

Sie klang ängstlich. Er machte ihr schon Angst, bevor er überhaupt ein Wort gesagt hatte.

»Alles gut.«

»Du klingst …« Sie verstummte. »Bist du betrunken?«

»Nein, nein, Mihai hat nur …«

»Wer? Warum rufst du an, David?«

Er schloss die Augen und genoss den Klang ihrer Stimme. Am liebsten hätte er auf der Stelle seinen Rucksack gepackt und wäre in einem Stück zurück nach Norwegen gefahren.

»Ich glaube, ich habe keine Freunde«, sagte er.

Sie sagte nichts. Er hörte ein Feuerzeug klicken.

Und dann war sie wieder da, sanfter, mit ihrer Raucherstimme. »Bereust du es, gefahren zu sein?«

»Nein.«

»Du verschweigst mir doch irgendetwas. Darum hast du keine Freunde. Weil du niemanden an dich heranlässt.«

»Ich habe dich an mich herangelassen.«

Sie blies Rauch aus. Oder seufzte. »Worauf läuft dieses Gespräch hinaus?«

»Ich habe heute ein paar Männer getroffen. So eine Art … Selbsthilfegruppe. Die können ihren Frauen nicht in die Augen schauen. Darum haben sie sie verlassen, um sich selbst zu kurieren.«

»Aber?«

»Ich glaube, sie fliehen nur vor sich selbst. Sie haben längst aufgegeben.« David strich mit dem Finger über Siljas Kratzspuren an seinem Handgelenk. »Man muss für die kämpfen, die man liebt. Darum nein, ich bereue es nicht, gefahren zu sein. Wie geht es euch?«

Kurze Pause.

»Mit Silja läuft es nicht so gut.«

»Was heißt das? Ist alles in Ordnung mit ihr?«

»Ja, es geht ihr gut. Ich bin das Problem. Sie gibt mir das Gefühl, nicht zu genügen.«

»Theresa, sie ist ein kleines Mädchen. Sie ist zu jung für Hörner an der Stirn.«

»Was redest du da?«

»Gebt euch mehr Zeit, wieder zueinanderzufinden.«

»Aber das ist es nicht allein.« Ihre Stimme zitterte. »Ich glaube, wir werden beobachtet.«

»Unmöglich, es weiß doch keiner, wo ihr seid.«

»Aber es fühlt sich an, als ob ganz in der Nähe der Hütte jemand steht. Der nur die Hand ausstrecken muss, um uns zu kriegen.« Sie ließ eine kurze Pause folgen. »Bist du ganz sicher, dass er tot ist?«

David merkte den Alkohol aus seinem Körper verdunsten und ein kaltes Vakuum hinterlassen.

»William wird nie mehr zurückkehren. Das garantiere ich dir. Kriegst du genug Schlaf?«

»Ich brauche keinen Schlaf. Ich brauche dich hier bei mir.«

»Ich tu das hier für dich und Silja. Für uns drei.«

Sie inhalierte müde. Als sie wieder das Wort ergriff, war ihre Stimme distanziert und gefasst.

»Vielleicht solltest du der Selbsthilfegruppe beitreten.«

»Was zum Teufel willst du damit sagen?«

»Dass du vielleicht einfach so bist. Du magst nur den Anfang.«

David presste die Lippen aufeinander. »Das ist nicht fair.«

»Ruf bitte nicht mehr an. Das zieht mich nur runter.«

»Warte! Leg noch nicht auf.« Er drückte das Telefon ans Ohr. Hörte ihr Atmen am anderen Ende. »Oben auf dem Küchenschrank, ganz hinten rechts. Da liegt meine Dienstwaffe.«

»Wieso hast du das nicht vor deiner Abreise gesagt?«

»Weil Waffen gefährlich sind, Theresa. Und sie sollte dort oben liegen bleiben, außerhalb von Siljas Reichweite.«

»Okay.« In ihrer Stimme schwang Erleichterung mit.

»Ich vermisse dich«, sagte er.

Da hatte sie bereits aufgelegt.

35

David trat durch die Schiebetüren des Krankenhauses. In der einen Hand hielt er eine Kinderzeichnung. Er meldete sich am Empfang an. Am Platz des lippenstiftroten Terriers saß heute eine entgegenkommende, freundliche Kollegin, sodass es ihm erspart blieb, seine Rolle als Alinas halb tauber, Traktor fahrender Schwager zu spielen.

Die verbleibende halbe Stunde bis zur Besuchszeit setzte er sich ins Wartezimmer. Er war zeitig aus Mihais Wohnung aufgebrochen, um sich auf dem Weg Kopfschmerztabletten und einen Kaffee zu kaufen. Es war ein brutales Erwachen gewesen, halb über dem Küchentisch liegend, mit Übelkeit und einem dicken Brummschädel. Da konnte er nur sich ganz allein die Schuld geben, aber Gott sei Dank verzog sich der Kater allmählich. Den bohrenden Selbsthass wegen seines verantwortungslosen Benehmens ließ er noch ein bisschen weiterbrennen.

Durch die Glaswand hinter ihm drang aufgeregtes Stimmengewirr. Vor dem Eingang der Notaufnahme war ein Rettungswagen vorgefahren. Ärzte und Krankenschwestern hasteten zu dem Patienten auf der Trage. Oberflächlich sah es nach Chaos aus, aber David erkannte darin die verinnerlichten Schritte, als die Angestellten sich wie ein intelligenter Organismus um die Trage scharten. Wie bei einer Polizei-Razzia brauchte es zu keinem Zeitpunkt Augenkontakt oder überflüssige Fragen. Jeder Einzelne kannte seine Aufgabe.

Davids Abgang aus Mihais Wohnung war nicht so elegant verlaufen. Mihai hatte im Halbschlaf gemurmelt, dass er Radu grüßen und ihm ausrichten sollte, dass er ihm noch einen Hunderter schuldete.

Danach hatte Alina ihn im Treppenhaus in seinem erbärmlichen Katerzustand abgefangen, in dem er seinen Blick noch nicht richtig scharf stellen und nicht viel mehr tun konnte, als allem zuzustimmen und zu nicken.

»Steck Radu seinen Ehering an.«

»Natürlich.« Kurzatmig, Erschieß-mich-Stimme.

Sie hatte den Ring in seine offene Hand gelegt.

»Radu hat ihn nur abgelegt, weil er im Hallenbad war. Sonst trägt er ihn immer.«

»Ja.«

»Und Simona hat ein Bild gemalt, das du ihm geben sollst. Und sag ihm, dass …« Ihre Stimme brach.

»Mach ich.«

Er hatte die Finger um das taschenwarme Metall des Rings geschlossen. Jetzt dauerte es nicht mehr lange, bis er zu Radu konnte. Endlich ein erster Gegenzug gegen Volos. Ganz zu schweigen von dem verfluchten Satan Lucas Stage. Davids Anstrengungen, seine unverhoffte Allianz mit Alina und Mihai, das Fischen im Trüben und die kalkulierten Risiken … Letzten Endes hatte ihn das auf ein höheres Level gebracht.

Eine Schwester mit einem Clipboard kam ins Wartezimmer.

»Besucher für Radu Romanescu?«, fragte sie.

David stand auf und folgte der Krankenschwester, die ihn über Radus Zustand informierte und ihn auf den Schock vorbereitete. David nickte und verschwieg, dass dies bereits ihre zweite Begegnung war.

Sie bogen um eine Ecke. Ein Stück vor ihnen stand ein Arzt bei dem Wachmann von vorgestern, als er im Krankenhaus gezündelt hatte. David ließ eilig seine Hipsterbrille in der Jackentasche verschwinden.

»Ist er wach?«, erkundigte sich die Krankenschwester, während der Beamte David ohne ein Zeichen des Wiedererkennens einer Leibesvisitation unterzog.

Der Arzt nickte. »Zehn Minuten«, sagte er an David gewandt und machte Platz.

David trat in das Krankenzimmer. Die Tür glitt hinter ihm zu. Die Jalousien waren heruntergelassen, und die einzige Lichtquelle war die Wandlampe über dem Bett. Die Person in dem Lichtkegel lag reglos da. Es war nicht zu erkennen, ob die Augen offen waren.

»Kommen Sie, ich beiße nicht.« Es klang, als würden die Worte dem Mann am Kinn heruntertropfen.

David setzte sich auf einen Stuhl am Kopfende des Bettes. Radu drehte in Zeitlupe den Kopf zur Seite. David hielt die Luft an. Die frisch transplantierten Hautpartien sahen aus wie eine über Wangen und Stirn zu locker sitzende Stoffmaske.

»Ich meide Spiegel, aber Ihre Reaktion sagt alles«, sagte Radu.

»Tut mir leid, ich wollte nicht ...«

»Ist schon okay. Die Ärzte sagen, ich werde irgendwann wie Brad Pitt aussehen.« Sein Lachen war ein schwacher Hauch. »Tun Sie mir einen Gefallen? Lachen tut höllisch weh.«

David folgte Radus Blick hoch zu dem Infusionsbeutel. *Morfină* war auf dem Etikett zu lesen. Er nahm die kleine Fernbedienung in die Hand, die eine Pumpe an dem Infusionsständer steuerte.

»Einmal tippen«, sagte Radu. »Sonst schlafe ich sofort ein.«

David drückte auf die Taste.

Radu stieß einen langen Seufzer aus. »So ist es besser.«

»Von Ihrer Tochter.« David hielt die Zeichnung hoch, damit Radu sie sehen konnte.

»Schön«, sagte er knapp und hob seine komplett verbundene Hand. »Handgeben ist leider nicht drin, aber ich gehe mal davon aus, dass Sie Nicó Krause sind?«

David legte die Zeichnung auf den kleinen Tisch.
»Erzählen Sie mir, was Sie über Nicó Krause wissen.«
»Einer meiner V-Männer hat ein Gerücht aufgefangen. Dass Volos' Sohn von einem Mann mit Namen Nicó Krause gekidnappt wurde. Es ist eine hohe Belohnung für denjenigen ausgeschrieben, der Volos auf seine Spur führt. Das Geld ist sicher für viele Leute verlockend. Auf beiden Seiten des Gesetzes.«
David nickte ernst.
»Volos hat rausgefunden, dass Nicó Krause ein Alias ist, dass Sie Polizist sind. Sie sind Ihnen dicht auf den Fersen.«
»Ich habe nicht gesagt, dass ich Nicó Krause bin«, sagte David. »Wieso glauben Sie das?«
Radu schluckte trocken. »Weil Sie hier sind. Temeswar ist wohl der letzte Ort, an dem Sie sich ohne Grund freiwillig aufhalten würden.«
David sah Radu intensiv in die Augen, dem menschlichsten Zug in seinem Gesicht. »Wurden Sie deshalb überfallen und so zugerichtet? Weil die wussten, dass Sie etwas gehört haben?«
»Das war kein Überfall, sondern ein missglückter Mordversuch. Einer meiner V-Männer muss mich verraten haben.«
David versuchte, die größeren Zusammenhänge zu verstehen. Volos hatte von jemandem einen Wink bekommen, dass ein ansässiger Polizist einem geplanten Polizistenmord auf die Schliche gekommen war. Da der Koloss nicht riskieren konnte, dass Radu irgendwen warnte, hatte er, ohne zu zögern, gehandelt.
»Wieso sind Sie damit nicht direkt zu Ihren Vorgesetzten gegangen?«, fragte David.
»Weil es nur ein unbestätigtes Gerücht von einem Junkie war. Ich hab mir schon öfter die Finger verbrannt, weil ich zu voreilig gehandelt habe, um dann den Fall zerbröseln zu sehen. Zusammen mit meinem Ruf.« Er krümmte sich in dem weißen Krankenbett zusammen.

David lehnte sich auf dem Stuhl zurück. Lauschte dem Fiepen der Apparate. »Warum haben Sie der Krankenschwester den Namen genannt?«

»Der Angriff auf mich hat mir bestätigt, dass das Gerücht wahr ist. Dass Nicó Krause in Lebensgefahr schwebt. Ich muss ihn warnen, oder, ähm … Sie.«

»Aber wir kennen uns doch überhaupt nicht.«

»Sie sind Polizist wie ich. Darum kenne ich Sie.«

Die Tür zum Krankenzimmer ging auf. »Fünf Minuten noch, dann ist die Besuchszeit rum«, sagte der Wachmann und schloss die Tür wieder.

»Arcturus«, sagte Radu eilig.

»Wer ist das?«

»Nicht wer, *was*.« Radu hielt inne. »Das, was ich Ihnen jetzt erzähle, ist streng vertraulich. Arcturus ist keine Person, sondern eine Organisation. Ein geheimer Zusammenschluss von Polizisten, die die Schnauze voll davon haben, wie Volos und sein verfluchter Abschaum die Stadt terrorisieren. Wir wollen nicht noch mehr Kollegen zu Grabe tragen oder noch mehr junge Menschen in die Drogenabhängigkeit abrutschen sehen. Wir haben es zu unserer Mission gemacht, Volos auszurotten. Temeswar soll wieder ein sicherer Ort werden.«

»Aber es ist doch allgemein bekannt, dass das Gift aus der Fabrik kommt. Eine zielgerichtete Polizeiaktion könnte mit dem Dreck ein für alle Mal aufräumen.«

»Und alle kennen die italienische Mafia. Wieso räumt die Polizei da nicht ein für alle Mal auf? Sie wissen schon, dass Korruption ein Grundpfeiler des rumänischen Geschäftsmodells ist. Aus Volos' Organisation fließen Geldströme an Unternehmer und Beamte. Seine Handlanger halten Zeugen und Schöffen in eisernem Griff. Rumänien hat nicht umsonst den Ruf als eins von Europas korruptesten Ländern.«

»Und was kann Arcturus ausrichten, was die Polizei nicht kann?«

»Wir haben Volos monatelang observiert und seine Bewegungsmuster kartiert. Wir können Sie direkt zu ihm führen.«

»Wenn ihr so gut informiert seid, wieso habt ihr dann noch nicht selbst was unternommen?«

»Wie Sie sicher aus eigener Erfahrung wissen, gehört Volos zu einer speziellen Kategorie Krimineller.« Radu hustete. »Es würde nichts nützen, ihn festzunehmen.«

»Ihr braucht jemanden, der für euch abdrückt?«

»Ja. Wir sind keine Mörder. Unser Polizeigelöbnis gilt weiterhin.«

»Ich habe dieses Gelöbnis auch abgelegt.«

»Aber Sie können hinterher von hier verschwinden. Den Luxus haben wir nicht. Wir gehören alle zur gleichen Polizeieinheit und kennen uns alle.«

»Und jeder scheut sich davor, derjenige zu sein, der für Volos' Tod verantwortlich ist.«

»Das Gift tropft auch noch von den Zähnen, wenn der Kopf der Schlange abgeschlagen ist. Auf Volos' Tod wird eine Phase des Chaos folgen. Es werden Verantwortliche gesucht werden, und der Preis ist der Tod.« Radus Blick bekam etwas Angestrengtes. »Aber Sie … sind Sie bereit zu tun, was getan werden muss? Sind Sie der, auf den wir gewartet haben?«

David hielt Augenkontakt, ohne zu blinzeln, während ein Sturm durch seinen Kopf zog. Als er den Mund aufmachte, war seine Stimme beherrscht. »Ja.«

Radu atmete erleichtert aus.

»Ich gebe Ihnen die Nummer einer Kontaktperson. Aber denken Sie dran, dass Sie ein Outsider sind. Meine Kollegen sind vorsichtig, und Sie wissen, was mir passiert ist. Wählen Sie Ihre Worte mit Bedacht und sorgen Sie dafür, überzeugend zu sein.«

David speicherte die Nummer, die Radu ihm nannte, auf seinem Handy und schob es zurück in die Tasche.

»Ich habe Alina versprochen, Ihnen Ihren Ehering zu geben.«

Radu drehte den Kopf zurück und starrte an die Decke.

»Sie möchte Sie gerne sehen. Ihre Tochter auch.«

Es dauerte eine Weile, bis Radu sein Schweigen brach. »Das muss noch warten.«

»Sind Sie sicher? Alina ist verzweifelt, sie …«

»Sie will *mich* sehen. Nicht dieses … Monster.«

David hob eine Hand, um zu signalisieren, dass er verstand, und steckte den Ring zurück in die Tasche.

»Ich soll Ihnen sagen, dass sie dort draußen sind. Und dass sie an Sie denken. Sie sind nicht alleine.«

»Würden Sie noch mal auf den Knopf drücken? Ich muss mich ausruhen.«

36

David ging durch den Eingangsbereich raus auf den Parkplatz und setzte sich auf eine halbhohe Mauer. Um ihn rauschte der Morgenverkehr wie auf einer entfernten Kinoleinwand. Seine Hand zitterte, als er sich eine Zigarette zwischen die Lippen schob.

Die Person, die er gleich kontaktieren wollte, würde verständlicherweise auf der Hut sein. David war ein absoluter Fremder, der um Einlass in eine geheime Bruderschaft von Polizisten bat, die ihr Leben aufs Spiel setzten, um eine kriminelle Maschinerie zu zerschlagen, deren Netzwerk bis in die Spitze der Gesellschaft reichte. David musste die magischen Worte finden, die ihm die Pforten zu Arcturus öffneten, ohne seine eigene Identität preiszugeben, über die seine Spuren bis nach Norwegen zurückverfolgt werden könnten. Zu den zwei Menschen, die dort auf ihn warteten.

Er trat seine Zigarette aus und wählte die Nummer. Lauschte angespannt auf den abgehackten Klingelton. Er musste Radus Kontakt Hoffnung machen. Dass sie endlich ihren Mann gefunden hatten. Und wenn ihm das gelang, konnte David selbst nur hoffen, dass er der war, der er zu sein vorgab.

»Hallo?«, antwortete eine Männerstimme.
»Hallo, ich rufe im Namen von Radu Romanescu an, er ...«
»Wer?«
David zog die Augenbrauen hoch. »Radu, Ihr Kollege.«
Die Verbindung rauschte. »Nein, wer sind Sie?«
»Ein Freund von Radu.«
Die Stimme am andern Ende wurde abweisend.
»Weisen Sie sich aus.«

»Sie müssen mir vertrauen. Ich ...«
»Ich lege jetzt auf.«
»Warten Sie. Ich bin eingeweiht. Arcturus, Ihre Widerstandsbewegung. Dass Sie Volos aus dem Weg räumen wollen ... Hallo?«

David hielt die Luft an, presste den Hörer ans Ohr. Komplette Stille auf der anderen Seite. Aber nicht so, als ob die Verbindung unterbrochen wäre. Eher, als ob sein Gesprächspartner die Hand über das Mikrofon hielt.

David sprach bedächtig weiter.

»Ich höre, dass Sie noch da sind. Glauben Sie mir, ich bin ein Freund. Ich kann Ihnen helfen.«

»Und wobei wollen Sie uns helfen?«

»Das zu tun, was Sie selbst zu tun nicht in der Lage sind.«

David wartete und sah den Autos hinterher, die in einem endlosen Strom vorbeirauschten.

»Bega Shopping Center. Übermorgen, 20.00 Uhr.«

»Wo genau? Am Haupteingang oder ...«

»Die Rolltreppe am Eingang Ost. Setzen Sie ein UTA Arad-Cap auf.«

Die Verbindung wurde unterbrochen.

David wog das Telefon in der Hand. Der Mann war ganz offensichtlich von dem Anruf überrumpelt worden. Das fachte Davids eigene Paranoia an. Sollte er James anrufen und ihn bitten, die Nummer zu checken, soweit sie zurückverfolgt werden konnte? Um so vielleicht einen Namen und eine Adresse zu haben, um denjenigen abzupassen und sich zu versichern, dass er ihn nicht verschreckt hatte. Andererseits würde David wohl kaum das Vertrauen der anderen Polizisten gewinnen, indem er einen ihrer Kollegen beschattete.

Er steckte das Handy wieder ein. Das in dem Moment klingelte.

»Verdammt«, murmelte er, als er den Namen des Anrufers sah. »Sag mal, James, bist du zu den Schurken übergelaufen?«

»Was redest du da?«

James schien Davids ironischen Tonfall nicht zu bemerken, seine Stimme klang ernst, skeptisch.

»Du rufst während der Arbeitszeit von deiner Privatnummer an, James.«

»Um Europols Abhörung von Büroanrufen zu umgehen, während ich in den Datenbänken herumwühle, um einen illegalen Einzelkämpfer zu unterstützen.«

»Und, fündig geworden?«, fragte David.

»Nichts. Hast du mehr über Arcturus rausgefunden?«

»Nein.«

»Alles in Ordnung bei dir, David? Du klingst angeschlagen.«

David schloss die Augen. *Alles in Ordnung bei dir?* Die Frage gefiel ihm nicht. Sich jetzt mit sich selbst auseinanderzusetzen, in sich hineinzuhorchen, innezuhalten, war das Letzte, was er jetzt gebrauchen konnte. Jetzt galt es, den Blick nach vorn zu richten, den Gedanken keinen Spielraum für kontraproduktive Szenarien zu lassen. Aber dann kam es doch. Ein bleischweres Gefühl stieg aus seinem Magen auf, wollte raus. Er presste die Kiefer zusammen, atmete tief ein und drückte das Gefühl zurück in den ganzen verdrängten Morast. Zwei Tage bis zu dem Treffen mit seinem Kontakt von Arcturus. Viel zu lange. Er brauchte Ablenkung, etwas, das den Kopf auf Trab hielt.

»Könntest du noch etwas anderes für mich abchecken?«, fragte David.

»Habe ich Lust, mir das anzuhören?«

»Es geht um einen Polizeieinsatz 2021. Eine Razzia der rumänischen Task Force in der Kanalisation unter Temeswar. Kannst du mir ihren Strategieplan schicken, eine Karte über die Einstiegsstellen, alle technischen Details. Ich gehe davon aus, dass sie mit Bodycams ausgerüstet waren. Die Aufnahmen würde ich mir gerne ansehen.«

»Okay. Und wenn wir schon mal dabei sind, soll ich nicht auch gleich ein Kaninchen aus dem Arsch zaubern?«

»Ich weiß, das ist viel verlangt. Aber die Medien haben über die fehlgeschlagene Polizeiaktion berichtet. Die Dokumente und Protokolle sind also weder vertraulich noch unter Verschluss.«

James seufzte. »Was erwartest du, in der Kloake zu finden?«

»Hoffentlich keine Monster.«

»Ich sehe ein größeres Risiko, dass du die Kanalisation mit deinem Bullshit verstopfst. Ich schicke dir später eine Mail.«

James legte auf. Die Kälte drang durch Davids Kleiderschichten. Er war sich nicht sicher, ob er gerade seine Situation massiv verschlechtert hatte. Zumindest hatte er sie verkompliziert. Er nahm einen Bus zum Hauptbahnhof und stieg dort in einen Regionalzug nach Arad.

37

Theresa spülte Teller und Gläser in dem Becken unter dem Küchenfenster. Sie hatte die Gardinen, die sie zuerst zugezogen hatte, wieder aufgezogen. Die Dunkelheit draußen fühlte sich bedrohlich an, egal ob sie sie sehen konnte oder nicht.

Sie betrachtete ihre Hände, die in dem lauwarmen Wasser zitterten. Genau wie beim Fernsehgucken oder Rauchen oder Wäschefalten. Sie fühlte sich wie ein aufgeweichter Deich, am Rande des Kollapses, nicht ahnend, was über sie hereinbrechen würde, wenn sie irgendwann keine Kraft mehr hatte.

Leck mich, dachte sie, als sie auf den Küchentisch kletterte. Der schwarze Klumpen lag auf dem Küchenschrank, wie David es gesagt hatte. Er hatte ihr eingeschärft, die Pistole dort liegen zu lassen. Waffen sind gefährlich, besonders in unerfahrenen Händen, hatte er gesagt. Da konnte sie ihm eigentlich nicht widersprechen. Aber was, wenn die Schatten nicht nur in ihrem Kopf existierten?

Der kalte Stahl wärmte sich schnell in ihrer Hand auf. Die Pistole flößte ihr auf wunderbare Weise Sicherheit ein. Ihre Hände zitterten nicht mehr. Sie wollte nicht über das Verkehrte an der Situation nachdenken.

Es wirkte. Das reichte schon.

Sie schob die Pistole in die Schürzentasche, schaute raus in den Flur. Die Tür zu Siljas Zimmer war verschlossen. Theresa lief zu ihrem Schlafzimmer, um die Pistole dort zu verstecken.

Vor der Tür blieb sie stehen. Sie hatte sich an die hauseigenen Geräusche gewöhnt, die Balken, die sich mit einem schwermütigen Knacken aneinanderlehnten. Aber jetzt war ihr Gehör auf die Laute eingestellt, die nicht da waren. Sie schaute zu der geschlossenen Tür.

»Silja?«, rief sie. »Alles okay bei dir?«

Sie legte die Finger um die Klinke. Zögerte und entschied sich um. Bestimmt war Silja einfach eingeschlafen.

Die Tür flog mit einem Knall auf. Theresa zuckte zusammen, als hätte ein kalter Tropfen sie im Nacken getroffen. Sie starrte in Siljas weit aufgerissene, aufgewühlte Augen.

»Das war keine Absicht«, flüsterte das Mädchen. Sie stand in ihrem Schlafanzug im Türrahmen, gebadet im roten Licht der Nachtlampe. »Fluff rührt sich nicht mehr.«

Theresa schaute über Siljas Schulter ins Zimmer und legte erschrocken eine Hand auf den Mund.

»Ich hab dich am Telefon mit David gehört.« Silja schluchzte. »Ich glaube, du hast recht. Mit mir stimmt was nicht.«

Theresa sah das platt getretene Küken an, ein zerquetschter Fleck auf dem Boden. Blut und Daunen und zerbrochene Knochen.

»Hast du das getan, Silja?«

»Ja.«

»Warum?«

Das Mädchen sah sie vorwurfsvoll an.

»Flocke war gemein, er hat mit dem Schnabel nach Fluff gehackt.«

»Aber du kannst doch nicht …«

Siljas Unterlippe zitterte. »Bin ich krank? Hat Papa mich angesteckt? Guckst du mich deshalb immer so komisch an?«

»Was meinst du damit?«

»Ich war auf der Polizeiwache, als Papa den Fall mit all den Frauen lösen wollte. David war auch da. Aber dann war der Fall plötzlich abgeschlossen. Und Papa war weg. Und jetzt bin ich hier zusammen mit dir und David.«

Theresa zitterte. In ihren Ohren rauschte es. Silja sagte die Wahrheit. Wie sollte sie das Mädchen beruhigen? Sie hegten beide die gleiche Angst: dass Williams Bosheit in dem Mädchen weiterlebte. Aber der Hauch von Mitgefühl, der Theresa anflog, verpuffte in dem Augenblick, als sie das massakrierte Küken sah. Die Küken waren Siljas Ein und Alles gewesen, und nur ein kurzer impulsiver Moment der Wut hatte etwas Unkontrollierbares im Innern des Mädchens entfacht, ein eiskaltes Gefühl der Verachtung, das sie dazu gebracht hatte, ein lebendiges Wesen zu zerquetschen.

Theresa war zum Weinen zumute. Nicht vor Schreck oder Schock. Aus Verzweiflung. Sie spürte ihre schwache Hoffnung in dem leeren Gefühl versiegen, zu spät zu kommen. Das Mädchen hatte sich längst in der Finsternis verirrt, in der sie alle enden würden. David, William, sie selbst, all die bedauernswerten Frauen, die in der Erde verrotteten, weil Theresa der Wahrheit nicht ins Auge gesehen hatte.

Sie fühlte die schwere Waffe in der Schürzentasche. Und sie hätte alles gegeben, den nächsten, unerträglichen Gedanken auszulöschen. Vielleicht war das hier eine neue Chance. Die Chance, dem Bösen Einhalt zu gebieten, bevor es größer wurde. Und sie dachte, wie leicht sich der Impuls anfühlte. In diesem Moment. Einfach loslassen. Das Einzige tun, was sie beitragen konnte, um die dunklen Zweifel zu vertreiben. Um sie herum brach die ganze Welt zusammen. Sie waren vom Bösen umgeben. Nicht dort draußen im Wald. Hier drinnen. Das Böse lebte in der Hütte. In ihnen. Sie konnte es riechen. Wie verkohltes Plastik.

»Du darfst nicht böse sein«, schluchzte Silja.

Theresa schluckte. Ihr Speichel schmeckte nach Stanniol.

»Alles gut.« Sie machte einen Schritt auf Silja zu. »Schließ die Augen, Silja.«

»Warum?«

»Ich habe eine Überraschung für dich. Etwas, das alles wiedergutmachen wird.«

Das Mädchen sah sie mit großen Augen an. Theresa entglitt die Kontrolle, ihre Sinne waren weit offen, aber nicht zu der äußeren Welt, die sie kaum wahrnahm, sondern zu ihrem Innern, in dem die Gefühle durcheinanderwirbelten und sie ihrer kompletten Macht beraubten. Sie spürte einen Countdown, etwas Unausweichliches, wie der einem abstürzenden Flugzeug folgenden Schatten auf der Erde, dichter, immer dichter, bis der Aufprall den Rumpf in Stücke riss.

»Mach schon, schließ die Augen.«

Silja tat, was Theresa sagte.

Theresa nahm die Pistole aus der Schürzentasche. Die Gesichtszüge des Mädchens verschwammen hinter ihren Tränen. »Alles wird gut«, sagte sie mit tröstender Stimme und hob die Waffe. »Gleich ist alles gut.«

Ihr Arm zitterte unkontrolliert, aber die Kugel musste bis zur Brust des Mädchens nur wenige Meter überwinden. Sie krümmte den Finger um den Abzug. Der Hahn bewegte sich nach oben, gefolgt von einem metallenen Klicken. Sie kniff die Augen zusammen. Der Schuss konnte jeden Augenblick losgehen.

Aber es geschah nichts.

Theresa atmete hektisch. Die Hoffnungslosigkeit, die sie ganz erfüllt hatte, zog sich mit einem Ruck zurück, als wäre ein schwerer Stein von ihren Schultern gefallen. Die Beine gaben unter ihr nach, und sie sackte auf dem Boden zusammen.

»Darf ich die Augen wieder aufmachen?«, fragte Silja von weit weg.

Theresa schob eilig die Pistole zurück in die Tasche, ihre Wangen glühten vor Scham, und sie schluchzte krampfartig. Sie merkte Siljas Hand auf ihrer Schulter. Eine kleine, tröstende Wärmeplatte.

»Bist du auch traurig, dass Fluff tot ist?«, flüsterte sie.

Theresa weinte unkontrollierbar. Der Boden hätte sich unter ihr auftun, ein Blitz einschlagen, ihr hämmerndes Herz aus der Brust springen können. Jetzt kam die Wahrheit ans Licht. Es war schon lange so gewesen, aber sie hatte es nicht sehen wollen. Bis jetzt. Sie selbst war es, von der die Gefahr ausging. Bringt mich um, dachte sie. Bringt mich um! Ich bin krank. Das merke ich doch.

»Ich wollte Fluff nur in Sicherheit bringen«, sagte Silja. »Und dann sind mir die Bücher aus der Hand gefallen.«

Theresa schnappte nach Luft. Die Worte kamen stoßweise mit den Schluchzern.

»Was für Bücher?«

»Ich hab Fluff wegen Flocke aus dem Käfig genommen und wollte ihr mit den Büchern aus dem Regal eine Höhle bauen. Aber dann sind sie mir aus Versehen auf sie draufgefallen.« Siljas Stimmbänder vibrierten weinerlich. »Ich hab schreckliche Bauchschmerzen deswegen.«

Theresa starrte Silja an. »War das nur ein Unfall?«

Das Mädchen drückte das Kinn aufs Schlüsselbein und schluchzte.

In Theresa wallte eine Zärtlichkeit und Sehnsucht auf, die genauso schwer zu beherrschen war wie die Schübe der Verzweiflung und Trauer vorher. Siljas Nähe zerriss sie innerlich. Und dann brach alles auf einmal aus ihr heraus. Die Jahre in Rumänien, in denen sie ihre Tochter vermisst hatte; immer auf ihr vorsichtiges Klopfen an der Tür gewartet hatte, in denen sie sich eingebildet hatte, sie würde kommen und sie nach Hause holen. Alles, was sie ausmachte, hatte sie für ihre Tochter aufgespart.

Sie zog Silja an sich, fühlte ihre Herzen im Takt schlagen, füllte ihre Nasenlöcher mit dem Duft ihrer Locken, ein schwindelerregender Rausch, und als das Mädchen endlich seinen körperlichen Widerstand aufgab und ihre Arme um Theresas Hals schlang, waren sie endlich nicht mehr zwei schiffbrüchige Individuen.

Sie waren Mutter und Tochter.

38

David schloss die Tür zu Mihais Wohnung auf. Es war stickig, als wäre seit Monaten nicht mehr gelüftet worden.
Auf dem Weg in die Küche warf er die Tüte aus dem Sportgeschäft in Arad aufs Sofa. Auf dem Tisch stand eine Tasse mit einem Rest Kaffee neben einer kurzen handschriftlichen Notiz:

Komme später zurück. Lass die Finger von meinen letzten Bieren, Tom Juice. PS: Der Staubsauger steht im Schrank. Mach dich nützlich.

David öffnete ein Fenster und steckte sich eine Zigarette an. Er checkte seine Mails, während im Hintergrund die Kaffeemaschine schnorchelte. Noch immer keine Mail von James. Er inhalierte den Rauch, versuchte, die Gedanken wegzublasen, den idiotischen Anruf von gestern zu vergessen. Theresa hatte so zerbrechlich geklungen, so ängstlich. Und sie hatte ausgeholt und ihn dort getroffen, wo es am meisten wehtat. *Du magst nur den Anfang.* Natürlich war David klar, dass das eine Schutzreaktion war. Wenn traumatisierte Menschen sich in ihrem Schmerz nicht ernst genommen fühlten, versuchten sie, den Menschen, die ihnen am nächsten standen, einen vergleichbaren Schmerz zuzufügen. Aber es würde ihr irgendwann wieder besser gehen. Und bis dahin war er eben ihr Punchingball. Er kannte dieses Gefühl nur allzu gut: die Angst, sich selber nicht mehr trauen zu können.
Er hörte die Wohnungstür knallen, gefolgt von Schritten im Wohnzimmer.

»Ich habe dich kommen hören. Willst du mir nicht von dem Besuch erzählen?« Alina sah ihn vorwurfsvoll an.

David räusperte sich. Er war so auf seine eigenen Belange im Gespräch mit Radu fokussiert gewesen, dass ihm gar nicht in den Sinn gekommen war, dass Alina vielleicht auch hören wollte, wie es Radu ging.

»Tut mir leid«, nuschelte er und drückte seine Zigarette in einer Kaffeetasse aus.

Alina stand mit verschränkten Armen im Türrahmen.

»Er ist auf dem Weg der Besserung«, sagte David. »Noch etwas konfus, aber ansprechbar.«

»Worüber habt ihr gesprochen?«

David vertat die zwei zur Verfügung stehenden Sekunden, um eine Lüge zu erfinden, damit, dass er dämlich in die Luft starrte.

»Der Arzt hat mich viel zu kurz zu ihm reingelassen. Aber er hat sich über das Bild gefreut.«

»Und den Ring?«

»Ja, natürlich.«

Alina sah David eindringlich an. »Ist auch nur ein Prozent wahr von dem, was du sagst?«

David blieb die Antwort schuldig, weil ihm erst jetzt auffiel, dass Radu sich weder nach seiner Tochter noch nach seiner Frau erkundigt hatte. Er hatte nur etwas über Arcturus und Volos gesagt. War der arme Kerl womöglich über seine Rachegelüste verrückt geworden? Auge um Auge, Zahn um Zahn. Oder hatte er Angst? Angst um seine Familie?

»Er hat Angst«, sagte David. »Wegen seines Aussehens. Vor deiner Reaktion. Nicht mehr deine Erwartungen zu erfüllen.«

Alina riss die tränenfeuchten Augen auf. »Aber er weiß doch, dass ich … ich würde niemals … Wir sind doch schon so lange verheiratet.«

»Lass ihm die Zeit, die er braucht. Das ist mein bester Rat.«

»Dein bester Rat«, wiederholte sie leise, fuhr sich mit der Hand durchs Haar und legte sie in den Nacken, als wäre ihr Kopf zu schwer. Dann wurde ihr Blick scharf.

»Weißt du, was man den Menschen, die man liebt, niemals antun sollte?«

»Nein?«

»Sie in Ungewissheit lassen!«

Sie drehte sich resolut um und knallte die Tür hinter sich zu.

39

David war bei seiner zweiten Tasse Kaffee, als sein Laptop ein »Pling« von sich gab. Er öffnete James' Mail, die von einem anonymen Dropbox-Konto kam. Wie schon der USB-Stick waren die Dateien von der rumänischen Polizeirazzia mit großer Umsicht heruntergeladen worden. James hatte die Informationen von den seiner Meinung nach relevantesten Stellen zusammengetragen, ohne allzu lange online auf einem Server unterwegs zu sein. Seine digitale Anwesenheit würde auf diese Weise in den tausendfachen Log-ins untergehen, die täglich das EIS-System aufsuchten.

David verbrachte die nächsten Stunden mit der detaillierten Durchsicht der Ordner. Der Einsatzleiter hatte die Stürmung der Abwasserkanäle auf den Namen »Operation Adlerklaue« getauft. Die Spezialeinheit sollte von oben zuschlagen und die Kloakenbewohner aus den kilometerlangen Tunneln treiben. Aber die Beamten waren mit einer komplett fremden unterirdischen Welt konfrontiert worden. Die an die abgemagerten Gesetzlosen angepassten engen Schächte, Sackgassen und »Wurmlöcher« hatten sich als der totale Albtraum für die Einsatzkräfte entpuppt. Mit gestörten Funksignalen an den Einsatzleiter und viel zu klobiger Ausrüstung waren sie in der Dunkelheit herumgeirrt. Viele Beamte hatten sich verlaufen, und ein paar hatten sogar mehrere Tage dort unten verbracht, ehe sie wieder an die Oberfläche gefunden hatten. In den Nachbesprechungen waren grauenvolle Details zutage gekommen, was sie in der Kloake gesehen und erlebt hatten. Aber einige von ihnen waren so clever gewesen, Exitpunkte in dem Kanalsystem mit einem Graffitisymbol zu markieren, falls sich jemals so eine Operation wiederholen sollte. Ein Kreis mit zwei senkrechten Strichen.

James hatte zwei Videoaufnahmen von den Bodycams der Beamten runtergeladen.

David klickte das Start-Icon an. Das grobkörnige Bild wackelte zu dem Geräusch der schmatzenden Schritte. Gedämpfte Kommandorufe waren zu hören. Der Kameramann führte die Truppe an. Der Lichtstrahl der LED-Lampe über seiner automatischen Schusswaffe verlor sich in der Dunkelheit eines engen Schachtes. Im Vordergrund war so etwas wie ein Torgewölbe zu erkennen. Die Steine waren mit einer zähen Substanz eingefettet. Zwischendurch ruckelte die Kamera, wenn der Beamte nach den fauchenden Ratten trat.

»*Da! Da ist jemand!*« Der Polizist richtete seine Waffe auf drei Schatten, die in der Dunkelheit auftauchten. »*Stehen bleiben, Polizei!*«

Der Lichtstrahl schimmerte matt in den Augenhöhlen der Schattengestalten, ehe sie sich in Luft auflösten.

»*Wo sind die geblieben?*« Der Frostatem des Polizisten dampfte vor der Kamera.

»*Warum hast du gezögert?*«, fragte eine aufgebrachte Stimme aus dem Hintergrund.

»*Wir sollen die, verdammt noch mal, nicht abknallen.*«

»*Scheiß drauf, fuck, dass wir hier unten sind!*«

»*Wisst ihr, wo wir reingekommen sind? Wir sind in diesem Dreckloch gefangen.*«

Die Kamera knickte nach unten, dann fror das Bild ein.

David klickte das nächste Video an. Ein anderer Schacht, krummer, die Steinwände glänzten wie das Innere eines Darms. Die Polizisten bewegten sich ächzend und stöhnend durch die Dunkelheit. Sie hielten immer wieder an, lauschten und murmelten unverständlich miteinander. David zog den Zeitmarker unter dem Video nach vorn und sah sich die Aufklärungstaktik noch mal im Schnelldurchlauf an. Er hielt den Cursor an, als die Polizisten einen größeren, offenen Raum betraten.

»Warum gehen wir nicht weiter?«, fragte einer der Männer leise.

»Da drüben! In der Ecke, auf ein Uhr.«

»Shit, was ist das?«

Intensive Stille senkte sich auf die Einheit. Die Männer hatten etwas außerhalb des Aufnahmeausschnittes entdeckt.

»Formation bilden«, sagte der vordere Polizist. *»Wir gehen in geschlossener Ordnung weiter.«* Aus einem undichten Rohr schoss Dampf ins Bild und warf das Licht zurück. Das, was die Männer gesehen hatten, war hinter der Dampfwolke. Sie rückten weiter vor. Für einen kurzen Augenblick war das Bild grau verschleiert, dann wurde es schwarz. David starrte mit angehaltenem Atem auf den Bildschirm. Die Kamera brauchte ein paar Sekunden, um die Dunkelheit hinter der Dampfschwade scharf zu stellen.

»Seht ihr sie?«, flüsterte einer der Männer. Gedämpftes Tropfen, hektischer Atem im Mikrofon.

In dem dunstigen Lichtkegel ahnte man die Konturen kantiger, aneinandergereihter Mauernischen. Enge Kammern. In manchen dieser Kammern lagen auf den ersten Blick formlose Haufen, die, als die Männer näher herangingen, alle äußeren Merkmale von Menschen aufwiesen. Haut, Haare, Gliedmaßen. Ganz oder teilweise skelettiert. Der Lichtkegel strich über einen purpurfarbenen Krater im Bauch einer Leiche, die Oberschenkelmuskeln waren stellenweise bis auf die Knochen abgenagt.

»Miluiește-te, Doamne«, wimmerte einer der Polizisten. Erbarm dich, Herr.

In einer grotesken Bildsequenz bewegte der Kopf der Leiche sich plötzlich hin und her, und der Unterkiefer öffnete sich mit einem Knirschen. Eine verschmierte, schwarze Ratte schob sich aus dem Mund des Toten, fauchte hitzig und huschte über die Stiefel des vorderen Mannes.

»*Was ist das hier für ein Ort?*«, stieß einer der Männer aus.

»*Eine verdammte Speisekammer der Hölle!*«

»*Wir müssen hier raus. Rückzug!*«

Bild und Ton hüpften und krächzten. David fuhr erschrocken zusammen, als er durch den infernalischen Lärm die Wohnungstür ins Schloss fallen hörte und schwere Schritte das Wohnzimmer auf dem Weg in die Küche durchqueren. Er klappte den Bildschirm runter, als die Tür aufschwang.

Mihai musterte David, der rotwangig und mit einer Hand auf dem Laptop dasaß.

»Na, stör ich dich bei einem Porno?«

»Ich arbeite.«

»Gönn dir ruhig eine kleine private Auszeit. Ich hole mir nur schnell ein Bier und setz mich ins Wohnzimmer.«

»Alles gut, trink dein Bier gerne hier.«

Mihai zog die Brauen zusammen.

»Was hat das Arad-Cappy auf meinem Küchentisch zu suchen? Willst du Ärger?«

»Das ist eine längere Geschichte.« David hatte keine Lust zu erklären, dass er bis nach Arad gefahren war, um ein Cap mit dem Logo des Fußballvereins aufzutreiben. UTA Arad war nicht nur die Nachbarstadt, sondern auch Erzrivale von Temeswars stolzem Fußballclub Politehnica.

Mihai blieb auf der Türschwelle stehen.

»Du benimmst dich irgendwie seltsam, Tom Juice.«

»Ich bin nur etwas gestresst.«

»Bestimmt, weil du keine Pornos auf deinem Laptop hast.«

40

Theresa atmete den Waldduft zwischen den dicht stehenden Bäumen ein. Der Schnee lag verstreut in kleinen weißen Häufchen auf einem ansonsten braunen Nadelteppich. Die Schaufel musste vor der steinharten Erde kapitulieren, also hatten sie den provisorischen Sarg für das Küken, die Pappverpackung für Kochbeutelreis, unter einem hübschen Hügel aus Kiefernnadeln begraben. Silja knotete gerade zwei Stöckchen zu einem Kreuz zusammen.

Silja hatte auf einer Beerdigung für das Küken bestanden, und Theresa fand die Idee schön. Es freute sie, zu sehen, wie Silja, typisch für ein Kind, ganz natürlich zurück zum Positiven, zum Glück strebte. Und sie ließ sich davon anstecken. Die furchtbaren Ereignisse der Nacht waren im Morgengrauen plötzlich so unwirklich. Nicht wie ein Traum, es war ja alles geschehen. Sie hatte die Pistole auf Silja gerichtet, bereit abzudrücken. Aber die bedrohlichen Stimmen in ihr waren verstummt. Sie war aufgewühlt, belebt, und zum ersten Mal seit sehr langer Zeit spürte sie ein Bedürfnis weiterzumachen.

Sie rieb sich die Arme durch die Fleecejacke.

Silja kniete sich auf den Boden und steckte das Kreuz in den Nadelhaufen.

Dann falteten sie feierlich die Hände. Weit weg ertönte ein einsames Krächzen. Silja schluchzte. Theresa ging in die Hocke und zog das Mädchen an sich. Silja vergrub ihr Gesicht in Theresas Halsbeuge. Sie fühlte die warmen Tränen auf ihrer Haut.

»Sollten wir jetzt irgendwas sagen?«, fragte Silja.

Theresa kniff ein Auge zu.

»Kann ich dir nicht sagen, ich war noch nie auf einer Kükenbeerdigung.«

Unter das Schluchzen mischte sich ein Kichern.

Sie gingen Hand in Hand durch den Wald zurück, eingehüllt in Frostschwaden, die wie Lämmerschwänze zwischen den Stämmen hindurchzogen. Und erneut wurde sich Theresa der weißen Stille der Winterlandschaft bewusst.

»Hallo!«

Theresa verkrampfte sich. Der Klang seines gut gelaunten Rufes hallte durch den Wald.

Trygves Sohn lehnte an seinem Lieferwagen. Er trug Arbeitskleidung und hatte seine Mütze über den stechenden Augen tief in die Stirn gezogen.

»Und wer bist du, Kleine?«, sagte er an Silja gewandt.

Silja zog ihre Hand zu sich, die Theresa unbewusst umklammert hatte.

»Warum sind Sie hier?«, fragte Theresa barscher als beabsichtigt.

Er lächelte nachsichtig. »Ich hab doch gesagt, dass ich euer Dach reparieren will.«

»Ich habe Sie nicht darum gebeten.«

»Findest du es nicht auch ziemlich dumm, dass deine Mutter die Kälte reinlässt?« Er musterte Silja mit kleinen, glanzlosen Augen in dem geröteten Gesicht.

Silja drückte sich an Theresas Hüfte.

Die Unsicherheit ihrer Tochter katapultierte ihren Puls in die Höhe, aber sie beherrschte sich. »Wir lehnen das Angebot dankend ab. Grüße an Trygve.«

Er blieb stehen. Stülpte die Lippen vor und blies Luft aus. »Warum wollen Sie meine Hilfe nicht annehmen?«

Theresa zögerte. Seine Stimme hatte einen anderen Klang als vorher. Heller, fast flehend. Sie lächelte verkrampft.

»Wir müssen jetzt rein. Kommen Sie gut nach Hause.«

»Verdammt, warum denn gleich so aggressiv.« Gekünsteltes Lachen. »Ich will doch nur helfen.«

Theresas Herz schlug schneller. Sie fasste den Spaten etwas fester.

»Silja, geh schon mal rein, ich komme gleich nach.«

Silja rührte sich nicht vom Fleck.

»Sind Sie nervös?« Jetzt schwang Spott in seiner Stimme mit.

»Seien Sie so gut und ...«

»Ist das so, weil Sie alleine hier draußen wohnen? So weit weg von ... allem?«

Er grinste abstoßend. Aus ihrem Bauch stieg ein Beben auf. Nicht aus Angst. Das, was ihren Körper durchströmte, war hitzig, rauschend. Mit über dem Kopf erhobenem Spaten stürmte sie los. Die Metallkante sirrte mit einem hohen Zischen durch die Luft, wenige Zentimeter an der Nasenspitze des Mannes vorbei.

»Verschwinden Sie!«, rief sie mit Spucke in den Mundwinkeln. »Verschwinden Sie und lassen Sie sich hier nie wieder blicken.«

Seine Stiefel rutschten unter ihm weg. Er krachte mit einem dumpfen Schlag rücklings auf den gefrorenen Boden.

»Du bist ja irre, du Schlampe, du!«

Sie schwang den Spaten in einem kraftvollen Bogen über seinem Kopf. Er kroch auf allen vieren von ihr weg, kam auf die Beine und brachte sich in seinem Lieferwagen in Sicherheit.

Der Motor sprang mit einem Dröhnen an.

Für einen kurzen Lidschlag begegneten sich ihre Blicke durch die beschlagene Frontscheibe. Sein Blick teilte ihr unmissverständlich mit, dass sie sich nicht das letzte Mal begegnet waren.

Sobald sie in der Hütte waren, lief Silja in ihr Zimmer. Theresa folgte ihr und setzte sich neben sie aufs Bett.

»Du musst keine Angst haben«, sagte Theresa. »Der kommt nicht zurück.«

Silja drehte den Kopf zur Seite. Ihr Blick war auf den Boden geheftet.

»Ich versteh das nicht«, flüsterte sie.

»Was meinst du?«

»Der Mann.« Silja schaute zu Theresa hoch. Ihr Gesicht war so weiß wie das Laken. »Seine Stimme klang genau wie die von Per.«

41

David blinzelte in das dunkle Wohnzimmer. Der Lichtschein der Straßenlaterne verwandelte die Regentropfen an der Scheibe in Tränen aus Gold.

David sah auf die Uhr. Mitternacht. Sein Körper war hellwach.

Er drehte sich auf die Seite. Die Sofakissen verströmten einen muffigen Geruch. Los jetzt. Schlaf.

Die Minuten tickten davon. Die Gedanken schwirrten durch seinen Kopf. Das war eine schlechte Idee. Wahnsinn. Und wenn er ihr nachging, brach er seine persönliche Grundregel, niemals zwei Fälle parallel zu fahren.

Er klemmte sich den Laptop unter den Arm und schlich in die Küche. Der Videoclip war in dem Augenblick eingefroren, als Mihai die Wohnung betreten hatte. Er sah wieder die schwarzen Kammern, in denen sich die Leichen stapelten. Vielleicht lagerte Krank sie gegen Bezahlung dort. Oder als Bestrafung. Oder die Bewohner der Kloake nutzten sie zur Beseitigung unlösbarer Probleme, um sie dort verrotten zu lassen. Zum Beispiel den ungeplant gekidnappten Sohn eines einflussreichen Gangsterbosses.

Ich habe ihn nicht sterben sehen.

David massierte seine Schläfen. Wenn die Outlaws Mikru in jener Nacht zu Krank gebracht hatten, hätte ihr Anführer jetzt ein ernsthaftes Erklärungsproblem. Volos war der einzige Drogenlieferant der Kloakenbewohner, und Krank wusste genau, dass die Drogen das Einzige waren, was seine Leute davon abhielt, in totaler Barbarei zu versinken. David verzog das Gesicht.

Die Vorstellung von Mikrus Leiche irgendwo da unten in den Grabnischen ...

Er zündete sich eine Zigarette an und studierte die Polizeikarten des unterirdischen Kanalsystems. Die Rufnamen der Einheiten waren an den jeweiligen Einstiegsstellen notiert. Es war die Einheit Dixon, die auf die Leichenkammern gestoßen war. Sie waren im Süden, nahe der Satellitenstadt Rudicica eingestiegen.

David lehnte sich zurück. Noch hatte er die Wahl, sich für die Vernunft zu entscheiden. In der Wohnung zu bleiben, ein paar Stunden Schlaf zusammenzukratzen und sich morgen mit Arcturus' Kontaktperson zu treffen. Ein Ausflug runter in die Kloake wäre nicht nur unverantwortlich und extrem gefährlich, er riskierte damit auch, Antworten zu bekommen, die er gar nicht finden wollte.

Aber Alina hatte den Nagel auf den Kopf getroffen: Ein Leben in Ungewissheit war das Schlimmste. Egal, wie schmerzhaft die Wahrheit auch sein mochte, war der Schmerz der Gewissheit wenigstens greifbar und bearbeitbar. Wie ein Grabstein, den die Hinterbliebenen besuchen konnten.

Und die Ungewissheit über Mikrus Schicksal fraß ihn von innen auf.

Er drückte die Zigarette im Aschenbecher aus, fühlte die Glut unter der Fingerkuppe sterben.

Man tut, was man tun muss.

David ging durch die nachtleeren Straßen ins Zentrum. Die Ampeln sprangen von Grün auf Rot für nichts und niemanden. Erst um den Parcul Triade herum waren wieder Zeichen von Leben zu sehen. Frierende Frauen in Miniröcken und knalligen Stilettos am Straßenrand. David ignorierte ihre einstudiert anzüglichen Zurufe und ging die Calea Martirilor weiter Richtung Stadtmitte, wo er nach einer Weile ein Taxi zu sich winkte und den Fahrer bat, ihn nach Rudicica zu bringen.

Die letzten Kilometer vor dem Stadtzentrum führten über eine holperige Schotterstraße durch stockfinsteres Niemandsland. David warf dem Fahrer einen fragenden Blick zu, als das Taxi plötzlich abbremste und im Leerlauf stehen blieb. David überprüfte das GPS auf seiner Uhr. Sie waren noch etwa einen halben Kilometer vom Eingang in das Kanalsystem entfernt.
»Wir sind noch nicht am Ziel.«
»Vergessen Sie's«, sagte der Fahrer nervös.
David reichte ihm ein Bündel Euroscheine.
»Dann warten Sie wenigstens hier auf mich.«
Das Gesicht des Fahrers versteinerte, während sein Blick die unfruchtbare Landschaft in den Scheinwerferkegeln absuchte.
»Keine Chance, hier wohnt der Teufel.«
David stieg aus. Der Fahrer trat aufs Gas, und die roten Rücklichter verschwanden wie Katzenaugen in der Dunkelheit. Es trat eine unnatürliche Stille ein. Er richtete die Taschenlampe auf den vereisten Weg und setzte sich mit wachsender Unruhe in Bewegung. Zwischendurch blieb er stehen und spürte der Dunkelheit nach. Seine Exponiertheit als einzige Lichtquelle weit und breit machte ihn nervös.

Der Weg beschrieb eine scharfe Kurve. Er passierte ein eingefallenes Haus. Der Wind pfiff in den Scherben der zerschlagenen Scheiben. Das Display seiner Armbanduhr leuchtete auf. Hier irgendwo musste der Einstieg sein. Er ging um die Ruine herum und fand nach kurzer Suche einen kohleschwarzen Rohreingang, etwa einen Meter im Durchmesser. Über dem Einstieg flatterte ein Rest Polizeiband, auf dem Grund floss ein Rinnsal schwarzen Abwassers.

David leuchtete in das enge Loch.

Es gab nur diesen Weg nach drinnen.

Er sagte sich wie ein Mantra, dass Klaustrophobie nur im Kopf stattfand, das waren nur falsche Alarmsignale, die man einfach ignorieren musste. Er überprüfte, ob die Pistole entsichert war, und ging geduckt in das Rohr hinein.

Er stieß immer wieder mit dem Kopf und den Schultern gegen die schmierigen Steine und kam nur langsam voran. Der Gestank kam von allen Seiten. Alles war feucht und glatt, und er konnte nicht allen verendeten Ratten auf dem Boden ausweichen.

Nach ein paar Minuten stieß er auf ein solides Gitter, vor dem der Tunnel endete. Als er die Taschenlampe nach unten richtete, offenbarte sich ein senkrechter Schacht. In die Wände waren Stufen gehauen. Das Ende des Schachtes war nicht zu sehen.

Er hatte plötzlich das Gefühl, nicht allein zu sein. Beobachtet zu werden. Er schaltete das Licht aus.

Dunkelheit.

Er zuckte zurück. Es sah aus, als würde sich ein glühendes Augenpaar den Schacht hoch auf ihn zubewegen. Er griff nach der Pistole, zielte nach unten und knipste die Taschenlampe ein. Leer. Nichts.

Mit rasendem Puls hangelte er sich in die Tiefe hinunter. Seine Sohlen auf den Steinstufen gaben ein hohles Echo ab. Je tiefer er kam, desto dunkler und kälter wurde es. Bröckchen und Flocken von wer weiß was rieselten auf ihn herab, er bekam etwas in den Mund. Er hustete gegen den Würgreflex an und war kurz davor, panisch zu werden, als sich etwas Weiches, Nasses gegen seinen Rücken drückte.

Er musste raus hier, brauchte Luft! Er griff nach der Stufe über seinem Kopf, drehte und wand sich. Die Wände drückten seine Schultern und Ellbogen zusammen. Er konnte sich nicht mehr nach oben ziehen. Er steckte fest.

Die Wärme seines hektischen Atems strömte zurück in sein Gesicht. Sein Gehirn konnte an nichts anderes denken, als dass er in einem aufrechten Sarg festklemmte.

Trotz der Dunkelheit merkte er, wie ihm schwarz vor Augen wurde. Sauerstoffmangel. Ohnmacht. Es nützte alles nichts. Er legte die Arme vor der Brust über Kreuz, spannte den ganzen Körper an und zog die Fußspitzen von den Stahlstufen.

Sein Körper folgte der Schwerkraft.

Er fiel. Schnell.

42

Es war nach Mitternacht. Theresa lag auf der Matratze, die sie in Siljas Zimmer gebracht hatten. Sie lauschte den ruhigen, gleichmäßigen Atemzügen ihrer Tochter. Es beruhigte sie, dass Silja sich sicher fühlte. Sie hatte gesehen, wie ihre Mutter mit einem Spaten einen erwachsenen Mann verjagt hatte. In ihren Kinderaugen konnte Theresa vermutlich die ganze Welt besiegen.

Aber das war ein Irrtum. Theresa konnte noch nicht einmal die Augen schließen, ohne von beunruhigenden Gedanken überschwemmt zu werden. Sie hatten beim Abendbrot lange miteinander geredet. Über das Eichhörnchen. Theresa war überzeugt davon, dass Silja die Wahrheit sagte. Dass ihre Tochter durch die Bretterwand mit einer Stimme gesprochen hatte. Aber derjenige, der sich als harmloses Eichhörnchen ausgegeben hatte, war in Wirklichkeit ein erwachsener Mann.

Stein, Trygves geisteskranker Sohn. Das war die Erklärung für die unheimlichen Geräusche, den Schatten zwischen den Bäumen.

Dieser perverse Bauerntrampel hatte sie heimlich terrorisiert. War das ein krankes oder ein harmloses Spiel? Oder war er richtig gefährlich? Er musste sie schon lange gestalkt haben. Deswegen wusste Stein auch, dass David verreist war. Damit hatte er sich verraten.

Silja schmatzte im Schlaf, zog ihr Kissen zurecht und schlief weiter.

Theresa legte die Hand vor den Mund, um das Weinen zu dämpfen. Sie hatte geglaubt, allmählich verrückt zu werden.

Steins Schikane hatte sie bis an den Abgrund getrieben. An den Punkt, von dem es kein Zurück mehr gab. Jetzt, wo sie die Zusammenhänge begriffen hatte, fühlte sie sich endlich nicht mehr ängstlich oder gelähmt. Sie wollte Rache.

43

David sah sein Leben nicht Revue passieren. Er bereute auch nicht all die Dinge, die er nicht getan oder zu sagen versäumt hatte. Sein Kopf war komplett leer, als er drei Meter den schmalen Schacht nach unten rutschte, mit den Armen und Beinen als einzige Bremsklötze.

Er landete in einer dreckigen Schlammpfütze. Der Aufprall rollte als Echo durch den dunklen Tunnel. Er hatte sich die Knie und Ellbogen blutig geschrammt, und aus einem Fußknöchel schoss ein dumpfer Schmerz ins Bein.

Es war stockfinster. Irgendwo tropfte es leise. Ansonsten bemerkte er kein Zeichen von Leben in der Kloake. Er hob die Taschenlampe auf. Vor ihm öffnete sich ein vielleicht zwei mal zwei Meter hoher und breiter Gang, alles war mit Raureif bedeckt und dreckig, kalt und farblos, von dem grauen Schlamm unter seinen Stiefeln bis zur Farbe seiner Haut im Licht der Taschenlampe.

Er ging weiter mit dem bedrückenden Gefühl, in einem gottverlassenen Totenreich gelandet zu sein. Die Tunnel wanden und verzweigten sich in alle Richtungen. Ohne die Graffitizeichen der Polizisten an den Wänden hätte er keine Chance gehabt, sich zu orientieren. An manchen Stellen konnte er knapp aufrecht stehen. Der Gestank war überwältigend, bitter vergoren, er pflügte durch schwarzen Schlamm, in dem die Stiefel versanken und sich mit einem lauten Schmatzen wieder lösten. David schüttelte es innerlich beim Anblick einer toten Ratte, die mit dem Bauch nach oben in dem Brei trieb, während drei Artgenossen an ihrem Gedärm nagten.

Er konzentrierte sich auf das Positive. Bis jetzt war ihm noch keine menschliche Kloakenratte begegnet.

Der Tunnel wurde breiter. Er erkannte den Abschnitt von der Videoaufnahme. Die Leichenkammern befanden sich hinter der nächsten Ecke in einem größeren Hohlraum. Die Temperaturen lagen hier unter dem Gefrierpunkt. Sein Atem wirbelte in kleinen Wolken an ihm vorbei. Die Aufnahmen der Spezialeinheit waren über ein Jahr alt. Er hatte keine Ahnung, was ihn in den Kammern erwartete.

Da die Taschenlampe ihn längst verraten hatte, machte er mit erhobener Pistole drei Ausfallschritte nach vorn. Die Wandsteine und der Boden waren von einer frostgrauen Schicht bedeckt. Wo in laueren Jahreszeiten Abwasser herabtropfte, hingen jetzt tintenschwarze Eiszapfen. Es war totenstill wie in einer Gefriertruhe.

Er nahm die Pistole herunter und versuchte, ruhiger zu atmen. Als sein Herzschlag sich etwas beruhigt hatte, richtete er den Lichtstrahl auf die Mauernischen. Er schluckte die aufsteigende Galle herunter. Die nackten Körper lagen in verrenkten Haltungen übereinander. Er zwang sich, jeden Einzelnen von ihnen in Augenschein zu nehmen. Weiße Eisblumen bedeckten die Gesichter wie hauchdünne Schleier. Manchen Leichen fehlten Zehen, Finger oder ganze Gliedmaßen. Sobald sie auftauten, würden die Ratten zurückkommen und sich über sie hermachen.

David hörte James' Stimme.

Die Leute werden dort unten nicht getötet. Sie verschwinden einfach.

Das waren die Abschiedsworte des Briten in Den Haag gewesen, am Abend, bevor Nicó Krause nach Rumänien aufgebrochen war und David erfahren hatte, dass Volos Großkunde dieser morbiden Serviceleistung war.

Mit der ambivalenten Erleichterung, dass keine Kinder unter den Toten waren, leuchtete er in die letzte Kammer. Sein Blick verharrte bei einer Männerleiche, die noch nicht von den Nagern angefressen war. Sie lag offensichtlich noch nicht lange hier. Eine Gesichtshälfte war intakt, die andere eine blau gefrorene Masse. David führte den Lichtkegel über den Leichnam. Die Knie waren zwei offene Krater, als wären die Kniescheiben durch die Haut herausgesprungen.

David hielt inne, als das Echo eines schrillen Geräusches in der Gruft ankam. Ein Schrei? Er knipste die Lampe aus, kauerte sich in der Dunkelheit zusammen. Er wusste nicht, woher der Laut kam oder was ihn verursacht hatte. Aber er wusste, was er bedeutete.

Die Besuchszeit war zu Ende.

Ganz langsam bewegte er sich zurück in die Richtung, aus der er gekommen war. Der Tunnel war plötzlich endlos. Er stolperte, stützte sich mit der Hand in etwas Verfilztem auf dem Boden ab, das knackend unter seinem Gewicht nachgab.

»Reiß dich zusammen«, murmelte er und stand wieder auf. »Hier ist niemand, nirgendwo.«

Er wischte die Hand an der Hose ab. Seine Nackenhaare stellten sich auf, als er merkte, dass alle Geräusche in dem unterirdischen Kanal verstummt waren. Selbst die Ratten hatten sich in ihre Löcher verzogen.

Sein Mund war trocken, sein Herz pumpte Adrenalin in den Kreislauf. Ganz vorsichtig schob er seine Hand unter die Jacke und umfasste den Pistolenkolben.

Weiter kam er nicht.

Von hinten sprang etwas auf seine Schulter. Er taumelte nach vorne, die Taschenlampe fiel ihm aus der Hand, der Lichtkegel huschte über die Wände. Der Outlaw auf seinem Rücken schlang zwei knochige Arme um seinen Hals. David schnappte nach Luft. Er zerrte verzweifelt an der Pistole in der Innentasche seiner Jacke, die hinter dem Reißverschluss festhing.

Mit der freien Hand griff er nach dem Arm seines Angreifers. Die schmierige Haut war von Nadelstichen übersät. Er wollte ihn nach unten ziehen, aber seine Hand glitt einfach ab.

Der Würgegriff wurde fester. Blutrote Punkte tanzten vor seinen Augen. Er war kurz davor, ohnmächtig zu werden. In reiner Verzweiflung warf er sich nach hinten. Der Outlaw knallte mit dem Rücken gegen die Wand, aber der Griff um seinen Hals lockerte sich nicht. Er zischelte etwas in Davids Ohr, unverständliches Junkiegefasel.

David taumelte, er würde sich nicht mehr lange auf den Beinen halten können.

Der Knall des ersten Schusses, den ganz offensichtlich er abgegeben hatte, erreichte ihn aus weiter Ferne. Die Pistole war frei. Ohne zu zögern, schwang er den Lauf über die Schulter, spürte ihn auf Widerstand treffen. Schädelknochen. Er drückte ab.

Der Schuss krachte direkt neben seinem Ohr los, er hatte das Gefühl, dass sein Schädel explodierte. Der Arm des Outlaws rutschte kraftlos von seiner Schulter, und David fühlte etwas Warmes über seinen Nacken laufen. Er schüttelte den Toten ab und hatte noch nicht richtig Luft geholt, als der nächste Outlaw, eine stärkere, stämmigere Ausgabe, sich an seinen Rücken klammerte.

Sein Kopf wurde nach hinten gerissen, er sah etwas Metallenes auf seinen entblößten Hals zuschwingen. Er konnte gerade noch das Kinn runterdrücken, als die Messerklinge seinen Kiefer aufritzte. Er versuchte, die Pistole hochzuheben, aber vor ihm kniete ein dritter Outlaw und umklammerte sein Handgelenk. Er knickte die Hand nach hinten ab und wollte gerade abdrücken, als ein brennender Schmerz durch seinen Unterarm schoss. Der Kerl hatte ihn gebissen. Seine Hand öffnete sich im Reflex, die Pistole fiel zu Boden.

In dem Moment bemerkte er das Messer unter seinem Kinn, den Angreifer, der ihm an die Gurgel wollte. Er griff nach der Hand, die das Messer hielt. Das Blut aus der Schnittwunde am Kiefer tropfte auf die Finger des Outlaws und weiter auf den Messergriff. David drückte den Handrücken so fest zusammen, dass der vom Blut glitschige Griff aus der Hand des Angreifers in Davids freie Hand rutschte.

Ohne Zögern stieß er das Messer in Hüfthöhe nach hinten. Die Klinge versank tief im Oberschenkelmuskel des Outlaws. David drehte das Messer hin und her, und hinter ihm ertönte ein tierisches Brüllen. David schüttelte ihn ab. Der Mann, der seinen Arm festhielt, sah vom Boden zu ihm auf, bis zur Oberkante mit Drogen vollgepumpt. David machte einen Schritt nach vorn, beugte die Knie und schwang die Klinge wie eine Bowlingkugel aus der Hüfte nach vorn. Er spürte einen vibrierenden Stoß durch den Arm und sah den Mann vor sich mit dem aus einer Augenhöhle ragenden Messer zusammenbrechen.

David zitterte am ganzen Leib, sein Atem ging pfeifend. Die Taschenlampe warf einen schwachen Lichtstrahl über die drei Leichen vor seinen Füßen. Eine Adrenalinwelle stieg aus seiner Kehle auf, verpuffte aber in einem kurzen panischen Japser.

Da hörte er ein Poltern im Tunnel. Schnelle Schritte. Noch mehr drogenberauschte Junkies, aufgescheucht von den Schüssen. David hob die Taschenlampe auf und suchte hektisch nach der Pistole, die irgendwo im Schlamm liegen musste.

Das Trampeln kam näher.

Er konnte nichts sehen.

Lauf, du Depp!

Aufgeregte Rufe. Er hielt die Lampe vor sich. Das Herz setzte einen Schlag aus, als er die Horde sah, die in dem Lichtstrahl auf ihn zugestürmt kam. Zu viele, um sie zu zählen.

44

David rannte. Der Strahl der Taschenlampe schwang hektisch vor ihm hin und her. Er rutschte auf einem Eisflecken aus, rappelte sich wieder auf und lief weiter. Strauchelnd, panisch. Die Schreie der Outlaws schwappten gespenstisch hallend durch den Tunnel.

Die Wunden an Hals und Kinn pochten schmerzhaft, aber David konzentrierte sich ganz auf den nächsten Schritt, den nächsten Atemzug.

Er näherte sich einer Verzweigung, von der ein dunkler Gang abging. Er erhaschte einen kurzen Blick auf eine der Polizeimarkierungen und bog ab.

Der Untergrund war fest und glitschig. Um ein Haar wäre er ausgerutscht, aber jetzt kam ihm sein Lauftraining im Fjell zugute. Er fiel in einen gleichmäßigen Rhythmus und vergrößerte den Abstand zwischen sich und seinen Verfolgern.

Als er um die nächste Ecke bog, war er kurz geblendet von einer Dampfschwade aus einem undichten Rohr und stieß mit den Händen gegen eine harte Oberfläche.

Er rieb sich die Augen und starrte ungläubig auf einen massigen Erd- und Steinrutsch, der von ein paar kreuzförmigen Balken aufgehalten wurde. Er zerrte vergeblich an den Balken.

Das war eine Sackgasse.

Er hörte seine Verfolger hinter sich aufholen. Sie waren rasend, ihre Gehirne von euphorisierenden Stoffen weich gekocht. Er hämmerte mit einer Faust gegen den Erdwall. Er wollte sich nicht ausmalen, was sie mit ihm anstellen würden.

Er leerte seinen Kopf von allen Gedanken, allem, was ihm einredete, dass es noch Hoffnung gab. Das hier war die Endstation. Er musste eine Wahl treffen. Schnell.

Da entdeckte er in einem Balken einen rostigen Nagel. Er zog ihn heraus und drückte die Spitze gegen die dünne Haut über der Halsschlagader.

Ein Tropfen Blut perlte über die Nagelspitze. Mit einem festen Druck würde das Leben aus ihm herauslaufen. Er schloss die Augen.

»Mach schon! Tu es, du erbärmlicher Feigling!«, fauchte er durch die zusammengebissenen Zähne.

Ein unerwarteter Schmerz fuhr durch seinen Körper.

Er schlug die Augen auf. Die Hand, mit der er sich an dem Schutthaufen abgestützt hatte, war eingesunken. Als er sich weiter vorbeugte, verschwand sein Arm bis zum Ellbogen in der Masse. Ein komplett wahnwitziger Gedanke schoss durch seine Gehirnwindungen. Er warf den Nagel weg und stemmte sich mit seinem ganzen Körpergewicht nach vorn.

Er schauerte. Als sein Arm bis zur Schulter in der feuchtkalten Masse versunken war, versteifte er sich.

Sein Gehirn streikte, stemmte sich dagegen, protestierte.

Seine Verfolger waren höchstens noch zehn, zwanzig Meter entfernt.

David zog die Knie an, um sich seitwärts zwischen die Balken zu zwängen. Er stöhnte, konnte den Nacken nicht weit genug vorbeugen, damit der Kopf durchpasste.

Er schob den einen Arm hinter den Balken und zog sich mit aller Kraft weiter hinein in die Masse. Das Holz schrammte über seinen Rücken, und er blies alle Luft aus den Lungen, um den Brustkorb so schmal wie möglich zu machen. Da gab der morsche Holzbalken mit einem leisen Knacken nach. Sein Körper versank tiefer in der zähen Masse. Hüfte, Oberkörper, Beine.

Weiter, verdammt! Weiter!

Seine Verfolger hatten ihn fast erreicht.

Verzweifelt wand er sich hin und her. Nur sein Kopf und ein Arm ragten noch heraus. Der vordere Outlaw packte ihn mit zitternden, entzündeten Fingern am Handgelenk. Es gelang David, die Schulter hinter den Balken zu schieben, als der nächste Outlaw ihn packte. Zu zweit zerrten sie in ungezügelter Wut an seinem Arm, wollten ihn nicht lebend entkommen lassen.

David spürte Panik in sich aufsteigen. Der Balken gab dem Druck seiner Schulter nach, war nur Zentimeter davon entfernt, sich zu lösen.

Eine dritte Gestalt kam angerannt und riss unvermittelt die Arme in die Höhe, als sie auf der Taschenlampe auf dem Boden ausrutschte, und schlug den beiden, die Davids Arm festhielten, in einer halben Rückwärtsrolle die Beine unterm Leib weg.

Er schnappte nach Luft. Im gleichen Augenblick, als der Zug vorne wegfiel, wurde er wie von Riesensaugnäpfen in die entgegengesetzte Richtung gezogen. Rein in den klebrigen Schleim.

Es wurde ohrenbetäubend still und stockdunkel.

Und in diesem Augenblick überkam David das albtraumhafte Gefühl, bei lebendigem Leib begraben zu sein. Er öffnete den Mund, um Luft zu holen. Und versuchte verzweifelt, den fauligen Klumpen mit der Zunge wieder herauszuschieben, der sich zwischen seine Lippen geschoben hatte.

Er kriegte keine Luft mehr. Hatte nur noch einen Rest Sauerstoff in seinen Lungen.

45

Theresa und Silja saßen am Küchentisch und frühstückten. Sanfte Popmusik mischte sich unter den wohligen Duft von Tee und Porridge mit Zimt. Silja beschrieb gerade zum zweiten Mal ihre gestrige Abrechnung mit Stein. Sie erzählte aufgeregt und schnell, und Theresa erkannte sich kaum wieder in der schaufelschwingenden dänischen Superwoman, die den fetten Norweger in die Flucht geschlagen hatte. Aber sie ließ Silja erzählen, ohne sie zu unterbrechen. Irgendwie musste das Mädchen ja den Druck nach dem bedrohlichen Erlebnis vom Vortag ablassen.

Silja war am Ende ihrer Geschichte angelangt und ahmte mit aufgeblasenen Wangen Steins Gesichtsausdruck nach, als er in sein Fahrzeug gesprungen und geflüchtet war. Dann wechselte sie blitzschnell die Rolle und schwang ihre Faust: »Und das nächste Mal gibst du dem norwegischen Scheißhaufen eins auf die Nuss.«

»Silja!«

»Ähm, dem norwegischen … Fischkopp. Weißt du eigentlich, was Norweger zu Strohhalm sagen?«

»Nein, was?«

»Schlürfstange!« Silja krümmte sich vor Lachen.

Theresa prustete in ihre Tasse. »Wo hast du das denn her?«

»Von David.«

Theresa versteckte ihr erstarrtes Lächeln hinter der Tasse.

Silja schob sich einen Löffel Haferbrei in den Mund.

»Wann kommt er eigentlich zurück?«

»Das kann noch etwas dauern. Polizisten haben so unregelmäßige Arbeitszeiten.«

Silja senkte den Blick. Theresa wurde rot. Die Stichworte

»Polizist« und »unregelmäßige Arbeitszeiten« triggerten bei dem Mädchen natürlich die Erinnerung an ihren Vater.

»Wir können gerne über ihn reden, wenn du willst«, sagte Theresa nach einer Weile.

»Ich glaube, ich hab keine Lust dazu.«

»Sicher?«

»Ja, weil ich mir wünsche, dass wir Freunde werden.«

Theresa sah sie mit offenem Mund an. So kindlich vereinfacht Siljas Gedankengang auch sein mochte, war er doch unbestreitbar wahr. Wenn sich zwischen ihnen eine Freundschaft entwickeln sollte, mussten sie beide akzeptieren, dass sie als Ehefrau und Tochter zwei ganz unterschiedliche Leben mit William gelebt hatten.

»Bist du jetzt traurig?«, fragte Silja besorgt.

Theresa wischte sich eine Träne von der Wange. »Entschuldige.«

Silja stand auf und streichelte Theresa über den Rücken.

»Erwachsene sehen so klein aus, wenn sie weinen.«

»Es ist schon so lange her, dass ich das Gefühl hatte, nicht allein zu sein.«

»Vielleicht solltest du dir ein Hobby suchen.«

»Was?« Theresa musste trotz der Tränen lachen.

Silja sah sie ein paar Sekunden an.

»Eine Zeit lang wollte in der Schule niemand mit mir spielen. Das hat mich richtig traurig gemacht. Meine Lehrerin meinte irgendwann, dass Alleinsein nur blöd ist, wenn man nichts mit sich anzufangen weiß. Also habe ich angefangen, eine Höhle zu bauen. Das hat total Spaß gemacht, und ich hab völlig vergessen, traurig zu sein.«

»Du schlägst also vor, dass ich eine Höhle baue?«

»Wir könnten das zusammen machen! Im Wald.«

»Du bist eine gute Trösterin.«

Silja stupste mit der Daumenkuppe an Theresas Wange.

»Hier in der Hütte sind wir ja eh nur am Heulen.«

46

David musste atmen, brauchte Luft! Er spannte die Muskeln an, aber die Masse war wie Treibsand und absorbierte seine ganze Energie. Er bohrte seine Hand weiter an Kieseln und schleimigem Wurzelwerk vorbei, versuchte, den Arm in eine andere Richtung zu schieben, in der Hoffnung, irgendein Loch, eine Öffnung zur anderen Seite zu finden. Seine Fingerspitzen ertasteten die Konturen von etwas Länglichem mit rauer Oberfläche. Sein Puls beschleunigte, bevor sein Gehirn die Sinneswahrnehmung in Worte fassen konnte. Das war ein Knochen. Ein Oberschenkel, vielleicht.

Die Klaustrophobie schlug mit voller Wucht zu. Er stieß sich ab, wand und drehte sich in dem feuchten Würgegriff der Einsturzmasse.

Der letzte Rest Luft verließ seine Lungen, worauf der Druck in seinem Schädel zu einem hochfrequenten Pfeifen anstieg. Es gab keinen Ausweg.

Er sackte in sich zusammen. Das war also das Ende. Er hielt immer noch den Knochen umklammert wie die Hand eines Freundes und wehrte sich nicht gegen den Gedanken, dass der Tod so weniger einsam war. Er wollte den Knochen zu sich ziehen, aber er bewegte sich keinen Millimeter. Stattdessen ruckte sein Körper ein Stück nach vorn.

Sein sauerstoffunterversorgtes Gehirn ahnte eine Logik dahinter. Aber welche?

Ein schwarzer Vorhang senkte sich vor seine Augen. Er war kurz davor, die Besinnung zu verlieren.

Halt.

Er zog erneut an dem Knochen. Bewegte sich vorwärts. Sein Körper bewegte sich! Endlich begriff das Gehirn, was vor sich ging. Der Knochen hatte sich in dem Wurzelwerk verkeilt wie ein Haltegriff.

Beim nächsten Ziehen bewegte er sich fast einen halben Meter nach vorn. Die Masse um ihn herum waberte unruhig.

David sammelte seine letzten Kräfte.

Der Knochen zerbrach mit einem lauten Knacken. Die Masse schloss ihn umgehend fest ein. Er lag ganz still. Kraftlos, handlungsunfähig. Müdigkeit überkam ihn. Verlockender, verführerischer Schlaf. Er grub halbherzig mit einer Hand, alles zerrann zwischen seinen Fingern.

Sein letzter Gedanke war sie.

Dann glitt er hinaus ins Nichts.

47

Theresa und Silja packten sich warm in Jacke, Mütze und Schal ein und spazierten Hand in Hand auf den Waldrand zu. Als Theresa einen Zweig für Silja zur Seite bog, spürte sie einen Widerstand in der Hand des Mädchens.

»Was ist los?«

Silja rieb sich die kalte Nase. »Da drüben ist Fluffs Grab.«

»Sollen wir einen anderen Weg gehen?«

»Nein, das ist es nicht. Ich würde Flocke gern zurückgeben.«

»Wie meinst du das? David hat sie doch im Wald …«

Silja schnitt eine Grimasse. »Ich weiß sehr wohl, dass kleine Küken nicht allein im Wald überleben können. Hat David sie von dem alten Bauern gestohlen?«

»Ich dachte, du hättest Flocke gern.«

»Hab ich auch. Aber immer, wenn ich Flocke sehe, kommen die schrecklichen Bilder zurück. Von dem Unfall. Ich glaube, ich kann das erst vergessen, wenn Flocke nicht mehr da ist und ich weiß, dass er wo ist, wo es ihm gut geht.« Sie sah mit stiller Verzweiflung in ihrem runden Gesicht zu Theresa hoch. »Verstehst du, was ich meine?«

Theresa nickte abwesend, während ihr ein Gedanke kam, oder eher der Vorbote eines Gedankens, der in ihrem Unterbewusstsein rumorte wie eine Bohrmaschine auf der anderen Seite einer Wand, und man nur warten muss, warten und sehen, was am Ende herauskommt.

48

Alina schlürfte schläfrig ihren Tee. Sie hatte unruhig geschlafen. Ihr Kopf war schwer wie ein vollgesogener Schwamm. Die Radtour zur Schule mit ihrer Tochter hatte sie nicht wacher gemacht. Sie brauchte Schlaf. Brauchte Wärme. Brauchte ihn. Radu.

Sie sah durch das Fenster auf die graufleckige Fassade auf der anderen Straßenseite und den gezackten Wellengang aus Hausdächern dahinter, gespickt mit Antennen, die Signale aus allen Winkeln der Welt empfingen. Das, was Alina suchte, war keine fünfzehn Fahrradminuten entfernt. Aber er wollte nicht gefunden werden.

Direkt nach dem Überfall war sie von einer alles einnehmenden Sorge erfüllt gewesen. Aber ihr Mitgefühl für Radu, für die ganze Situation, hatte sich nach und nach in ein gefühlsleeres Nichts aufgelöst, eine ziellose Wut. Sie hatten sich das Versprechen gegeben, einander beizustehen. In guten wie in schlechten Tagen. Aber jetzt schloss er sie aus. Verbannte sie in diese aussichtslose Warteschleife. Das brach mit allem, was sie einander geschworen hatten: die Menschen, die man liebte, niemals in Ungewissheit zu lassen.

Ein hohler Schlag war zu hören. Alina schaute auf die rostfarbene Teelache im Spülbecken. Ihr war, ohne es zu merken, der Becher aus der Hand gefallen. Sie drehte den Wasserhahn auf und spülte nach. Als sie das Wasser wieder abdrehte, hörte sie Schritte im Treppenhaus. Hoffentlich war das nicht der Bewohner über ihr. Ein versoffenes Nervenbündel, ein totaler Choleriker und Besitzer eines bassdröhnenden Lautsprechers.

Die Schritte verharrten auf dem Treppenabsatz. Schlüsselklirren, gefolgt vom Knall einer fest zuschlagenden Tür. Alina seufzte. Der zweite Saufbold im Haus. Ihr Onkel.

Sie legte sich auf das Sofa im Wohnzimmer, zog die Decke über sich und schloss die Augen. Ließ sich von dem monotonen Rauschen der Autoreifen auf dem Asphalt mitziehen.

Sie riss die Augen auf, als die Klingel schellte.

Wartete. Hoffte, dass die Person wegging.

Es klingelte noch einmal. Nachdrücklicher.

Sie warf die Decke zur Seite, ging auf den Flur und seufzte, als sie durch die Milchglasscheibe die Silhouette ihres Onkels erkannte. Mihai wusste, dass er nicht willkommen war, wenn er aus der schäbigen Bar kam.

Sie öffnete die Tür. Mihais sonst so mürrisches Auftreten wurde von der tiefen Sorgenfalte zwischen seinen Augenbrauen gemildert.

»Komm bitte mal zu mir rüber«, brummte er.

Das Wohnzimmer ihres Onkels war in das durch die schmutzigen Fenster fallende Licht und Tabakqualm gehüllt. Schockiert schaute Alina auf das braunschwarze Bündel auf dem Boden.

»Ist er tot?«, fragte sie erschüttert.

Mihai schüttelte den Kopf. »Ich glaube nicht. Aber er scheint sich ordentlich Mühe gegeben zu haben.«

Der Mann auf dem Boden sah aus wie ein aus der Erde gezogener Zombie. Seine von einem stinkenden dunklen Schleim verklebten Kleider waren als solche kaum noch identifizierbar. Alina schüttelte sich, als sie die brutalen Schnittwunden über seiner Kehle und vom Kinn bis zum Kiefer sah.

»In was hast du ihn da reingezogen, Mihai?«

»Hey, damit hab ich nichts zu tun. Diesmal nicht. Tom Juice ist gerade eben hier angekommen, hat irgendwas Unverständliches in einer fremden Sprache genuschelt und ist dann zusammengebrochen.«

»Wir müssen die Wunden reinigen. Wo hast du dein Chlorhexidin?«

»Er muss genäht werden. Das sind tiefe Schnittwunden. Wir brauchen sterilisierte Instrumente.«

Alina biss sich auf die Unterlippe. »Er kann erst nach den Öffnungszeiten in die Praxis.«

»*All right,* dann stecken wir den Burschen erst mal in die Wanne. Der Gestank ist ja unerträglich.«

»Na ja, nach Rosen riecht es bei dir auch nicht grade. Wenn du ihn abgeduscht hast, säubern wir seine Wunden.«

Mihai verzog das Gesicht. »Das ist jetzt nicht dein Ernst? Ich dusch doch keinen Mann ab.«

»Nenn es, wie du willst. Du musst ihm in die Wanne helfen und ihm die Kleider ausziehen.«

»Verdammt, Alina …«

Alina riss alle Fenster auf, um ein bisschen Durchzug in die stillstehende Luft zu bringen und den Kloakengestank auszulüften.

Ihr Blick folgte der braunen Schleifspur ins Badezimmer. Blut, Schlamm und Exkremente. Eine Kriegszone.

War es das, was der fremde Mann mitgebracht hatte? Einen Krieg? Und wenn dem so war, gegen welchen Feind kämpfte er? Wer war der Gegner auf der anderen Seite? Plötzlich kamen ihr Zweifel. Konnte sie wirklich darauf vertrauen, dass Radu und er den gleichen Feind hatten, oder nutzte der Kerl nur ihre verletzliche Situation aus?

Sie beschloss, seine Behauptungen nicht mehr ungeprüft zu glauben.

»Hallo!«, rief Mihai kurze Zeit später aus dem Badezimmer. »Er hat Bissspuren an einem Arm. Da hat jemand an Tom Juice geknabbert.«

Alina seufzte.

»Bist du bald fertig?«

»Wenn du es eilig hast, dann hilf mir. Er ist ein hübscher Bursche unter dem Schmodder.«

»Was, glaubst du, ist mit ihm passiert?«

»Er war unten in der Kloake, so viel ist sicher. Und er hat mit den Junkies nicht Uno gespielt.«

»Glaubst du, er hat nichts von denen da unten gewusst?«

»Ich glaube, er steckt nicht nur äußerlich in der Scheiße, er ist innerlich voll davon. Ich war mit ihm im Transporter unterwegs. Er kennt die Stadtteile und Straßennamen und … Ich fass es nicht!«

Alina stand vom Sofa auf. »Was ist passiert?«

»Sein Körper ist von Bandentätowierungen bedeckt, die später laserbehandelt worden sind. Wahrscheinlich, weil er aus den Banden ausgetreten ist und es mit dem Leben bezahlen würde, wenn er sie behält.«

»Mir hat er erzählt, er wäre Polizist.«

Mihai erschien im Türrahmen, der untere Teil seines T-Shirts war klitschnass. »Undercover. Das wäre auch eine Möglichkeit.«

»Was machen wir jetzt?«

Mihai kratzte sich zwischen den abstehenden grauen Haarbüscheln. Seine tief liegenden Augen funkelten.

»Ich kann ihn zum Reden bringen, wenn du willst.«

Alina zögerte. Mihais Worte stießen eine Luke zu einem finsteren Raum auf. Sie war sich nicht sicher, ob sie bereit war, den Schritt zu gehen. Sie hatte bislang noch keinen Zeh in den Dreck gesteckt, den der fremde Mann in ihr Leben geschaufelt hatte. Warum also wurde sie nicht einfach von den Konsequenzen verschont?

Sie merkte plötzlich, dass sie unbewusst nickte, und tat nichts, um es zu stoppen.

Mihai fing das Signal auf und verschwand wieder im Bad.

49

David blinzelte. Grelles Licht schien in sein Gesicht. Er hob die Hand, um seine Augen abzuschirmen, und sah verwundert auf den weißen Verband um seinen Unterarm.

Er fühlte sich benebelt und schwindelig. Die einzigen konkreten Sinneswahrnehmungen kamen von seinem komplett durchgewalkten Körper. Sein Gesicht und sein Hals pochten, als würden sich unter seiner Haut Schlangen winden.

Und dann kam die Erinnerung zurück. Die Leichen in den unterirdischen Kammern, die schwarzen Augen der Kloakentiere, die Angst, keine Luft mehr zu kriegen, die ziehende Panik im Würgegriff der Erdrutschmasse, die alle Luft aus seiner Lunge herauspresste. Sein Körper hatte das statische Gleichgewicht in der Schuttmasse so verschoben, dass die untere Lage das Gewicht der oberen nicht mehr tragen konnte und in Bewegung geraten war. Und ehe er wusste, wie ihm geschah, war er in einer Lawine aus Exkrementen und Schlamm und anderen toten Dingen ans andere Ende des Tunnels geschwemmt worden, weg von seinen Verfolgern.

Es war ein höllischer Kampf gewesen, sich von dort wegzuschleppen, entkräftet und so vom Schmerz paralysiert, dass er gekotzt hatte, bis nur noch durchsichtige Galle kam. Danach erinnerte er sich nur ganz verschwommen, wie er plötzlich unter dem klaren Sternenhimmel stand und die frostkalte Luft inhalierte wie eine lange Bahn Kokain.

Noch nie hatte er sich so lebendig und so tot zugleich gefühlt.

Er hatte sich an dem schmalen Lichtstreifen am Horizont orientiert und dem fernen Rauschen der Autos auf der DC98, der

Einfallstraße ins Zentrum, die laut GPS auf seiner Uhr einen knappen halben Kilometer entfernt war. Er hatte kurz überlegt, ob er trampen sollte.

Scheinwerfer strichen in waagerechten, anonymen Streifen vorbei. In jedem der Autos konnten ein Polizist oder Volos' Männer sitzen. Nachdem er sich selbst gut zugeredet hatte, dass seine Verletzungen nicht lebensbedrohlich waren, war er in die winterschwarze Landschaft spaziert.

David betastete vorsichtig seinen Hals und das Kinn. Er fühlte Metallclips unter dem Verbandstoff.

»Nicht fummeln, Tom Juice.«

David drehte den Kopf zur Seite. Mihai betrachtete ihn von einem umgedrehten Stuhl aus. Seine Arme lagen auf der oberen Kante der Rückenlehne.

»Wo bin ich?«, fragte David mit kratziger Stimme.

»In Alinas Praxis. Du musstest zusammengeflickt werden.«

David kniff die Augen zu. Die Stiche zogen an der Haut, wenn er sprach. »Wo ist sie?«

»Sie arbeitet. Darum können wir das Licht anlassen.«

David richtete sich mühsam auf und biss die Zähne in einem Schwindelanfall zusammen.

»Trink einen Schluck Wasser.« Mihai reichte ihm ein Glas.

David trank. Das Wasser brannte wie Säure im Hals.

»Gut so«, sagte Mihai. »Und jetzt beantwortest du mir ein paar Fragen.«

David sah in das versteinerte Gesicht des Alten.

»Fangen wir doch mal mit deinem richtigen Namen an?«

David schüttelte den Kopf. »Was soll das Ganze? Weiß Alina, dass du ...«

»Beantworte einfach die Frage.«

»Das ist doch lächerlich.«

»Antworte.«

»Sonst was?«

Mihai schnaubte demonstrativ. »Du kannst froh sein, dass Alina es sich auf der Fahrt hierher anders überlegt hat.«

»Was heißt das?«

»Das heißt, dass sie dich, wenn du nicht antwortest, an die Polizei ausliefert.«

David starrte Mihai an. Was hatte Alina sich anders überlegt? Eine Alternative zu einer Anzeige bei der Polizei?

»Willst du die Antworten aus mir rausprügeln?«

Mihai zuckte mit den Schultern. »Lass es mich so sagen: Meine Verhörtechniken sind effektiv.«

David richtete sich zu seiner vollen Größe auf. »Das würde ich gerne sehen, Großvä…« Seine Knie gaben nach, und er musste sich auf der Bettkante abstützen, um nicht auf dem Boden zusammenzusacken.

»Brauchst du Hilfe, Mike Tyson?«

»Mir ging's nie besser«, prustete David und rutschte zurück aufs Bett. »Was soll der ganze Aufriss hier?«

»Meine Nichte sagt, du hättest sie und ihre Tochter in Gefahr gebracht. Versteh mich nicht falsch, mir sind deine Probleme scheißegal. Aber die zwei ziehst du unter keinen Umständen in irgendwas rein. Komm schon. Dein richtiger Name oder …« Er hielt sein Handy hoch und pfiff provozierend wie eine Sirene.

David wog seine Möglichkeiten ab. Bei einem professionellen Verhör betrug das Zeitfenster für eine überzeugende Lüge circa zwei Sekunden. Und die waren vorbei.

»David, ich heiße David.«

»Welche Nationalität?«

»Däne.«

»Bist du Polizist?«

David nickte.

»Was hast du in Temeswar verloren? Nein, nein«, sagte Mihai und würgte Davids Protest im Keim ab. »Keine faulen Ausreden. Es gibt viel zu viele lose Fäden. Erstens hat Radu dich noch nie im Leben erwähnt, aber mit einem Mal seid ihr ganz eng miteinander. Und zweitens glaube ich keine Sekunde an Zufall, dass du heute Nacht in der Kloake fast hopsgegangen wärst. Und dann wäre da noch drittens deine Reaktion, als wir die Kanister umgeladen haben. Du hast dein Gesicht vor den zwei Pavianen versteckt. Als hättest du Angst, dass sie dich erkennen.«

Der Alte drehte beide Handflächen nach oben, als wollte er sagen: *Bitte schön, du bist dran.*

David fand in Mihais Blick keine Anzeichen dafür, dass er bluffte. Er würde keine Sekunde zögern, die Polizei anzurufen. David könnte damit kontern, Mihais geheime Operation im Wald auffliegen zu lassen. Aber die Konsequenzen wären für David weitaus unüberschaubarer, wenn sie sich gegenseitig ans Messer lieferten.

David räusperte sich und erzählte von James Curtis' Mail, dass Radu aus bislang unbekannten Gründen seinen Undercovernamen Nicó Krause kannte. Er erzählte von Arcturus. Von seinem Undercoverauftrag in der Fabrik, seiner engen Verbindung zu Volos. Von dem Kopfgeld und den Fotos, die im Dark Web im Umlauf waren, und von Mikru und dem ungewissen Schicksal des Jungen. Dass es ihn Tag und Nacht quälte, nicht zu wissen, ob der Junge tot war oder noch lebte. Norwegen, Theresa und Silja erwähnte er mit keiner Silbe. So, wie Mihai Alina und ihre Tochter zu schützen versuchte, wollte David ihre Namen hier raushalten.

»Okay.« Mihai kratzte sich an der Schläfe. »Und wie hast du dir gedacht, das Ganze zu regeln?«

Das klang in Davids Ohren ein bisschen, als führe der Alte Selbstgespräche.

»Ich bin morgen Abend mit einem Kontaktmann von Arcturus verabredet«, sagte er. »Und danach sehe ich weiter.«

»Danach siehst du weiter. Was heißt das?«

»Dass ich, sobald ich Volos in einem schwachen Augenblick erwische, das Ganze zu Ende bringe.«

Mihai spitzte die Lippen. »Was für ein finsterer Scheiß, Tom Juice. Bist du bereit, ihn zu töten?«

»Volos verbreitet sein Gift in ganz Europa. Ich tue das Richtige.«

»Mag sein. Aber ein Welpe wie du hat noch nicht gelernt, dass ein großer Unterschied besteht zwischen Töten im Dienst und Töten aus privaten Beweggründen.«

»Und was ist das für ein Unterschied?«

Mihai zog die Augenbrauen über der Nasenwurzel zusammen.

»Du wirst niemals mit irgendwem darüber reden können.«

David sah an einem Haken neben der Tür einen weißen Kittel hängen. Schaute auf das Namensschild. Wenn der Arzt den Kittel auszog, war er immer noch Arzt. So, wie er immer Polizist war, egal ob in Uniform oder Zivil. Oder? Er musste sich eingestehen, dass Mihai einen wunden Punkt getroffen hatte. Ein neuer Gedanke schoss ihm durch den Kopf: War die verrückte Fassade des Alten eine Tarnung? Seine Laune schwankte unvorhersehbar zwischen todesgetriebenem Rausch und selbstzerstörerischer Servilität hin und her. Gerade sah er aus wie ein zerlumpter Guru mit bohrendem Blick.

»Ich kann jetzt keinen Rückzieher machen«, sagte David. »Ich muss das bis zum Ende durchziehen.«

Mihai nickte mit steinernem Gesicht. »Wenn du Erfolg hast, verliere ich mein Auskommen.«

»Jemand anderes wird Volos' Platz einnehmen. Die Maschinerie wird weiterlaufen.«

»Aha, die Bande wird also weiter Gift verbreiten. Willst du mir das damit sagen? Ich dachte, es ginge dir darum, das Richtige zu tun. Aber offensichtlich nur das Richtige für dich.«

»Du wolltest die Wahrheit. Jetzt hast du sie.«

»Fast.«

»Mihai, ich kann nicht …«

»Ich will dir helfen.«

»Wie meinst du das?«

»Erstens: Wenn du stirbst, kann ich Volos deine Leiche bringen und die Belohnung kassieren. Ich könnte dringend was für einen Badeurlaub brauchen.«

»Und zweitens?«

»Zweitens«, sagte Mihai in einem gereizten, besserwisserischen Tonfall, »könnte ich sicherstellen, dass du Alina und ihre Tochter nicht in Gefahr bringst.«

»Aber …«

»Jetzt kennst du meine Bedingungen. Ich erwarte deine Antwort in drei Sekunden.«

David hob die Stimme. »Du lässt mir keine Wahl.«

»Korrekt. Das ist eine meiner Bedingungen.«

David wartete im Behandlungszimmer, als Mihai Alina holen ging. Er stellte sich vor das Waschbecken in der einen Ecke und sah sich im Spiegel an. Er trug einen Wollpullover mit V-Ausschnitt, eine zu kurze Jeans und mindestens eine Nummer zu kleine Laufschuhe. Während Mihais Verhör war ihm seine neue Garderobe gar nicht aufgefallen. Er zog den Hosenbund ein Stück nach vorn. Sogar eine frische Unterhose.

»Das sind Radus Sachen. Deine waren komplett mit Scheiße verschmiert.«

Alina betrachtete ihn von der Tür aus. Sie wirkte ganz anders als die nervöse, gequälte Frau, die er vor ein paar Tagen bei ihrer ersten Begegnung hier fast zu Tode erschreckt hatte. Ihr Gesicht war verhärtet. Wangen und Mundwinkel hingen schlaff herunter, als hätte sie in den letzten Tagen festgestellt, dass das Leben keine Gnade kannte.

»Danke für deine Hilfe«, sagte David. »Ich …«

»Setz dich«, sagte sie leise.

David setzte sich wieder auf die Behandlungsliege.

»Willst du mir wirklich helfen? Gerechtigkeit an allen Männern üben, die Radu das angetan haben?« Alina sah ihm tief in die Augen. »Oder verschwindest du, sobald du Volos aus dem Weg geräumt hast?«

»Ich halte mein Wort. Aber du musst geduldig sein.«

»Ich bin es aber leid, zu warten. Irgendetwas stimmt nicht. Das spür ich.«

David schwieg.

»Als du Radu sehen wolltest, gab es keine Grenzen für deinen Erfindungsreichtum«, fuhr Alina fort. »Also sag mir: Wie komme ich zu ihm?«

David schüttelte den Kopf. »Das weiß ich wirklich nicht.«

»Ohne mich würdest du jetzt tot auf der Straße liegen. Bedeutet das gar nichts?«

»Doch. Aber das sollte Radus Wunsch auch tun. Er braucht noch Zeit.«

Sie beugte den Kopf vor, um ihre Tränen zu verbergen. Es kostete Kraft, sich abzuhärten, wenn man in seinem Innersten nichts weniger wollte als das.

David sah sich in der sterilen Umgebung um, und wieder fiel sein Blick auf den weißen Arztkittel an dem Haken. Mihai war der Meinung, dass eine Uniform das Individuum auslöschte und von seiner persönlichen Verantwortung befreite. Trotzdem schoss er sich mit einem Haufen Ex-Soldaten die Birne ab, die genauso wenig wie er mit den Dämonen seiner uniformierten Taten leben konnten.

Es juckte unter seinem Verband. Seine Gedanken schweiften ab. Er dachte an die Ärzte und Krankenschwestern in der Notaufnahme des Krankenhauses, die wie ein weißer, intelligenter Organismus um die Patienten zusammengeschmolzen waren. Das blinde Vertrauen dieser Uniformierten untereinander, von denen jeder seine Rolle kannte.

Die Härchen auf seinen Armen stellten sich auf.

Blindes Vertrauen. Beispiellos.

»Alina?« Er wartete, bis sie den Blick hob und er Augenkontakt hatte. »Bist du sicher, dass du bereit bist, Radu zu sehen? Obwohl du weißt, dass es gegen seinen Wunsch ist?«

Sie nickte ängstlich.

»Ich habe eine Idee.«

Alina hörte ihm aufmerksam zu, während David sich warm redete und die Idee mehrmals durchspielte. Als er fertig war, war er überzeugt, dass das ein solider Plan war. Alina würde Radu sehen können, wenn sie sich an seine Anweisungen hielt. Das, worauf er sie nicht vorbereiten konnte, war der Anblick, der sie im Krankenzimmer erwartete.

Alina schluchzte ein leises »Danke«.

»Mihai sagt, dass ihr zusammenarbeiten wollt«, sagte sie schließlich.

David nickte.

»Das gefällt mir nicht. Aus mehreren Gründen.«

»Der Vorschlag kam von ihm.«

»Natürlich. Aber mein Onkel ist nicht der, für den du ihn hältst.«

»Das kann nur positiv für ihn sein.«

Sie beugte sich zu ihm vor und sagte mit vertraulicher Stimme: »Du verstehst das nicht. Mein Onkel hat niemals …«

»Alina, die Kaffeemaschine ist kaputt!« Mihai stürmte ins Behandlungszimmer. Er steckte die gerümpfte Nase in den Pappbecher in seiner Hand. »So riecht doch kein Kaffee.«

Alina hielt Davids Blick fest, wie um etwas Ungesagtes zwischen ihnen passieren zu lassen. »Ich lasse gerade das Reinigungsprogramm durchlaufen«, sagte sie. »Trink das bloß nicht. Das ist gefährlich.«

50

David wurde früh wach. Nach den Strapazen in der Kloake hatte er auf Mihais Sofa geschlafen wie ein Stein. Die genähten Schnitte unter dem Verband pochten, aber ansonsten hatte ihm der ungestörte Schlaf gutgetan.

Er faltete sein Bettzeug ordentlich zusammen und legte es auf das Sofa. Dann checkte er seine Mails und brachte sich mit rastlos unter dem Tisch wippenden Beinen auf der BBC-Nachrichtenseite auf den neuesten Stand. Er spürte so einen unangenehmen Druck auf der Brust und beschloss, an die frische Luft zu gehen.

Es war noch dunkel, als er ins Freie trat. Der Tauschnee schmatzte unter seinen Sohlen, als er an den anonymen Wohnblocks vorbeiging. Nach dem ersten Kilometer spürte er den eiskalten Wind nicht mehr. Er hatte das immer schon genossen, einen Schritt vor den anderen zu setzen, den gleichmäßigen Rhythmus des Atems.

Er ging in den Botanischen Garten im Cetate-Viertel. Die zugigen Parkwege waren nicht beleuchtet und bogen immer wieder unerwartet ab. Er lief schneller. Aktivierte das Gehirn. Die Reflexe.

Der Puls pochte in den Wunden. Er versuchte, langsamer zu werden, erhöhte aber stattdessen das Tempo, bis er fast rannte. Was war mit ihm los? Sein Herz hämmerte jetzt so heftig, dass er kaum noch Luft bekam. Seine Augen tränten.

Es dauerte eine Weile, bis er darauf kam, dass das genau zu der Beschreibung von Angstattacken passte.

Sein Körper steckte wieder in der klammen Dunkelheit der Gerölllawine fest, die Angst, lebendig begraben zu werden, all das war zu grauenvoll, um wahr zu sein. Nein, genau das war das Problem, es fühlte sich zu wirklich an.

Ein paar Stiche schienen aufgeplatzt zu sein, David merkte Blut an seinem Hals herunterlaufen.

Was waren das plötzlich für destruktive Impulse? War es sein innerster Wunsch, dass jemand ihn aufhielt? Hatte er Angst vor dem, was ihn erwartete? Die Wahl, die ihn viel zu schnell einholte?

Bist du bereit, Volos zu töten?

Töten.

Volos' Tod ließe sich auf den kurzen Fakt reduzieren, dass die Welt ohne ihn ein bisschen besser wäre. Nicht nur im philosophischen, auch im moralischen Sinn. Volos war ein vergifteter Gülletank, der Tragik und Tod verströmte. So formuliert, waren seine Zweifel und sein Zögern geradezu lächerlich. Aber aus der Perspektive des Ermittlers sprachen weder ein Motiv noch die Umstände – so tragisch oder gerechtfertigt auch immer sie sein mochten – den Täter von der simplen und alles überschattenden Tatsache frei, dass ein Mord ein Mord war. Er musste sich eingestehen, dass moralische Fakten längst nicht immer durch universell gültige Gesetzmäßigkeiten definiert wurden, sondern viel häufiger durch ganz private und persönliche Befindlichkeiten in einem Dilemma.

Er setzte sich auf eine Bank. Sein Herzschlag beruhigte sich.

Seine größte Angst war es, als ein unsichtbarer Geist in einer runtergekommenen Kneipe zu enden, auf ewig im Transit feststeckend, nicht in der Lage, sich selbst seine Sünden zu vergeben.

Als er aufstand, hörte er das heisere Flüstern des Alten in den knarrenden Zweigen: *Der Krieg hat mir den Menschen gezeigt, der ich bin.*

Eine halbe Stunde später war David zurück in der schummrigen Wohnung. Die Vorhänge waren noch immer zugezogen, und es war ganz still. Er fror bis ins Mark und beschloss, sich unter der Dusche aufzuwärmen.

Er wurde mit einem Brüllen empfangen, als er die Klinke zum Bad runterdrückte.

»Raus! Du Drecksack!«

David zog schockiert die Hand zurück. »Sorry, ich hab nicht gesehen, dass besetzt ist.«

»Bist du ein Spanner? Reicht es nicht, dass ich meine Wohnung mit dir teile, Tom Juice?«

David brummte nur sauer, dass Mihai ihm verdammt noch mal sogar eine saubere Unterhose angezogen hatte, und setzte sich an den Esstisch. Kurz darauf kam Mihai angezogen und mit nassem Haar aus dem Bad.

»Wieso bist du schon angezogen?«, fragte David.

Der Alte wedelte mit der Hand. »Du hast zehn Minuten, dich fertig zu machen.«

»Wofür?«

»Wir fahren raus zur Datsche.«

»Nicht heute, Mihai.«

»Das Treffen mit deinem Kontakt ist erst heute Nachmittag.« Er schaute auf sein uhrloses Handgelenk. »Wir haben massenhaft Zeit.«

»Vergiss es.«

»Hast du die Pistole noch, die ich dir geliehen habe? Ich hab hier nämlich keine Waffen.«

David zögerte. Die Pistole war in der Kloake verloren gegangen.

Mihai neigte den Kopf zur Seite. Wartete.

»Verdammt noch mal!«, platzte David heraus.

51

Die Straße war von einer frischen Schneeschicht bedeckt, als Mihai am Waldrand parkte, wo sie zwei Tage zuvor Volos' Männer getroffen hatten.

Der Wind rauschte durch das nackte Geäst.

»Das Prozedere kennst du jetzt ja«, sagte Mihai.

David runzelte die Stirn. »Was meinst du?«

»Wir haben eine knappe Stunde Zeit, die Kanister aus der Datsche auf den Schneescooter zu laden.«

David hätte es wissen müssen. Der alte Mann hatte immer eine geheime Agenda.

»Wie heißt noch gleich der Typ, der dir sonst aushilft?«, fragte David.

Vierzig Minuten später rauchten sie eine Zigarette an der steilen Böschung zu dem stellenweise zugefrorenen Fluss.

Davids Blick schweifte über das schwarze Waldmeer und die Lichtbänder der Autobahn dahinter.

»Ich würde das heute Abend gerne allein durchziehen.«

»Nichts da«, sagte Mihai. »Wir haben eine Abmachung.«

»Wenn meine Kontaktperson dich sieht oder auch nur den geringsten Verdacht schöpft, dass ich nicht alleine gekommen bin, macht das alles kaputt. Verstehst du?«

Mihai folgte den flüchtigen Rauchmustern mit dem Blick.

»Niemand wird mich sehen.«

Ein Lastwagen rollte auf sie zu. Die breiten Reifen knarrten wie Raupenketten und wirbelten Schnee- und Schotterkaskaden auf. David erkannte das Firmenlogo auf der Seite. BioClean. Es war der Fahrer, den Mihai vor der Kaffeebar geschmiert hatte. Der Lastwagen schaffte es nicht ganz bis ans Ende des Weges und blieb mitten auf der Steigung stehen.

»Wieso parkt der Idiot am Hang?«, murmelte Mihai.

Die Tür schwang auf, ein schwer übergewichtiger Mann stieg aus und watschelte auf sie zu.

»Verdammt noch mal, der Weg wird jedes Mal schmaler«, prustete er.

»Lass halt deine Mittagspause bei Burger King ausfallen.«

Das Gesicht des Mannes versteinerte einen Augenblick, ehe die Pointe bei ihm ankam.

»*Fuck off,* Mihai!«

Er begrüßte Mihai mit Handschlag und musterte David mit einem abschätzigen Blick.

»*Relaxa i-vā,* alter Freund«, sagte Mihai. »Du kannst ihm vertrauen.«

Der Mann wischte sich große Schweißtropfen von der Stirn, obwohl sein einziger Schutz gegen die Kälte aus einem Flanellhemd unter einer Latzhose bestand. Sein Doppelkinn schwabbelte wie der Hautlappen eines Truthahns.

»Lasst uns loslegen.«

»Eine Kleinigkeit noch«, sagte Mihai und schnipste seine Kippe in den Schnee. »Ich habe keine Ahnung, was in den mit MM markierten Kanistern ist.«

Der Mann stapfte wortlos zurück zu seinem Lastwagen, streckte sich in die Kabine und nahm etwas aus der Mittelkonsole. Er kam mit einer flachen Plastikkiste mit in kleine Fächer sortierten Papierstreifen, Reagenzgläsern und Pipetten zurück.

»Was ist das?«, fragte Mihai.

»Nennt es Sondervergütung, ich nenne es Test-Kit«, antwortete der Fahrer. »Ich muss schließlich wissen, wohin ich das Zeug liefere.«

David und Mihai sahen zu, wie der Mann den Verschluss von einem der Kanister schraubte, mit einer Pipette ein paar Tropfen entnahm und sie in ein Reagenzglas träufelte. Danach tauchte er einen Papierstreifen in die Flüssigkeit. Diesen Vorgang wiederholte er mit unterschiedlich gefärbten Teststreifen – orange, blau, grün –, bis er schließlich mit unergründlicher Miene den Kanister wieder zuschraubte.

»Ich will gar nicht wissen, was ihr hier draußen am Laufen habt«, sagte er und richtete sich mit einer Hand an der Hüfte auf. »Aber das ist ein Abfallprodukt von Rizinusöl.«

Mihai sah ihn halb fragend, halb abwesend aus seinen faltigen Augen an.

»Was bedeutet das?«

»Wenn die Laborschurken kein Reformhaus betreiben, würde ich mal tippen, dass sie aus dem Öl Rizin gewonnen haben, ein extrem giftiges Protein aus dem Samen des Wunderbaums, von dem ein Milligramm eine nahezu hundertprozentig tödliche Wirkung hat.«

»Was bewirkt Rizin bei der Herstellung von Ecstasy?«, fragte David. »Einen stärkeren und längeren Rausch oder …«

»Nichts, worin wir uns einmischen sollten«, fiel ihm Mihai barsch ins Wort und wandte sich dann wieder an den Fahrer. »Kannst du uns das vom Hals schaffen?«

»Ich weiß nicht, Genosse, das ist ziemlich riskant.«

Mihai zog leise fluchend fünf Scheine aus einem Bündel, das er aus seiner Tasche genommen hatte.

»Hier. Verwöhn deine Frau. Oder die Frau eines anderen.«

Der Mann schnappte sich die Scheine.

»Immer wieder schön, dich zu sehen, Mihai.«

52

»Kommst du bald nach Hause?«

Siljas Stimme klang anders als sonst. Leicht. Fröhlich.

David starrte in die Nachmittagsdämmerung. Er saß in der Bushaltestelle, aus der er auch James angerufen hatte. Theresa hatte ihm vorgeschlagen, mit Silja zu sprechen. Das Mädchen begann, Fragen zu stellen. Er staunte nicht schlecht, aus Theresas Mund zu hören, wie wichtig es jetzt wäre, an einem Strang zu ziehen. Das Letzte, was das Mädchen jetzt brauchen könnte, war noch mehr Ungewissheit.

David war richtig neugierig, was in der Hütte vorgefallen war. Noch vor wenigen Tagen hatte Theresa schwankend am Rande des Abgrunds gestanden. Und jetzt forderte sie plötzlich Stabilität und Engagement ein.

»Ich kann noch nicht hier weg, aber es dauert nicht mehr lange«, antwortete David. »Ist das okay?«

»Hier passiert grad so viel. Aber jetzt, wo ich mit dir spreche, vermisse ich dich schon ein bisschen.«

David hörte Theresa im Hintergrund mit Geschirr klappern. Er spürte ein sehnsüchtiges Ziehen im Bauch und musste tief einatmen, um sich wieder zu fangen.

»Wie geht es den Küken?«

»Das eine ist tot, und das andere wollen wir wieder zurückgeben.«

»Ach, was ist passiert?«

Silja schwieg. Er hörte einen kurzen Schniefer. »Das macht mich jetzt grad traurig.«

»Tut mir leid, ich wollte nur …« David biss sich auf die Unterlippe. Silja hatte das Telefon weggelegt. Er hörte ihr Schluchzen.

Theresa meldete sich wieder. »Du, ich muss jetzt auflegen.«

»Warte. Kann ich irgendwas tun?«

»Alles gut, sie muss sich nur wieder beruhigen.«

»Was ist mit dir?«

Es wurde still. Dann sagte sie: »Du sollst wissen, dass ich dir keine Vorwürfe mehr mache.«

Ihre Stimme war weder abweisend noch besonders engagiert.

David räusperte sich. »Und du sollst wissen, dass ich alles in meiner Macht Stehende tue, um bald zu euch zurückzukommen.«

»Überstürz nichts, sei lieber vorsichtig. Wir kommen klar.«

David blieb noch eine Weile sitzen, nachdem sie aufgelegt hatten.

Theresa und Silja hatten sich offensichtlich zusammengerauft. Sie würden ohne ihn zurechtkommen. Er musste sich keine Sorgen mehr machen und konnte sich nun hundert Prozent auf seine Mission konzentrieren. Wie er es sich die ganze Zeit gewünscht hatte.

Wir kommen klar.

Das freute ihn für sie. Ja. Es machte ihn glücklich.

53

»Du siehst traurig aus, Tom Juice.«
David schüttelte die Stiefel von seinen Füßen und setzte sich in seiner Jacke aufs Sofa. Er drückte das Magazin aus der klobigen Pistole, die Mihai ihm geliehen hatte, nachdem sie die Kanister im Wald abgeliefert hatten.
»Wir müssen in zwei Stunden los«, sagte David. »Hast du getrunken, während ich weg war?«
Mihai saß in eine Rauchwolke gehüllt am Küchentisch.
»Was führst du für heimliche Gespräche in dem Bushäuschen?«
»Beantworte meine Frage.«
»Und du meine.«
David drückte das Magazin mit einem lauten Knall zurück in die Pistole.
»Kein Bullshit mehr. Das hier ist ernst. Es geht um mein Leben.«
»Und was spielt es dabei für eine Rolle, ob ich nüchtern bin oder nicht?«
»Ich muss mich auf dich verlassen können.«
»Nüchternheit ist kein Garant für Effektivität.«
»Ich spreche von Vertrauen, Mihai.«
»Im Augenblick sind Alina und ich die Einzigen, auf die du dich in dieser Stadt verlassen kannst.«
»Ist das wirklich ein Grund zum Prahlen, wenn auf meinen Kopf eine Belohnung ausgesetzt ist?«
»Ist das wirklich ein Grund, sich so aufzuregen, wenn eine Belohnung auf deinen Kopf ausgeschrieben ist?«
David stand auf. »Immer eine schlagfertige Antwort parat.«
»Siehst du. Auf mich ist Verlass.«

54

Alina knöpfte den weißen Kittel auf. Mit leicht zitternden Fingern rückte sie das Namensschild auf der Brusttasche zurecht.

Larisa Bălan.

Alina hatte die Assistenzärztin aus der Privatklinik nur ein paar Mal gesehen. Eine freundliche junge Frau mit autoritärer Ausstrahlung. Alina sah ihr nervös zuckendes Gesicht im Spiegel. Sie schob die Hände über der Hüfte in die Kitteltaschen, wie sie es bei Larisa gesehen hatte.

Ihr Verstand sagte ihr, dass sie im Krankenhaus niemandem auffallen würde. Die Angst, aufzufliegen, rührte nur von ihrem schlechten Gewissen her. Sie würde diesem Gesicht, das sie aus dem Spiegel ansah, keinen zweiten Blick schenken, wenn sie es mit den Augen eines anderen betrachtete, noch dazu in einem trubeligen Krankenhaus. Außerdem war sie vorbereitet. Sie hatte ihr kurzes Manuskript Wort für Wort in ihrem Gedächtnis abgespeichert. Falls jemand fragte, war sie als Vertretung wegen Krankmeldungen auf der Intensivstation eingesprungen. Nicht zu viel, nicht zu wenig.

Sie fand ihren Onkel am Küchentisch in seiner Wohnung. Es zog durch das undichte Fenster. Sie musste zweimal seinen Namen sagen, ehe sie zu ihm durchdrang.

»Alina?« Seine Stimme kam aus der Tiefe eines dunklen Gedankens.

»Ich wollte nur sagen, dass ich jetzt losfahre.« Sie öffnete ihre Jacke so weit, dass der Kittel zu sehen war, und nickte verlegen.

Mihai schnaubte. »Ich finde das gar nicht gut. Das ist eine dumme Idee.«

»Das ist ein Krankenhaus. Was soll da schon passieren?«

»Du kannst dir eine Anzeige einhandeln ...« Er wedelte mit der Hand in der Luft herum. »Weil du dich als Ärztin ausgegeben hast.«

»Ich hätte mir ein bisschen mehr Verständnis von dir erhofft.«

»Und was ist mit Radu? Glaubst du, er versteht es, wenn du plötzlich vor ihm stehst?«

Alina zog den Reißverschluss hoch. »Ich geh jetzt. Seid ihr bereit?«

»Tom Juice steigert sich da ganz schön rein.«

»Wo ist er?«

»Auf dem Klo ...« Er zögerte, stocherte mit dem Finger im Aschenbecher und zählte die Kippen. »Vier Zigaretten«, murmelte er vor sich hin. Der Stuhl scharrte über den Boden, als er aufstand und ins Wohnzimmer lief. Alina folgte ihm.

»Hallo?« Mihai klopfte an die Badtür.

»Was ist hier los?«, fragte Alina. Sie hörte den laufenden Wasserhahn hinter der verschlossenen Tür.

»Ich habe vier Zigaretten geraucht, seit der Kerl auf dem Pott ist.« Mihai rüttelte an der Klinke. »Tom Juice! Du hast zwei Sekunden, Laut zu geben. Es sei denn, du willst, dass ich die Tür eintrete und dich nackt sehe. Wieder mal.«

Keine Antwort.

Mihai trat einen Schritt nach hinten und warf sich mit der Schulter voran gegen die Tür. Es krachte, und das Türblatt bebte, ohne nachzugeben. Mihai jammerte.

»Verflucht! Natürlich ist das einzige solide Teil in diesem Schrottgebäude die Klotür!«

Er ging zum Sofa und kniete sich davor. Alina sah ihn mit

offenem Mund einen Schmiedehammer aus der staubigen Dunkelheit ziehen.

»Hältst du das für eine gute Idee, Mihai?«

Er ignorierte ihre Frage und hielt den Hammer in Hüfthöhe. Dann schwang er ihn. Der Metallkopf rammte die Klinke mit einem dumpfen Schlag. Splitter spritzten in alle Richtungen, und die Tür flog mit einem Krachen auf. Eiskalte Luft und Schneeflocken wirbelten ihnen entgegen, als sie auf das offene Fenster starrten, das im Wind klapperte.

55

David stand unter einem leuchtenden UniCredit-Schild. Er hatte den Schal übers Kinn gezogen, um die Bandagen zu verstecken. Um ihn herum strömten die Menschen in und aus dem Bega Shopping Center. Ein Strom verschwommener Gesichter mit Handys, Einkaufstaschen oder Kindern an der Hand. Über ihm erhob sich ein würfelförmiger Bau aus Metallplatten und großen getönten Glasflächen. Unzählige Etagen mit Klamotten, Wohnartikeln, Kosmetik, Elektronik und Lebensmitteln.

In wenigen Minuten war er mit Arcturus' Kontaktperson verabredet. Bis dahin wollte er draußen warten. Mihai wusste nur, dass er jemanden im Einkaufszentrum treffen wollte, aber nicht, wo genau. Für den Fall, dass der Alte vor Wut über seine Flucht durchs Klofenster gerade die Kaufhausetagen nach ihm abgraste, wollte David sich erst im letzten Moment nach drinnen begeben.

Also jetzt.

Er trat in die Wärme hinter den Schiebetüren und lief durch die hell erleuchteten Ladenpassagen. Die Pistole in seiner Innentasche schlug gegen seine Rippen. Sein Ziel war der Vodafone-Laden, wo er sich mit seinem Kontaktmann treffen wollte.

David ließ den Blick über die gehetzte Menschenmenge schweifen. Die Leute strömten an ihm vorbei, ohne Notiz von ihm zu nehmen. Er richtete den Blick zu den offenen Etagenabsätzen hoch. Aus dem ersten Stock, die Hände auf dem Geländer, betrachtete ihn ein älterer Mann. David nahm die

Arad-Kappe aus der Tasche und setzte sie auf. Der Mann legte den Kopf schräg, schnalzte ungehalten mit der Zunge und verschwand aus dem Sichtfeld.

David stellte sich vor den Vodafone-Laden. Die Minuten vergingen. Seine Kontaktperson war verspätet. Er ballte die Hände in den Taschen zu Fäusten und hatte plötzlich das starke Gefühl, beobachtet zu werden.

Die vielen Menschen rückten immer näher. Klappernde Absätze, laute Stimmen, ein schriller Kinderschrei, Körper, die sich an ihm vorbeischoben. Er presste die Lippen aufeinander, spürte die beklemmende Atemnot von dem Spaziergang zurückkehren. Nicht hier. Nicht jetzt.

Das Klingeln seines Telefons rettete ihn.

Er fingerte das Handy aus der Tasche und antwortete mit gehetzter Stimme. »Hallo?«

»Ich kann nicht kommen«, sagte die Kontaktperson leise. »Ich habe es mir anders überlegt.«

Endlich erreichte die Luft seine Lungen. »Warten Sie. Wo sind Sie?«

»Draußen.«

»Ich komme zu Ihnen raus.«

»Das geht nicht ...«

»Ich will nur reden. Zwei Minuten. Die Straße ist beleuchtet. Da kann nichts passieren.«

Stille. David glaubte schon, der andere hätte aufgelegt.

»Einverstanden. Zwei Minuten. Ich trage eine grüne Schirmmütze.«

»Ich bin unterwegs«, sagte David und lief los.

»Beeilen Sie sich. Ich kann nicht hier rumstehen und ...« Die Verbindung brach ab.

»Scheiße!« David steckte das Handy zurück in die Tasche und bahnte sich einen Weg durch die Menschenmenge. Er sprintete durch die Schiebetür ins Freie. Die Leute beäugten ihn misstrauisch und wichen ihm aus. Es war ihm egal. Er war so dicht dran. So verdammt dicht dran.

Er sah sich in alle Richtungen um. Dunkle Caps und Regenschirme hüpften vorbei. Keine grüne Schirmmütze. Er bahnte sich den Weg zu einer Bank und stieg darauf.

Da. Fünfzig Meter entfernt im Schein eines leuchtenden Neonschildes stand jemand mit einem grünen Cap. David sah das Zucken des Fluchtinstinkts, als ihre Blicke sich kurz kreuzten. In der nächsten Sekunde war er in einer Seitenstraße verschwunden.

David rannte los und drängte sich an den Fußgängertrauben vorbei. Er lief um die Ecke in einen blendenden Lichterstrom entgegenkommender Fahrzeuge. Obwohl er die Kontaktperson aus dem Blick verloren hatte, rannte er weiter.

David erreichte schmalere, weniger befahrene Straßen. Über ihm blafften Markisen im Wind. Er stellte sich innerlich auf die Enttäuschung ein, als er vor einer menschenleeren Seitengasse jäh abbremste.

Ein Stück vor ihm war die grüne Kappe. Der Mann lief jetzt wieder langsamer. Es war verlockend, hinter ihm herzurennen, aber David hielt Abstand und legte seine Finger an den Pistolengriff unter der Jacke. Die nächsten Sekunden war nur das Klackern ihrer Absätze auf dem Gehweg zu hören.

Der Mann vor ihm blieb stehen, ohne sich umzudrehen.

David wollte etwas sagen, als sich ein unausgegorener Gedanke meldete, dass etwas nicht stimmte oder gleich passieren würde. Er suchte die Straße nach dem Fehler ab. Hinter den Gardinen der alten Gebäude brannte Licht. Er konnte keine Schatten zwischen den parkenden Autos sehen.

»Wollen wir …« Er verstummte, als ihn aus dem Nichts der Dunkelheit plötzlich zwei Scheinwerfer anstrahlten. Er schirmte die Augen mit einer Hand vor dem Licht ab. Der Motor heulte auf. Das Heulen hallte durch die Gasse.

Sein Gehirn kämpfte noch mit dem Verstehen, obgleich es eigentlich wusste, was passierte.

Man lässt die Beute einen Bissen essen und noch einen ... bis sie am Ende vergessen hat, auf der Hut zu sein.

David war unkritisch der Spur der Maiskörner gefolgt. Hatte für den entscheidenden Moment vergessen, dass er Freiwild in dieser Stadt war. Und jetzt stand er genau da, wo das Raubtier ihn haben wollte.

Er nahm eine Bewegung in der Dunkelheit wahr, einen flüchtigen Schatten, der sich von hinten auf ihn stürzte. Dann kam das Britzeln einer E-Schockpistole und das Gefühl, als hätte sich ein Eiszapfen zwischen seine Rippen gebohrt. Zwei Millionen Volt schossen durch seine Rückenwirbel, die Wucht presste seine Kiefer aufeinander, die Beine gaben unter ihm nach. Sein letzter Gedanke, bevor alles schwarz wurde, war, dass er keine Ahnung hatte, was ihn am Ende der Maiskornspur erwartete.

56

Auf dem Antennenmast über Alinas Kopf gurrten ein paar rußfarbene Tauben. Ihr Blick war steif auf die Rampe vor der Notaufnahme des Krankenhauses gerichtet. Sie hatte vier Krankenwagen an die Schwingtüren fahren sehen, wo Ärzte und Krankenschwestern die Patienten in Empfang genommen hatten.

Vier Mal hatte sie kalte Füße bekommen.

Ihr fehlte der entscheidende Funke Mut, die aus der Zeit gehobenen kurzen Sekunden, in denen sie handelte, ohne nachzudenken, und verdammt noch mal das durchzog, weswegen sie hier war.

Das Geräusch einer Sirene schnitt sich durch den Verkehrslärm.

Gleich darauf sah sie wieder einen Krankenwagen auf die Notspur biegen, die parallel zu dem Parkplatz verlief, auf dem sie stand. Das flackernde Blaulicht flimmerte über die graue Krankenhausfassade.

Alina hielt die Luft an. In wenigen Sekunden würde der Wagen vor der Rampe halten, und die Rettungssanitäter würden zu den Schwingtüren laufen.

Die Uhr tickte.

Jetzt oder nie.

Sie überquerte die Straße, rannte fast, die Reue dicht auf den Fersen.

Zwei Sanitäter liefen auf die Rückseite des Wagens, ein dritter öffnete die Türen von innen. Eine Frau mit blutverschmiertem Gesicht wurde auf die Rampe gerollt.

»Kommt, Leute, ein bisschen Beeilung!«, rief einer der Sanitäter mit lauter Stimme.

Die Schwingtüren am Ende der Rampe gingen auf. Alina sah das Empfangsteam an Schwestern und Ärzten. Sie ließ die Jacke von ihrer Schulter gleiten und spürte sofort die Kälte unter den dünnen Kittel kriechen. Am hinteren Ende der Rampe waren drei Stufen. So weit hatte sie es bei ihren anderen Anläufen nicht geschafft.

Sie stieg die Stufen hoch.

Die Sanitäter hatten ihr die Rücken zugedreht, ganz auf die Frau auf der Rolltrage konzentriert, die sie im Laufschritt zu den Klinikangestellten schoben. Alina stellte sich hinter einen Betonpfeiler, hinter dem sie in genau der Sekunde hervortrat, als die weißen Kittel sich um die Trage scharten. Sie lief an der Wand entlang bis zur Schwingtür und schlüpfte zielstrebig hinein. In dem Durcheinander hatte niemand sie wahrgenommen.

Am Ende des Flurs war unter einem Treppensymbol eine Tür mit einer Metallstange. Sie ging an einem Mann in einem Bett vorbei, der wimmernd die Hand nach ihr ausstreckte. Mehr als ein flüchtiges Lächeln konnte sie ihm nicht bieten, ehe sie die Tür mit beiden Händen aufdrückte. Dann war sie allein in einem leeren Treppenhaus.

Ihr Herz raste wie wild, ihr Magen krampfte sich zusammen. Sie schaffte es gerade noch, sich über das Geländer zu beugen, als ihre halb verdaute letzte Mahlzeit aus ihr herauspumpte und an den Geländerrippen herunterlief. Sie wischte sich mit dem Handrücken den Mund ab und kontrollierte, dass der Kittel nichts abgekriegt hatte. Dann stieg sie die Treppe runter bis zu der Tür mit dem Schild: Intensivstation.

57

David wurde von einem kräftigen Schlag geweckt. Er schlug die Augen auf. Der Stoff einer eng sitzenden Sturmhaube kratzte an seinen Augen. Er konnte nichts sehen, merkte nur die Kanten der Plastikstrips, die in die Haut über den Handgelenken einschnitten, die hinter seinem Rücken gefesselt waren. Er lag auf einer harten, vibrierenden Unterlage. Ein Transporter, der mit hoher Geschwindigkeit unterwegs war. Langsam kam die Erinnerung zurück. Die grüne Schirmmütze, die Verfolgungsjagd, die Elektroschockpistole.

Der Polizist von Arcturus hatte ihn getasert und in einen Lieferwagen gezerrt.

Warum? Hielten Sie ihn für jemand anderen? Wollten sie ihn testen? David wollte gerade anfangen zu schreien, als ein neuer Gedanke ihn verstummen ließ.

Waren seine Kidnapper überhaupt die Polizisten von Arcturus?

Der Lieferwagen fuhr in eine scharfe Kurve. David rollte mit der Stirn gegen eine Stiefelspitze, die bei der Berührung weggezogen wurde.

Er hörte gedämpftes Lachen.

Das Ruckeln des Lieferwagens wurde heftiger. Sie hatten die Straße verlassen. David krümmte sich zusammen. Der Schnitt an seinem Kinn tat höllisch weh. Der Mützenstoff hatte das Blut aufgesaugt und war so verklebt, dass er kaum noch Luft kriegte.

»Wo bringt ihr mich hin?«, fragte er.

Die Karosserie des Lieferwagens ruckelte und knackte.

»Könnt ihr mir wenigstens die Mütze abnehmen? Ich krieg keine Luft.«

Sie fuhren jetzt über einen schlaglöchrigen Weg. David wurde hin und her geschüttelt. Jeder Aufschlag auf dem Boden war wie ein Tritt gegen die Rippen.

»Wer zum Teufel seid ihr!?«, rief er. »Lasst mich frei! Hört ihr!?« Er wand sich hin und her und trat um sich. Durch den Mützenstoff sah er das blaue Tasergebiss direkt über seinem Gesicht.

Dann hörte er ganz dicht an seinem Ohr ein unfreundliches Flüstern.

»Ganz ruhig, mein Freund. Du fährst zu einem Date. Du kannst dir sicher denken, mit wem. Er freut sich jedenfalls, dich endlich kennenzulernen.«

58

Vor Alina erstreckte sich ein langer Gang. Gedämpftes Licht, medizinische Apparate auf Rädern, kahle Wände. Keine Sitzplätze für Angehörige. Die Intensivstation war ein Maschinenraum, ein Ort, an dem sich entschied, ob die Patienten weiterlebten oder starben. Knochenbrüche und Blinddarmoperationen wurden in den oberen Etagen behandelt, im Licht, wo Platz war für Lachen und Besuche.

Ihre Schritte hallten von den grauen Wänden wider. Alle Türen waren geschlossen. Es war nicht zu erkennen, ob dahinter jemand lag. Oder ob die Engel auf ihrer Einsammelrunde hier vorbeigekommen waren.

Ihr Puls schnellte kurz in die Höhe, als sie die Polizistin vor Radus Zimmer sah. Sie richtete sich in ihrer geliehenen Uniform auf und redete sich gut zu, dass sie dem Blick der Beamtin schon standhalten würde.

»Hallo, ich soll den Katheter des Patienten wechseln.«

Die junge Frau mit dem runden Gesicht schaute mit wachen Augen zu ihr hoch.

»Gerne«, sagte sie freundlich. »Wenn Sie mir nur das heutige Passwort nennen würden?«

»Das würde ich gern.« Alina zeigte räuspernd auf ihr Namensschild. »Die Sache ist nur die, dass ich eine Vertretung aus einer Privatklinik bin.«

»Sie haben also kein Passwort?« Der Ton der Polizistin war gleich weniger freundlich und wachsamer, wie so typisch für alle frisch Ausgebildeten, egal in welchem Beruf. Wenn es noch so wichtig ist, nichts falsch zu machen und den älteren, erfahreneren Kollegen keinen Grund zum Meckern zu geben.

Die Beamtin stand auf, der Einsatzgürtel mit Handschellen und Waffe knarrte an ihrer Hüfte. »Dann müssten Sie eine Stationsschwester oder einen Arzt bitten, für Sie zu bürgen.«

Alina wusste, dass der Dienstraum um die Ecke lag. Sie könnte durch den Flur verschwinden und nie wieder herkommen. Und nichts wäre geschehen. Aber dann dachte sie an ihren geliebten Radu, der direkt hinter dieser Tür lag. Sie bräuchte nur lauter zu sprechen, damit er sie hörte. Alina schob die Brust vor und richtete sich innerlich auf, während die Polizistin immer mehr einem jungen, unerfahrenen Mädchen in einer viel zu großen Uniform glich.

»Ich will den Oberarzt nur ungerne stören«, sagte Alina. »Er hat sich gerade hingelegt nach einem langen Arbeitstag. Aber wenn Sie wirklich meinen, dass das notwendig ist, muss ich ihn natürlich wecken.«

»Das meine ich«, antwortete die Polizistin schon nicht mehr so forsch.

»Wie war gleich Ihr Name?«, fragte Alina.

»Warum wollen Sie das wissen?«

»Damit ich das im Tagesbericht an Ihren Vorgesetzten notieren kann.«

Der Blick der jungen Frau flackerte. »Ich muss mich an die Vorgaben halten.«

»Das weiß ich, mein Mädchen. Aber wenn ich Ihnen einen freundlichen Rat geben darf: Überarbeitete Chefs sind froh über jeden Mitarbeiter, der eigene Entscheidungen trifft.«

Die junge Frau biss die Zähne aufeinander und war sich nur zu sehr im Klaren darüber, dass mit jeder Sekunde, die sie länger überlegte, ihre Autorität schrumpfte.

»Warum sind Sie noch mal hier?«

Alina lächelte. »Um den Katheter zu wechseln. Ich bin schneller wieder draußen, als Sie denken.«

Die Tür fiel hinter Alina ins Schloss. Sie war alleine in dem Krankenzimmer und sog die klimatisierte, sterile Luft ein, die mit nichts Lebendem in Verbindung gebracht werden konnte.

Es dauerte eine Weile, bis ihre Augen sich an die Dunkelheit gewöhnt hatten. Die Stille war von einer flirrenden Spannung erfüllt.

Sie trat näher an das Bett heran, den Blick auf Radus Gesicht geheftet, das im Schatten noch nicht zu erkennen war. Sein Atem ging stoßweise. Für ein paar Sekunden stand sie starr vor Schreck mit offenem Mund da. Sie ahnte die Kontur des Kopfes auf dem Kissen. Das Gesicht war von einer glibberigen, an Austern erinnernden Schicht bedeckt, den Gewebeschichten von der Hauttransplantation.

Sie entdeckte eine Wandlampe mit Scherenarm. Sie legte den Finger auf den Lichtschalter, zögerte. Sie war gegen seinen Willen hier. Es wäre ein noch größerer Vertrauensbruch, wenn sie ihm nun auch noch den schützenden Schleier der Dunkelheit wegzog. Und in einem ganz verborgenen Winkel ihres Gehirns spürte sie etwas Unerwartetes: die Angst, von seinem Anblick abgestoßen zu werden.

Sie sah sich in dem Raum um und ging zu dem Stahlschrank. Hinter der ersten Tür waren Handtücher, ein Schlafanzug auf einem Bügel und eine Rolle Plastikbeutel. Hinter der nächsten Tür stieg ihr ein vertrauter Geruch nach Kaffee und Leder in die Nase. Bingo. Sie nahm Radus Hausschuhe aus dem Fach und stellte sich ans Fußende des Bettes. Wenn sie zu schwach war, seinen Anblick zu ertragen, wollte sie ihm wenigstens anders signalisieren, dass sie da war.

Sie hob die Bettdecke an und berührte ganz sanft seinen Fuß. Sie zuckte kurz zurück. Die Haut war kalt und trocken. Wie bei einem Toten. Aber da krümmten sich kurz die Zehen, und er gab ein leises Brummen von sich.

Alina überwand ihr Unbehagen und schob behutsam einen Schuh über den Fuß. Das alte Leder spannte über dem Fußrücken. Ihre Finger kribbelten. Als hätte ihr Körper bereits etwas verstanden, das ihr Gehirn noch nicht akzeptierte.

Sie zog das Leder auseinander, aber auch das half nicht. Bis zur Ferse fehlten mindestens fünf Zentimeter.

Der Fuß war ... zu groß.

59

Der Lieferwagen machte eine Vollbremsung. Ein kalter Wind strich über David hinweg, als die Seitentür aufgeschoben wurde. Im nächsten Moment war ein Getrampel von Stiefeln um ihn herum, jemand packte ihn ohne Vorwarnung an den Füßen und zerrte ihn aus dem Wagen. Er landete hart auf dem gefrorenen Boden. Der Aufschlag verschlug ihm den Atem, für eine kurze Auszeit schwanden ihm die Sinne, ehe die Geräusche zurückkehrten.

Er wurde an den Achseln in eine kniende Stressposition hochgezogen.

»Wenn du dich bewegst, gibt's einen Stromschlag, verstanden?«, fauchte eine Stimme.

In den folgenden Minuten passierte nichts. Seine Kidnapper stellten sich in einem Halbkreis um ihn auf. Keiner sagte etwas. Davids Muskeln begannen zu zittern, er bekam immer schlechter Luft durch den Mützenstoff, die ausgeatmete Luft drückte zurück in seinen Mund.

Da ahnte er plötzlich ein flackerndes Licht durch die Maschen der Sturmhaube und hörte ein Auto in langsamem Tempo heranrollen.

Der Adrenalinschub gab ihm das Gefühl von zwei pumpenden Herzen in seiner Brust, als ihm mit einem Ruck die Haube vom Kopf gezogen wurde. Das Scheinwerferlicht blendete ihn.

Als er wieder etwas sehen konnte, fand er sich in einer Mondlandschaft zwischen eingestürzten Gebäuden und Bauschutt wieder. Die Männer um ihn herum trugen Sturmhauben und waren mit Automatikwaffen ausgerüstet. Sie schauten allesamt zu der großen SUV-Silhouette hinter den blendenden Scheinwerfern.

Eine Autotür ging auf. Die Person, die ausstieg, war nur als Schatten hinter den Halos der Lichter zu erkennen. In der Hand der Person blinkte etwas auf. Ein Feuerzeug. Danach der Glutpunkt einer Zigarette. Die Person beobachtete David entspannt rauchend aus dem Dunkeln.

David drückte die Handflächen aneinander und versuchte, die Plastikstrips zu zerreißen. Die kleinen inwendigen Rippen fraßen sich weiter in die Haut, aber das Plastik gab keinen Millimeter nach.

Da setzte sich die Person in Bewegung und kam direkt auf David zu.

Er kniff die Augen zusammen, konnte das Gesicht der wachsenden Silhouette im Gegenlicht noch immer nicht erkennen. Er spürte die Bewegung mehr, als dass er sie sah, ein Arm, der sich hob und einen schockierend wuchtigen Schlag auf sein Kinn platzierte und das Licht ausknipste.

Als er wieder zu sich kam, war sein Gesicht so fest in die Erde gedrückt, als läge sie auf ihm und nicht umgekehrt.

Er versuchte, den Kopf zu heben. Die Narbe an seinem Kinn war aufgerissen. Ein Hauch von Panik wehte durch sein Gehirn. Er hatte nur einmal vorher so rohe Muskelkraft erlebt.

60

Alinas rasender Puls fühlte sich wie ein an ihren Hals tippender Finger an. Sie stellte die Hausschuhe beiseite und näherte sich dem schlafenden Mann. Sie streckte den Arm aus und knipste die Bettlampe an.

Sie reagierte mit offenem Mund und aufgerissenen Augen auf den Anblick, der sich ihr im Lichtkegel der Lampe präsentierte. Der Schrei blieb ihr im Hals stecken. In dem Schlachtfeld konnte sie überhaupt keine Ähnlichkeit mit Radu erkennen.

Sie schluchzte leise, während in ihr die Zweifel wuchsen. Waren die Füße geschwollen, weil er so lange gelegen hatte? Oder als Reaktion auf das Morphin aus dem Tropf? Der Mann im Bett hatte Radus Größe und Statur.

Bestand noch Hoffnung? War dieses ... *Wesen* wirklich ihr geliebter Radu?

Es gab nur eine Möglichkeit, das herauszufinden.

Die Goldfüllung in Radus Eckzahn.

Sie sammelte allen Mut und beugte sich über ihn. Muffiger Fäulnisgeruch stieg ihr aus seinem Mund in die Nase. Sie hielt die Luft an und schob mit Daumen und Zeigefinger das weiche Fleisch der Lippen auseinander. Ein Schatten fiel über die Zähne, sie konnte nichts sehen. Sie streckte die andere Hand nach der Bettlampe aus und drehte sie in einen günstigeren Winkel. Die Zunge klebte am Gaumen.

Alina erschrak, als der Atem des Mannes kurz aussetzte, und rechnete damit, dass das zermatschte Gesicht zu schreien begann.

»Ganz ruhig«, flüsterte sie. »Ich bin es nur, Alina.«
Die Atmung setzte wieder ein.

Sie schob die Finger tiefer in den Mund, ignorierte die kurzen Schnalzer der Zungenspitze, als sie behutsam die Lippe bis zum Zahnfleisch über dem Eckzahn hochschob und die Lampe noch etwas näher an das Gesicht heranzog. Die Federn des Scherenarms knackten. Alina beugte sich so weit vor, bis sie den warmen Atem spürte. Noch ein bisschen mehr Licht, dann ...

Ein Auge des Mannes glitt auf und starrte sie stumm und hilflos an. Alina rührte keinen Muskel. Wartete auf den Moment des Erkennens. Nicht in diesem einen, starrenden Auge. In ihrem eigenen Blick. Das zweite Augenlid glitt auf. Ihre Nackenhärchen stellten sich auf.

Da sah sie eine Regung in den blutunterlaufenen Augen des Mannes, ein verwirrtes Zögern, als ob er sie erst jetzt bemerkte. Sein Atem ging schneller. Sein Mundgeruch stach in Alinas Nase.

Sie wollte sich zurückziehen, als es sich einfand.

Das Erkennen.

Sie begann am ganzen Körper zu zittern. Weil das Erkennen nicht in ihrem Blick war, sondern in seinem. Und das war sonderbar. Sie hatte noch nie in diese Augen gesehen, und trotzdem weckte ihr Anblick eine so jähe und vernichtende Verachtung bei dem Mann, der mit tierischer Kraft einen Arm um ihren Hals schlang und ihr Gesicht in den weichen, erstickenden Stoff der Bettdecke drückte.

Das hier passiert nicht wirklich, dachte Alina und tastete nach dem Bettgestell, um ihren Kopf aus dem Würgegriff zu befreien, aber darauf schien er nur gewartet zu haben. Er zog den Arm noch fester um ihren Hals wie einen Schraubstock.

Sie hörte ihre eigenen, gedämpften Schreie. Der Waschpulvergeruch biss ihr in der Nase, sie bekam keine Luft. Und wie in einem bösen Traum senkte sich ein zweiter schwarzer Schleier vor die Dunkelheit vor ihren Augen, und sie verstand, dass dies eine Finsternis war, aus der sie nicht mehr erwachen würde.

61

David wurde von einem harten Griff in den Nacken geweckt. Er schlug die Augen auf. Er lag in Seitenlage auf der Erde, in grelles Licht gebadet. Die Kälte brannte sich durch den Hosenstoff. Ganz vorsichtig drehte er den Kopf. Ein spitzer Schmerz schoss durch die Nervenbahnen in seinem Kinn.

»Steh auf!«, sagte eine maskuline, raue Stimme.

David spuckte Blut aus und stellte fest, dass die Strips um seine Handgelenke entweder gerissen oder durchgeschnitten worden waren. Er setzte die Handflächen auf die Erde auf, verharrte einen Augenblick in der Haltung, wie um sich zu sammeln, während seine Finger sich um einen großen Stein schlossen. Dann stemmte er sich langsam hoch und schob beide Hände in die Jackentaschen.

Er kniff die Augen vor dem grellen Licht zusammen.

»Könnt ihr das Licht ausschalten, ich kann nichts er…«

Er hörte ein Schnipsen, und die Scheinwerfer wurden ausgeschaltet. Jetzt gab es nur noch das Licht von dem Lieferwagen, das die langen Schatten der herumstehenden Männer an die Ruinen warf.

David starrte den Mann vor sich an, ohne das Blut zu beachten, das aus seinem Mund über sein Kinn lief. Er wollte etwas sagen, konnte die Worte aber nicht zu ganzen Sätzen zusammensetzen. Die Verbindung zwischen Gehirn und Stimmbändern schien kurzgeschlossen.

»Hallo, jemand zu Hause?« Volos schnipste ungeduldig mit den Fingern.

David sah Volos' breiten, kräftigen Frankensteinschädel an. Die Mundwinkel des Riesen wurden von pusteligem Narbengewebe verlängert, das Weiße seiner Augen sah ungesund gelb aus. Wie gewohnt trug er einen langen Wollpullover mit hochgeschobenen Ärmeln. Über seine Unterarme zogen sich bis zu den kräftigen Händen Totenschädel mit blutenden Augenhöhlen. David hatte diese Hände einmal einen Menschen in Stücke reißen sehen wie eine Rolle Toilettenpapier.

»W-wie?«, stammelte David.

»Eins nach dem anderen«, sagte Volos tonlos. »All die Jahre, die ich dich an meinem Tisch essen und meine Männer von dir befehligen lassen habe, in denen ich dir meinen Sohn anvertraut habe …« Er atmete gegen den Druck einer unterdrückten Wut an. »In all diesen Jahren hast du dich mir nie offiziell vorgestellt, oder … *Nicó?*«

David schaute an den bewaffneten Männern vorbei, die ihn umringten, zu den verlassenen Ruinen hinter ihnen. Kilometerweites Brachland. Er hatte keine Kraft, sich etwas vorzumachen. Hier kam niemand lebend raus. Das hier war das Ende der Sackgasse.

»David, mein richtiger Name ist David.«

Volos stieß einen tiefen Seufzer aus. »Das ist alles sehr enttäuschend. Ich mochte Nicó wirklich sehr. Er war hart, diszipliniert. Klug. Dich hier wiederzusehen ist, wie nach einer Mahlzeit mit einem Freund festzustellen, dass das Essen voller sich windender Maden ist.«

David schwieg. Volos' vernarbtes Gesicht sah verändert aus. Aufgedunsen, verbrauchter, der unbesiegbare Ausdruck war nur noch ansatzweise da.

»Was ist mit der Alten?«, fragte Volos. »Sie war bei eurem Aufbruch in einem ziemlich üblen Zustand.«

»Sie ist tot.«

»Du hast alles für eine beschissene *curvă* aufs Spiel gesetzt«, murmelte Volos kopfschüttelnd.

David spuckte einen Mundvoll Blut aus. »Bringen wir es hinter uns.«

»Warum so eilig? Das hier ist ein großer Augenblick für mich. Den ich von langer Hand vorbereitet habe.«

»Das muss man dir lassen. Du hast das Dark Web mit Fotos von mir geflutet, weil du weißt, dass Europol eure Aktivitäten überwacht.«

»Ja ...?«

»Und du hast eine hohe Belohnung auf meinen Kopf ausgeschrieben, weil du weißt, dass eine Geldsumme dieser Größenordnung auf beiden Seiten des Gesetzes niemanden kaltlässt.«

»Keine schöne Vorstellung, oder? Eine Ratte in seinem eigenen Netzwerk zu haben.«

»Der Plan ist gut. Meine Undercovertechnik gegen mich zu verwenden. Aber ...«

»Aber?« Volos massierte genüsslich den vernarbten Mundwinkel mit der Zungenspitze.

»Eins versteh ich nicht. Radu. Warum haben deine Männer versucht, ihn umzubringen?«

»Versucht?«

David legte den Kopf schräg. »Was meinst du damit?«

»Es gibt so viel, was du nicht weißt, *David*.« Volos kaute seinen Namen förmlich. »Dein ganzes Dasein ist eine einzige fucking Lüge.«

62

Es war nutzlos. Alina flehte, dass die letzten Reste ihres Bewusstseins sich bald ausschalteten. Sie wollte nicht mehr verstehen, was passierte. Es überraschte sie, dass es so einen Schnittpunkt wirklich gab, an dem das gelebte Leben plötzlich weniger wert war als der Kampf ums Überleben. Das Einzige, was sie sich jetzt noch wünschte, war Frieden. Frieden vor der alles verschlingenden Angst, von der sie randvoll erfüllt war.

Ihre immer noch herumtastende Hand stieß gegen einen Gegenstand auf dem Bett. Sie griff danach. Er fühlte sich an wie eine Fernbedienung. Ein Alarmknopf. Sie fingerte daran herum und drückte auf die einzige Taste. Immer und immer wieder.

Aber nichts passierte. Kein Heulton ertönte, niemand riss die Tür auf. Stattdessen tauchte in der Dunkelheit hinter ihren Augenlidern ein Gesicht auf. Simona! Realistisch bis ins kleinste Detail. Ihre Tochter zu sehen lähmte sie vor Glück. Simona sah ihr tief in die Augen. Ihr Mund zog sich zu einem ernsten Murmeln zusammen.

Hol Luft, Mama.

Erstaunt stellte Alina fest, dass tatsächlich ein wenig Luft in ihre Lungen strömte. Ihre Luftröhre war nicht mehr ganz zugedrückt. Der Griff des Mannes hatte sich gelockert. Sie versuchte, sich zu entspannen, tief einzuatmen. Ihre Sinne erwachten wieder. Sie hielt noch immer die Fernbedienung in der Hand. Das ist gar kein Alarm, schoss es ihr durch den Kopf. Das ist die Steuerung für den Morphintropf. Jeder Knopfdruck pumpte Morphin in die Venen des Mannes. Das war es, was ihn schwächte.

Sie belebte es. Sie drückte wie verrückt auf die Taste und merkte, wie der Arm immer schlaffer wurde. Die Panik verließ ihren Körper. Sie drückte unermüdlich weiter auf den Knopf, und während sie so das Leben aus dem Körper des Mannes herauspumpte, holte sie sich ihr Leben zurück.

Sie drückte auch noch weiter, als der Arm schlaff zur Seite fiel. Erst als sich zwei Hände von hinten um ihre Schultern legten und sie vom Bett wegzogen, während eine dritte Hand ihr die Fernbedienung aus der Hand nahm, kehrte sie zurück in das Krankenzimmer, in dem jetzt mehrere Krankenschwestern herumliefen. Einer der Monitore verkündete mit einem schrillen Pfeifton und einem flachen Strich, dass das Herz des Mannes aufgehört hatte zu schlagen.

63

David blinzelte. Die Kälte, das Licht, die sie umgebende Dunkelheit, alles war von Volos' Präsenz durchdrungen.

»Was soll das heißen?«, sagte David. »Ist Radu tot? Ist Arcturus nur eine ... Erfindung?«

Volos ließ die Stille einen Augenblick nachhallen, ehe er antwortete.

»Radu ist der Geniestreich meines Plans. Um dich endgültig davon zu überzeugen, dass Nicós Name keine Verschlusssache mehr ist, habe ich mir einen ganz gewöhnlichen Polizisten als Köder gesucht. Einen, der weit entfernt von deinem Schutzgrad ist.«

»Aber wieso ausgerechnet Radu?«

»Er war einfach nur zur falschen Zeit am falschen Ort.«

»In deiner Welt gibt es keine Zufälle.«

»Glaub, was du willst. Er wollte jedenfalls nicht hören, als meine Männer versucht haben, ihm zu erklären, dass sie ihn nur so lange aus dem Verkehr ziehen wollen, bis unser kleines Problem gelöst ist.«

»Aber er ist doch tot?«

»Radu ist vor uns geflüchtet und hat sich von einem hohen Gebäude gestürzt. Meine Männer haben seine Kniescheiben auf der anderen Straßenseite gefunden nach seiner brutalen Kollision mit dem Asphalt.«

David merkte, wie sich seine Nackenhaare aufstellten. Er dachte an die Leiche, die er in den Katakomben gesehen hatte. Die Verletzungen an den Knien passten zu Volos' Beschreibung von Radus Todessprung. Sie hatten Radus Leichnam in die

Kloake geworfen, wo im Frühjahr, wenn sein Körper wieder auftaute, die Ratten das Problem für immer beseitigen würden.

Aber wenn das Radus Leiche unten in den Katakomben war ...

David hob den Blick.

»Das ist einer deiner Männer im Krankenhaus«, konstatierte er mit trockener Stimme.

Volos nickte.

»Und weil dein Mann keine Ähnlichkeit mit Radu hat, hast du dafür gesorgt, dass er ... niemandem mehr ähnelt.«

Volos betrachtete David, ohne zu blinzeln.

»Meine Männer müssen Opfer für mich bringen.«

»Einer deiner Männer hat sich bereit erklärt, sich das Gesicht zermatschen zu lassen?«

»Er war eh ein hässlicher Teufel.«

»Alina ist gerade bei ihm im Krankenhaus.«

»Dann wird sie wohl nicht mehr nach Hause zurückkehren.«

Davids Gesichtszüge froren ein, als hätte alles Blut sein Gehirn verlassen. Die Männer umringten ihn wie ein lautloser Kreislauf, gesichtslose Wesen, und ihn überkam plötzlich das unwirkliche Gefühl, sich an einem fiktionalen Ort zu befinden, weit weg von der Realität. Es war genauso, wie Mihai es gesagt hatte: Das Leben fühlt sich hin und wieder einfach zu real an.

David verfluchte sich im Stillen, dass er alleine losgezogen war. Der alte Mihai mochte ein durchgeknallter Wirrkopf sein, aber er wusste mehr über Krieg und Konflikte als die meisten.

»Warum hast du mich nicht direkt vor dem Krankenhaus umgebracht, nachdem ich deinen Mann getroffen hatte?«, fragte David.

»Er kann nur über die Ärzte der Intensivstation kommunizieren«, sagte Volos. »Wir mussten also abwarten, bis du Kontakt zu Arcturus aufgenommen hattest. Das hat uns ein paar

Tage für eine gründliche Vorbereitung gegeben. Du bist zwar auch nur ein Bulle, aber ich weiß, wie gefährlich du bist. Ich konnte keine Schießerei auf offener Straße riskieren. Es war unbedingt notwendig, dich lebend zu kriegen.«

»Warum?«

»Du hast meiner Organisation einen Haufen Probleme eingebracht«, sagte Volos. »Größere, als du ahnst. Meine Geschäftspartner werden nervös. Wenn eine Ratte sich so lange bei uns einnisten konnte wie du, gibt es dann vielleicht noch mehr?«

»Ich weiß nichts von anderen aktiven Agenten. So, wie sie nichts von mir wissen. Das sind die Regeln.«

Volos sah ihn eindringlich an. »Kannst du nachvollziehen, warum ich dir nicht traue?«

»Ja. Und ich weiß auch, was jetzt passieren wird. Also, bringen wir es hinter uns.«

»Es hinter uns bringen? Nichts da.« Volos wedelte mit seiner ringgeschmückten Pranke in der Luft herum. »Du wirst jetzt mit mir zurück in die Fabrik fahren.«

»Was?«

Auf Volos' Zähnen glänzte der Speichel wie in der Vorfreude auf eine leckere Mahlzeit.

»Für jeden einzelnen Tag, an dem Nicó mir Lügen aufgetischt hat, wird David mit einem Stück von sich bezahlen. Richte dich also ruhig auf einen längeren Aufenthalt ein.«

Übelkeit arbeitete sich von Davids Magen hoch, der Boden unter seinen Füßen schwankte. Bildfetzen aller Grausamkeiten, die er in der Fabrik erlebt hatte, spulten über seine innere Leinwand. Aber die Bestrafung eines Polizisten, einer Ratte, die sie allesamt an der Nase herumgeführt hatte, würde alles übertreffen, was er je gesehen hatte.

Er atmete tief ein, langsam, zitternd.

»Dein Rachefeldzug gegen mich hat also nichts mit Mikru zu tun? Das ist rein geschäftlich?«

Volos' Nasenflügel vibrierten. »Sag das noch mal.«

David presste die Worte heraus.

»Du weißt, dass ich Mikru auf dem Gewissen habe, aber das Einzige, was dir wichtig ist, ist deine Macht, deine Position. Du hast seinen Namen noch nicht einmal erwähnt.«

»Du hast echt Eier. Das muss ich dir lassen.«

»Und ein Herz. Wo ist deins?«

»Du nennst mich herzlos? Ich sehe hier nur einen verdammten Kindermörder.«

David sah ihn stumm an. Im Grunde sprach dieser waschechte Soziopath mit seiner Verachtung die jämmerliche Wahrheit aus.

»Und ich weiß ganz genau, was du vorhast«, sagte Volos, jetzt vollkommen beherrscht. »Aber du wirst mich nicht provozieren und dir einen schnellen Ausweg bescheren.« Er sah seine Männer an. »Verpasst ihm einen Schlag, dann fahren wir zurück in die Fabrik.«

Aus dem Augenwinkel sah David einen der Männer auf sich zukommen. Er versuchte, das panische Schrillen in seinem Ohr zu ignorieren. Er spürte einen leichten Stich in einem Finger seiner Hand. In seiner Tasche steckte ein spitzer Gegenstand. Er versuchte zu ertasten, was das war ….

Er hob den Kopf. Die Idee war so schnell verflogen, wie sie gekommen war, aber sie war das Einzige, was er hatte.

Er nahm die Hände aus den Taschen und legte sie eine halbe Sekunde vor der Brust zusammen, ehe er sie mit einer ruckartigen Bewegung auseinanderzog, als würde er einen Zweig zerbrechen. Dann drehte er sich einmal um die eigene Achse und präsentierte am ausgestreckten Arm Mihais Souvenir aus dem Wald.

Der Sicherungsstift der Granate blinkte im Licht der Scheinwerfer.

»Eine Granate!«, riefen zwei Männer im Chor.

Das war genau die Reaktion, auf die David gehofft hatte. Schock. Adrenalin. Jetzt galt es, schnell zu handeln, ihnen keine Zeit zu lassen, sich zu erinnern, dass sie ihn bereits einer Leibesvisitation unterzogen hatten, oder zu entdecken, dass seine Hand nur einen harmlosen Stein umklammerte.

»Das wagst du nicht …« Weiter kam Volos nicht.

Mit einem Unterarmwurf schleuderte David den Stein hoch in die Dunkelheit über den Scheinwerfern, von wo alles Mögliche vom Himmel fallen konnte. Die Männer warfen sich mit den Armen über dem Kopf auf den Boden.

David sprintete los. Mit kurzer Verzögerung hörte er knatternde Schusssalven, gefolgt von den trockenen Einschlägen der Projektile in Erde und Beton. Er rannte in ein eingestürztes Gebäude und lief im Zickzack zwischen den Mauerresten hindurch mit dem Gefühl, sich Masche für Masche langsam selber aufzuribbeln.

Er blieb stehen, als vor ihm der Lichtkegel einer Taschenlampe den Raum durchschnitt wie ein Schlagbaum. Wo kamen die so schnell her? War er im Kreis gelaufen?

»Hier! Hier ist er.«

David lief durch eine Plane in einen dunklen, hallenden Gang. Um sich herum hörte er laute Rufe und weitere Schusssalven.

Eine scharfe Kurve spuckte David in ein offenes Gelände, in dem das Unkraut mannshoch wucherte. Er lief los, zwängte sich durch ein Loch im Maschendrahtzaun und spürte die wachsende Panik, als von hinten die Lichtkegel mehrerer Taschenlampen auf seinen Rücken fielen und er von seinem eigenen, gejagten Schatten überholt wurde. Er rannte weiter. In die endlose

Dunkelheit, hoffend, dass, wenn er getroffen wurde, der Treffer tödlich war. Da trat er mit dem nächsten Schritt plötzlich ins Leere und rollte kopfüber eine Böschung hinunter.

Er versuchte, sich an irgendetwas festzuhalten, war aber den Rotationen seines Körpers ausgeliefert. Sekundenbruchteile schoss ihm durch den Kopf, was ihn am Fuß der Böschung erwartete. Eine Mauer, speerspitze Zaunpfeiler, was auch immer.

Irgendwann wurde die Böschung flacher, und er landete auf dem Bauch in eiskaltem Wasser. In seinem Kopf drehte sich alles. Ganz langsam kamen die Sicht und die Geräusche zurück. Er schaute den Hang hoch. Die hin und her huschenden Lichtkegel verrieten, dass die Männer aufholten.

Mühsam kam er auf die Beine, sein Körper war ordentlich durchgewalkt. Er würde ihnen nicht entkommen. Er sah sich um. Ahnte die Umrisse einer Öffnung hinter einem Vorhang aus gefrorenen Schlingpflanzen. Er lief so schnell, wie seine schmerzenden Beine es zuließen, und schob sich in einen Mief von Urin und Fäulnis. Der gepflasterte Schacht vor ihm führte nur in eine Richtung: nach unten.

Kloakenterritorium.

Er warf einen Blick über die Schulter. Volos' Männer waren fast am Fuß der Böschung angekommen. David schaute runter in die feindliche Finsternis. Vor nicht einmal vierundzwanzig Stunden hatte er sich geschworen, nie wieder einen Fuß in die Abwasserkanäle zu setzen.

David atmete tief ein. Dann machte er sich an den Abstieg.

64

David tastete sich Schritt für Schritt in der zähen Dunkelheit voran, um sich nicht durch ein Geräusch zu verraten. Sein Atem hatte sich einigermaßen beruhigt, aber sein Herz hämmerte wie verrückt. Er begrub die Nase in der Ellenbeuge, um sich vor dem bestialischen Gestank zu schützen. Mit der anderen Hand hielt er das Feuerzeug vor sich, um zu sehen, wo er hintrat. Aber nicht zu lange. Die Kanalbewohner bewegten sich lautlos und verschmolzen mit ihrer Umgebung. Sie könnten ihn aus wenigen Metern Entfernung beobachten, ohne dass er sie auch nur bemerkte.

Das Licht der bernsteinfarbenen Feuerzeugflamme tanzte über die rissige Oberfläche der Kanalrohre. Dahinter herrschte absolute Stille. Eine kalte, bedrohliche Faust, die sich im Magen zusammenballte. Keine Kleintiere, die einem um die Füße wuselten, kaum Spinnweben weit und breit. Aber die ausgestorbene Atmosphäre war wenig Vertrauen einflößend.

Im Gegenteil.

Das Wissen, der Einzige zu sein in dieser leblosen Umgebung, machte ihn angreifbar, schutzlos.

Er schlich weiter und dachte an Alina. Die unschuldige Frau, die er egoistisch in seinen persönlichen Krieg hineingezogen hatte. Der Gedanke, ihr könnte seinetwegen etwas zugestoßen sein, war nur schwer zu ertragen. Er hatte von Anfang an gewusst, dass es von seinem ersten Schritt an auf Temeswarer Boden gefährlich werden würde. Für ihn selbst. Aber auch für alle in seiner Nähe. Was ihn nicht davon abgehalten hatte, sie in sein Magnetfeld hineinzuziehen und ihre Position für seine Zwecke auszunutzen.

Andererseits hätte er Volos' Falle niemals vorhersehen können. Diesen detailliert ausgeklügelten Plan. Vielleicht zu perfekt. Der Zweifel nagte schon eine Weile an ihm. Auch wenn er nicht den Finger darauf legen konnte. Vielleicht weil es nur ein halb durchdachter, halb verdauter, nicht bis zum Ende geträumter Gedanke war, den sein Gehirn noch einmal genauer unter die Lupe nehmen musste. Etwas Unerwartetes, das sich erst später zeigen würde. Oder möglicherweise war er auch einfach nur ein schlechter Verlierer, der sich seine Niederlage nicht eingestehen wollte. Was immer es auch war, der Zweifel blieb. Das Gefühl, dass da etwas war, direkt vor seiner Nase, das in dem Moment sichtbar werden würde, in dem er es aus einem anderen Winkel betrachtete, im richtigen Licht.

Dein ganzes Dasein ist eine einzige fucking Lüge.

Das hatte Volos nicht nur höhnisch gemeint. In den Worten lag noch mehr verborgen.

David löschte die Flamme und blieb ganz still stehen. Ein kalter Windzug streifte ihn. War da jemand vor ihm? Er streckte eine Hand aus. Fing eine Handvoll leere Luft ein. Da war nichts. Es tropfte von der Decke. Er hörte die tiefen, traurigen Seufzer. Und wieder fühlte er die Kälte. Diesmal von innen. Sein Gehirn hatte eine Bewegung in der Luft registriert. In seiner Intimsphäre. Sie fühlte sich enger an, kompakter. Bevölkert.

Er hob das Feuerzeug vors Gesicht. Sein schweißnasser Daumen rutschte von dem Metallrädchen ab. Er versuchte es noch einmal, hörte das Ratschen, bevor die Flamme sich ruckartig aufrichtete.

David stolperte erschrocken nach hinten. Direkt vor ihm schwebte ein leichenblasses Gesicht mit erloschenen Augen. Das Feuerzeug fiel ihm aus der Hand. Es wurde stockdunkel. Im nächsten Augenblick fühlte er von allen Seiten Hände nach sich greifen, die sich über Augen und Mund schoben.

65

Silja plapperte munter drauflos, schaltete das Radio ein und entdeckte ständig irgendetwas zwischen den dicht wachsenden Fichten. Theresa konzentrierte sich aufs Fahren und die meterhohen Schneewehen. Sie war schon ewig nicht mehr Auto gefahren und hatte sich mit dem einen oder anderen ruckeligen Gangwechsel schiefe Blicke von ihrer Tochter eingehandelt.

Sie hatte sich mit Silja darauf geeinigt, Flocke zu behalten, bis David zurück war. Theresa hatte keine Lust, in Trygves Bauernladen zu fahren und dort womöglich Stein zu begegnen. Ihren Vorschlag, stattdessen einen Ausflug nach Terråk zu machen, hatte Silja begeistert aufgegriffen. Theresa hatte sich von Siljas Energie mitreißen lassen, als sie zusammen eine lange Einkaufsliste geschrieben hatten. Nach den Monaten in der Abgeschiedenheit tat ihnen die Abwechslung sicher gut.

Die Morgensonne schob ihre verschleierten Strahlen durch den Dunstschleier über dem Waldboden. Theresa fragte sich, was David wohl zu ihrem Ausflug sagen würde. Vermutlich fände er es verantwortungslos. Sie verstand, woher sein Beschützerdrang kam. Er fühlte sich für sie beide verantwortlich, weil ihm klar war, dass sie seinetwegen hier waren. Ihr neues gemeinsames Leben war sein Versuch, die Balance wiederherzustellen. Den furchtbaren Dingen, die geschehen waren, einen Sinn zu geben. Aber sie vermisste es, dass er ihnen nicht auch das Gefühl gab, Teil seines Lebens zu sein. Dass er endlich mal aus der Deckung kam, statt immer die Führung zu übernehmen und eine Lösung parat zu haben.

»Glaubst du, die haben leckere Süßigkeiten in Norwegen?«, fragte Silja.

Theresa lächelte. »Am besten kaufen wir ganz viele verschiedene Sachen und finden es raus.«

»Ja, das ist wohl das Beste.«

Theresa versuchte, den unschönen Gedanken abzuschütteln, der ihr am Morgen gekommen war: Spielte Silja ihr nur etwas vor? Sie hatte ja schon einige Tricks ausprobiert, um von ihnen wegzukommen, und jetzt hatte Theresa Sorge, dass sie losrannte und um Hilfe rief, sobald sie in Terråk geparkt hatten.

»Was denkst du?«, fragte Silja.

»Dass wir es uns schön machen.«

»Gut. Ich dachte schon, du hättest dir das mit den Süßigkeiten anders überlegt.«

Theresa lachte. »Ah, lass den Sender. Ich liebe das Lied.«

»Wer ist das?«

»Oasis.«

Silja stockte. »Das klingt alt. Wovon singen die?«

»*Live Forever* heißt das Stück. Weißt du, was das heißt?«

»Nicht wirklich.«

»Hör einfach zu. Man muss nicht alles verstehen.«

Theresa und Silja liefen über den Parkplatz auf dem kleinen Marktplatz des Ortes. Theresas Befürchtungen hatten sich nach ein paar gemütlichen Stunden in dem Städtchen in Wohlgefallen aufgelöst. Sie waren in ein Café gegangen und hatten süße Milchbrötchen und heiße Schokolade bestellt. Sie waren an die Spitze der Landzunge spaziert und hatten Steine auf dem Eis flitschen lassen. Und zum Schluss hatten sie im Supermarkt eingekauft, der ihnen in ihrem erlebnishungrigen Zustand wie der reinste Vergnügungspark vorgekommen war. Theresa hatte den einzigen kurzen Anflug von Panik gespürt, als ihr an der Kasse die Leute zu nah auf die Pelle gerückt waren. Ansonsten hatte sie den Tag genossen und sich von Siljas Freude anstecken lassen.

Das Mädchen hüpfte zuckersatt vor ihr her. Theresa trug zwei prallvolle Einkaufstüten und lächelte vor sich hin. In der kleinen Schlafstadt hatte sie für kurze Zeit die Vergangenheit vergessen. Die Leute behandelten sie wie eine von ihnen – ein geschäftiges Lächeln der Bedienung im Café, ein unpersönliches Nicken von einem Hundehalter. Das fühlte sich gut an. Nicht zu sehr beachtet zu werden.

Natürlich war es irrational und undankbar, dass sie Davids Fürsorge immer mehr als konstante Erinnerung daran empfand, weshalb sie hier war. Heute, für kurze Augenblicke, waren ihre Probleme hinter ganz simplen Alltagsdingen verschwunden wie Siljas lautem Protest gegen die etwas günstigeren Haferflocken.

Sie könnte sich an einen Ort wie diesen gewöhnen.

»Das sieht schwer aus. Warten Sie, ich nehme Ihnen was ab.«

Theresa verkrampfte sich, als Steins klamme Finger über ihr Handgelenk strichen. Sie machte zwei Schritte von ihm weg.

»Was wollen Sie?«

Stein entblößte sein snusbraunes Zahnfleisch. »Nur helfen. Das neulich war ja wohl ein dummes Missverständnis.«

»Das glaube ich nicht«, sagte Theresa. Sie schickte Silja ein beruhigendes Lächeln, die beim Auto angekommen war und sie von dort beobachtete.

»Warum sind Sie gleich so zickig? Ich will doch nur helfen.« Stein lachte, aber seine kleinen Augen flackerten nervös.

»Lassen Sie uns in Ruhe«, zischte Theresa ihn flüsternd an.

»Na, na, das ist ja kein Grund, gleich eine Szene zu machen.«

Theresa drehte den Kopf zur Seite. »Alles gut, Silja. Setz dich schon mal ins Auto.« Sie richtete den Blick wieder auf Stein. »Verschwinden Sie. Letzte Chance.«

Er beugte sich vor, Frostatem dampfte aus seinen spröden, leicht geöffneten Lippen.

»Mir machst du nichts vor. Ich weiß, was du bist.«

Theresa neigte den Kopf zur Seite.

»Ich habe Sie gewarnt.«

»Was soll das heißen?«

Sie atmete tief ein und rief mit lauter Stimme:

»Lassen Sie mich in Ruhe! Sind Sie noch ganz richtig im Kopf!?«

Ein paar Leute blieben stehen. Starrten sie an.

Steins Schluckreflex brachte sein Doppelkinn in Wallung. Theresas Schreie hatten den Parkplatz in einen Richtplatz verwandelt, und er stand ganz vorne in der Reihe vor dem Schandpfahl. Tratsch und Gerüchte waren besonders klebrig und zäh in kleinen Orten wie diesem.

Theresa holte erneut Luft.

»Hören Sie auf, verdammt!«, flüsterte Stein panisch. »Nicht mehr schreien. Ich verschwinde, und Sie sehen mich nie wieder.«

Er stolperte auf seinen kurzen Beinen von ihr weg. Vor einer Seitengasse blieb er stehen und starrte vor sich hin. Ein Ruck ging durch seinen Körper, und er trommelte mit den Fäusten auf den Deckel einer Mülltonne. Die dumpfen Schläge dröhnten über den Platz. Dann verschwand er.

Theresa ging zu Silja und streichelte ihr über die Mütze.

»Was wollte der schon wieder?«, fragte Silja ängstlich.

»Das war das letzte Mal, versprochen.«
»Woher willst du das wissen?«
Theresa drückte das Mädchen an sich.
»Weil er sich jetzt nirgends mehr verstecken kann.«

66

Er saß mit seinem Laptop auf dem Bett, als er unten auf dem Platz Schreie hörte. Er stand auf und warf einen Blick durch den Gardinenspalt. Der Cowboy aus der Kneipe stand mit einer Frau zusammen. Er konnte nicht erkennen, was da vor sich ging, aber sie schien sich über irgendetwas aufzuregen. Im nächsten Augenblick stürmte der Cowboy wie ein geschlagener Hund davon.

Er betrachtete die Frau. Gute Figur, lange Beine, braunes geflochtenes Haar unter einer Wollmütze. Sie sah anders aus als die Leute hier, was sie offensichtlich zu überspielen versuchte. Sie ging zu einem Mädchen, das bei einem Auto wartete. Das musste die Frau sein, von der der Cowboy so despektierlich gesprochen hatte.

Sie stellte die Einkaufstüten in den Kofferraum, öffnete die Fahrertür, blieb aber noch stehen und schaute raus auf den Fjord, wo irgendetwas ihre Aufmerksamkeit zu erregen schien.

In diesem stillstehenden Moment hatte er Zeit, ihre Gesichtszüge zu studieren.

Er ging zurück an den Computer. Klickte sich eilig durch den Inhalt des Zip-Ordners bis zu einem Foto der Frau. Er atmete tief durch die Nase ein. Nase, Stirn, Haarfarbe, Kieferform. Genau wie bei der Frau auf dem Parkplatz.

Er stieg hastig in seine Boots und lief auf den Flur. Um die Ecke war eine Brandschutztür mit defektem Alarm, die direkt raus auf den Platz führte.

Die Meter bis dorthin fühlten sich an wie auf einem gegenläufigen Laufband.

Er drückte mit beiden Händen die Metallstange hinunter. Beißende Frostgrade schlugen ihm ins Gesicht. Er schaute rüber zu dem Parkplatz. Das Auto war weg. Er rannte los und suchte die engen Seitenstraßen ab. Da sah er sie. An der Steigung zu der einzigen Ampel des Ortes, wo die Straße sich in drei Richtungen verzweigte.

Er klopfte sich auf die Hosentasche. Fluchte leise. Die Autoschlüssel waren im Zimmer. In der Jacke, die an dem Haken an der Wand hing. Die Kälte kroch unter sein T-Shirt, und er ging zurück zu der sperrangelweit offen stehenden Brandschutztür. Vom Fjord schoben sich schwere Wolken heran. Eine Götterdämmerungsparade mit einer Offenbarung. Für ihn. Für die Frau. Es spielte keine Rolle, für welchen der drei Wege sie sich entschied. Er hatte seinen direkten Weg zu ihr gefunden.

Den Cowboy.

67

Das Gehirn schickte verwirrende Signale an den Körper, dass er sich unter Wasser befand. Aber David war nicht unter Wasser. Er war unter der Erde. Und er wusste nicht, ob er das Tageslicht je wiedersehen würde. Sein Kiefer schmerzte, es waren noch mehr Schnitte im Gesicht und an den Knien dazugekommen, und sein Mund war trocken wie Schmirgelpapier.

Zwei Kanalbewohner schleppten ihn an den Armen durch die Abwasserkanäle, gefolgt von weiteren blassen, stummen Gestalten. Er hatte keine Ahnung, wie viele es waren, aber auf alle Fälle genug, dass er keinen Widerstand leistete.

Er hatte sie erst bemerkt, als es zu spät war.

Er hatte versucht, mit ihnen zu reden, hatte sich dumm gestellt, geduldig ihren unartikulierten Lauten zugehört. Ihre Sprache war ein unverständliches Kauderwelsch verschiedener Sprachstämme, und sie rollten die ganze Zeit mit den Augen, vermutlich wegen der Drogen, die durch ihren Kreislauf pumpten.

Er hatte immer weiter geredet und versucht, aufzustehen. Da hatte einer von ihnen eine Kanüle hochgehalten, an deren Nadelspitze im Schein einer Feuerzeugflamme ein Tropfen glitzerte. David deutete das als Zeichen, dass die Unterhaltung beendet war, sofern er nicht die trübe Flüssigkeit aus dem Beutel in seinen Kreislauf gespritzt kriegen wollte.

Sie bogen in einen breiteren Gang ein, in dem verknotete Lichterketten mit schwach pulsierenden Dioden die Flächen und den Raumumfang markierten. Über dem übel riechenden Abwasserrinnsal waren Planken ausgelegt. Ein Stück weiter kamen sie an kleinen Zellen mit Schlafkojen vorbei. Er hörte ein

Ächzen und Stöhnen und ahnte schattenhafte Silhouetten hinter vorgezogenen Plastikvorhängen. Die Kloakenbewohner stierten ihn mit ihren toten, glasigen Augen an wie Wachsfiguren. Es war unmöglich, ihr Alter oder Geschlecht zu schätzen. Ihre Kleidung bestand aus aschegrauen Flicken. Die Blicke aus den Schlafzellen, die David beobachteten, reichten von Verwirrung bis Ekel, und in einem Fall vielleicht sogar Begehren.

Immer wieder verzweigte sich der Gang, überall herrschten die gleichen unmenschlichen Zustände. Er mochte sich gar nicht vorstellen, wie viele dieser Kreaturen hier unten ihr Dasein fristeten.

Am Ende eines Ganges wurde er in einen engen Raum ohne Schlafnischen oder Kojen geschubst. Feuchtigkeit tropfte von den Steinwänden, von der Decke hingen Ketten mit Haken, deren Funktion sich ihm nicht auf Anhieb erschloss. Vielleicht war es eine Folterkammer. In der Mitte des Raums war ein großer Gitterrost über einem breiten Abfluss. Neben drei stockfleckigen, aufeinandergestapelten Matratzen in der einen Ecke stand ein altmodischer Tresor.

David spürte, wie die Kreaturen sich hinter ihm zurückzogen.

Aber er war nicht alleine.

Im Schein einer flackernden Gaslampe sah er den Rücken eines Menschen, den er nie wieder zu sehen gehofft hatte.

Krank summte einen nicht zu erkennenden Melodiefetzen, als er sich auf dem Bürostuhl herumdrehte und David von Kopf bis Fuß musterte. Das silbergraue Haar war kurz geschoren. Er trug zerschlissene, über den Knien aufgerissene Jeans und einen Army-Sweater unter einer schmuddeligen Anzugjacke. Sein knochiges Gesicht war leblos wie das von einem Junkie, seine Augen rot entzündet und der Blick hart.

David hob abwehrend die Hände.

»Ich wurde verfolgt und wollte mich hier unten nur so lange verstecken, bis ...«

Krank legte einen Zeigefinger an die Lippen und fing unerwartet an zu grinsen. Die wenigen Zähne in seinem Mund ragten wackelig aus dem grauen Zahnfleisch.

»Wer bist du?«

»Ein Nobody«, sagte David.

»Ein Nobody, soso.« Krank ließ sich das Wort auf der Zunge zergehen. »Und ein Lügner.«

»Nein, ich ...«

»Glaubst du, ich erinnere mich nicht an dich? Du bist Jaceks Partner. Einer von Volos' Männern.«

David wischte sich über die Stirn, konnte keinen klaren Gedanken fassen. Die Wände verströmten eine erdrückende Wärme. Er war völlig nass geschwitzt. Aber er wusste auch, dass ein Konzentrationsverlust ihn teuer zu stehen kommen konnte. Der Chef der Kloakenbewohner gehörte in die Geschlossene und war berüchtigt für seine jähen Stimmungsschwankungen.

»Du warst mit Jacek auf dem Campingplatz, um Schulden einzutreiben. Erinnerst du dich?«

David nickte. Er erinnerte sich nur allzu deutlich an die Schreie des Junkies, der von den Outlaws mitgeschleift worden war.

»Ich arbeite nicht mehr für Volos«, sagte David. »Und Jacek ist tot.«

»Bedauerlich. Ich mochte ihn. Was ist mit ihm passiert?«

David verhärtete seinen Blick. Er musste etwas mehr Raum einnehmen. »Er hat mich einmal zu oft schief angesehen.«

Krank legte einen speckigen Armeestiefel aufs Knie. »Aha.« Er beäugte David skeptisch. Selbst in seinem abgehalfterten Zustand strahlte er noch eine überlegene Herablassung aus. »Merkwürdig. Du siehst gar nicht eingeschüchtert aus.«

»Warum sollte ich?«

»Weil du heute Nacht sterben wirst.« Krank neigte den Kopf zur Seite. »Hast du das wirklich noch nicht begriffen? Aber vielleicht stirbst du auch nicht unbedingt heute Nacht«, fuhr er tonlos fort. »Wie auch immer, sobald du diesen Raum verlässt, wissen meine Kinder, dass sie freies Spiel haben. Mit dir.«

»Warte, verdammt! Gibt es gar nichts, was ich tun kann?«

»Wärst du noch einer von Volos' Jungs, hätte ich dich für einen Tauschhandel nutzen können.« Krank grinste schelmisch. »Aber du bist ja ... Wie hast du es noch gleich genannt? Ein Nobody.«

Krank pfiff. Von hinten näherten sich trampelnde Schritte.

»Ich habe Informationen!«, beeilte sich David zu sagen. »Ich weiß Dinge, die Volos das Leben sauer machen könnten.«

»Die da wären?«

David rief sich die Fotos ins Gedächtnis, die er von James bekommen hatte.

»Ich weiß von deinem Treffen mit Volos auf dem verlassenen Baugelände. Und von dem Mann im Anzug. Vielleicht kann ich da behilflich sein.«

Krank schüttelte den Kopf. »Für den Konflikt gibt es keine andere Lösung als Krieg.«

Die Schritte verstummten direkt hinter David. Es brauchte nur ein Zeichen von Krank, dass sie ihn in die Dunkelheit zerrten.

»Du könntest oben einen Mann gebrauchen, einen Spion«, sagte David. »Du sitzt hier unten, von der Welt abgeschnitten, und wartest. Das gibt Volos einen Vorteil. In einem offenen Krieg ist das taktisch unklug.«

»Taktisch unklug?« Krank erstickte Davids Proteste mit einem bohrenden Blick im Keim. Er hörte wieder unruhiges Füßescharren hinter sich. Die Meute verlor die Geduld. »Wir mögen keine Waffen haben, dafür sind wir zwanzig Mal so viele wie sie. Was glaubst du, warum Volos seinen Bunker in der Fabrik so selten verlässt? Weil er genau weiß, dass wir ihn und seine Männer locker überwältigen, wenn sie zur falschen Zeit am falschen Ort sind.« Krank lehnte sich zurück und sah David mit verhaltener Neugier an. »Aber ich will fair sein. Dir eine Chance geben. Erzähl mir, was du weißt.«

David fuhr sich mit der Zunge über die trockenen Lippen.

»Volos hat sich regelmäßig mit dem Mann im Anzug getroffen. Ich habe ihn einmal selbst am Flughafen abgeholt. Und was auch immer die beiden planen, es geht offensichtlich gegen dich!«

»Das tut es. Volos will auf meinem Territorium ein glitzerndes Wohnviertel errichten. Totalsanierung, auch der Kanalisation. Wir leben seit den Achtzigern hier unten, und jetzt will er uns wie Parasiten ausräuchern.«

»Volos will durch das Bauprojekt sein Drogengeld weißwaschen«, sagte David. »Für die Bautätigkeit kann er Tausende fiktiver Rechnungen stellen.«

»Genau.« Krank nickte beeindruckt. Dann erstarrte er, seine Augen wurden schwarz, und er schüttelte manisch den Kopf. »Tja, aber das ist ja jetzt nicht mehr dein Problem.«

Ein paar Hände packten Davids Arme und wollten ihn wegziehen.

»Europol weiß, dass ich hier unten bin!«, rief er. »Wenn mir was passiert, schicken sie ein ganzes Heer hier runter.«

»Du hast eine lebhafte Fantasie! Zuerst Volos, dann Europol. Aber das macht keinen Unterschied. Es gibt einen Ort, an dem meine Probleme für immer verschwinden.«

Krank drehte ihm den Rücken zu, schraubte an dem Drehschloss des Tresors und summte wieder seine schiefe Melodie.

David schrie, als er auf den Fersen weggeschleppt wurde. Immer mehr Hände kamen aus dem Nichts und grapschten nach ihm, bitter schmeckende Finger hakten sich in seine Mundwinkel. Mit schockgeweiteten Augen sah er Kranks Tresor aufschwingen. In den Fächern lagen verschieden große Beutel. Er stieß durch die Finger in seinem Mund einen erstickten Schrei aus und biss fest zu. Knochen und Sehnen knackten zwischen seinen Zähnen. Die Finger zogen sich aus seinem Mund zurück.

»In den Beuteln ist Gift!«, rief David, so laut er konnte.

Krank schaute aus seiner Kammer.

»Wenn das ein verzweifelter Versuch ist …«

»Ich schwöre es«, rief David. Die Kloakentiere hielten inne, ohne ihren Griff zu lockern. »Ich habe Volos' Männern geholfen, die Chemieabfälle ihrer Ecstasyproduktion aus dem Weg zu schaffen.«

»Ich dachte, du arbeitest nicht mehr für Volos.«

»Tu ich auch nicht. Weißt du, wo die Pillen in den Beuteln herstammen, die mit MM markiert sind?«

»Wir haben die Ladung aus einem Lieferwagen gestohlen. Einer von Volos' Männern hat ihn auf der Straße geparkt, während er sich mit einer Hure vergnügt hat.«

»Die Pillen sind mit Rizin gefüllt. MM steht für Mollys Masacrul. Wenn ihr die nehmt, seid ihr alle in ein paar Wochen tot.«

Krank fixierte ihn. »Überzeug mich.«

»Sag deinen Kötern, dass sie …«

Krank nickte.

Das Rudel ließ David los. Er zog den Jackenkragen zurecht, der im Nacken verrutscht war.

»Erstens: Kein Kurier eines Drogentransports würde es wagen, einen Pitstop bei einer Hure einzulegen. Volos wollte, dass ihr den Stoff stehlt.«

»Sprich weiter.«

Ein Schrei bahnte sich einen Weg durch einen der Gänge, als würde gerade jemand mit einem glühenden Eisen gebrandmarkt. David räusperte sich.

»Und das macht Sinn nach dem, was du über das Bauprojekt gesagt hast. Rizin ist ein langsam wirkendes Gift. Die ersten Symptome treten nach etwa einer Woche auf. Damit wäre sichergestellt, dass die meisten von euch die Pillen eingeworfen haben, bevor ihr spitzkriegt, was eigentlich läuft. Volos hat sich diesmal selbst übertroffen. Sein Plan ist …« Kranks Brauen wanderten in die Höhe. »… ziemlich ausgeklügelt.«

Krank massierte seine Knöchel. »Hast du noch mehr Trümpfe im Ärmel?«

David biss die Zähne aufeinander. Dieser verfluchte, undankbare Freak. Da hatte er ihm gerade wortwörtlich das Leben gerettet, und er zwang ihn permanent dazu, um sein eigenes zu kämpfen.

»Der Mann im Anzug«, sagte David. »Ich kann dafür sorgen, dass er nie wieder einen Fuß auf Temeswarer Boden setzt.«

»Ach ja. Und wie willst du das anstellen?«

»Über einen Kontakt bei Europol. Er hat Zugriff auf konkrete Ressourcen. Wenn du mir den Namen des Anzugmannes gibst, kann ich ihn aufspüren und das Bauprojekt einfrieren. Ganz legal.«

»Ich kenne den Namen des Anzugmannes nicht.«

»Dann lasse ich ihn identifizieren. Europol hat Fotos von ihm. Ich gebe dir mein Wort, dass ich das für dich regeln kann.«

Krank presste die Handflächen gegeneinander.

»Das ist sehr verlockend. Aber wie soll ich mir sicher sein, dass du nicht einfach das Weite suchst, wenn ich dich jetzt gehen lasse?«

David richtete sich auf. Auf merkwürdige Weise fühlte er sich erleichtert. Er hätte es schon längst kapieren müssen. Es braucht ein Monster, um ein Monster zu fangen. Und er hatte seins gefunden. Jetzt musste er nur noch die unsichtbare Grenze überschreiten, vor der Mihai ihn gewarnt hatte. Wo der Krieg einem den Menschen zeigt, der man wirklich ist.

David hustete.

»Du kannst mir vertrauen, weil du mir auch einen Dienst erweisen sollst.«

68

Nachts um halb drei schleppte David sich mehr tot als lebendig die Treppe zu Mihais Wohnung hoch. Nachdem Krank ihn mit einem antiken Handy mit einer einzigen gespeicherten Kontaktnummer ausgestattet hatte, hatten seine Lakaien ihn zurück auf das Brachgelände geführt. Er konnte gerade noch ein Taxi rufen, bevor sein eigenes Handy den Geist aufgab. Der Fahrer hatte sich zuerst geweigert, David mitzunehmen, als er sah, wie er zugerichtet war. Aber ein paar Euro extra und ein Liegeplatz im Kofferraum hatten seine Meinung geändert.

David schloss die Tür auf. Er war bis auf die Knochen durchgefroren, die Haut über den Knöcheln war vom Frost aufgerissen.

Im Wohnzimmer brannte Licht. David schaute zu den Holzsplittern auf dem Boden und der eingetretenen Toilettentür, die neben dem Rahmen an der Wand lehnte. Dann wanderte sein Blick weiter zu Alina, die mit zerwühlten Haaren, leichenblassem Gesicht und verweinten Augen am Esstisch saß. Mihai stand mit vor der Brust verschränkten Armen hinter ihr.

»Du! Seit du in mein Leben getreten bist, ist alles …« Alinas Stimme erstickte in einem Schluchzer.

Mihai legte eine Hand auf ihre Schulter. Sie schaute verzweifelt zu ihm hoch.

»Radu ist tot, irgendein Fremder hat seinen Platz eingenommen. Das ist so … krank. Und du hast irgendwas damit zu tun. Versuch nicht, das zu leugnen.«

David schwankte auf weichen Beinen. »Was ist passiert?«

»Er hat versucht … ich hab ihn umgebracht.« Alina schluchzte in die vorgehaltenen Hände.

»Die Polizei hat sie mehrere Stunden verhört«, sagte Mihai nüchtern. »Wir sind gerade erst nach Hause gekommen.«

David sah sie mit offenem Mund an.

Mihai schüttelte den Kopf. »Keine Sorge, sie hat deinen Namen nicht genannt.«

»Danke.«

»Aber das ist das Letzte, was wir für dich tun. Von jetzt an bist du auf dich allein gestellt.«

David bemerkte erst jetzt, dass kein Bettzeug mehr auf dem Sofa lag. Sein Rucksack stand gepackt daneben.

»Darf ich mich ganz kurz setzen? Das war eine lange Nacht.«

»Was ist mit Radu passiert?«, fragte Alina aufgewühlt. »Ich flehe dich an, wenn du irgendwas weißt, sag es mir. Ich finde keinen Frieden, bevor ich nicht weiß, was ihm widerfahren ist.«

David sah ihren flehenden Blick, brachte es aber nicht über die Lippen, dass Radu in den Katakomben der Kanalisation lag und zu Rattenfutter werden würde, sobald es im Frühjahr zu tauen begann.

Alina senkte den Blick. »Ich möchte, dass du jetzt gehst.«

Mihai hob den Rucksack auf und reichte ihn David.

David schloss die Augen, merkte, wie der Schlaf die Arme nach ihm ausstreckte. Dann schlug er die Augen wieder auf und nahm den Rucksack.

»Wo kommen die Hundehaare her?«, fragte Mihai, als sie im Treppenhaus standen.

David schaute an sich herunter. Die mussten aus dem Kofferraum des Taxis stammen, in dem er gehörig durchgerüttelt worden war.

»Mihai, ich weiß nicht, wo ich hinsoll. Mein Handy-Akku ist

leer, ich muss meine Wunden reinigen, und draußen friert es. Ich flehe dich an, eine Nacht noch, dann bin ich weg.«

Mihai musterte ihn unentschlossen. Aber dann hörte er Alinas Schluchzen aus dem Wohnzimmer. Er machte einen Schritt nach hinten und sah David an.

»Willst du meinen Rat? Fahr nach Hause, bevor es zu spät ist. Du befindest dich im freien Fall.«

»Hast du nicht selbst gesagt, dass graues Haar kein Garant für Weisheit ist?«

Der Alte nickte resigniert. »Viel Glück bei allem ...«

Die Tür fiel ins Schloss. David stand auf dem Treppenabsatz, das dröhnende Echo des Knalls in den Ohren, gefolgt von dem Vakuum der Stille, im freien Fall.

David lief ziellos durch die Straßen. Die Stadt wirkte feindlich und kalt, die Schneeflocken wirbelten um ihn herum. Er musste sich irgendeinen Unterschlupf suchen, aber die Vorstellung von einer Nacht in einem Bushäuschen oder am Bahnhof war nicht sehr verlockend. Dort lief er Gefahr, von der Polizei eingesammelt und in eine Ausnüchterungszelle gesteckt zu werden. Und, was noch schlimmer war, die Fotos von Nicó Krause waren auch in den rumänischen Polizeikreisen im Umlauf. Sowie das Wissen um die Belohnung.

Er zündete sich eine Zigarette an, in der Hoffnung, sich ein bisschen warm zu rauchen. Der Wind wirbelte ihm die Ascheflocken ins Gesicht, und er handelte sich einen abschätzigen Blick von einem Türsteher an einem hell erleuchteten Eingang eines Hotels ein.

Irgendwann wurde die Kälte unerträglich. Die Akkus von Handy und Smartwatch waren tot, er musste sich also auf seinen Ortssinn verlassen. Auf wackeligen Beinen lief er zurück an den Ort, wo der ganze Albtraum begonnen hatte. Eine halbe

Stunde später schleppte David sich durch die immer noch offene, quietschende Brandschutztür der Praxis.

Das Personal hatte also offenbar noch nicht entdeckt, dass sich hier jemand rausgeschlichen hatte.

In dem kleinen Kellerraum lehnte er sich erschöpft an die Wand zum Heizraum. Die Wärme der rauen Betonfläche strömte in Wellen durch seinen unterkühlten Körper. Ein fast schmerzhafter Genuss. Ihm kamen vor Erleichterung die Tränen.

Später holte er Reinigungsalkohol und Mullbinden aus dem Lagerraum und hängte sein Handy und seine Smartwatch ans Ladegerät. Er spülte seine Verletzungen über dem Handwaschbecken aus und sah bräunliche Wirbel von Blut und Dreck im Abfluss verschwinden. Die aufgeplatzten Nähte bluteten wieder. Er holte Nadel und Faden und nähte die Wundränder zusammen. Danach verpflasterte er die Stiche an Hals und Kinn mit vor Erschöpfung zitternden Händen.

Zusammengekrümmt in seinem Schlafsack aß er in kleinen Bissen, um sich nicht zu erbrechen, seinen letzten Proteinriegel.

Er schloss die Augen und dachte an die Konfrontation mit Volos, an das vage Gefühl, dass irgendetwas nicht stimmte, und dass es ihn eigentlich mehr interessieren, mehr umtreiben müsste, was das sein könnte, aber er hatte einfach keine Kraft.

Er atmete die trockene, unterirdische Luft des Kellers ein.

Auf dem Weg in den Schlaf schwebte eine Parade körperloser Gesichter an ihm vorbei: Volos, Krank, Radu. Sie sprachen mit festgeschraubten Unterkiefern, die auf- und zuklappten wie bei Marionetten: *Es gibt ein Muster, und wir sind ein Teil davon.*

69

David wurde vom Geräusch dumpfer Schritte geweckt. Er schlug die Augen auf und lauschte schlaftrunken, wie das Praxispersonal über ihm hin und her lief.

Er zwängte sich aus dem Schlafsack und spritzte sich Wasser ins Gesicht und unter die Arme. In dem gesplitterten Spiegel über dem Handwaschbecken sah er ein bisschen aus wie Christian Bale in *Der Maschinist*. Der ohnehin schon schlanke Schauspieler hatte mit einer Diät aus schwarzem Kaffee, einem Apfel und einer Dose Thunfisch pro Tag neunundzwanzig Kilo abgenommen. David hatte bei seiner Ankunft hier auch kein überflüssiges Fett auf den Rippen gehabt. Die Tage und Nächte ohne Essen und Schlaf zehrten ganz schön an seinen spärlichen Reserven.

Er packte eilig seine Sachen zusammen und verließ unbemerkt die Praxis. Ein Stück die Straße runter lag ein McDonald's, wo er sich einen Kaffee und drei Burger zum Frühstück gönnte. Danach fühlte er sich gleich viel besser, geradezu erholt.

»Du klingst erschöpft, David.«

Sein Blick flackerte durch das leere Lokal. »Ich musste einfach deine Stimme hören«, sagte er.

Theresa seufzte. »Das ist lieb von dir. Und ich freue mich, von dir zu hören.«

»Aber ...?«

Ihre Stimme bekam einen lebhaften Ton. »Warum kommst du nicht einfach zurück? Jetzt. Wir packen unsere Sachen und fahren weit weg. An einen Ort, wo niemand uns findet.«

»Darüber haben wir doch schon gesprochen. Ich will kein Leben auf der Flucht.«

»Das hast du gesagt, ja.« Ihre Stimme war wieder distanzierter. »Aber vielleicht ist der eigentliche Grund ja ein ganz anderer. Vielleicht geht es dir wie den Soldaten, für die der Krieg zur Sucht geworden ist.«

»Jetzt bist du unfair. Ich wünsche mir nichts sehnlicher, als in Ruhe und Frieden mit dir und Silja zu leben.«

»Hier oben gibt es nichts anderes als Ruhe und Frieden. Aber du hast die erste Gelegenheit ergriffen, dich in eine Kriegszone zu stürzen.«

»Theresa, das Gespräch möchte ich jetzt nicht mit dir führen.«

»Und was soll ich Silja sagen, wenn du nicht zurückkommst?«

»Die Wahrheit.«

»Das ist leider das Problem. Ich bin mir nicht mehr sicher, was die Wahrheit ist.«

Nachdem sie das Gespräch beendet hatten, lagen David die Burger und der Kaffee wie ein Stein im Magen.

Trotzdem rief er die zweite Person auf seiner Liste an.

»David, bist du das? Du klingst angeschlagen.«

»Danke der Nachfrage, James. Ich muss dich bitten, eine Person für mich zu überprüfen.«

»In welchem Zusammenhang?«

»Ziehst du es nicht vor, so wenig wie möglich zu wissen?«

Der Brite schwieg ein paar Sekunden. »Schieß los.«

»Auf mehreren Fotografien, die du mir geschickt hast, ist Volos in Gesellschaft eines Mannes in einem Anzug zu sehen. Ich bräuchte seine Identität.«

»Sorry, David, dafür müsste er durch unsere biometrische Software geschickt werden. Und das würde eine digitale Spur hinterlassen, die ich nicht schönreden könnte.«

»Bist du nicht der Chef?«

»Ja, und das würde ich auch gerne bleiben. Warum ist der Anzugträger so interessant?«

David überlegte, wie er James auf einfachste Weise erklären konnte, dass er einen Deal mit einem Irren gemacht hatte, der in der Kloake lebte und sich wie ein König aufführte.

»Du hörst von mir.«

David beendete das Gespräch und stand auf. Er überquerte die Straße und ging in einen Tankstellenshop, um eine neue Schirmmütze und eine Brille ohne Sehstärke mit dickem Gestell zu kaufen. In den folgenden Stunden bewegte er sich in den Randbereichen der Stadt. Der Morgenverkehr glitt in einem monotonen Südseemuschelrauschen vorbei.

So konnte er am besten nachdenken: in Bewegung und mit frischer Luft in den Lungen. Er hatte die volle Komplexität von Volos' Plan noch immer nicht ganz durchschaut. Und war sich auch nicht sicher, warum ihm das so wichtig war. Aber in seinem Kopf baumelten weiter ein paar lose Enden, was ihn zu einer kurzen Wahrscheinlichkeitsrechnung veranlasste.

Erstens: Wieso ausgerechnet Radu? Laut Volos war er ein zufälliges Opfer. Aber das war im Lichte des komplexen Plans betrachtet eher unwahrscheinlich. Aus welchem triftigen Grund also war die Wahl auf Radu gefallen? Er war ein ganz gewöhnlicher Polizeibeamter ohne eine besonders einflussreiche Stellung. Er hatte keinen angekratzten Ruf wie viele seiner Kollegen. Aber er hatte ein paar Ermittlungen auf eigene Faust betrieben. Vielleicht war er etwas auf die Spur gekommen, das Volos' Geschäften Sand ins Getriebe streuen könnte. Etwas, das sofortige Maßnahmen erforderte.

Zweitens: Gab es eine Erklärung in Radus Privatleben? Zwei Schlüsselbereiche zogen die Leute in Volos' Magnetfeld. Drogen und Spielschulden. Laut Alina war Radu ein liebevoller und verantwortungsbewusster Ehemann und Vater. Und sie wirkte glaubwürdig und stabil. Definitiv nicht der Typ, der dramatisierte oder untertrieb, wenn es ein ernsthaftes Problem gegeben hätte. Aber es war eben auch *ihre* persönliche Wahrheit über Radu. Und Menschen hatten nicht nur Geheimnisse. Sie hatten auch unterschiedliche Wahrheiten. Der untreue Partner, der seine Affäre damit rechtfertigte, dass er sich zu Hause nicht beachtet fühlte. Der Süchtige, der sich schwor, dass das die letzte Wette war, der letzte Schuss. Radu könnte durchaus ein Doppelleben geführt haben, von dem Alina nichts wusste. War Radus Tod die Strafe für Schulden oder ein verbotenes Geschäft?

Und drittens: Volos war niemals persönlich an öffentlichen Bestrafungen beteiligt. Okay, in diesem Fall schon, weil es persönlich war und er David in die Augen sehen wollte. Und die Männer hatten ihn als zusätzliche Sicherheitsmaßnahme zuerst auf das einsame Brachgelände gefahren, um mögliche Verfolger ans Licht zu locken, bevor sie zurück in die Fabrik fuhren. Aber Volos wirkte so selbstsicher, so unbekümmert. Obwohl er wusste, dass David ein verdeckter Ermittler war. Und dass die Entführung eine Hochrisiko-Operation war.

Irgendetwas an dem Set-up hakte.

Zweifeln, suchen, suchen, zweifeln.

Vielleicht hatte David sich unbewusst den schwersten Punkt bis zum Schluss aufgehoben. Den Anzugträger. Er hatte Krank zugesagt, den Mann mit der unbekannten Identität, der unbekannten Adresse und der unbekannten Nationalität aufzuspüren. Und es erschöpfte ihn schon, überhaupt einen Ansatzpunkt zu finden.

Theresas Worte hallten wie ein Echo durch seinen Hirnnebel. *Wir packen unsere Sachen und reisen weit weg. An einen Ort, wo niemand uns findet.*

David merkte, dass er abwesend mit einem Gegenstand in seiner Tasche gespielt hatte. Er zog Radus Ehering heraus. Das Silber hatte haarfeine Rillen und Kerben. Wie eine Ehe glitt er neu und glänzend an den Finger und wurde vom Zahn der Zeit angenagt. Manche hielten die Schläge aus und blieben zusammen, andere kauften neue Ringe für neue Finger. David folgte einer spontanen Eingebung und winkte ein Taxi an den Straßenrand.

70

David ließ sich vor der Kaffeebar absetzen. Er schaute durch die dreckverschmierten Fenster. Ein paar wenige Deckenlampen brannten, aber die Tische und Stühle waren leer. Er öffnete die Tür und rief in das schlecht gelüftete Lokal. Keine Antwort. Die Flachbildschirme an der hinteren Wand flimmerten ohne Ton. Er lief über den klebrigen Boden und hob die Tresenklappe an. Das Glas mit den Eheringen klirrte, als er Radus Ring zu den anderen gestrandeten Schicksalen warf.

David stand eine Schweigeminute vor dem Glas. Es schien ihm das Richtige, das zu tun. Ein Polizeikollege war ums Leben gekommen.

Hinter ihm ertönte ein metallisches Klicken. David hob langsam die Hände über den Kopf und drehte sich um. Der abgesägte Doppellauf einer Schrotflinte zielte direkt auf seinen Nabel.

»Ich suche keinen Streit. Die Tür war offen«, sagte David.

Der Wirt, nach Schweiß stinkend und kräftig, grinste ihn breit an und entblößte einen goldenen Schneidezahn.

»Was aber nicht heißt, dass sie für dich offen ist.«

»Ich bin Mihais Freund, ich war vor ein paar Tagen mit ihm zusammen hier.«

»Mihai hat keine Freunde.«

David verzog das Gesicht. Zur Hölle mit all den versoffenen und bewaffneten alten Männern, mit denen er sich in letzter Zeit herumschlagen musste.

»Ich habe nur den Ehering eines Freundes abgeliefert, der vor Kurzem gestorben ist. Mir ist nichts Besseres eingefallen, als ihn hierherzubringen.«

»Die Freundschaft scheint ja nicht sehr eng gewesen zu sein, wenn du seinen Ring in meine Bar bringst.«

»Sie haben hier jeden Tag eine Handvoll Stammgäste. Einen Wert wird Ihr Lokal schon haben.«

Der Wirt gab einen undefinierbaren Grunzlaut von sich und schwang die Flinte über die Schulter. Er zeigte mit einem Nicken auf das Regal hinter David. »Zwei Shotgläser.«

»Ich will nichts …«

Der Wirt senkte die Flinte wieder. David stellte eilig zwei Shotgläser auf die Theke, nahm die erste Flasche, die er in die Hände bekam, und schenkte ein.

»*Noroc!*« Der Wirt kippte den Shot in einem Schluck herunter. David nutzte den unterbrochenen Augenkontakt, um den Inhalt seines Glases in das Becken zu kippen, ehe er es an die Lippen setzte.

»Was ist das zwischen dir und Mihai?« Der Wirt sprach laut und spuckeintensiv. »Mischst du jetzt bei seinen miesen Geschäften mit?«

»Ich bin eingesprungen, weil sein fester Partner verhindert war.«

»Mihai hat keinen festen Partner.«

Der Wirt schenkte nach und trank. David wiederholte die Nummer von eben und leerte unbemerkt das Glas aus.

»Bist du Soldat?«

»Ich war beim Militär«, sagte David.

»Das ist Bullshit, oder? Als Soldat kriegst du die Verantwortung, Leben zu retten, indem dir die Macht eingeräumt wird, Leben zu nehmen. Dabei geht's doch am Anfang um nichts anderes, als Mösen aufzureißen und seine Waffe abzufeuern.« Die kohleschwarzen Dracula-Augenbrauen unterstrichen ausdrucksvoll und in ständiger Bewegung, was er sagte. »Und dann wird man rausgeschickt.«

David nickte. »Nicht jeder eignet sich für den Krieg.«

Der Wirt kippte noch einen Shot herunter und versank allmählich in seinem eigenen Säufernebel. »In der Kriegszone erlebt man komprimiert und in einem roten Blitz alles, was verkehrt läuft in der Welt. Und hinterher braucht man den Rest seines Lebens, um darüber hinwegzukommen.«

»Aber man muss nicht in seinem Trauma stecken bleiben. Es gibt Hilfe.«

»Bullshit! Nur die Toten erleben das Ende des Krieges.«

David nahm seine Mütze ab und kratzte sich am Kopf. »Sie lehnen jede Hilfe ab? Genau wie Mihai.«

»Mihai? Er ist ein knauseriger Dreckskerl, aber er hat nicht verdient, was ihm widerfahren ist. Das hat niemand.«

»Seine Familie«, sagte David ernst. »Haben Sie die noch kennengelernt?«

»Ob ich sie *noch* kennengelernt habe?«

»Ja, bevor sie ermordet wurden.«

Der Wirt sah ihn fragend an. »Ermordet? Soweit ich weiß, sind sie gesund und munter.«

David sah den Wirt an, ohne eine Miene zu verziehen.

»Sie leben? Warum erzählt er mir dann, dass sie tot sind?«

»Weil er seiner Frau nicht mehr in die Augen sehen kann. Das würde kein Mann in seiner tragischen Lage können.«

»Und was ist das für eine Lage?«

Der Wirt drückte sein Glas an die Unterlippe. Sein Blick war jetzt ganz wach. »Hat er das nicht erzählt?«

David schüttelte den Kopf.

»Mihai ist in den nördlichen Sudan entsandt worden. Frag mich nicht, was zum Teufel sie dort in dieser Hölle auf Erden gemacht haben. Seine Einheit ist in einer Grauzone mit ein paar Rebellen der Liberation Army zusammengestoßen. Keine Chance, Unterstützung aus der Luft zu rufen. Mihai hat als Einziger das Feuergefecht überlebt. Die Rebellen haben ihn gezwungen, zuzusehen, wie sie seine Kameraden als Opfer an ihren Kriegsgott zerstückelt haben. In dem Dschungellager der Rebellen gab es kein Gefängnis, also haben sie ihn in ein Loch in der Erde gesteckt. Tagelang hat er unter einer Decke blutsaugender Fliegen verbracht. In der Nähe des Lochs war ein Hund angekettet, der Tag und Nacht geheult hat. Der Lärm hat Mihai wahnsinnig gemacht. Er hat die Rebellen angefleht, den Köter wegzunehmen. Sie haben gesagt, der Hund habe einfach nur Hunger, aber es gäbe nichts zu fressen. Dafür gab es Drogen und Alkohol im Überfluss. Die Kindersoldaten hatten einen besonders hohen Verbrauch an Bangi, das ihnen half, den Tag zu vergessen, an dem die Liberation Army ihr Dorf gestürmt hatte. Viele der Jungen hatten gesehen, wie ihre Eltern geköpft und ihre Schwestern gruppenvergewaltigt wurden. Manche Väter waren gezwungen worden, sich an ihren eigenen Töchtern zu vergreifen. Die Mädchen, die das überlebt haben, mussten sich auf die Erde legen, damit die gleißende Sonne ihre besudelten Körper reinbrennen konnte.«

David goss Rum in sein Glas und schluckte die ätzende Flüssigkeit hinunter.

»Warum malst du die Details so aus?«

Der Wirt sah David mit feuchten Augen an. »Verstehst du, das waren keine Menschen, die Mihai das angetan haben. Die erwachsenen Soldaten haben diese Jungen zu kleinen Teufeln gemacht.«

»Was ist dann passiert?«

»In einer Nacht sind die Rebellen auf Bangi Amok gelaufen. Es wurden spontane Hinrichtungen durchgeführt und Messerkämpfe bis zum Tod arrangiert. Mitten in dem Höllentanz ist ihnen ihr Gefangener wieder eingefallen. Sie haben Mihai aus seinem Loch gezerrt und ihm eine Machete in die Hand gedrückt. Die Spielregeln waren simpel: Stich dir die Augen aus oder hack deine Männlichkeit ab. Hätte er sich geweigert, hätte die aufgepeitschte Schar beides für ihn erledigt. Und Mihai kannte die afrikanische Miliz. Er wusste, dass sie es ernst meinten. Also hat er seine Wahl getroffen.« Der Wirt schob sein Glas weg. Der Alkohol schmeckte ihm nicht mehr. »Der ausgemergelte Hund hat in der Nacht nach langer Zeit mal wieder was zu fressen gekriegt.«

Davids Wangen glühten. Wie die anderen Kriegsveteranen hatte Mihai seinen Ring in das Glas geschmissen, weil er seiner Frau nicht mehr in die Augen sehen konnte. Aber trotzdem unterschied Mihai sich von ihnen. Er schämte sich nicht nur für das, was er im Krieg getan hatte. Er schämte sich für das, was der Krieg ihm angetan hatte.

Der Wirt zupfte an dem Flickenlappen auf seiner Schulter.

»Mihai wird jede Nacht die Gesichter der Rebellen sehen, bis er stirbt. Wie gesagt: Nur die Toten erleben das Ende des Krieges.«

David schwirrte der Kopf, als er vor der Kaffeebar auf ein Taxi wartete. Ein Polizeiwagen fuhr langsam die Straße herunter. Er neigte den Kopf nach vorn, um sicherzugehen, dass sein Schal sein verpflastertes Kinn bedeckte.

Der Wagen fuhr vorbei.

David fühlte sich exponiert. Bis zum Einbruch der Dunkelheit musste er sich bedeckt halten. Endlich kam das Taxi. Die Rückbank war mit Gaffatape geflickt, und es roch muffig in der Kabine, was der Fahrer mit Kokoslufterfrischer zu übertönen versuchte. Er kurbelte die hintere Scheibe etwas herunter und versuchte mit aller Macht, nicht an Mihais brutale Geschichte zu denken. Stattdessen lenkte er seine Gedanken auf das, was er sonst noch aus der Unterhaltung mit dem Wirt mitgenommen hatte. *Das Gesicht eines Tyrannen vergisst man niemals.* Und David kam ein Mensch in dieser Stadt in den Sinn, der ganz bestimmt Nicó Krauses Gesicht vor sich sah, wenn er nachts die Augen schloss.

71

Das Fünf-Sterne-Hotel Tresor le Palais erinnerte mit dem beigen Putz, den gebogenen Giebeln, den Sprossenfenstern und dem verwinkelten Ziegeldach an eine große römische Villa. Die mittlere Etage war eine von Säulen gesäumte Balkonetage mit einem schmiedeeisernen Geländer und vier Meter hohen Fenstern.

Der Haupteingang war hell erleuchtet. Von seinem Versteck auf dem Parkplatz konnte David bis zur rund um die Uhr geöffneten Rezeption schauen. Hinter dem Tresen stand eine junge Frau mit blassem Gesicht im Schein eines Telefondisplays. Er schaute auf die Uhr. Drei Minuten nach zwei. Er konnte nur ein erleuchtetes Fenster im ersten Stock sehen.

Er erwog ein letztes Mal die Alternativen zu einem Einbruch in das erste Hotel der Stadt. Die Entscheidung fiel nicht schwer. Es gab keine.

Er lief vornübergebeugt über den Rasen zum Außenpool. In seiner Rolle als Nicó Krause war er ein paar Mal zum Schuldeneintreiben im Hotel gewesen. Daher wusste er auch, dass der Hotelmanager auf der Ostseite des Hotels ein privates Büro hatte. Der arme Wicht versniffte und verspielte mehr, als er sich leisten konnte, dazu war er ein arroganter Drecksack, und eine der Eintreibungen war ziemlich brutal abgelaufen. David setzte darauf, dass sich Nicós Gesicht auf der Netzhaut des Managers eingebrannt hatte.

David bog um die Ecke und glitt lautlos an der Mauer entlang bis zum Fenster zu dem Büro. Hinter der Seidengardine brannte Licht. Es war jemand dort. Er sprang in den Schatten, als direkt über seinem Kopf ein automatisches Licht anging. Er hielt die Luft an und blieb reglos stehen. Wartete. In der Ferne bellte ein Hund. Das Licht ging wieder aus.

Er verstaute Mütze und Brille im Rucksack und stellte ihn auf den Boden. Dann klopfte er dreimal kurz an die Scheibe und trat ein paar Schritte zurück.

Die Gardine wurde aufgezogen. Der Hotelmanager schaute verwirrt sein eigenes Spiegelbild in der Scheibe an, ohne die Gestalt im Dunkeln zu sehen. Er sah genauso aus, wie David ihn in Erinnerung hatte: Das schwarze Haar glatt über die Stirn gekämmt, schmale Schultern in einem eng geschnittenen Blazer und ein verkniffener, lippenloser Mund. Aber sein Teint war gesünder als früher, die Haltung aufrechter.

David trat dicht vor das Fenster. Der Manager riss die Augen auf, die erschrocken zuckten, als er die aus dem Nichts auftauchende Gestalt anstarrte. Nachdem der erste Schreck sich gelegt hatte, glaubte David in den Augen ein Zeichen des Wiedererkennens zu sehen.

Der Manager öffnete das Fenster einen Spaltbreit.

»Ich hab nichts mehr mit euch zu schaffen!«, keuchte er. »Ich bin clean, und das schon seit fast einem Jahr.«

David riss das Fenster ganz auf und grub Nicós Stimme aus der Vergessenheit aus.

»Hör zu, du kleine Wanze. Du lässt mich jetzt sofort rein!«

»Leck mich! Meine Schuld ist beglichen.«

David legte die Stirn in Falten. Der Manager ließ sich nicht einschüchtern. Er war selbstbewusster geworden, autoritärer. Weil er clean und schuldenfrei war? Oder aus einem anderen Grund? Davids Blick fiel auf einen Bilderrahmen auf dem Schreibtisch. Der Manager eng umschlungen mit einer hübschen und sehr viel jüngeren Braut in Weiß. An seinem Ringfinger blinkte ein unverschrammter Goldring. Nicht wie Radus. Noch lag die Welt dem frisch verheirateten Paar zu Füßen.

»Ich brauche Informationen. Auf welche Weise auch immer«, sagte David.

Der Manager lachte bitter. »Ein simpler Gorilla, der mit Backpfeifen droht. Das ist doch erbärmlich primitiv. Wir sind fertig. Außer, Sie wollen ein Zimmer. Zum vollen Preis, natürlich.«

Der Manager machte Anstalten, das Fenster zu schließen, aber David schob seine Hand dazwischen. »Erinnerst du dich, als wir hier in deinem Büro mit den polnischen Stewardessen gefeiert haben?«

»Wie bitte?«

»Du hast dich munter an den trockenen Waren bedient, daher wundert es mich nicht, wenn dein Gedächtnis lückenhaft ist. Zum Glück habe ich ein paar Fotos, die es auffrischen können. Und vielleicht auch das deiner jungen Braut? Hübsch. Wie alt ist sie? Zweiundzwanzig? Dreiundzwanzig? Sie findet doch jederzeit jemand Neuen. Du auch?«

»Und was ist dabei, dass ich eine Stewardess gefickt habe?«

»Es war die Stewardess, die dich gefickt hat. Vergnügen deine Frau und du euch auch mit Strap-ons?«

Der Manager starrte David an, wieder reduziert auf sein altes, blasses Ich. »Sie bluffen.«

David zuckte mit den Schultern. »Nenn es einen Taktikwechsel. Ich war vorher wohl einen Tick zu primitiv.«

Der Manager sackte in sich zusammen. Wie bei jedem anderen Süchtigen war sein kokaingebeiztes Hirn voller schwarzer Löcher. Nichts konnte passiert sein. Alles konnte passiert sein. Das war das Einzige, was er mit Sicherheit wissen konnte.

David schaute dem Manager über die Schulter, als er sich auf seinem Computer ins System einloggte.

»Was brauchen Sie?«, fragte er seufzend.

David befeuchtete seine Lippen. Er hatte den Abend damit verbracht, die Daten auf den Fotos von Volos und dem Anzugträger zu überprüfen, die er von James bekommen hatte. Demnach hatte das Treffen auf dem Bauplatz am 9. Dezember stattgefunden. Und der Koloss brachte seine besonderen Gäste immer in diesem Hotel unter.

»Ich brauche eine Liste aller Männer, die am 9. Dezember letzten Jahres allein im Hotel eingecheckt haben«, sagte David.

Der Manager öffnete mit einem Doppelklick das gewünschte Datum in seinem Kalendersystem.

»Wir hatten an dem Datum drei allein reisende männliche Gäste.«

David notierte sich die drei Namen auf dem Handy. Was noch keine Garantie auf Erfolg war. Der Anzugträger konnte genauso gut am gleichen Abend wieder abgeflogen sein, unter einem Alias eingecheckt haben, oder das Szenario war ein ganz anderes. Eine Möglichkeit gab es jedoch, das zu überprüfen.

»Wie sieht es mit der Gästeliste für den 4. September 2020 aus?«

Der Manager drehte sich um. »Das ist lange her.«

»Nicht für mich. Überprüfen Sie das.«

Während der Manager sich auf die Suche machte, dachte David an den ereignisreichen Tag zurück. Er war mit Volos zum Flughafen gefahren, um den Anzugträger abzuholen. Auf dem Rückweg hatte er die beiden im Tresor le Palais abgesetzt. Aber in sein Gedächtnis eingebrannt war das Datum aus einem ganz anderen Grund. Es war auch der Tag seiner Flucht mit Theresa. Und von Mikrus Tod.

»Da haben wir's«, sagte der Manager.

David beugte sich vor. Einer der drei Namen tauchte bei beiden Daten auf. Er hatte seinen Anzugträger gefunden.

»Sind wir fertig?«, fragte der Manager ängstlich.

»Ein Letztes noch: Gibt es in näherer Zukunft eine Reservierung unter dem Namen Artem Tsoi?«

Der Manager setzte zu einem Protest an, überlegte es sich dann aber anders und gab den Namen ins Suchfeld ein.

»Da.« Er zeigte auf den Bildschirm. »Er hat für übermorgen ein Zimmer gebucht.«

David richtete sich auf. Zwei Tage. Das war nicht viel Zeit. Aber was erwartete er denn? Diese Stadt schenkte ihm nichts. Alles musste kompliziert sein.

»Kann ich mich darauf verlassen, dass die Fotos niemals ans Tageslicht kommen?«, fragte der Manager mit feuchten Augen. Vielleicht war die Ehe mit der viel jüngeren Frau ja tatsächlich eine Liebesheirat. Oder vielleicht klammerte er sich auch, wie die meisten Süchtigen, an die fixe Idee, dass sie ihn mit ihrer Unschuld von seinem Selbsthass und dem Verlangen heilen konnte.

»Unser Treffen heute Nacht hat nie stattgefunden«, sagte David. »Wenn Sie die Klappe halten, verspreche ich, dass Sie nie wieder von mir hören.«

Zurück auf dem Parkplatz, schrieb David eine SMS auf dem Mobiltelefon, das er von Krank bekommen hatte. Er musste vorher die fettig verschmierten Tasten freikratzen.

Volos' Bauprojekt wird übermorgen annulliert. Jetzt bist du mit deinem Teil des Deals dran.

Die Antwort kam nach wenigen Sekunden. David starrte auf das Display.

Ein Zeichen:

Er hatte keinen Schimmer, was das bedeutete.

Ein kurzer Stromausfall in der Laterne sorgte für flackerndes Licht.

72

Stein saugte den letzten Schaumrest auf und fuchtelte mit dem leeren Glas vor dem Wirt herum.

»Hast du noch nicht genug für heute Abend, Stein?«

»Ich schick dir morgen meine Antwort«, lallte er. »Bier!«

Der Wirt hielt kopfschüttelnd das Glas unter den Zapfhahn. Stein nahm die anderen Gäste kaum wahr in der Kneipe mit dem fehlplatzierten Seefahrtsthema und dem in der Luft hängenden Dunst von Elchfrikadellen, die heute auf der Speisekarte gestanden hatten. Ein metallisches Kreischen tönte über den normalen Kneipenlärm hinweg, als Pferde-Sonja den einarmigen Banditen bearbeitete, wie sie bestimmt auch ihren Prämienhengst auf dem Gestüt bearbeitete.

Das Geräusch machte Stein aggressiv. In ihm baute sich ein schwarzer, explosiver Überdruck auf, der ihn hin und wieder dazu zwang, hoch in die Berge zu fahren und mit den Zähnen die Rinde von den Bäumen zu reißen und laut schreiend die ganze Welt mit all ihren glücklich lächelnden Menschen zur Hölle zu wünschen.

Aber er schluckte die Wut herunter. Er war ein gezeichneter Mann. Die Gerüchteküche im Ort brodelte. Und er kriegte den Zusammenstoß mit der dänischen Frau nicht aus dem Kopf, der dort in Endlosschleife wie ein viraler YouTube-Clip lief. Aber er traute sich auch nicht nach Hause. Er kannte seine Nachbarn und ihr verfluchtes Mundwerk. Der Tratsch würde in seiner Abwesenheit nur noch schlimmer werden.

Das frisch gezapfte Bier landete vor ihm auf dem Tisch. Er versenkte die Oberlippe im weißen Schaum und hörte die kehligen Schlucklaute wie kurze Schluchzer.

Er dachte an die anderen Frauen, die es vor der Dänin gegeben hatte. Bei einer von ihnen hatte er wirklich geglaubt, er hätte eine Chance. Sie hatten das Wochenende zusammen verbracht, lange Spaziergänge gemacht, am Berg gepicknickt, Händchen gehalten. Danach hatte sie nicht auf seine SMS geantwortet. Oder seine Anrufe. Am Ende war er zu ihr gefahren und hatte auf Knien um eine Antwort gebettelt, wieso sie ihn nicht mehr wollte. Aufrichtig verwirrt hatte die Frau geantwortet, dass sie erst mal unverbindlich datete und den Markt abcheckte. So, wie es alle machen.

Stein hatte es nicht über die Lippen gebracht, ihr zu sagen, dass es für einen wie ihn keinen Markt gab. Dass er als Teenager zugesehen hatte, wie die coolen Jungs die Mädchen auf ihren Mopeds mitgenommen hatten, und sehnsüchtig hinter ihren drallen Hintern hergesehen hatte, mit harter Erektion und Tränen in den Augen.

Mit der Zeit waren Steins Tränen zu Eis gefroren.

Aus den Mädchen waren Frauen geworden und er zu einem Mann, der immer übersehen, immer abserviert wurde. Zuletzt von der Dänin. Verdammte Schlampe! Wie er sie hasste. Und alle Männer, die Frauen wie sie kriegen konnten. Schlampen, alle zusammen.

»Wie wär's mit ein bisschen Gesellschaft?«

Er zuckte zusammen. Er hatte überhaupt nicht mitbekommen, dass sich jemand auf den Barhocker neben ihn gesetzt hatte. Es war der Fremde. Mit den schicken Klamotten an dem durchtrainierten Körper, der bestimmt halb Oslo gevögelt hatte.

»Ich trinke heute alleine«, nuschelte Stein.

»Das Problem mit dem Ertränken seiner Sorgen ist, dass sie oft schwimmen lernen.«

Stein saugte den Schaum von seinem Bier.

»Bist du Suchtberater, oder was?«

Der Mann winkte den Wirt zu sich. »Zwei Whisky. *Neat.* Und ein frisches Bier für meinen Freund. Nein, ich will nur Gesellschaft.«

»Gibt's einen Grund zu feiern?«

»Gewissermaßen. Ich hatte heute einen Durchbruch. Bei meiner Arbeit.«

»Was machst du beruflich?«

Das Whiskyglas ruhte an seinen Lippen. »Liquidierung.«

»Du bist sicher ein gefragter Mann.«

»Die Leute reagieren auf zwei Arten, wenn ich ihnen ihre ... Existenz nehme.«

»Die da wären?«

»Ein paar leisten Widerstand. Aber die meisten geben auf, lassen es geschehen.« Er schüttelte resigniert den Kopf. »Findest du nicht, dass man kämpfen sollte für das, was einem wirklich wichtig ist?«

Stein klaubte einen sabberigen Snusbeutel unter der Oberlippe heraus und ließ ihn auf den Boden fallen.

»Was soll man machen? Meistens wollen die Leute nicht dasselbe wie man selbst.«

»Aber gibt das ihnen das Recht, dich auch noch zu treten? Dass du dich wie Abfall fühlst?«

Stein schielte den Fremden an. Schlagfertigkeit und schnelles Denken waren noch nie seine Stärken gewesen. Er war nicht dumm, aber manchmal dauerte es halt etwas länger, bis er die Pointe verstand. Und in diesem Augenblick war er sich überhaupt nicht sicher, worüber sie eigentlich sprachen.

Der Mann lehnte sich zu Stein rüber und dämpfte die Stimme.

»Ich habe dich heute gesehen. Mit der Frau. Ich habe gesehen, wie sie dich zermalmt hat wie ein Insekt. Und ich habe auch gesehen, wie sie gelacht hat, als sie hinterher weggefahren ist. Als wäre nichts gewesen. Als wärst du ein ... Nichts.«

Stein mochte es nicht, dass ihm der Typ so auf die Pelle rückte, sein schweres Parfum. Aber er saß wie angenagelt auf seinem Hocker. Der Mann musterte ihn mit großen, dunklen Augen. So etwas erlebte Stein nur selten. Dass er auf diese Weise angesehen wurde. Gesehen wurde. Etwas in ihm begann zu wachsen. Bitter und schwer und schwarz. Aber es war keine Wut. Er war ganz kalt und klar im Kopf. Mächtig.

»Was willst du tun, Stein? Wie willst du das Gleichgewicht wiederherstellen?«

»Ich ...«

»Sag es.«

»Ich will ihr eine Lektion erteilen.«

»Ja?«

Stein kippte seinen Whisky runter, spürte den starken Alkohol in der Speiseröhre brennen.

»Sie soll sich, verdammt noch mal, für den Rest ihres Lebens an mich erinnern!«

73

Nach einem unruhigen Schlaf schlich David sich im Morgengrauen aus der Praxis. Einzelne Autos rauschten in Schneematschkaskaden vorbei. Am Himmel riss der Wind die Wolken auseinander und legte dunkelgraue Himmelsfetzen frei.

Er bestellte ein Frühstück bei McDonald's und setzte sich an einen Ecktisch mit Ausblick auf den ganzen Restaurantbereich.

Er wählte James' Nummer und wurde gleich auf die Mailbox weitergeleitet. Er wollte gerade im Büro des Briten anrufen, als das Handy in seiner Hand vibrierte. Er legte es ans Ohr.

»David? Bist du das?«

David hielt das Handy ein paar Zentimeter vom Ohr weg. James' Stimme klang aufgeregt.

»Ja? Warum klingst du so aufgeregt?«

»Ich habe heute Nacht kein Auge zugetan. Ich hab ein ganz schlechtes Gefühl.«

»Das ist rührend, aber ich hätte da noch mal eine eilige Angelegenheit.«

»Ich habe gesagt, dass ich deinen Anzugträger nicht identifizieren kann.«

»Artem Tsoi. Das ist sein Name. Jetzt kannst du ihn checken.«

»Also …«, setzte James an, hielt inne, wartete und fuhr etwas ruhiger fort: »Was geht da unten eigentlich ab? Ich verliere allmählich den roten Faden.«

»Ich bin ganz dicht dran. Volos ist bald Vergangenheit.«

James sagte einen Augenblick nichts.

»Wegen diesem Artem?«

»Ja. Volos plant ein gigantisches Bauprojekt in Temeswar. Als Drehscheibe für das Weißwaschen von Millionen von Euro. Dieser Artem Tsoi ist offensichtlich der einzige Mensch, der sich auf eine Zusammenarbeit mit Volos einlässt.«

»Woher hast du die Information?«

Zwei Männer mit Bürstenhaarschnitt und Halstattos kamen ins Restaurant und bestellten etwas an der Theke. Die geröteten Augen und die schleppende Körpersprache ließen darauf schließen, dass dies der Abschluss ihres Arbeitstages war. Nachttiere.

David senkte den Kopf, damit der Schirm seiner Mütze sein Gesicht verbarg.

»Überprüfst du ihn für mich? Ich krieg über Google nur raus, dass er tschechischer Unternehmer ist.«

»Ich schaue, was ich finde«, sagte James seufzend.

»Wenn's geht, heute. Und noch etwas: Könntest du für morgen die Ankünfte aus Tschechien in Temeswar checken?«

»Das kannst du selber über Momondo.«

Die zwei Männer, deren Gesichter in der künstlichen Beleuchtung fahl aussahen, setzten sich ein paar Tische von David entfernt hin und schielten ein bisschen zu neugierig zu ihm rüber.

»Mach es einfach. Und eine allerletzte Bitte«, sagte David schon im Aufstehen, als er sich den Rucksack über die Schulter schwang. »Was auch immer du über Artem herausfindest, würdest du mir das über deine Arbeitsmail schicken?«

74

Die Stoßdämpfer des Taxis, das David angehalten hatte, schienen schon lange nicht mehr zu funktionieren. Bei jedem Schlagloch auf dem Weg nach Pecica rasselte das religiöse Tingeltangel am Rückspiegel infernalisch. David schaute hinter die niedrige Leitplanke. Der Baumbestand auf dem Randstreifen wurde mit jedem Kilometer auf der A1 dichter, und als das Taxi schließlich von der E68 abfuhr, dauerte es nicht mehr lange, bis die Asphaltstraße auf einen verschneiten Waldweg durch einen dunklen Nadelwald mündete.

»Wie weit noch?«, fragte der Fahrer heiser auf Englisch.

»Noch ein Stück.«

Der dichte Nebel auf dem Weg vor ihnen absorbierte das Licht der Scheinwerfer. Die Stimme im Radio wurde von einem knisternden Rauschen verschluckt, bis sie ganz erstarb.

»Das ist mir zu riskant«, sagte der Fahrer. »Sie müssen von hier aus zu Fuß weiter.«

»Fahren Sie weiter. Ich verdoppele Ihren Tarif.«

Nach ein paar Kilometern öffnete sich die Landschaft, und der Himmel wurde weiter. Sie fuhren um die letzte Kurve und die Steigung hinauf bis zu der Stelle, wo David und Mihai die Kanister von Volos' Männern umgeladen hatten. Auf der einen Seite gähnte der Abhang, und am Fuß davon der eisige Schlund des Flusses.

Der Taxifahrer zog demonstrativ die Handbremse an.

»Was wollen Sie bloß hier draußen?«

»Campen«, sagte David. »Meine Kumpel erwarten mich schon mit Zelt und Schlafsäcken im Wald.«

Der Fahrer kniff ein Auge zu. »Und zu Hause in meinem Bett wartet Kim Kardashian auf mich.«

Das Taxi rollte rückwärts im Schneckentempo die Steigung hinunter, die Reifen weit genug vom Hang entfernt. Hinter den Bäumen verschwand der Wagen mit einem flimmernden Lichtstreifen. David schnallte den Rucksack fest und folgte der Scooterspur in den Wald.

Nach zwanzig Minuten Fußmarsch hatte er die Talsenke erreicht. Der Campingbus schwebte verbeult und metallisch in der Winterlandschaft.

David watete durch den kniehohen Schnee. Er war dabei, einen unverzeihlichen Vertrauensbruch zu begehen, von dem es kein Zurück mehr gab. Schämte er sich? Natürlich tat er das. Aber Prinzipien waren ein Luxus, den er sich in seiner momentanen Situation nicht leisten konnte.

Er stieg die wenigen Stufen hinauf und rüttelte am Türgriff. Verschlossen. Danach drehte er eine halbe Runde und spähte zwischen die Bäume, die wie eine schwarze, solide Mauer um ihn herum standen. Dort war niemand.

Er ging zurück zur Tür des Campingbusses und schwang den Ellbogen nach hinten. Die Scherben der kleinen Scheibe fielen klirrend drinnen auf den Boden. Er schob den Arm durch das Loch und schloss auf.

Im Camper war es kälter als an der frischen Luft. Das Winterlicht fiel farblos durch die verdreckten Scheiben auf Mihais heilloses Durcheinander. David bahnte sich einen Weg in die Fahrerkabine und inhalierte den schwachen Geruchmix aus Tabak und feuchten Socken. Er nahm sein Taschenmesser zur Hand. Mit der Klingenspitze löste er die Schrauben der Armatur und schob den Kopf in den Hohlraum unter der Kühlerhaube. Die Waffen schimmerten im Halbdunkel: Pistolen, kleine und große automatische Waffen, drei Messer mit Blutrillen,

Kisten mit Handgranaten, alle mögliche Munition und ein paar Knobelbecher und Würfel. Es roch scharf nach Öl und Schwefel.

David lächelte. Er konnte keine Bazooka sehen. Er griff nach einer kurzläufigen Pistole, dem Gewicht nach zu urteilen, mit vollem Magazin, aber das musste er im Tageslicht überprüfen.

Er schob sich wieder aus dem Hohlraum, legte die Pistole auf dem Beifahrersitz ab und schraubte die Armatur wieder fest. Es gefiel ihm gar nicht, Mihai zu beklauen. Er nahm sich fest vor, die Waffe zurückzugeben. Und den Schneescooter auch, den er ebenfalls auszuleihen gedachte.

Als er die Hand nach der Pistole ausstreckte, nahm er eine Gewichtsverlagerung im Boden hinter sich wahr und den kurzen Lauf einer Pistole in seinem Nacken.

»*Freeze, asshole.*« Die Stimme klang wie eine schlechte Imitation eines Actionhelden aus den Achtzigern.

David senkte kleinlaut den Kopf. »Ich kann das erklären.«

»Ich weiß nicht, ob ich es hören will«, flüsterte Mihai. »Ich könnte dringend mal wieder ein Schießtraining gebrauchen.«

»Ich hab mir nur eine Waffe genommen.«

»Wie viele von meinen fucking Pistolen hast du eigentlich schon verbaselt?«

»Kannst du bitte mit dem Dirty-Harry-Schauspiel aufhören?«

Der Pistolenlauf schubste Davids Kopf nach vorn.

»Wie kommst du darauf, dass ich schauspielere?«

»Weil ich hören kann, dass du dir das Lachen kaum verkneifen kannst.«

»Verdammt noch mal, Tom Juice.« Mihai lachte heiser. »Du weißt, dass ich heute eine Übergabe habe. Und brichst trotzdem in meine Datsche ein. Du bist echt ein liebenswerter Trottel.«

»Falsch. Ich bin hier, *weil* du heute eine Übergabe hast«, sagte David beherrscht. »Wärst du jetzt so nett, die fucking Pistole wegzunehmen?«

Obwohl die Klimaanlage auf höchster Stufe lief, verteilte das ratternde Gerät nur die kalte Luft im Camper. David und Mihai saßen an dem Klapptisch und versuchten, sich an einer Tasse Pulverkaffee aufzuwärmen.

»Du hast den Verstand verloren«, sagte Mihai. »Dein Plan ist ... Selbstmord.«

»Spielt das eine Rolle? Du wartest doch eh nur darauf, die Belohnung für meine Leiche zu kassieren.«

Mihai sah ihn aus zusammengekniffenen Augen an, wie von grellem Licht geblendet.

»Also gut, das Ganze noch mal von Anfang an. Als Erstes willst du den SUV kapern, in dem die Kanister hier hochgebracht werden.«

»Yep.«

»Der Wagen ist mit Panzerglas ausgerüstet. Die schüchterst du mit deiner kleinen Pistole nicht ein.«

»Ich blockiere den Weg mit deinem Scooter und verstecke mich im Wald. Sobald sie ausgestiegen sind, stürme ich los.«

»Aha. Und wenn es dir gelingen sollte, sie ruhigzustellen, was machst du dann? Sie fesseln und erfrieren lassen?«

»Ein Porsche Cayenne hat einen großen Kofferraum.«

»Ja, und?«

»Dann fahre ich zum Flughafen und hole Artem Tsoi ab.«

»Und der nimmt dir ab, dass du einer von Volos' Männern bist?«

»Ich war drei Jahre lang Volos' Chauffeur. Ich kenne die Abläufe. Es gibt ein Passwort. Spätestens, wenn ich das nenne, vertraut Artem mir.«

»Ach ja, das Passwort«, sagte Mihai trocken. »Und wie kommst du darauf, dass die zwei Erbsenhirne im Porsche das kennen?«

»Sie haben bei ihrem letzten Treffen hier gesagt, sie müssten einen Gast vom Flughafen abholen. Ich erkenne einen Laufburschen, wenn ich ihn sehe.«

»Und du glaubst, dass sie so ohne Weiteres das Passwort rausrücken?«

»Dazu werde ich sie schon überreden.«

Mihai biss in einen Keks.

»So weit, so gut. Und wenn du dann mit dem Anzugträger alleine bist, was machst du dann?«

David trank einen Schluck Kaffee, der einen metallischen Beigeschmack hatte.

»Dann jage ich ihm einen Schreck ein. Artem Tsoi ist Unternehmer. Sobald ich ihm die Überwachungsfotos von ihm zusammen mit Volos zeige, wird ihm schon der Ernst der Lage aufgehen. Und wenn ich ihm dann auch noch die offizielle Mail meines Kontaktes bei Europol mit Informationen über seine unlauteren Geschäfte vorlege, wird ihm klar werden, in was für ein Wespennest er seine Hand da gesteckt hat. Dann bleibt ihm keine andere Wahl, als Volos die Zusammenarbeit zu kündigen.«

Mihai streckte sein Bein aus, etwas steif, als täte ihm das Knie weh.

»Da hast du ja an alles gedacht. Außer an dich selbst.«

»Was meinst du damit?«

»Genau das, was ich sage. Wie passt du in deinen eigenen Plan? Okay, du zerschlägst Volos' Geschäftsabenteuer, und dann? Damit sind deine Probleme doch nicht gelöst. Was gewinnst du dabei?«

David saugte an seiner Unterlippe. »Ich bin einen Deal eingegangen.«

»Was für einen Deal?«

»Die Art Deal, bei der dafür gesorgt ist, dass ich auch meinen Gewinn abbekomme.«

Mihais hochgezogene Augenbrauen lösten ein Faltenfeuerwerk auf seiner Stirn aus.

»Ich hoffe, du hast den Deal nicht mit einem von Volos' Männern gemacht, den Schakalen ist nicht zu trauen.«

»Habe ich nicht.«

»Wer zum Teufel legt sich dann so ins Zeug, ein Bauprojekt im Niemandsland zu verhindern, wo bloß …« Mihai drückte seinen Zeigefinger an die Schläfe. »Sag nicht, dass du einen Deal mit diesen Kloakenmenschen gemacht hast.«

David sagte nichts.

»Du kannst diesem … Abschaum nicht trauen!«, platzte Mihai heraus.

»Das sagst du doch von allen. Du traust ja nicht mal mir.«

»Genau! Wenn ich nicht mal dir trauen kann, dann ganz bestimmt nicht Leuten, die in der Kanalisation leben.«

David schüttelte den Kopf.

»Aus deinem Mund klingt das, als hätte ich eine Wahl.«

»Man hat immer eine Wahl, Tom Juice. Immer.«

»Das behaupten viele.« David zündete sich eine Zigarette an. »Wie viel Zeit bleibt uns, bis sie mit den Kanistern kommen?«

»Das ist unwichtig.« Mihai schüttelte den Kopf. »Halt dich von denen fern.«

»Was? Ich dachte, du …«

»Tut mir leid. Das ist mein Lebensunterhalt. Wie schon gesagt: Die Reise ist hier für dich zu Ende. Fahr nach Hause.«

David sah ihn wütend an. Er nahm einen tiefen Zug von seiner Zigarette, um nicht damit herauszuplatzen, was er über Mihai erfahren hatte. Der Alte hatte ein alternatives Einkommen. Seine Kriegspension. Aber er hatte sich entschieden, dieses Geld an seine quicklebendige Familie zu schicken. Wenn David preisgab, das zu wissen, musste Mihai klar sein, dass er auch von seinem tragischen Schicksal wusste. Und trotz allem, was geschehen war, war Mihai mehr Freund als Feind für ihn gewesen.

David legte seine Hände an den Mützenschirm.

Wenn er es schon nicht übers Herz brachte, Mihai mit seinem Wissen zu konfrontieren, konnte er es wenigstens ausnutzen. Er musste nur noch den richtigen Ansatzpunkt finden. Den Nerv. Und dann zustoßen.

»Theresa und Silja«, sagte David.

Mihai lehnte sich wachsam auf dem Stuhl zurück.

»Das ist meine Familie«, sagte David. »Ich will nicht ins Detail gehen, aber wir machen gerade eine schwere Zeit durch. Für die zum größten Teil ich verantwortlich bin. Mit meinen eigenen Fehlern kann ich leben, aber nicht damit, dass die Konsequenzen meiner früheren Taten andere als mich treffen. Die Menschen, die ich liebe, haben was Besseres verdient.«

David sah das Unbehagen in Mihais Augen. Er hatte den richtigen Nerv getroffen.

»Ich werde für sie kämpfen«, sagte David. »Was nötig ist, für sie tun. Und alles beginnt und endet mit einem Mann.«

»Volos.« Mihai wedelte den Rauch vor seinem Gesicht weg.

»Theresa und Silja sollen sich sicher fühlen. Das Leben leben, das sie verdienen.« David hörte seine eigene, gemessene Stimme. Die Stimme eines rücksichtslosen Mannes, ohne Anstand, ohne einen Gedanken an etwas anderes als sein persönliches Ziel. Und er fuhr mit der Spiegeltechnik fort, mit der er als Undercoverpolizist viel zu oft durchgekommen war. »Auch, wenn ich nicht bei ihnen sein und es mit ihnen zusammen leben kann.«

David schwieg. Er sah Mihais Zweifel. Und die Lust, Davids Geschichte unhinterfragt zu schlucken. Weil er in der Geschichte seine eigene wiedererkannte. Wenn Mihai sich ihm in den Weg stellte, würde er einen anderen Mann zu demselben rastlosen Schicksal verdammen, mit dem er verflucht war.

»Oh fuck«, murmelte Mihai. »Du bist eine echte Plage. Wenn ich jemals Hämorrhoiden kriege, weiß ich schon, wie ich sie nenne.«

»Danke, Mihai. Ich wusste, dass ich auf dich zählen kann.«

»Erspar mir das. Du kennst noch nicht meine Bedingungen.«

»Die da wären?«

Der Alte sah ihn ausdruckslos an.

»Jetzt herrscht Krieg. Nach meinen Regeln. Und meinen Methoden. Verstanden?«

David nickte, unsicher, ob er diesen Deal wirklich eingehen wollte.

»Und kein Wort zu Alina!«

»Noch was?«

»Im Moment nicht. Aber wenn mir später noch was einfällt, gilt das auch.« Mihai drehte die Pistole auf dem Tisch »Die Arschlöcher kommen in einer Stunde zum Drop-off. Es bleibt uns nicht viel Zeit.«

»Ich brauche den Wagen aber heute. Der Anzugträger landet morgen, das ist meine einzige Chance«, protestierte David.

»Ich hab nicht gesagt, dass wir es abblasen. Ich hab nur gesagt, dass die Zeit knapp ist.«

75

Es war windstill, klirrend kalt und ihm lief der Schweiß den Rücken runter. Kein Zweig, nicht eine Nadel in dem dichten Wald rührte sich. Er hielt den Atem an. Wartete.

David hockte hinter einem Baumstamm, etwa fünfzig Meter vom Weg entfernt. Durch die tief hängenden Zweige konnte er den Schneescooter sehen. Mihai saß auf der Ladefläche des Anhängers und rauchte eine Zigarette, den Blick auf den Abhang, den Fluss und die Hügellandschaft dahinter gerichtet. Seine Bewegungen waren ruhig. Wie ein Großvater, der auf einer Parkbank einen sonnigen Tag genoss.

David konnte nur hoffen, dass der Kriegsveteran seiner Machoattitüde genügte, wenn es ernst wurde. Man konnte nie wissen, was in seinem PTBS-Sumpf lauerte.

Der geheimnisvolle Mihai. So anders wie alle anderen.

David war etwas früher vom Scooter gestiegen, damit seine zwischen die Bäume führenden Fußspuren im Schnee nicht zu sehen waren. Er war über den Waldboden geschlichen mit dem Gefühl, dass das Knirschen und Knacken kilometerweit zu hören war.

Der Vorschlag mit dem Angriff aus dem Hinterhalt kam von David. Volos' Männer waren kriegserprobt. Sie hatten viel erlebt, konnten einen klaren Kopf bewahren und hatten subtile Taktiken, möglicherweise versteckte Schnellladewaffen. Ihre Reaktionszeit musste minimiert werden. Und als Beamter des SEK hatte David an vielen Überraschungszugriffen teilgenommen und den Wert des Schockeffektes kennengelernt, der den Feind vollständig lahmlegen konnte.

Aber er wusste auch, dass das Überraschungsmoment nur ein kurzlebiger Vorteil war. David und Mihai mussten schnell und tatkräftig handeln.

David sah auf seine Uhr. Es war 15.24 Uhr, minus sechs Grad, und nach seinem Pulsmesser zu urteilen, joggte er gerade.

Der Plan war simpel. Sobald die Männer aus dem Auto stiegen, würde David ein Stück hinter ihnen auf den Weg schleichen und sich von hinten anpirschen. Er hatte im Vorhinein einen kleinen Pfad zwischen den Stämmen platt getreten, um sich möglichst geräuschlos zu bewegen.

Lief alles nach Plan, würden die Männer die Situation erst durchschauen, wenn sie entwaffnet am Boden lagen.

Einfach. Effektiv.

Sie konnten natürlich nicht sicher sein, dass sie sich kampflos ergaben. Letzten Endes waren Planung und Ausführung zwei völlig verschiedene Dinge. Aus dem Grund hatte David Mihai auch untersagt, zu schießen, um zu töten. Es wäre nichts damit gewonnen, nur das Auto zu kapern. Das Fahrzeug war ohne das Passwort wertlos.

Im Geäst raschelte ein Tier. Puderschnee rieselte auf Davids Schultern. Ein störender Gedanke schlich sich in seine Konzentration. Hatte Mihai sich zu leicht überreden lassen?

Der Alte riskierte nicht nur sein Geschäft. Auch sein Leben setzte er aufs Spiel. Und für was? Für einen Fremden, der gelogen und betrogen und das Leben seiner Nichte in Gefahr gebracht hatte. Der im Grunde nur nahm und nahm, ohne irgendetwas zurückzugeben.

Davids Blick ruhte ein paar Sekunden auf Mihai.

Bis das Knirschen von Autoreifen auf Schnee ihn in die Wirklichkeit zurückholte.

Es war so weit.

Er checkte, dass die Pistole entsichert war, und lehnte sich mit dem Rücken gegen die raue Rinde. Mihai stieg von der Ladefläche. Er hatte das Auto auch gehört. Der Alte warf einen kurzen Blick in den Wald. David versuchte, seinen Blick festzuhalten, obwohl er wusste, dass er zwischen den Stämmen nicht zu sehen war.

Wenn du mich übers Ohr haust, du alter Narr ...

Das Geräusch der Reifen auf dem Schnee wurde lauter, als der Wagen um die letzte Kurve fuhr. Gleich darauf ergoss sich das Licht der Scheinwerfer in den Wald. Es war ein schwarzer SUV, ein älteres Modell, wie beim letzten Mal. Die Stämme blitzten einer nach dem anderen auf, als das Fahrzeug wie ein Panther am Waldrand vorbeiglitt.

David atmete tief ein und setzte sich in Bewegung. Nach drei Schritten wurde er von einem neuen Licht geblendet. Er blieb wie angewurzelt stehen, als ein zweiter SUV mit einem Schneewirbel hinter sich um die Kurve bog. Hinter dem Panzerglas waren vier Gestalten zu sehen.

Ein paar Sekunden hörte David nur das Rauschen seines Pulses in den Ohren. Warum waren die Männer mit einer Eskorte gekommen?

Er umfasste die Pistole fester. Das konnte doch alles nur ein böser Traum sein. Alles, was schiefgehen konnte, ging gerade schief.

Das Jaulen rostiger Bremsscheiben durchschnitt die stillstehende Winterluft. Die zwei SUVs hatten jetzt Mihais Transporter erreicht und hielten im Leerlauf an. Mihai stand mit hängenden Armen da, krumm und wehrlos.

David versuchte, die unbrauchbaren Paniksignale auszufiltern und sich auf das Wesentliche zu konzentrieren: einen neuen Plan, ein ... Scheiße! Seine Gedanken hatten sich verhakt wie eingefrorene Untertexte auf einem Bildschirm.

Die Panik übernahm das Ruder.

Er wedelte mit den Armen, um Mihai zu warnen, gab es aber schnell wieder auf. Was wollte er Mihai denn signalisieren? Sie waren zu zweit. Gegen sechs Gegner. Von denen vier mit unbekanntem Waffenkaliber in einem gepanzerten Wagen saßen.

Die Männer aus dem vorderen Wagen stiegen aus. David sah sie wie träge Schakale auf Mihai zugehen. Den einen erkannte er von der letzten Übergabe. Den mit dem Halstattoo.

Aus dem hinteren Auto stieg niemand aus.

David lief vorsichtig durch die ausgetretene Spur und bewegte sich geduckt am Waldrand entlang. Der Abstand war zu groß für seine 9 mm. Dafür bräuchte es eine Präzisionswaffe und ein größeres Kaliber. Er musste dichter ran, wenn es ging, auf sieben oder acht Meter.

»Was ist los, Jungs, ihr seid heute aber viele«, hallte Mihais Stimme von dem Hügel herüber. »Auf dem Weg zu einer Hochzeit, oder was?«

David spitzte die Ohren. Mihai klang erstaunlich gut gelaunt. Kapierte er nicht, dass es vorbei war?

»Halt's Maul, Alter!«, fuhr ihn das Halstattoo an. »Wir hatten eine Ratte in der Stadt, darum hat Volos die Bereitschaft erhöht.«

»Und ihr meint, mich mit einer kleineren Armee besuchen zu müssen? Das rührt mich ja fast.«

Das Halstattoo sah sich um. »Wo ist dein Partner?«

»Der Depp?«

»Nein, der Weihnachtsmann. Beantworte meine Frage!«

»Das muss aber eine gefährliche Ratte sein, so nervös, wie du bist. Der Depp ist gestern falsch abgebogen. Er ist abgekratzt.«

Der Partner des Halstattoos machte einen Schritt auf Mihai zu. Noch so ein kurz geschorenes Muskelpaket.

»Wo?«

»Wo was?« Ein leiser Zweifel hatte sich in Mihais Stimme geschlichen.

»Wo ist der Unfall passiert?«

»Ich weiß nur, dass er statt nach links nach rechts abgebogen ist.«

Das Halstattoo kratzte sich im Nacken.

»Wieso habe ich das Gefühl, dass du lügst?«

David konnte selbst aus der Entfernung Mihais flackernden Blick sehen, der zum Waldrand wanderte.

Ein hitziges Hupen durchbrach die Stille. Die Männer in dem anderen Auto schienen die Geduld zu verlieren.

Das Halstattoo winkte ihnen gereizt zu.

»Lade den Dreck um! Wir haben es eilig«, blaffte er Mihai an.

Der Alte schob die Unterlippe vor.

»Ein Mann, um die vielen Kanister zu schleppen. Da hoff ich mal, dass ihr es nicht zu eilig habt.«

Die beiden Muskelpakete wechselten einen Blick. Das Halstattoo schüttelte genervt den Kopf.

»Bringen wir es hinter uns.«

David sah angespannt zu, wie die Männer anfingen, Kanister auf den Scooteranhänger umzuladen. Er legte die Stirn an einen Baum. Denk nach, denk nach. Aber da kam nichts. Die Schlacht war verloren. Eine Chance wie diese würde er nie wieder bekommen.

»Übrigens, Jungs«, sagte Mihai kurzatmig nach mehreren Runden zwischen Anhänger und Kofferraum. »Könntet ihr mich nachher mit zurück in die Stadt nehmen?«

»Fuck off! Nimm deinen Lieferwagen.« Das Halstattoo ging mit zwei Kanistern an Mihai vorbei zum Schneescooter, wo sein Kollege eine Zigarettenpause machte.

Mihai folgte dem Halstattoo mit dem Blick. Als der beim

Scooter war, rief er hinter ihm her: »Mein Lieferwagen pfeift auf dem letzten Loch. Ein paar Rowdys haben heute Nacht versucht, das Zündkabel durchzuschmoren. Stellt euch mal vor, die haben den Unterboden aufgeschraubt und ein Feuerzeug an die Kabel gehalten.«

Das Halstattoo schmiss die Kanister auf den Anhänger.

»Was ist das Problem?«, rief er zurück.

»Wenn das Kabel verreckt, schließt mein Auto kurz. Dann bin ich in meinem Wagen eingeschlossen. Die Fenster und die Zentralverriegelung laufen elektrisch. Dann kann ich weder Türen noch Fenster öffnen.«

David starrte Mihai an. Jetzt war ihm klar, wieso er gewartet hatte, bis das Halstattoo bei dem Anhänger war, wo der Abstand sie zum Rufen zwang. Er wollte sichergehen, dass David zwischen den Bäumen alles mitbekam.

Mihai gab grünes Licht. Er hatte sich darauf eingerichtet, den Plan durchzuziehen.

Bis zum hinteren SUV waren es ungefähr fünfzehn Meter. Der Motor lief noch immer im Leerlauf. Die Auspuffgase verwirbelten rötlich im Schein der Rücklichter. Die Dampfwolken gaben ihm eine minimale Tarnung.

Davids Beine gehorchten ihm nicht, als er sich in Bewegung setzen wollte. Sie waren steif, als wäre die Blutzufuhr unterbrochen.

Jetzt nicht aufgeben! Wie immer in einer Krisensituation kämpfte sein Hirn damit, Unmengen an neuen Informationen in allerkürzester Zeit zu verarbeiten.

Die Männer kamen den Hügel herunter, um die nächsten Kanister zu holen. Das war die nötige Lücke.

David beugte die Knie. Die einzige wirksame Waffe gegen Angst, die er kannte, war, ihr keinen Raum zu lassen.

In der Sekunde, als die Männer ihm den Rücken zudrehten

und hoch zum Schneescooter gingen, lief er geduckt auf den Weg. Er war sich seiner Exponiertheit in dem offenen Terrain schmerzhaft bewusst. Er hielt ein Tempo, das einigermaßen die Balance hielt zwischen der Notwendigkeit, möglichst schnell vorwärtszukommen und nicht gesehen oder gehört zu werden. Der laufende Motor übertönte den knirschenden Schnee unter seinen Füßen, aber überall lagen unsichtbare Zweige und Tannenzapfen herum. Das Knacken explodierte wie Bombenrohre in seinem Kopf.

Hinter dem Fahrzeug ging er in die Hocke, eingehüllt in die Auspuffwolke. Er hielt die Pistole im Anschlag. Abwartend.

Es kam keine Reaktion.

Er rollte sich in einer schnellen Bewegung auf den Rücken und schob den Oberkörper unter die Stoßstange. Der Unterboden roch nach Öl und Rost. Er streckte die Arme über den Kopf und zog sich an einer Metallstange weiter unter den Wagen. Der Motor über ihm brummte laut. Die stickigen Abgase brannten in den Augen.

Er suchte den verdreckten Unterboden ab. Entdeckte ein paar festgeschraubte Metallplatten. Mit der Spitze seines Taschenmessers schraubte er eine Platte los und legte sie vorsichtig neben sich auf die Erde. Der Hohlraum war mit Schraubenmuttern und einem Hohlzylinder gefüllt, von dem er keine Ahnung hatte, wozu er gut war.

Er schraubte eine neue Platte los. Unter einer dicken Dreckschicht sah er ein Kabelbündel. Er schob seine Finger hinein, und bittere Klümpchen landeten in seinem Mund. Wenig später waren alle Kabel sichtbar.

Er zog sein Feuerzeug aus der Tasche und hielt die gelbe Flamme unter die Gummilegierung der Kabel, die bald zu kokeln begann.

Die Sekunden vergingen.

Der Motor lief noch immer. Er presste die Lippen aufeinander. Das Feuerzeugrädchen unter seinem Daumen wurde heiß.

Ein Geräusch veranlasste ihn, den Kopf in den Nacken zu legen. Er sah die Stiefel der Männer vor dem Kofferraum des anderen Wagens.

»Letzte Runde, Jungs!«, sagte Mihai mit lauter Stimme.

Davids Magen verkrampfte sich. Die Zeit lief aus. Wenn die Männer auf dem Weg zum Schneescooter waren, war das seine letzte Chance, sich in den Wald zurückzuziehen.

Er krümmte die Zehen. Das Zündrädchen war glühend heiß. Es war, als bohrte sich eine Nadel unter seinen Nagel. Alle Instinkte schrien, das Feuerzeug wegzuschmeißen und das Weite zu suchen.

Es knallte zwei Mal nacheinander. Autotüren. Die Männer hatten sich in den vorderen Wagen gesetzt und die letzten Kanister Mihai überlassen.

In dem Augenblick hörte David, wie über ihm die Handbremse gelöst wurde.

Wenn der Wagen jetzt zurücksetzte, würde er wie auf dem Präsentierteller mitten auf dem Weg liegen. Und die Männer würden Mihai und ihn auf der Stelle exekutieren.

Davids Herz überschlug sich. Er musste noch nicht mal eine Entscheidung treffen. Die Situation war auf zwei mögliche Ausgänge reduziert. Das Zerstören der Kabel oder Sterben.

Er schmiss das Feuerzeug weg und zog seine Pistole. Und wunderte sich, wie wenig Widerstand die Idee in ihm auslöste. Im Gegenteil, er fühlte sich erleichtert, erleichtert, keine Alternativen mehr zu haben und endlich die dunklen Zweifel mit einer logischen, einfachen und wahnsinnigen Tat auszuräumen.

Er wälzte den Oberkörper auf die Seite, beugte seinen Arm in den richtigen Winkel und drückte den Lauf der Pistole zwischen die Kabel.

Als der SUV losrollte, drehte er den Kopf zur Seite und drückte den Abzug bis zum Anschlag durch.

76

Es war vorbei, bevor es überhaupt losgegangen war. Wie nach einem Zeitsprung oder einer Erinnerungslücke stand David im Freien auf dem Waldweg und versuchte, die verlorenen Sekunden zurückzuholen, die in einer Adrenalinwelle davongeschwemmt waren.

In seinen Ohren schrillte ein mechanischer Alarmton, gleichmäßig und unpersönlich. Wie durch Watte, weit weg, hörte er jemanden rufen. Sein Blick fand Mihai. Er hatte seine Waffe auf die zwei Männer gerichtet und sie an den SUV gedrängt. Er rief etwas, aber David sah nur seine Mundbewegungen wie unter Wasser.

Der Qualm der rauchenden Pistole in Davids Hand stieg ihm in die Nase. Mit einem unmittelbaren, wach machenden Effekt. Plötzlich drang auch Mihais Stimme zu ihm durch, als wäre ein Radio jäh aufgedreht worden.

»Sag was, Tom! Was jetzt!?«

Davids Gehirn spielte im Schnelldurchlauf die verlorenen Sekunden ab: In dem Augenblick, als der SUV losgerollt war, hatte David seine Waffe abgefeuert. Ein Schuss. Zwei. Es hatte sich angefühlt, als würden seine Trommelfelle platzen. Nach vier Schuss hatte er gestoppt. Wie der SUV.

Der SUV*!*, dachte David und nahm erst jetzt das stillstehende Fahrzeug neben sich wahr. Er zuckte zusammen. Vier finster dreinschauende Männergesichter starrten durch die gepanzerten Scheiben zu ihm raus. Einer von ihnen hatte die Mündung seiner Automatikwaffe auf ihn gerichtet.

Ein dumpfes *Poff* war zu hören, und auf der Fahrerseite zeichnete sich innen auf der Scheibe ein kleiner, frostweißer Stern ab.

»Die haben einen Nothammer im Auto!«, rief Mihai. »Das Glas hält nicht ewig.«

Nach dem zweiten *Poff* wurden die Risse im Glas länger, tiefer.

»Ihr seid tot! Wir grillen euch lebendig«, fauchte das Halstattoo.

Mihai machte einen Ausfallschritt nach vorn und schwang die Pistole. Das Halstattoo fasste sich ins Gesicht und sackte auf die Knie. Über seiner Augenbraue klaffte eine tiefe Platzwunde.

»Fuck you!«, fauchte das Muskelpaket neben ihm und schob sich bedrohlich nach vorn.

»Zurück!« Mihai zielte mit der Pistole auf ihn.

David wischte sich mit einer Hand durchs Gesicht. Der kleine Hammer mit den konischen Spitzen aus Carbonstahl hämmerte unermüdlich gegen das Glas. Mit jedem Schlag änderte der Kontaktlaut den Charakter, wurde knirschender, nachgiebiger. Bald hatten die Männer sich aus dem kurzgeschlossenen Wagen befreit.

»Sie sind zu viele!«, rief David. »Nehmen wir den Schneescoo…«

Ein Pistolenschuss riss ein Loch in die Luft.

Er sah erschrocken zu Mihai. Sah den Rauch, der um die Waffe in seiner Hand verwirbelte. Aus einem Loch in der Brust des Muskelmanns quoll Blut. Er lehnte mit dem Rücken an dem SUV und versuchte, sich aufrecht zu halten, aber der Tod zog seinen Körper zu Boden. Er krümmte sich im Schnee zusammen, eine letzte frostige Atemwolke löste sich von seinen Lippen.

»Was sollte das?«, brüllte David.

»Er wollte seine Waffe ziehen!«

»Du verdammte Drecksau!«, fauchte das Halstattoo. »Ich schneid dir die Eier ab!«

Mihai drückte den Pistolenlauf auf seine Stirn. Vor der irren Raserei in seinem Blick erblasste sogar das Halstattoo.

»Was hast du gesagt?«

David lief zu ihnen.

»Mihai! Nein! Nicht noch mehr Tote. Wir müssen hier weg!«

»Du hast mich um Hilfe gebeten«, sagte Mihai mit kalter und fremder Stimme. »Das hier ist Krieg.«

David war nur noch wenige Schritte von dem Alten entfernt, als ein trockenes Knirschen ihn veranlasste, sich umzudrehen. Schneekristalle rieselten aus den breiten Reifenrillen, als der SUV langsam rückwärts ins Rollen kam.

»Die Handbremse funktioniert wohl auch elektronisch«, sagte Mihai. »Dumm gelaufen.«

Der Fahrer riss vergeblich am Lenkrad. Die Lenkradsperre wurde erst mit Anspringen des Motors deaktiviert. Das Knirschen unter den Reifen war jetzt lauter, hektischer. Der Wagen nahm Geschwindigkeit auf. Unten an der Kurve wurde das Gefälle steiler.

Die Kurve!, dachte David und sah die Kabine hin und her schaukeln, weil die Männer verzweifelt von innen gegen die Scheiben traten. Sie dachten garantiert auch an die Kurve. Und an den steil zum Fluss abfallenden Hang dahinter.

»Lass laufen!«, rief Mihai, als David hinter dem Wagen hersprintete. »Das ist nicht dein Problem!«

Als David an dem SUV vorbeilief, hörte er die gedämpften Schreie der Männer hinter dem Panzerglas. Ihre Panik. Dann war er hinter dem Wagen, stemmte sich mit dem Rücken gegen die breite Kofferraumklappe und drückte die Fersen in den Boden. Seine Sohlen rutschten haltlos über den glatten Untergrund. Komm schon! Noch zwanzig Meter bis zum Hang. Er sah sich nach einem dicken Zweig um, einem Stein, irgendetwas, das er als Bremsklotz vor die Reifen werfen konnte. Zehn Meter. Seine Hacken pflügten durch die Erde und zogen braune

Trauerbänder hinter sich her. Fünf Meter. Milchsäure brannte in seinen Oberschenkeln. Drei, zwei … Er rettete sich in letzter Sekunde mit einem Satz zur Seite, bevor er selbst mit zwei Tonnen Metall auf den Schultern in den Abgrund gerissen wurde.

Der SUV kippte über die Kante, während innen verzweifelte Handflächen gegen die Scheiben klatschten. David folgte der rumpelnden Slow-Motion-Fahrt mit dem Blick den Hang hinunter bis zum Fluss, wo er auf das schwarze Eis rausschlitterte. Er starrte zu dem wie ein Spielzeugauto aussehenden SUV runter. Ein paar stillstehende Sekunden passierte nichts. Dann ging ein jäher Ruck durch das Fahrzeug, und er hörte das verzögert oben ankommende Geräusch brechender Eisschollen. Der Wagen richtete sich auf und wurde von dem schwarzen Wasser unter dem Eis geschluckt.

In der Kabine blitzten Mündungsfeuer auf, ein Sternenregen breitete sich auf den Scheiben aus. Sekunden später war der SUV verschwunden.

David sah, wie die Wellen auf der Oberfläche sich glätteten und der Fluss wieder ganz still dalag.

»Das war jetzt echtes Pech«, sagte Mihai nicht sonderlich betroffen. »Aber du hast dein Auto.«

David sah den Gorilla mit dem Halstattoo an, der vor der Mündung von Mihais Pistole kauerte, dann den leblosen Muskelmann daneben. Die Blutlache unter ihm schmolz den Schnee. Die Kugel hatte ihn mitten im Solarplexus getroffen, bei dem kurzen Abstand vermutlich ein paar Rippen gebrochen und war direkt ins Herz eingedrungen. Ein ziemlich präziser Panikschuss.

»Wusstest du, was passieren würde? Dass die Handbremse blockiert?«, fragte David.

»Ich bin ganz baff, dass es überhaupt funktioniert hat.«

»Sag das noch mal.«

Mihai zog die Schultern hoch. »Ich hab das mit dem Feuerzeugtrick am Bremskabel irgendwo gehört, aber nie selbst ausprobiert. Wir hatten echt Glück.«

»Glück nennst du das?«, platzte David mit schwer unterdrückter Wut heraus. »Fünf Tote, Mihai. Fünf!«

»Was hättest du mit ihnen gemacht, wenn sie noch am Leben wären? Sie in einen Zwinger gesteckt, oder was?«

»Ihr seid doch irre!«, wimmerte das Halstattoo.

»Deine Kumpel hatten ihre Chance, sich aus dem Auto zu retten«, sagte Mihai diplomatisch. »Und das ist mehr, als sie verdienen ... verdient hätten.«

»Wir müssen besser sein als dieser ... Abschaum!«, sagte David.

Mihai schüttelte den Kopf. »Du bist im Krieg. Wenn du für etwas kämpfst und es einen Gegner gibt, der dich töten will, kannst du nicht gewinnen, ohne ihn zu töten. So ist das.«

»Was seid ihr denn für Chaoten!«, sagte das Halstattoo.

»Halt du bloß die Klappe!«, rief David. Sein Hirn war völlig überhitzt, er sollte den Rückzug antreten, das lief hier grad völlig aus dem Ruder. »Ich hab versucht, deine Freunde zu retten!«

»Und jetzt liegen sie auf dem Grund des Flusses«, fauchte der Mann. »Hältst dich wohl für Batman, Schlappschwanz!«

Der Schlag war reiner Reflex. Schneller, als David es begriff. Er spürte den Stoß in seiner Faust, die Vibrationen bis in den Ellbogen und den unmittelbaren Schmerz in den Knöcheln. Das Halstattoo stöhnte, Blut schoss aus seiner Nase.

»Endlich die richtige Einstellung!«, jubelte Mihai. »Die Ratte verdient es nicht anders. Aber du musst mehr Körper reinlegen. So!«

David sah mit offenem Mund zu, wie Mihai sich mit seinem ganzen Körpergewicht in einen rechten Haken drehte. Dem dumpfen Klatschen folgte ein lautes Jaulen.

Mihai hatte das Gesicht des Mannes um zwanzig Zentimeter verfehlt und seine Faust gegen den Wagen geschlagen.

»Verdammt, die Pissratte ist weggezuckt!« Mihai hüpfte mit wedelnder Hand herum.

»Ihr … ihr seid ja total durchgeknallt«, stammelte das Halstattoo.

David legte den Kopf in den Nacken. Ein Windstoß rauschte durch die Kiefern. Ihn durchströmte das klare, reine Gefühl völliger Losgelöstheit, das sich immer dann einstellte, wenn er einen Menschen sterben sah. Er hoffte, dass es auch diesmal passierte. Dass das Gefühl so vertraut wurde, dass er es war, der verschwand.

77

Mihai hatte einen Klappstuhl aus seinem Transporter geholt und saß am Wegrand und kühlte sich die Hand mit einem Eisklumpen. David hatte das Handgelenk des Halstattoos mit Kabelbinder an den Türgriff des SUV gefesselt. Volos' Mann stand barfuß im Schnee, seine Zähne schlugen aufeinander. Seine Stiefel und Socken lagen auf der Motorhaube.

»Wie lautet das Passwort?«, fragte David zum zigsten Mal.

»*Fuck off!*«

David seufzte demonstrativ. »Da muss ich dir wohl noch ein Kleidungsstück wegnehmen. Deine Lippen sind schon ganz blau, ohne Hose wird es noch kälter.«

Das Halstattoo lachte mit klappernden Zähnen. Ein Auge war blau zugeschwollen, auf den Blutflecken um Nase und Mund bildete sich eine feine Frostschicht.

»Ich hab sechs Jahre in Gldani eingesessen. Da ist das hier die reinste Kur.«

David hatte von dem berüchtigten georgischen Gefängnis gehört, in dem Folter ein fester, organisierter Bestandteil der Haftstrafe war. Wenn Volos' Mann so abgehärtet war, wie er behauptete, würde das ein langer Kampf werden. Zu lang. Es dämmerte bereits, bald würde die tiefe, undurchdringliche Dunkelheit sich auf den Wald herabsenken. Aber David wusste auch, dass niemand auf Dauer Folter standhielt. Alle brachen irgendwann zusammen. Das Problem mit der Folter war nur, dass das Opfer einem entweder das erzählte, was man wissen wollte, oder etwas, von dem das Opfer glaubte, dass man es wissen wollte.

David drehte sich um, als er ein Schnaufen hinter sich hörte. Er sah in Mihais Gesicht.

»Etwas auf dem Herzen?«

Der Alte hob eine Hand.

»Darf ich den Meisterverhörer eine Sekunde unterbrechen?«

»Was schlägst du vor?«, sagte David. »Dass wir ihm Hände und Füße abhacken?«

»Jesses, Tom Juice! Du solltest echt mit einem Psychologen reden.« Mihai stand auf und ging zu dem gefesselten Mann. »Darf ich übernehmen? Nur einen kurzen Augenblick?«

David studierte Mihais faltiges Gesicht. Seine tief liegenden Augen funkelten plötzlich kalt und intensiv.

»Du machst mir keine Angst, *Mike Tyson*«, krächzte das Halstattoo.

»Ich werde erst nach der zwölften Runde gefährlich«, sagte Mihai ruhig und richtete den Blick auf David. »Ist das ein Ja?«

David nickte.

In einer raschen Bewegung zog Mihai ein Springmesser aus der Tasche. Mit einem *Tschick* schnitt er die Kabelbinder durch, und die Hand des Halstattoos war frei. Im nächsten Augenblick lag die Messerklinge an seiner Kehle.

»Hast du jemals vom Candiru gehört?«, fragte Mihai. »Das ist ein kleiner Parasitenfisch aus dem Amazonas. Das Biest schlängelt sich über die Eichel in deine Harnröhre und legt dort Eier.«

»Was faselst du für einen Scheiß, Alter?«, schnarrte das Halstattoo.

»Unglück kommt in allen Formen und Größen daher. Und dein heutiges Unglück bin offenbar ich. Aber da dein Schwanz bei der Kälte sicher auf die Länge eines Zahnstochers geschrumpft ist und ich keine Eier lege, muss ich mir was anderes ausdenken. Und ich habe mir gedacht, dich bei lebendigem Leib zu grillen.«

Die Dämmerung hatte einen kurzen Gastauftritt, ehe es im Wald dunkel wie in einem Brunnenschacht wurde. Taschenlampenkegel flackerten zwischen den Stämmen, und zwischendurch waren Mihais gebellte Kommandos zu hören.

»Hopp, auf die Beine!«

»Fick dich, ich kann keinen Schritt mehr weiter!«, stöhnte das Halstattoo.

Mihai richtete den Strahl der Taschenlampe auf den auf dem Waldboden knienden Mann. »Steh auf.«

Das Kinn des Mannes zitterte vor Kälte. »Meine Füße sind völlig am Arsch.«

David, der sich im Hintergrund hielt, sah die vom gefrorenen Waldboden blutig aufgerissenen Fußsohlen.

»Okay, Scheiße! Ich kann nicht mehr. Das Passwort ist Mustang.«

Mihai sah ihn neutral an. »Ich hab nicht gesagt, dass du reden sollst. Ich hab gesagt, du sollst Brennholz holen.«

»Ich hab Kinder, verdammt!«

»Nach dem, was ich bisher von dir mitbekommen habe, geht es ihnen sicher besser ohne dich. Arsch hoch!«

Das Halstattoo brach Zweige von den Bäumen. Als er einen Armvoll zusammenhatte, dirigierte Mihai ihn zurück auf die kleine Lichtung. Seit zwei Stunden wiederholte sich diese Prozedur, der Zweighaufen hatte inzwischen die Größe eines urzeitlichen Vogelhorstes.

»Rauf auf den Scheiterhaufen«, sagte Mihai und drückte dem anderen die Pistole an den Hinterkopf.

»Sag doch auch mal was!« Das Halstattoo warf David einen flehenden Blick zu.

»Du sprichst nur mit mir, Ratte!«

Ohne Vorwarnung rammte Mihai ihm die Schulter in den Rücken, und er landete mit einem knackenden Krachen auf dem Zweighaufen. Die dünnen Zweige bogen sich und brachen unter dem Gewicht seiner Arme, während er orientierungslos in den Lichtkegel von Davids Taschenlampe stierte.

Seine gedämpften Schluchzer mischten sich unter das Glucksen des Benzinkanisters, den Mihai um den Scheiterhaufen herum entleerte.

David sog die beißenden Benzindämpfe ein. Seine Skepsis gegenüber Mihais Bluff wich der reellen Besorgnis, ob der Alte tatsächlich blufte.

»Sag ich doch! Das Passwort ist Mustang!«

»Sicher?« Mihai schmiss den Kanister weg, das Feuerzeug in seiner Hand klickte.

Es war plötzlich totenstill. Die Männer starrten auf die flackernde, gelbe Flamme.

»Jetzt komm schon. Du weißt doch, für wen ich arbeite.«

»Das weiß ich«, flüsterte Mihai. Nur die Konturen seiner Augenhöhlen und die Nase waren in dem kleinen Lichtfetzen zu sehen. »Aber nicht du bist hier draußen der Gesetzlose. Das bin ich.«

David traute seinen Augen nicht, als er das Feuerzeug durch die Luft fliegen und auf den Zweigen landen sah. Eine Hitzewelle schwappte ihm ins Gesicht, als zwei Feuerlinien sich mit dem Benzinstrahl einen Wettlauf rund um den Scheiterhaufen lieferten.

Innerhalb weniger Sekunden standen die Flammen meterhoch um den schreienden Mann.

»Wie lautet das Passwort?«, brüllte Mihai. »Sag es, dann erlös ich dich mit einer Kugel!«

»Mustang! Mustang!«, schrie das Halstattoo mit sich überschlagender Stimme.

»Letzte Chance!«

»Mustang! Ich schwör's!« Die gelben Flammen reflektierten in seinen Augen. »Schieß doch, oh Gott, schieß!«

Mihai schob die Pistole hinter den Hosenbund und hielt die Hände an das wärmende Feuer.

David schaufelte Schnee auf die Flammen. »Hilf mir!«

»Genieß lieber die Wärme.«

David packte den Alten am Jackenkragen.

»Du verdammter Drecksack!«

»Hier draußen nützt es dir nichts, dass du Polizist bist. Hier gelten andere Regeln.«

»Die du ja offenbar voll im Griff hast!«

»Findest du?« Mihai grinste amüsiert.

David ließ ihn los und drehte sich um. Wo vor Sekunden noch Flammen waren, stiegen jetzt Rauchfäden aus kleinen Glutnestern um den wimmernden Mann auf.

Mihai rückte seinen Jackenkragen zurecht.

»Bin ich wirklich der Einzige, der weiß, dass man im Winter die Rinde von den Zweigen schneiden muss, damit sie ordentlich brennen?«

David breitete die Arme aus. »Du hättest mich verdammt noch mal vorwarnen können!«

»Sorry. Deine Reaktion sollte möglichst echt sein.«

David setzte sich in den SUV. Seine Finger strichen über das kalte Leder des Lenkrads. Es war ein unwirkliches Gefühl. Wider alle Erwartungen war der Plan geglückt. Jetzt begann die nächste Phase.

Er zündete den Motor. Im Scheinwerferlicht sah er Mihai und das Halstattoo im intensiven Gespräch vor dem Transporter. Mihai reichte ihm eine Zigarette und zündete sie für ihn an. David fuhr die Seitenscheibe runter.

»Was macht ihr da?«

Mihai ignorierte ihn und redete gedämpft weiter. Das Halstattoo nickte aufmerksam und sog gierig an der Zigarette.

»Mihai!«, rief David. »Was zum Teufel?«

Mihai kam zu ihm und legte einen Ellbogen auf das runtergelassene Fenster.

»Fahr ruhig schon mal los. Ich komme später nach.«

»Was heckt ihr da aus?«

»Du kennst Volos' Ehrenkodex doch wohl am besten. Der Bursche kann unmöglich als einziger Überlebender zurückkommen. Schon gar nicht, nachdem er sich seinen Wagen abnehmen lassen und uns das Passwort verraten hat.«

»Und was habt ihr nun vor?«

Der alte Mann spitzte die Lippen.

»Wenn er im Dienst für Volos stirbt, bleibt wenigstens seine Familie vor einem Racheakt verschont.«

David betrachtete Mihai. Er konnte keine Befriedigung in seinem Blick erkennen, kein Zeichen von Hass auf den Mann, der ihn vor sich im Dreck hatte rumkriechen lassen und dem er die Scheiße von den Schuhen geleckt hatte. Das Einzige, was David in den dunklen Augen sah, war so etwas wie Mitgefühl.

Als David zurücksetzte, sah er die zwei Männer zwischen den Bäumen verschwinden. Und er hätte schwören können, in den Augen des Halstattoos ein kurzes Aufblitzen von Erleichterung gesehen zu haben.

78

Die Dunkelheit lag wie eine Binde vor Davids Augen, aber er wusste exakt, wo er war.

Er hörte ihr Keuchen. Der nächste Schritt war immer der schwerste. Er ging ihn trotzdem.

Mikru sah aus der Tiefe des Lochs zu ihm hoch. Das war er, bis ins kleinste Detail, sogar mit dem Grübchen an nur einer Wange. Und zugleich eher Schimäre als physische Erscheinung.

Sie sahen sich an, und David konnte all die Dinge loswerden, die er nie würde sagen können. Aber just in dem Moment, als der Junge ihm offensichtlich etwas Wichtiges mitteilen wollte, kamen die Hände von unten und zogen ihn schreiend zu sich runter.

David schreckte hoch. Er sah auf seine piepende Uhr und stellte den Alarm aus. Er wartete, bis sein keuchender Atem sich ein wenig beruhigt hatte. Sein Nacken tat weh, der Rücken war steif und durchgewalkt. Und er schwitzte. Der Schlafsack klebte an seiner Haut. Er legte eine Hand an die Mauer. Zog sie wieder weg. Der Ofen dröhnte wie ein Panzer.

Bei McDonald's war mehr los als üblich so früh am Morgen. Eine Gruppe junger Männer mit verwischtem Eyeliner saß dösend um einen Tisch. Einer von ihnen tröpfelte Ketchup in die Cola seines schlafenden Freundes. Hinter ihnen redete ein junger Kerl hektisch und aufdringlich auf ein in Lumpen gehülltes Mädchen mit roten Strähnen im Haar ein, mit der er sich ein Frühstück teilte.

David setzte sich mit einer Tasse Kaffee an den am weitesten entfernten Ecktisch und klappte seinen Laptop auf. James'

E-Mail schoss von der unteren rechten Ecke herein, als der Rechner sich mit dem WiFi verband.

David stellte beruhigt fest, dass der Brite von seinem Büro-Account geschrieben hatte. Die Informationen zu Artem Tsoi waren wenig überraschend. Ein paar Zusammenstöße mit dem Gesetz, aber alles relative Bagatellen: ein einzelnes Gewaltdelikt, eine Anzeige wegen Drogenbesitzes und ein Bußgeld wegen Trunkenheit am Steuer. Genau, was David erwartet hatte. Bis auf ein Detail. Artem Tsoi hatte in der tschechischen Spezialeinheit 601.SKSS gedient. An welchen Sondereinsätzen die Militäreinheit während seiner Dienstzeit beteiligt war, ging nicht daraus hervor. Aber es war eine eindeutige Red Flag. Artem war nicht einfach nur ein träger, reicher Sack.

David gönnte es sich, den Augenblick zu genießen. Jetzt hatte er also eine offizielle Mail von einem hohen Tier von Europol, die belegte, dass die internationale Polizeibehörde Artem Tsoi auf dem Radar hatte. So zumindest würde er es verkaufen, wenn er heute den tschechischen Unternehmer vom Flughafen abholte. Und für den extra Du-bist-am-Arsch-Effekt würde er noch die Fotos vom Bauplatz beifügen. Artem und Volos in schönster Eintracht. Das dürfte reichen, den Tschechen davon zu überzeugen, dass sein Millionengeschäft auf Treibsand stand.

David erinnerte sich an eine Umfrage, in der einige der reichsten Menschen der Welt eine Rangliste ihrer größten Ängste erstellen sollten. Die Top drei waren: Verlust des Vermögens, sozialer Abstieg und Steuern zahlen. Sterben folgte auf dem fünften Platz. Wenn Artem Tsoi also nicht einfach nur dumm oder ein Vollblutpsychopath war, würde er seine Zusammenarbeit mit Volos auf der Stelle beenden.

David checkte die Uhrzeit. 08.03 Uhr. Artem landete mit einem Privatjet um 15.55 Uhr. Die Fahrt zum Flughafen dauerte nicht länger als zwanzig Minuten, und er hatte sich zwei Stunden vorher mit Mihai verabredet.

Er trank einen Schluck Kaffee, überlegte kurz, Theresa anzurufen, verwarf den Gedanken aber wieder. Ihre Telefonate endeten immer in Missverständnissen. Wenn das das richtige Wort war. Etwas arbeitete in ihm, noch zu schwach, um es weiterzuverfolgen, aber gewichtig genug, dass sein Unterbewusstsein daran festhielt. Er schloss die Augen und hörte Theresas Stimme.

Warum kommst du nicht einfach nach Hause? Wir packen unsere Sachen und fahren weit weg, an einen Ort, wo niemand uns findet.

Er könnte jetzt in einem Flieger nach Norwegen sitzen.

Aber er war geblieben.

Seine Disziplin frustrierte sie, wie es ihn frustrierte, sie von ihr auf eine Funktionsstörung reduziert zu sehen, eine Besessenheit. Es war ihm schon immer schwergefallen, einfach auf alles zu scheißen, abzuhauen, zu vergessen. Und auch bei der Polizei hatte es immer wieder Situationen gegeben, in denen die Grenze zwischen Arbeit und Privatem sich aufgelöst hatte und er einen Schritt hätte zurücktreten sollen.

Aber musste er deswegen wirklich ein schlechtes Gewissen haben? Eine Krisenpsychologin hatte ihm irgendwann erzählt, dass viele ihrer Patienten ihre eigenen Triggerpunkte nicht kannten. Auf sein Nachhaken, was sie mit Triggerpunkten meinte, hatte sie David geantwortet, das seien die Punkte in unserer Persönlichkeit, mit denen wir den Menschen in unserem Umfeld Schmerzen zufügen, ohne selbst zu verstehen, warum.

Der Bildschirm schaltete in den Pausenmodus. David sah das Spiegelbild seines verwüsteten Gesichts und dachte an die Spur von Tod und Zerstörung, die er seit seinem ersten Aufenthalt in der Stadt hinter sich herzog. Wiederholte sich dieses Muster gerade? Vergeudete er seine Energie an der falschen Stelle? Sollte er lieber den Rückzug antreten?

Nein, diesmal war es anders. Er wünschte sich, Theresa könnte das sehen.

David drückte die Leertaste, der Bildschirm leuchtete auf. Er machte einen Screenshot von der Mail und speicherte sie als PDF ab. Irgendwo in der Stadt würde er sie und die Fotos wohl ausdrucken können. Da fiel sein Blick auf einen kurzen Nachsatz am Ende der Mail.

Für den Fall, dass die Erde unter deinen Füßen brennt, habe ich ein Safehouse unter unten stehender Adresse arrangiert. Der Code der Kontaktperson lautet 4367. Gib auf dich acht. Wirklich.

Danke, James. Aber das würde hoffentlich nicht nötig werden. Nicht, wenn heute alles nach Plan lief. David trank die letzten Tropfen aus dem Becher und verließ das Restaurant.

Bevor er sich mit Mihai traf, musste er noch eine letzte Sache erledigen. Etwas, das eigentlich nicht in seinen Verantwortungsbereich fiel.

79

Mit über die Nase hochgezogenem Schal ging David von einem Ende der Straße bis ans andere. Als er ganz sicher war, nicht beschattet zu werden, bog er auf den gefliesten Weg zu der Wohnung ein. Auf dem Rasen stand ein halb fertiger Schneemann. Entweder hatte da jemand auf halber Strecke aufgegeben, war unterbrochen worden oder einfach der Meinung gewesen, dass er so schön genug war.

Er drückte die Klingel neben der Gegensprechanlage und bereitete sich auf seinen Text vor.

»Hallo?«

David räusperte sich. Mit der hellen Mädchenstimme hatte er jetzt nicht gerechnet.

»Ist deine Mutter zu Hause?«

Es wurde still am anderen Ende. Alinas Tochter zögerte verständlicherweise bei einer fremden Männerstimme, die gebrochen Rumänisch sprach.

»Sie schläft«, klang es nervös aus dem Lautsprecher.

»Könntest du sie wecken? Es ist wichtig.«

»Das wäre, glaube ich, nicht so gut«, antwortete das Mädchen, als ihr klar wurde, dass sie irgendwas sagen musste. »Sie arbeitet nachts.«

»Mit wem redest du, Schatz?«, fragte aus dem Hintergrund eine Frauenstimme.

Die Verbindung wurde unterbrochen. David starrte auf die verschrammte Gegensprechanlage. Er hörte polternde Schritte im Treppenhaus. Er trat einen Schritt zurück, als die Tür aufschwang. Alinas Haare standen vom Kopf ab, eine rote Kissenfalte zog sich über ihre Wange. Ihre Augen über den breiten, violetten Augenringen waren tränenfeucht.

»Ich weiß, dass ich nicht willkommen bin.« David hob entschuldigend die Hände. »Aber ich muss dir etwas sagen, danach siehst du mich nicht wieder.«

Alinas Unterlippe bebte, aus ihren Augen blitzte abwechselnd Verachtung und Verletzlichkeit. Für eine Sekunde glaubte er, sie wollte losschreien oder nach ihm schlagen, aber sie zog nur den Kragen ihres verwaschenen Bademantels über ihrem Schlafanzug zusammen und sah ihn stumm an.

David hüstelte. »Du hast mich um die Wahrheit gebeten, damit du Frieden finden kannst, darum will ich dir alles erzählen, was ich über Radu weiß. Aber lass mich dir vorher noch sagen – und da spreche ich aus Erfahrung –, dass manchmal Ungewissheit nicht das schlimmste von zwei Übeln ist.«

Er hielt ihren Blick fest. Hoffte, dass die Frau vor ihm zustimmend nickte und die Tür schloss, akzeptierte, was er sagte, und trotzdem Bescheid wusste, weil sie das Unausgesprochene verstanden hatte. Aber sie blieb stehen.

»Okay«, sagte David mit einem bitteren Geschmack im Mund. Seine Worte würden die Narben von tausend Messern hinterlassen, mit denen sie für den Rest ihres Lebens leben musste. »Ich weiß, wie Radu gestorben ist. Er ist vom Dach eines hohen Gebäudes gesprungen. Ich kenne nicht alle Details, aber er wurde von ein paar Männern verfolgt, das Ganze ist aus dem Ruder gelaufen, und als sie ihn schließlich mit nur einem möglichen Ausweg in die Enge gedrängt hatten, hat Radu sich entschieden, sein Schicksal in die eigenen Hände zu nehmen.«

In Alinas Gesicht rührte sich kein Muskel.

»Ich habe schon bei vielen tödlichen Stürzen ermittelt«, sagte David. »Aus solcher Höhe tritt der Tod fast immer unmittelbar ein. Er hat nicht gelitten.«

Alina nahm mehrere Anläufe, bis ihre Stimme trug.

»Warum Radu? War er korrupt?«

»Nein. Er war nur zur falschen Zeit am falschen Ort. Das ist alles.«

»Wer hat dir das erzählt?«

David schüttelte den Kopf. Er konnte Volos' Namen nicht in Verbindung mit einem Polizistenmord nennen. Dieses Wissen konnte lebensgefährlich für sie sein.

»Eine Person, die keinen Grund hat zu lügen«, sagte er.

»Du hast gesagt, dass du alles erzählen willst.«

»Alles, was ich weiß«, sagte David und sah ihr an, dass sie ihm nicht glaubte.

Alina hielt mit der Fingerspitze eine Träne auf ihrer Wange auf.

»Wo ist Radu jetzt?«

Er wich ihrem Blick aus.

Alina hob die Stimme. »Seine Leiche muss doch irgendwo sein. Niemand verschwindet einfach.«

In diesem Fall schon, dachte David.

»Tut mir leid, dazu kann ich dir nichts sagen.«

»Ein leerer Sarg wird mir niemals Frieden bringen. Ich muss wissen, dass er dort ist. Ohne ein Grab suchen die Toten die Hinterbliebenen heim.«

David nickte und dachte an den kleinen Jungen, der ihn jede Nacht heimsuchte. Aber die ehrliche Antwort auf Alinas Frage, wo Radus Leiche lag, war eine Wahrheit, die Alina zu teuer zu stehen kommen würde.

Er verabschiedete sich, ohne sagen zu können, ob er mit seinem Besuch die Situation verbessert oder verschlimmert hatte. Was in der Regel bedeutete, dass Letzteres der Fall war.

Ein kalter, kräftiger Wind fegte durch die Straße. Er kriegte seine Zigarette nicht angezündet, egal, wo er Windschutz suchte. Dafür konnte er die brennenden Funken von Alinas Frage in seinem Kopf nicht löschen.

Warum Radu?

In diesem Fall mussten sie beide mit der Ungewissheit leben, weil das die einzige Frage war, deren Antwort er selbst nicht kannte.

80

David setzte sich in das Auto, das er in der neu errichteten Tiefgarage im Geschäftsviertel Piata 700 geparkt hatte. Der ideale Ort, um ein gestohlenes Fahrzeug zu verstecken. Nicht vor der Polizei, weil er wusste, dass der Diebstahl gerade dieses Wagens nicht angezeigt werden würde, sondern vor den Kriminellen, die dieses Auto für Blutgeld gekauft hatten. In der Regel waren Volos' Männer mehrere Tage in getrennten Gruppen unterwegs, um die an sie erteilten Aufträge zu erledigen, wobei sie sich ausgiebige Pausen in den Nachtclubs und bei den Escortservices der Stadt gönnten.

Und er wusste, dass seine gute alte Paranoia ein aufbrausendes Wesen war, das so sichere Arbeitsbedingungen wie möglich forderte.

An dieser Stelle kam Mihai ins Bild. Dieses Mal zu Davids Bedingungen, damit der alte Mann nicht auch noch den Flughafen in ein Schlachtfeld verwandelte.

Er legte den Laptop und die ausgedruckten Blätter ins Handschuhfach und drückte den Zündknopf. Das Schlagvolumen des Vier-Liter-Motors grummelte wie ein fernes Gewitter.

An einer Tankstelle, dem letzten Stopp vorm Flughafen, sah er Mihais zerbeulten Lieferwagen. Die Karawane der übernachtenden Lkw bildete einen Schutzwall gegen die Hauptverkehrsader E70, auf der der Verkehr mit spritzenden Schlammkaskaden unter quellenden Januarwolken vorbeirauschte.

Er fuhr in einem Bogen um den Transporter herum und parkte parallel mit seiner Seitenscheibe in Höhe von Mihais.

Mihai kurbelte das Fenster herunter, David ebenso.

»Du hast Alina besucht«, sagte Mihai, ohne die Selbstgedrehte aus dem Mund zu nehmen, die in seinem Mundwinkel klemmte.

»Sie wollte die Wahrheit über Radu. Die kennt sie jetzt.«

»Und dabei belässt du es jetzt?«

»Du solltest dich lieber darauf konzentrieren, für deine Nichte da zu sein. Trauer kann Herzen brechen.«

»Schwachsinn!« Mihai fuhr sich mit den Fingern durch das schüttere Haar. »Das Herz ist ein primitiver Muskel, der unkritisch schlägt, ohne zu ahnen, wen er am Leben hält. Einen guten Menschen. Einen Idioten. Einen Mörder. Völlig bedeutungslos. Bum, bum, bum. Bitte schön, lebe! Also bilde dir bloß nicht ein, dass in so einem stupiden Organ irgendeine Form emotionaler Intelligenz steckt.«

»Du bist ja richtig gut drauf heute. Haben die Schmerzen dir nicht den Nachtschlaf geraubt?« David nickte zu Mihais verbundener Hand hin.

»Der hat seinen verfluchten Kopf weggezogen! Wie oft soll ich das noch sagen?« Ascheflocken rieselten auf seine Brust. »Versprich mir, dass du Alina in Ruhe lässt.«

David seufzte. Es war schier unmöglich, durch Mihais dysfunktionale Lebensprinzipien und den sich ständig verändernden moralischen Kompass zu navigieren. In einem Moment eiskalter Killer, im nächsten philanthropisches Weichtier.

»Ich verspreche es.« David zog sein Handy aus der Tasche und reichte es Mihai durch das offene Fenster.

»Ich hätte lieber deine Uhr«, murmelte der Alte.

»Die Uhr ist mit dem GPS vom Handy verbunden, damit du meine Bewegungen in Echtzeit verfolgen kannst. Sobald ich mit

Artem Tsoi im SUV sitze, hängst du dich an uns ran. Aber nur so lange, bis du sicher sein kannst, dass mir niemand folgt. Und sei vorsichtig. Artem darf dich nicht bemerken. Er hat beim tschechischen Sondereinsatzkommando gedient.«

»Immer mit der Ruhe. Das sind doch alles Saufköppe, die aus Flugzeugen abspringen.«

David durchbohrte ihn mit dem Blick.

»Okay, okay, Tom Juice. *Mission accepted.*«

»Gut. Und denk dran: Abstand halten. Er darf dich nicht mit mir zusammen sehen.«

»Bin ich dir peinlich, du überheblicher Snob? Ich hab übrigens ein Geschenk dabei.« Mihai überreichte David einen schwarzen Müllbeutel. David nahm ihn entgegen. Er rümpfte die Nase. Die Kleider in dem Beutel rochen nach Lagerfeuer.

»Der Gorilla braucht sie ja nicht mehr«, sagte Mihai. »Und damit siehst du aus wie einer von ihnen.«

David nickte. Er verspürte kein Bedürfnis, Mihai nach den näheren Umständen zu fragen, wie das Halstattoo seinem Tod im Wald gegenübergetreten war. Er zog die Sachen aus dem Beutel: Hoodie, Lederjacke, Jeans. Sein Ermittlerblick suchte automatisch nach Blutflecken.

»Du wirst keine finden«, sagte Mihai gerissen.

»Was ist eigentlich an meinen Klamotten verkehrt?«

»Außer dass du darin wie ein Biologielehrer aussiehst …« Mihai prustete los und konnte den Satz nicht mehr zu Ende bringen.

David schüttelte den Kopf. Viele abgedriftete Menschen versuchten wenigstens, sich anzupassen, indem sie das, was sie für ein normales Verhalten hielten, nachahmten. Mihai war der Meinung, dass sich andere gefälligst an ihn anpassen sollten.

»*All right*. Ich zieh mich um, und dann brechen wir auf. Bist du bereit?«

Mihai öffnete den Mund, aber dann schweifte plötzlich sein Blick ab, als würde in seinem Kopf was passieren, das er nicht verpassen durfte.

81

David hielt im Bereich für Kurzzeitparker vor dem neuen Ankunftsterminal. Die Uhr an der Chrom-Glas-Fassade zeigte 15.50 Uhr. Er sah in den Rückspiegel. Die anderen Fahrzeuge in der Kurzparkzone waren Taxis, bescheidene Familienkutschen und etwas weiter weg ein verbeulter Lieferwagen. Volos hatte niemanden hergeschickt. Der Autodiebstahl war noch nicht zu ihm durchgedrungen.

David fuhr die Scheibe halb runter und zündete sich eine Zigarette an. Ab und zu glitten die Schiebetüren auf und spuckten lärmende Menschentrauben aus. Sein Blick schweifte über Geschäftsleute mit Aktentaschen, Backpacker, Familien mit kleinen Kindern, scheppernde Kinderwagen und unsicher gehende ältere Herrschaften, die den Passagierstrom aufhielten.

Er rutschte in seinem Sitz nach unten, als zwei bewaffnete Sicherheitskräfte nach draußen traten und links von der Schiebetür Stellung bezogen. Sie scannten routiniert den schwarzen SUV und den Mann hinterm Steuer. Ein Gangster-Lakai in einer protzigen Karre, die ihm nicht gehörte.

Ganz diskret, als wollte er das Radio einschalten, platzierte David den Finger auf dem Startknopf.

Er befand sich auf Flughafenterrain. Wenn sie es wollten, konnten die Wachmänner ihn mit der Begründung auf Verdacht auf Waffenbesitz filzen. Und sie würden recht bekommen. Die Beule in Davids Innentasche war keine Mundharmonika.

Jetzt komm schon, Artem!

Ein neuer Passagierstrom quoll aus den Schiebetüren.

Aber immer noch kein Tscheche.

Die beiden Männer an der Tür wechselten einen Blick, ehe der eine in die Ankunftshalle verschwand. Der Sicherheitsbeamte, der zurückgeblieben war, schaute weiter in Davids Richtung, jetzt etwas diskreter. Als wäre ihm wichtig, dass David nicht mitbekam, dass er observiert wurde.

David fluchte im Stillen. Im Rückspiegel sah er Mihais Gesicht hinterm Lenkrad des Lieferwagens. Alles war bereit. Sollte sein Plan wirklich von zwei verfickten Flughafenfu…

Ein lauter Knall ließ David zusammenzucken. Für eine Sekunde dachte er, der Wachmann hätte geschossen. Dann schob sich ein Gesicht in den Rückspiegel. Gebräunt mit feinen Falten wie bei einer Trockenfrucht. Seine Lippen verzogen sich und zeigten ein strahlend weißes Gebiss, nicht zu einem Lächeln, eher zu einer gehetzten Grimasse.

»Sehen wir zu, dass wir loskommen!«

David starrte Artem Tsoi an, der sich auf die Rückbank schob und die Tür zuknallte.

»Ähm, was ist mit dem Passwort?«

»Ich scheiß auf euren amateurhaften Codequatsch«, knurrte der Tscheche und klappte einen Laptop auf seinem Schoß auf. »Ich erkenne Volos' Gorillas schon von Weitem. Fahren Sie.«

David warf seine halb gerauchte Zigarette aus dem Fenster und fuhr eine Sekunde zu früh los, um zu sehen, wie der zweite Wachmann mit zwei Bechern Kaffee wieder nach draußen kam.

Er setzte den Blinker und fuhr auf die E70 Richtung Zentrum und Tresor le Palais. Im Seitenspiegel sah er Mihais Lieferwagen. Sobald Mihai von der abgesprochenen Route abwich, würde David wieder aus der Stadt rausfahren und Artem Tsoi ganz ruhig erklären, dass er am Arsch war. Danach würde er dem Tschechen anbieten, ihn zurück zum Flughafen zu bringen. Der Nachmittagsverkehr war dicht, aber der Dachgepäckträger des Lieferwagens überragte die anderen Fahrzeuge. Mihai lag sechs

Wagen hinter ihm. Vielleicht war ihre Vorsicht übertrieben. Artem war damit beschäftigt, Mails auf seinem Laptop zu schreiben, und bekam von dem Verkehr nichts mit.

Unauffällig zog David Kranks Handy aus seiner Tasche und schrieb eine kurze Nachricht.

Ich habe Artem. Jetzt halt du deinen Teil der Abmachung ein.

82

David lehnte sich im Sitz zurück und versuchte, das Lächeln zurückzuhalten, das in seinen Mundwinkeln zuckte. Er hatte mit Teilen von sich selbst bezahlt, um an diesen Punkt zu gelangen. Seelisch und körperlich. Jetzt war Volos an der Reihe, gejagt zu werden, Furcht zu spüren. Sobald David Artem Tsoi zurück nach Tschechien geschickt hatte, würde er, wie mit Krank abgesprochen, Volos ein Angebot zu einem Waffenstillstand überbringen. Die Kloakenbewohner waren schwer zu fassen, was die groß angelegte und fehlgeschlagene Polizeiaktion im letzten Jahr bewiesen hatte. Wenn Volos eine organisierte Sabotage seines Projekts und die massiven Extrakosten vermeiden wollte, die mit der jahrelangen Bereitstellung von Bauland einhergingen, konnte er das Treffen nicht abschlagen. Wenn dann alles so lief wie von David geplant, würde der Bandenchef sein Leben in den Katakomben in einem Haufen von Körpern beenden, die er selbst dort heruntergeworfen hatte, weil es Menschen wie ihn gab, die über Leichen gingen, um das zu bekommen, was sie als ihr natürliches Recht im Leben betrachteten: Geld, Macht, Respekt.

Natürlich stellte David sich die Frage, ob er sich noch von ihnen unterschied. Wenn er bereit war, ein Leben zu nehmen für das Leben, das ihm seiner Meinung nach zustand. Galt Liebe als treibende Kraft als mildernder Umstand? Im philosophischen Sinne vielleicht. Aber in der Welt, der er sein halbes Leben gewidmet hatte, der Polizeiwelt, hieß das nicht Liebe, nicht Notwehr, Verzweiflung oder gute Ausrede.

Es hieß Motiv.

Von denen gab es sieben: Profit, Begierde, Macht, Verstoßung, Fanatismus, Eifersucht, Rache. Alles andere zwischen den streng regulierten Mordparagrafen und der hin und wieder chaotischen Zwischenbilanz des Lebens kümmerte letzten Endes niemanden. Die Liebe inklusive.

David war jedoch weder der erste noch der letzte Polizist, der in seiner Karriere ein achtes Motiv vermisste.

In manchen Situationen konnte Böses nur mit Bösem vergolten und bekämpft werden.

Das Klingeln von Kranks Handy riss ihn aus seinen Grübeleien.

»Wollen Sie nicht antworten?«, fragte Artem irritiert.

»Das ist nichts Wichtiges, sicher nur eine meiner Schicksen, die nervt.«

David fuhr an der Strada Strandukui ab. Im Seitenspiegel sah er den Lieferwagen in Richtung E70 weiterfahren. Das war das Signal, dass Mihai zu dem Schluss gekommen war, dass sie alleine waren. Vielleicht zu früh. Sie waren erst eine Viertelstunde unterwegs. Andererseits hatte der abgebrühte Soldat schon mehrfach bewiesen, dass seine Handlungen – unabhängig vom Grad seines Wahnsinns – in der Regel in einer erfolgreichen Logik wurzelten.

Sie fuhren an einer Tankstelle, einem Park und einem Einkaufszentrum vorbei. David bereitete sich auf Artems Proteste vor, gefälligst weiter zum Tresor le Palais zu fahren, wenn er im nächsten Kreisel gleich links rausfahren würde. Vor einer roten Ampel blieb er stehen.

Das Handy klingelte erneut.

»Sie scheinen ja beliebt bei Ihren Schicksen zu sein«, sagte Artem tonlos. »Gehen Sie ran.«

»Das ist nicht wichtig.«

»Gehen Sie ran! Das Klingeln nervt.«

David antwortete mit gedämpfter Stimme. »Hallo?«

Kranks Stimme klang hart, heiser: »Bring ihn zum Bauplatz.«
»Unmöglich, ich ...«
»Keine Diskussion.«
David spürte einen bohrenden Blick im Nacken. Er ging davon aus, dass Artem kein Rumänisch verstand, und versuchte, seine Stimme ruhig zu halten, damit der Tscheche keinen Verdacht schöpfte.
»Alles läuft wie geplant. Wir sprechen uns.«
»Kein Deal, wenn du nicht tust, was ich dir sage«, fauchte Krank.
»Was ist los?«, fragte Artem von hinten. »Gibt es Probleme?«
»Gar nicht«, sagte David über die Schulter. »Lass uns später weiterreden ...«
Artem riss ihm den Hörer aus der Hand.
»*Who is this?*«, fragte er.
David bekam feuchte Hände, als er dem Gespräch lauschte. Der Tscheche sagte im Großen und Ganzen nicht mehr als »*I see*« und »*Yes, I understand*«. Dann legte er auf.
Es war totenstill in der Kabine. David stierte konzentriert auf die rote Ampel, hörte das An- und Abschwellen des Motorgeräusches.
»Fahrer! Wir fahren zu dem Bauplatz bei Sânmihaiu Român.«
David fing Artem Tsois Blick im Rückspiegel ein. Der Tscheche hatte seinen Laptop zugeklappt und den Gurt gelöst. Oder hatte er ihn gar nicht angelegt?
»Das Hotel ist nur zwei Minuten von hier.« David lächelte schief. »Wollen Sie nicht erst Ihr Gepäck abgeben und dann ...«
»Was dann?«
Es folgten fünf Sekunden Stille. Die Augen des Tschechen schwebten im Rückspiegel. Ein bohrender, blutunterlaufener Blick.

»Hören Sie, ich habe meine Order von Volos«, sagte David. »Ich handele mir richtig Ärger ein, wenn ich das ignoriere.«

»Das ist, würde ich sagen, Ihr geringstes Problem«, sagte Artem in leichtem Ton.

David zog die Augenbrauen hoch. Seltsame Wortwahl. *Ihr geringstes Problem.*

Die Ampel sprang auf Grün.

Artems Schnelligkeit war verblüffend. Davids Hand schaffte es nur halbwegs bis zum Gurtschloss, als er den warmen Atem seines Fahrgastes im Nacken spürte und einen kühlen Zug an der Innentasche seiner Jacke. Eine Sekunde später drückte die Mündung seiner eigenen Pistole durch das Polster der Rückenlehne.

»Ich bin Europol!«, sagte David eilig. »Sie begehen einen großen Fehler.«

»So ein Zufall. Der, mit dem ich gerade gesprochen habe, meinte, dass Sie genau das sagen würden. Fahren Sie!«

Aus der Schlange hinter ihnen ertönte ein Hupkonzert.

»Hören Sie zu!«, sagte David. »Das war keiner von Volos' Männern, mit dem Sie gerade gesprochen haben. Glauben Sie mir.«

»Soll ich einem Polizistenschwein glauben, das gerade aufgeflogen ist? Sehe ich aus wie ein Amateur? Fahren Sie, wenn Sie kein Loch in der Wirbelsäule haben wollen.«

Davids Blick sprang zwischen Seitenspiegel und Rückspiegel hin und her. Nichts. Keine Verfolger. Mihai hatte die Situation richtig eingeschätzt. Sie waren alleine.

83

Der SUV rollte durch eine Landschaft umgestürzter Betonmauern und rußschwarzer Gebäude mit Aussicht auf den Sternenhimmel, wo die Dächer eingestürzt waren. Die Scheinwerfer reflektierten in endlosen Reihen zersplitterter Fenster.

»Wohin fahren wir?«, fragte David.

»Woher zum Teufel soll ich das wissen? Er hat nur Bauplatz gesagt.« Artem Tsoi klang nicht mehr so sicher.

Sie fuhren schweigend weiter. Schlacke und Mauerbrocken knirschten unter den Reifen.

»Noch ist es nicht zu spät«, sagte David. »Noch können Sie sich anhören, was ich zu sagen habe.«

»Klappe.«

»Es dauert eine Sekunde.« David hielt den Wagen an und streckte die Hand zum Handschuhfach aus. Der Pistolenkolben knallte gegen seinen Ellbogen. Ein Schmerzblitz schoss durch seinen Arm bis in die Fingerspitzen.

»*Lysis nervus ulnaris*«, sagte Artem höhnisch. »Ein Nerv an der Innenseite des Ellbogens. Ein harter Schlag darauf lähmt unmittelbar. Keine Sorge, Sie werden den Arm bald wieder bewegen können. Und wenn es so weit ist, legen Sie den Gang ein und fahren weiter.«

Der kalte Stahl drückte sich wieder in seinen Nacken. Er wollte gerade den Fuß von der Bremse nehmen, als er am Rand des Scheinwerferkegels eine Gestalt sah. Das Gesicht verschwommen, die Augen nur als gelbliches Schimmern zu erahnen. David erkannte ihn sofort.

In der Hand des Mannes leuchtete ein Handy auf, auf dem er mit vornübergebeugtem Kopf etwas tippte. Dann kam er leicht humpelnd auf das Auto zu.

Kranks Gesicht sah gespenstisch aus in dem grellen Licht. Grau und erstarrt wie in Wachs gegossen. Über seiner Schulter hing ein Rucksack. Er hob eine Hand und malte mit dem Zeigefinger Kreise in die Luft.

David fuhr die Seitenscheibe herunter, einen Fuß auf der Kupplung, den anderen über dem Gaspedal.

»Wollt ihr nicht aussteigen?« Krank klang ganz normal, als wäre nichts Ungewöhnliches an diesem Treffen.

»Fuck, was wird das hier, Bulle?«, fauchte Artem. »Wo ist Volos? Verarschst du mich?«

»Wir tun besser, was der da sagt«, sagte David.

»*Fuck him.* Er ist alleine.«

David drehte sich auf dem Sitz nach hinten um. »Glauben Sie mir, er ist nie alleine.«

Der Tscheche spähte wachsam zu den regennassen Ruinen. »Ich rufe Volos an.« Er wählte eine Nummer und legte das Handy ans Ohr. Als das Handy kein Signal fand, drückte er die Pistole an Davids Stirn. »Fahr. Jetzt!«

David legte den Rückwärtsgang ein und gab Gas. Es knallte vier Mal hintereinander, und das Lenkrad unter seinen Händen begann, ein Eigenleben zu führen. Der Wagen brach seitwärts aus und schüttelte David in seinem Sitz durch, ehe das Hinterteil mit einer niedrigen Mauer kollidierte.

David stolperte mit den Händen auf den Ohren aus dem Wagen. Der Aufprall hatte seinen Tinnitus aktiviert. Er entdeckte drei Nagelbretter mit aufragenden Spitzen, die hinter dem Wagen auf der Erde gelegen hatten.

Er sah sich um. Wie waren die Bretter dahin gekommen? Es war keine Menschenseele zu sehen zwischen den Steinhaufen.

»Willst du mich deinem Freund nicht vorstellen?«, sagte Krank, der ihnen schlendernd entgegenkam.

Aus dem Augenwinkel sah David Artems Silhouette hinter der getönten Scheibe. Der Tscheche bildete sich ein, da drinnen sicher zu sein.

»Du weißt genau, wer er ist«, sagte David kurzatmig. »Was zum Teufel geht hier vor? Wir hatten eine Abmachung.«

»Hatten wir das? Ich verliere zwischendurch den Überblick, wem ich was zugesagt habe.« Kranks Zunge fuhr über den einzigen Zahn im Oberkiefer. »Aber du hattest ja auch nicht vor, ihn zu mir zu bringen, oder? Und ich kläre meine Probleme am liebsten von Angesicht zu Angesicht.«

David hatte sich noch nicht ganz wieder gefasst, ihm war schwindelig, er war wackelig auf den Beinen.

»Ich hab die Situation unter Kontrolle. Wenn Artem mein Beweismaterial sieht, rührt er das Projekt nicht mehr mit der Kneifzange an.«

»Aber der Anzugträger ist ja nur die eine Hälfte meines Problems.«

»Ja, und darum haben wir abgemacht, dass du dich um die andere Hälfte kümmerst: Volos …«

David zögerte. Der Tinnitus hatte sich gelegt, der Hirnnebel verzog sich. Er merkte an seinem Herzklopfen, dass sich irgendeine Erkenntnis aus dem Unterbewusstsein hocharbeitete.

Krank lächelte verschmitzt. »Man hält eine Abmachung ein, bis sich eine bessere bietet.«

Etwa hundert Meter entfernt hinter einem Bauwerk strahlte ein kräftiges Licht auf. David starrte auf das Licht, das die Bauruine flutete und wie das Streulicht eines Leuchtturms aus allen Fensterlöchern und Ritzen strahlte. Die Lightshow wiederholte sich noch zweimal, ehe eine Karawane von drei

Range Rovern mit hoher Geschwindigkeit auf sie zugerast kam.

»Wer das wohl ist?«, sagte Krank augenzwinkernd.

David zog sich Schritt für Schritt zurück, während er nach möglichen Fluchtwegen Ausschau hielt. Alle Muskeln in seinem Körper spannten sich an, als er sie in den Ruinen sah. Verschwommene Silhouetten am Rand der Dunkelheit. Halb versteckt hinter Betonwänden und Containern. Sie waren überall. Krank schien die gesamte Kloakenbevölkerung mitgebracht zu haben.

Die Rover bremsten mit knirschenden Reifen. Krank und David badeten in Licht. Fast simultan öffneten sich die Türen, und eine Handvoll bewaffneter Männer mit Sturmhauben stiegen aus. Ihre Körperhaltung und die übertrieben lässigen Bewegungen verrieten ihre Wachsamkeit.

Die Männer näherten sich in Formation und richteten ihre Waffen in die Dunkelheit, als würden sie auf etwas warten.

David wurde klar, dass er sich genau an der Stelle befand, wo die unsichtbaren Kräfte, von denen er sich die ganze Zeit verfolgt gefühlt hatte, ihn haben wollten.

Der mittlere Range Rover schwankte. Volos stieg aus. Der Koloss nahm sich Zeit und ließ den Blick über die Versammlung schweifen wie ein Löwe, der sein Rudel umreißt. Er wechselte ein einvernehmliches Nicken mit Krank.

David ballte die Hände zu Fäusten. Verrat. Todesstoß.

»Du siehst enttäuscht aus, Nicó.« Volos' Stimme triefte vor Sarkasmus. »Du wärst besser nie zurückgekommen. Du gehörst hier nicht her. Als Nicó hast du vielleicht die Regeln gelernt, aber du wirst sie niemals verstehen.«

»Ich verstehe Verrat«, sagte David mit einem Blick auf Krank.

Krank zog die Schultern hoch. »Der eine oder andere muss geopfert werden, damit ich kriege, was ich will.«

»Also hast du hinter meinem Rücken eine Absprache getroffen, mich an Volos auszuliefern.« David schüttelte den Kopf. »Was hat er dir versprochen?«

»Dass eine Hälfte des Bauplatzes unberührt bleibt. So vermeiden wir einen Krieg und viele Todesfälle. Eine Win-win-Situation, sozusagen.«

»Und du bildest dir ein, dass du ihm trauen kannst?«

»Wem kann man heutzutage schon trauen? Warst du selbst nicht drei Jahre lang ein professioneller Lügner ... Nicó?«

David hob die Stimme. »Ich verfüge über Informationen, die zu einer Verhaftung aller in Volos' Organisation führen können. Sie können ausradiert werden. Für immer!«

»Ich hör mir deine Lügen nicht weiter an, Ratte!«, brüllte Volos. Er schob eine Hand unter seine Jacke und zückte ein Messer. Imposant, mit doppelter Blutrille. »Noch ein Wort, und ich schneide dir die Zunge raus.«

Davids Magen drehte sich um. Statt berechtigter Todesangst durchströmte ihn ein ätzendes Gefühl der Ungerechtigkeit. Er hatte alles gegeben, um bis an diesen Punkt zu gelangen, hatte Körper und Psyche durch unerträgliche Schmerzen und Ängste gekämpft. Und jetzt sollte das sein Ende sein: allein in den Klauen einer Bande Krimineller, die ihn tot sehen und seine Leiche schänden wollten, bis nichts mehr von ihm übrig war.

Volos wedelte mit dem Messer.

»Kommst du freiwillig? Oder hast du noch mehr explosive Tricks im Ärmel?«

Die Männer mit den Sturmhauben lachten gedämpft.

David richtete sich auf. Setzte sich langsam in Bewegung. Fühlte sich wie losgelöst von der Realität, wie in einem Traum, wo man sich selbst von außen sieht. Zwei der Männer packten ihn an den Armen und zerrten ihn aggressiv zu den Wagen.

Volos schickte ihm einen triumphierenden Blick, als er an ihm vorbeiging.

»Was geht hier vor!?«, war da Artem Tsois schrille Stimme zu hören. Er war aus dem havarierten Fahrzeug gestiegen.

»Artem?«, sagte Volos verwirrt. Er hatte den Tschechen hinter den getönten Scheiben nicht gesehen. »Was machst du hier?«

»Dein Mann hat angerufen und gesagt, ich solle hierherkommen.«

»Mein Mann?« Volos' vernarbte Mundwinkel zogen sich nach unten. »Davon weiß ich nichts.«

»Wer hat dann angerufen?« Artem umfasste die Pistole fester.

»Augenblick«, sagte Krank mit einem schiefen Lächeln auf den Lippen, als wäre ihm gerade etwas Amüsantes eingefallen. »Da liegt vielleicht ein Missverständnis vor.«

»Was zum Teufel soll das heißen?«, sagte Volos.

»Spulen wir kurz ein Stück zurück.« Krank schloss halb die Augen. »Zu der Stelle, an der ich gesagt habe, dass ›der eine oder andere‹ geopfert werden muss. Nicht, wer.«

Volos' Stimme senkte sich zu einem tiefen Knurren. »Ich weiß nicht, was du vorhast, aber ich kann dir nur wärmstens empfehlen, es bleiben zu lassen.«

»Bedaure«, sagte Krank.

Es verging ein Augenblick, bevor David verstand, dass die Worte an ihn gerichtet waren.

Krank nahm seinen Rucksack von der Schulter.

»Ich hab wohl ein wenig übertrieben, als ich dir zugesagt habe, mich um Volos zu kümmern, wenn du mir Mr Suit bringst. Und da hab ich mir gedacht, da wir uns schon mal gegenseitig helfen, dass ich dich als Köder einsetze, um sowohl Volos als auch Mr Suit zu einem Heimspiel zu mir zu locken. Du glaubst gar nicht, wie eilig Volos es plötzlich hatte zu kommen, als ich ihm gesteckt habe, dass du auf dem Weg hierher bist.«

Grabesstille senkte sich über die Versammlung.

»Willst du mich wirklich herausfordern? Allein?«, sagte Volos.

»Ich war mein ganzes Leben lang allein. Ich habe Schutzengel.« Krank fasste in seine Schultertasche. Er zögerte, als die Männer ihre Waffen hoben.

»Nicht schießen, das ist nur ein Geschenk für euren Boss.« Krank zog es langsam aus der Tasche und warf es Volos vor die Füße.

David erkannte einen der mit MM markierten Beutel.

»Gibt es vielleicht etwas, das du mir erzählen willst?«, fragte Krank.

Volos atmete schwer aus und drehte den Kopf mit einem ungesunden Knacken.

»Dies ist also der Augenblick, in dem der zählebige Krank endlich zersiebt wird.«

»Ich dachte, wir hätten eine Abmachung?«

»Glaubst du wirklich, ich will mein Territorium mit dir teilen, mit dir und deinen widerwärtigen Missgeburten an *meinem* Tisch sitzen?«

Volos gab seinen Männern ein Zeichen. Drei von ihnen brachen aus der Formation aus und stellten sich mit den Waffen im Anschlag vor Krank.

»Ein paar letzte Worte?«, fragte Volos.

Krank seufzte. »Wie du willst.«

Er krümmte zwei Finger, steckte sie in den Mund und stieß einen lauten Pfiff aus.

Die Männer sahen fragend zu Volos.

Nach einer kurzen perplexen Pause wedelte der Koloss mit der Hand.

»Dann wollen wir doch mal sehen, ob deine Engel dich retten. Erschießt ihn.«

In dem halben Augenblick, als Volos das Zeichen gab, fing die Dunkelheit über den Ruinen an zu leben.

David riss die Augen auf. Der infernalische Lärm kam von allen Seiten. Die Männer mit den Sturmhauben schwangen ihre Waffen herum, verwirrt und unsicher, woher das Pfeifen und Rufen kam.

Und genauso abrupt verstummte der Lärm.

Kranks Stimme war plötzlich energisch.

»Wie ihr hört, habe ich alle meine Freunde mitgebracht. Gewöhnt euch an den Gedanken, dass ihr nicht genug Munition dabeihabt, um hier lebend rauszukommen.«

»Schießt!«, brüllte Volos.

»Ich wäre zu einem Kompromiss bereit«, sagte Krank eilig und breitete die Arme aus wie ein Showman in der entscheidenden Phase seines Tricks. »Mein Interesse gilt ausschließlich Volos und Mr Suit. Alle anderen bekommen freies Geleit. Ihr entscheidet selbst, ob es euch das wert ist, heute Nacht für diese beiden Männer zu sterben? Denn sterben werdet ihr, wenn ihr bleibt.«

Volos schnaufte. »Der Erste, der den Freak allemacht, bekommt fünfzigtausend!«

Die Männer tauschten Blicke in einer stummen Verhandlung mit zwei Schlachtlämmern als Publikum.

»Nichtsnutzige Waschlappen!«, schrie Volos. »Ich richte jeden Einzelnen von euch hin, wenn ihr den Freak nicht auf der Stelle erschießt!«

Der Griff um Davids Arme lockerte sich. Die erste Waffe senkte sich, noch eine, kurz darauf trotteten die Männer mit gesenkten Köpfen an Volos vorbei.

»Tu doch was!«, heulte Artem.

Volos brüllte sich heiser, unaussprechliche Drohungen, die leer über den Bauplatz hallten. In seinen Augen lagen Angst und Panik. Seine Männer stiegen in ihre Wagen und verschwanden eilig in der Nacht. David fing den Blick des Kolosses ein, der Hass und Verbitterung verschoss.

David prägte sich diesen Augenblick ein. Genauso wollte er sich an Volos erinnern: alleine, vom Tod gezeichnet.

Dann drehte er sich um und ging los. Er hatte keine Ahnung, wo er war, aber das kümmerte ihn nicht. Er würde schon nach Hause finden.

»Mr Nicó!«

David schaute über die Schulter zurück. Kranks Augen waren schwarz und starr.

»Eine letzte Kleinigkeit«, sagte er liebenswürdig. »Würdest du einmal deine Ärmel für mich hochschieben?«

»Warum?«

»Tu es einfach, dann kannst du gehen.«

»Das ist doch lächerlich.«

David schüttelte den Kopf. Aber er sah, dass der zerlumpte Narr nicht daran dachte, ihn davonkommen zu lassen. Er zog den Reißverschluss runter und ließ die Jacke von den Schultern gleiten. Dann streckte er seinen linken Arm aus und schob den Ärmel bis zum Ellbogen hoch. Die Haut leuchtete weiß im Scheinwerferlicht des havarierten SUV.

»Wunderbar.« Krank befeuchtete seine blutleeren Lippen. »Und jetzt den anderen Arm.«

David starrte ihn in stummem Protest an. Hirn und Bauch sagten das Gleiche: *Lauf, du Trottel. Lauf!*

Aber am Rand seines Sichtfeldes sah er sie. Lauernde Gestalten, bereit, vorzustürmen. Er schob den rechten Ärmel hoch und streckte den Arm nach vorn.

Kranks Augen wurden schmal wie die einer Kreuzotter.

»Du warst das also«, sagte er tonlos.

David stöhnte. Die Bissspur an seinem Unterarm schien ihn anzuschreien, Rache zu fordern, für die Leben, die er unten in der Kloake genommen hatte.

»Deine Männer haben mich angegriffen!«, sagte David. »Ich hab mich nur verteidigt.«

»Lüge. Sie haben ihr Zuhause gegen einen ungebetenen Gast verteidigt. Und du hast sie getötet.«

Kalt vor Angst, schaute David zu Volos und Artem. Die Männer standen so versteinert da wie die Landschaft um sie herum.

»Ich habe dein Leben gerettet!«, sagte David. »Bedeutet das nichts?«

»Das tut es.« Krank fingerte an der Schnur seiner zerfetzten Uniformjacke herum. »Aber du scheinst mir doch ein intelligenter Mann zu sein. Darum wundert es mich, dass du es nicht siehst.«

David schluckte. »Was soll ich sehen?«

»Dass du der Held unserer kleinen Versammlung bist.« Kranks Stimme wurde rau. »Und in allen Heldengeschichten gibt es am Ende immer ein Monster.«

Davids Atem ging keuchend. Er rieb seine Ohren gegen den schrillen Heulton. Das Geräusch verschwand. Merkwürdig. Das Geräusch kam doch aus seinem eigenen Kopf. Er nahm die Hände weg. Und prompt war der Heulton wieder da.

Krank sah sich verwirrt um. Er hörte es offensichtlich auch.

Wenige Sekunden schwoll der Ton weiter an, bekam mehr Körper und ging in das Tuten einer Autohupe über. Ein Motor knurrte in einem niedrigen Gang, und ein Paar Scheinwerfer fegten über David hinweg. Der Lieferwagen bremste zehn Meter vor ihm ab. Mihai schob den Oberkörper aus dem Fenster. Sein Blick war wild.

Dann schleuderte sein Arm etwas in die Luft. David verlor den Gegenstand aus den Augen und krümmte sich instinktiv zusammen, als eine Explosion die Erde zum Beben brachte.

»Lauf, Tom Juice!«

Mihai warf die nächste Handgranate.

David rannte auf den Lieferwagen zu, wurde aber von der Druckwelle der Explosion zur Seite geschleudert. Ein Granatsplitterschauer rasselte gegen seinen Rücken. Er brüllte vor Schmerz, als sich die Metallsplitter durch den Jackenstoff schnitten.

Drei schnell aufeinanderfolgende Knalle veranlassten ihn, sich umzusehen. Artem schoss panisch auf die Schatten, die aus allen Richtungen heranstürmten. Bevor er überrannt wurde und David ihn aus dem Blick verlor, drückte der Tscheche die Pistole an sein Kinn. Eine Blutkaskade stob aus seiner Schädeldecke.

David rappelte sich auf, taumelte weiter zum Transporter und versuchte, das schwarze Schattenwirrwarr zu ignorieren, das sich von allen Seiten auf ihn zuschob.

Mihai gab so stark Gas, dass der Transporter sich auf durchdrehenden Reifen um seine eigene Achse drehte. Einen Augenblick dachte David, dass der Alte ihn zurücklassen wollte, aber dann sah er, dass die hinteren Türen offen standen. Er warf sich in dem Moment in den Laderaum, als die Reifen griffen und das Auto nach vorne schoss.

Der Transporter holperte durch die Schlaglöcher und schleuderte David hin und her, während er sich das Adrenalin aus dem Körper brüllte.

»Bist du getroffen, Tom?«, hörte er Mihais Stimme durch das kleine Gitter zur Fahrerkabine.

»Nein, nein, fahr weiter. Fahr!«

David schrie das letzte »Fahr!«, weil er nur wenige Meter vom Lieferwagen Volos' laufende Silhouette entdeckt hatte. Und ihm direkt auf den Fersen eine Horde von Kranks Outlaws.

»Vollgas!«, rief David Mihai zu.

»Schneller kann ich auf diesem Scheißgelände nicht fahren!«

Volos war jetzt nur noch eine Armlänge von den offenen Hintertüren entfernt. David versuchte, zu den Türen zu kriechen und sie zuzuziehen, aber eine scharfe Kurve riss ihn zur Seite.

»Hast du eine Pistole, Mihai?«

»Was?«

»Eine Pistole! Eine Pistole!«

»Ja! Aber ich kann hier nicht anhalten. Wir müssen erst mal weg von diesen Missgeburten.«

»Nicht für sie, für …«

Etwas Schweres traf David. Er schnappte nach Luft und versuchte, Volos von sich runterzuwälzen.

»Du verfickte Ratte! Dachtest wohl, du könntest mir einfach entkommen!«, spuckte der Bandenchef ihm ins Gesicht.

David widerstand dem Panikreflex und schlang die Arme um den Oberkörper des Kolosses. Drückte ihn an sich, damit er nicht um sich schlagen konnte. Aber er hatte ein Kreuz wie ein Bär. Seine Arme reichten nicht ganz herum.

Im nächsten Moment hob Volos seinen Oberkörper und drückte mit einer Hand Davids Hals auf den Boden, während sich seine andere, ringgeschmückte Pranke zu einer Faust schloss.

Bevor er den Schlag fühlte, fiel er in die Dunkelheit seines eigenen Schädels. Als er den Kopf heben wollte, kam der nächste Schlag, und sein Schädel knackte. Hustend, den Mund voll

Blut, wollte er die Arme heben, um sich zu schützen, konnte sich aber nicht mehr bewegen.

Unmittelbar vor dem dritten Schlag fühlte er Volos' Mund dicht an seinem Ohr. Er rief, aber die Worte klangen wie ein fernes Flüstern:

»Bald ist nur noch der Alte übrig.«

84

Stein hatte sich die ganze Nacht herumgewälzt. Er hatte versucht, zu Pornhub zu wichsen, sich einen Podcast mit seinem Vorbild Andrew Tate angehört und am Ende Lemminge gezählt, aber nichts hatte geholfen. Der Schlaf wollte sich nicht einstellen. Das Bettzeug auf dem etwas zu schmalen Schlafsofa hatte sich wie Schleifpapier angefühlt. Und jetzt saß er in der Kneipe.

Ein Dilemma. Das war es, was ihn die ganze Nacht wach gehalten hatte. Ein Problem ohne eine richtige Antwort.

Der verdammte Oslo-Fuzzie hatte seinen Kopf mit Worten und Gefühlen verstopft, die da vorher nicht gewesen waren. Oder vielleicht waren sie schon da gewesen, aber er hatte sie nicht so zusammensetzen können, wie der Fremde es getan hatte. So verdammt überzeugend!

Zu der dänischen Schlampe rauszufahren und ihr den ultimativen Schreck ihres Lebens zu verpassen, wäre das Übertreten einer Grenze in unbekanntes Terrain. Er hatte schon immer Rachefantasien gehabt und große Lust, einer Menge Leute Leid zuzufügen. Damit sie auch nur ansatzweise den Schmerz fühlten, die Einsamkeit, die er in jeder verfickten Minute erlebte. Damit sie verstanden, wie hart es war, er zu sein. Aber selbst in den finstersten Momenten seiner Wutattacken konnte er immer noch zwischen Fantasie und Realität unterscheiden. Das Einzige, so hatte er immer gedacht, was ihn über diese Grenze katapultieren könnte, wäre der Tod seines alten Vaters, wenn Stein alleine zurückblieb. Dann wäre niemand mehr da in seinem Leben, dem er Schande machen könnte. Nur er selbst. Und das war egal.

Stein sah auf das unangetastete Bier vor sich. Er hatte keine Lust auf Bier, keine Lust auf diese abgefuckte Kneipe mit all den abgefuckten Leuten.

Er hatte Lust, mehr von der mächtigen, schwarzen Energie zu spüren, die der Oslo-Fuzzie gestern in ihm entfacht hatte.

Sein Puls schnellte in die Höhe. Das war mehr als Lust. Es war ein unerträgliches Jucken auf seiner Haut wie von einer Million Waldameisen.

Er sah ihr abweisendes Hurengesicht vor sich und hörte Oslos Stimme: *Ich hab gesehen, wie sie dich vor aller Augen wie ein Insekt zertreten hat. Und ich habe sie lachen sehen. Als wärst du ein Nichts.*

Stein klammerte sich an den verkratzten Bartresen. Wenn er sich jetzt ins Auto setzte, gab es keinen Weg mehr zurück. Fuck! Er sollte es besser lassen.

… wie ein Insekt.

In seinem Brustkorb ballte sich all das Verbotene zusammen, ein heftiges Zittern durchrieselte ihn. Der Barhocker quietschte über den Boden, als er sich vom Tresen abstieß und aus der Kneipe ging.

Der Wetterbericht hatte achtzehn Minusgrade vorhergesagt, aber Stein merkte nichts als seinen glühenden Zorn, als er mit ausladenden Schritten durchs Zentrum trabte. Ein hohles Klopfen ließ ihn aufschauen. Der alte Karl-Ove winkte hektisch von seinem Fenster herüber. Der alte Idiot. Wenn er mal den Löffel abgab, sollte seine Familie verdammt noch mal seine ausgestopfte Leiche genau an den Platz hinter dem Fenster setzen.

Außerdem irrte Karl-Ove sich. Stein hatte heute Abend keinen Tropfen von seinem Bier getrunken. Und wann hatte ein Rausch je irgendwen daran gehindert, mit dem Auto nach Hause zu fahren?

Stein setzte sich hinters Lenkrad. Die Luft in der Kabine war eiskalt. Er steckte den Schlüssel ins Zündschloss. Drehte ihn um. Der Motor reagierte nicht. Er runzelte die Stirn. Wusste nicht, was ihn so plötzlich nervös machte.

Er starrte durch die Windschutzscheibe. Die Straße war ausgestorben. Er drehte den Schlüssel erneut um. Diesmal sprang der Motor an. Er legte schnell den Gang ein, als hätte er es eilig, wegzukommen. Die Reifen drehten auf dem Eis durch, ehe sie endlich fassten und der Wagen mit einem Ruck nach vorne schoss.

Stein schaltete das Radio ein und drehte Slipknots rasendes Deathmetal auf volle Lautstärke. Er wollte nicht mehr denken. Er wollte endlich handeln. Die Hure bestrafen.

Er nahm Karl-Ove im Rückspiegel nicht wahr, der mit fuchtelnden Armen hinter dem Auto herrannte.

85

Karl-Ove hatte wie immer an seinem Platz am Fenster gesessen. Es war nicht viel los gewesen heute. So wie eigentlich meistens. Darum wunderte es ihn, dass der Auftritt zwischen Stein und der dänischen Frau schon so etwas wie *Old News* war. Heutzutage ging alles so schnell. Vielleicht lag das daran, dass die Leute über ihre Handys in Sekundenschnelle Zugang zu allen Problemen dieser Welt hatten. Er hatte neulich eine lebhafte Diskussion seiner Enkel über die Videoaufnahme einer Massenschlägerei zwischen Teenagern in Grorud mitbekommen, aber schon am nächsten Tag hatten sie sich nur noch für ein *Road Rage*-Drama zwischen zwei Frauen in Drammen interessiert, das in einer Messerstecherei geendet hatte.

Das Internet war eine Endlosfilmrolle vom Elend dieser Welt. Darum wussten die Leute auch so richtig guten Dorftratsch nicht mehr zu schätzen. Weil es alle naselang neue und frische Dramen gab, auf die man sich stürzen konnte.

Nicht so Karl-Ove. Ihm gefiel nach wie vor das Kino des echten Lebens am besten. Wie zum Beispiel Trygves Milbe von einem Sohn, Stein. Karl-Oves Sehvermögen war nicht mehr das, was es einmal gewesen war, und die Dunkelheit zwischen den Laternenpfählen auf dem Marktplatz war undurchdringlich, aber er hatte einen kurzen Blick auf Stein erhascht, als der sich in sein Auto gesetzt hatte.

Das war jetzt fast eine halbe Stunde her.

Karl-Ove starrte auf Steins Silhouette hinter der zugefrorenen Heckscheibe. Irgendwann würde er was unternehmen müssen, der Kerl würde erfrieren, wenn er die ganze Nacht da sitzen blieb. Aber Karl-Ove hatte nun mal schon immer die Rolle als Zuschauer der als Akteur vorgezogen.

Eine Lichtzunge leckte über den Platz. Karl-Ove schaute zu der offenen Tür des Wirtshauses und der Gestalt rüber, die im beleuchteten Türrahmen stand. Der alte Mann öffnete den Mund. Die nächsten Sekunden kämpfte sein Gehirn damit, die Puzzleteilchen zusammenzusetzen. Als das endlich gelungen war, war Stein schon fast bei seinem Auto. Karl-Oves erschrockener Blick sah gerade noch, wie sich die Silhouette auf der Rückbank wegduckte und unsichtbar machte.

Karl-Ove trommelte mit der Faust gegen das Fenster. Stein schaute kurz hoch, stapfte dann aber weiter.

Karl-Ove wedelte mit den Armen. »Bleib stehen, du Trottel!«

Stein verschwand im Auto. Karl-Ove legte die Hände auf die Armlehnen und wollte sich aus dem Sessel hochstemmen, aber seine Muskeln streikten nach dem langen Sitzen. Es vergingen kostbare Sekunden, bevor er endlich auf den Beinen war.

Karl-Ove eilte aus der Tür, schüttelte sich kurz in der Kälte und lief steifbeinig zu dem Wagen. Er wedelte mit den Armen. Stein legte einen Gang ein und gab mit einem kurzen Durchdrehen der Reifen Gas.

Karl-Ove blieb stehen und rief aus voller Lunge: »Da sitzt einer auf deiner Rückbank!«

Steins Auto verschwand um die Ecke.

Vor Kälte schlotternd, rieb Karl-Ove die Hände aneinander. Sollte er die Polizei rufen? Aber wer weiß, vielleicht hatte er sich das mit der Silhouette auch nur eingebildet. Es kam schon vor, dass Karl-Ove mal eindöste auf seinem Sessel und die seltsamsten Dinge träumte. Und die nächste Polizeistation war fünfzig Kilometer entfernt. Wie sähe das denn aus, wenn er die Polizei herzitierte wegen etwas, das sich dann als Traum herausstellte. Solche Dummheiten könnten seinem Ruf schaden.

Nachher guckten die Leute noch ihn durch sein Fenster schief an.

Karl-Ove schaute durch das beleuchtete Hotelfenster zu dem leeren Sessel hin, wo niemand mehr saß und ein Auge darauf hatte, was draußen vor sich ging.

86

David wurde von Tritten gegen seinen Fuß wach. Er schlug die Augen auf. Ein paar Zentimeter über seiner Nasenspitze schwebte der Strahl einer Taschenlampe. Er lag noch immer im Laderaum des Transporters. Er hatte einen bitteren Eisengeschmack im Mund. Sein Körper zuckte zusammen, als er sich in einem Hustenanfall auf die Seite drehte. Er schob zwei Finger in seinen Mund und betastete vorsichtig seine Schneidezähne. Vor Schmerz wurde ihm schwarz vor Augen, als sie nach hinten wegkippten.

»Tom, bist du okay?«

Das war Mihai.

David stemmte sich auf die Knie und folgte dem Lichtkegel aus dem Lieferwagen hinaus. Er blinzelte ein paar Mal, ehe er sich von dem Anblick von Volos losreißen konnte, auf den Knien, die Hände hinter dem Nacken verschränkt und die Mündung einer Pistole an der Stirn. Die dicken Goldringe an der einen Hand des Riesen waren blutverschmiert. David hatte keine Erinnerung daran, wie viele Faustschläge Volos auf ihn hatte niederrasseln lassen. Er fühlte nur einen pulsierenden, stechenden Schmerz, der sich um die Nervenpunkte und Muskeln konzentrierte, die sein Gesicht zusammenhielten.

Mihai korrigierte den Griff um die Pistole.

»Die Kloakenratten sind uns auf den Fersen. Wir haben nicht viel Zeit. Was hast du mit ihm hier vor?«

David schlussfolgerte aus dem Gesagten, dass sie sich noch in der Nähe des Bauplatzes befanden. Er spuckte einen blutigen Schleimklumpen aus.

»Gib mir die Pistole. Wir nehmen ihn mit.«

»Ernsthaft?« Mihai verzog das Gesicht.

»Hörst du schlecht, *tâmpit*?«, sagte Volos höhnisch.

Mihai verpasste ihm einen klatschenden Schlag mit der Pistole.

»Tom, auf diesen Augenblick wartest du, seit du in die Stadt gekommen bist. Du musst nur ein Wort sagen, dann bring ich das für dich zu Ende.«

David kniff die Augen zusammen. Die Gedanken schlugen an seine Hirnrinde wie Wellen an Hafenbohlen. Er hatte das Gefühl, dass sein Kopf auseinanderbrach. Mit einem Wort könnte er Volos auslöschen. Warum brachte er dieses eine Wort nicht über die Lippen? Aus Angst? Mitleid? Unmöglich. Gerade eben noch hätte er Volos, ohne mit der Wimper zu zucken, in Kranks Klauen zurückgelassen.

Mihai trat unruhig auf der Stelle.

»Worauf warten wir?«

»Augenblick!«

David fasste sich an den Kopf. Was war das?

Durch die Stille hallten laute Rufe. Die drei Männer richteten ihre Blicke auf die gespenstischen Umrisse der eingestürzten Bauruinen.

»Sie kommen!«, sagte Mihai, der trotz seiner übertriebenen Gelassenheit nervöser war, als David ihn je erlebt hatte. »Scheiß drauf! Dann treffe ich die Entscheidung für dich!«

Er hielt die Pistole an Volos' Stirn.

»Mikru lebt!«, platzte Volos heraus.

Verbissen und mit klopfenden Schläfen starrte David ihn von oben herab an.

»Was sagst du da?«

»Die verfluchten Kloakenratten haben ihn zurückgebracht, in derselben Nacht, als du ihn mir weggenommen hast.« Volos sprach schnell. »Alle kennen meinen Sohn, auch unten in der Kloake. Sie haben sich nicht getraut, ihn zu behalten, als sie gesehen haben, dass es Mikru ist.«

»Bullshit«, mischte Mihai sich ein. »Sie hätten ihn behalten und als Druckmittel bei den Verhandlungen über den Bauplatz nutzen können.«

»Das war vor dem Bauprojekt. Und damals war ich noch ihr einziger Lieferant von Drogen. Sie waren vollständig abhängig von mir. Du weißt, dass das die Wahrheit ist, Nicó.«

Das Gedankenwirrwarr sprengte Davids Kopf.

»Mikru ... lebt?«

»Er lebt.« Volos sah ihn eindringlich an.

Die Stimmen aus dem Dunkeln kamen näher. Sie hatten das Licht des Lieferwagens gesehen.

Mihai schüttelte den Kopf.

»Tom, du kannst keinem Mann trauen, der nur noch sein nacktes Leben in die Waagschale zu werfen hat. Er ist ein ehrenloser Hund!«

Volos blies sich mit einem Schnaufen auf.

»Ausgerechnet du redest von Ehre, *trădător*.«

Mihai ließ den Pistolenkolben auf Volos' Nasenrücken niedergehen. Es knirschte, wie wenn eine Geflügelschere ein knorpeliges Gelenk durchschnitt.

»Wenn ihr mich tötet, stirbt Mikru«, näselte Volos durch blutverschmierte Lippen. »Mein Nachfolger ist eiskalt. Er wird nicht zulassen, dass mein Sohn unter seinem Dach aufwächst.«

»Tom, lass mich das endlich beenden, er verarscht dich!«

David war außerstande, zu reagieren oder einen einzigen klaren Gedanken zu fassen.

Volos' Stimme verstopfte seine Gehörgänge.

»Wenn du mich jetzt gehen lässt, gibt es noch eine Chance.

Sobald meine Männer zurück in der Fabrik sind und erzählen, was passiert ist, wird mein Stellvertreter Mikru töten.«

Die aufgeputschten Rufe der Outlaws waren jetzt ganz deutlich zu hören.

Davids Blick flackerte, sein Herz hämmerte mit schmerzhaften, scharfen Schlägen.

»Lass ihn gehen«, sagte er. »Ich kann das Leben des Jungen nicht noch einmal aufs Spiel setzen.«

Mihai schüttelte den Kopf und stieß einen gereizten Laut aus. Dann schubste er Volos so unvermittelt gegen die Brust, dass er zu Boden ging, und schob seine Pistole hinter den Hosenbund.

»Dann lass uns Land gewinnen, *prost*.«

Mihai warf den Lieferwagen an, und gleich darauf rumpelten sie los.

Übel zugerichtet und totenbleich sah David die breitschultrige Silhouette der vielleicht größten Fehlentscheidung seines Lebens in der Betonlandschaft verschwinden.

87

David ließ die Augen geschlossen. Er hatte keine Lust, aufzuwachen, die Schmerzen zu spüren, die überall in seinem Körper explodierten wie ein Silvesterfeuerwerk, und am allerwenigsten hatte er Lust auf die Gedanken in seinem Kopf, die zehnmal stärker schmerzten.

Vielleicht war Mikru noch am Leben. Das war ein unerträglicher Gedanke. In deren Schlepptau ein Schwanz ungeordneter, nagender Fragen aufwirbelte. Sagte Volos überhaupt die Wahrheit? Mihai hatte vollkommen recht. Ein Mann, der nur noch sein nacktes Leben in die Waagschale zu werfen hatte, konnte alles erzählen. Aber das halbe Prozent, dass Volos die Wahrheit sagte und Mikru am Leben war, schob schlicht die verbleibenden 99,5 Prozent in den Hintergrund, dass der zynische Psychopath log.

Doch nicht das hatte David zögern lassen. Jedenfalls nicht gleich.

Er rief sich das Szenario wieder ins Gedächtnis: Mihai, der die Pistole an Volos' Stirn drückte und ihn regelrecht anbettelte, das Leben des Kolosses beenden zu dürfen. In dem Augenblick hatte sich der Zweifel wie ein Keil in die Logik geschoben, die David vorher so klar zu erkennen geglaubt hatte. Mikru hatte den Zweifel nur verstärkt, der die ganze Zeit in ihm geschlummert hatte.

Aber warum? Welche ungeklärten Details mussten noch geklärt werden, bevor Volos sterben konnte?

Es ging nicht um Lucas. Das Problem wartete in Dänemark auf ihn.

David ließ den Gedanken freien Lauf, in der Hoffnung, eine Antwort zu finden.

»Tom Juice, bist du wach?«

Mihais Stimme riss ihn aus seinen Überlegungen.

»Du bist ausgegangen wie eine Kerze im Wind«, sagte der alte Mann. »Ich habe dich mit zu mir nach Hause genommen.«

David ließ die Augen geschlossen. »Ich weiß. Ich habe den Geruch des Sofas erkannt.«

»Gut. Ich denke, dass wir die meisten Granatsplitter aus deinem Rücken entfernt haben.«

»Wir?« Jetzt schlug David doch die Augen auf. Mihai saß vor ihm auf dem Couchtisch. Hinter ihm war Alina damit beschäftigt, die Erste-Hilfe-Tasche zusammenzupacken. Das Licht der Deckenlampe reflektierte in einer blutigen Pinzette.

David setzte sich auf. Seine Haut glühte wie die Heizspiralen eines Radiators.

»Danke, dass ich hier sein darf«, sagte David zu Alina.

»Du hast Fieber und bist blass wie ein Fischbauch«, sagte sie.

»Vielleicht vor Erschöpfung, vielleicht wegen des Blutverlustes. Dein Körper ist in den Streik getreten.«

»Mir geht's gut.«

»Und ich kann nicht mehr Verbandszeug aus der Praxis stehlen, ohne dass es auffällt.«

»Hör auf meine Nichte«, sagte Mihai.

»Wir können nicht hierbleiben«, sagte David mit klappernden Zähnen. »Volos ... Er wird dich nicht in Frieden lassen.«

»Ich bin ein unwichtiges Rädchen in seiner großen Maschinerie. Er weiß nicht, wer ich bin.«

»Wir haben seine Wagen gestohlen.«

»Wie soll er wissen, dass sie draußen im Wald gekapert wurden? Wir haben keine Zeugen hinterlassen.« Mihai lehnte sich zurück und schob die Hände zwischen die Knie. »Nimm dir die

Zeit, die du brauchst. Wenn du wieder auf den Beinen bist, fahre ich dich zum Flughafen.«

»Ich will nicht nach Hause.«

»Was willst du dann?«

»Volos erwartet mich. Ich will ihm so wenig Zeit wie möglich geben, sich vorzubereiten.«

»Ich hoffe, es ist das Fieber, das aus dir spricht.« Mihai lachte spröde. »Oder willst du in vollem Ernst ein Loch in die Fabrik sprengen und hundert Mann niederkämpfen, um einen Jungen zu retten, der wahrscheinlich gar nicht mehr lebt?«

David ignorierte ihn und richtete sich auf. Vor Anstrengung fiel er hustend zurück aufs Sofa. Er krümmte sich zusammen, zitternd, wimmernd.

Mihai sprach über die Schulter mit Alina.

»Würdest du den Tee aufsetzen, von dem wir gesprochen haben?«

Sie saßen schweigend voreinander, bis Alina die Küchentür hinter sich zugemacht hatte.

»Ich kannte Soldaten wie dich«, sagte Mihai. »Deren Körper sich schon längst verabschiedet hatten, die sich aber immer weiterpeitschten. Weißt du, wie sie geendet sind? Jeder Einzelne von ihnen?«

»Es gewinnen nicht immer die Cleversten oder die, die in der Überzahl sind, den Kampf. Sondern die, die am längsten durchhalten. War es nicht so?«

Mihai seufzte.

»Ich rede so viel Unsinn. Normalerweise hört mir niemand zu. Aber hör dir diese Geschichte an, die einer dieser Lifestyle-Gurus bei einem unserer Veteranentreffen erzählt hat: Zwei Brüder machten einen langen Spaziergang an der idyllischen Adriaküste Dalmatiens. Es war ein sehr warmer Tag, die Sonne stand hoch am Himmel. Da blieb der ältere Bruder stehen und zog sich die Schuhe aus. Ich habe Lust auf ein Bad, sagte er. Der jüngere Bruder schaute über das spiegelblanke Wasser. Es sah fast aus, als wären da zwei Himmel. Er hatte eigentlich keine Lust zu schwimmen, aber als der ältere Bruder ins Wasser lief, legte er ebenfalls seine Kleider ab und schwamm zu ihm raus. Das tiefe Wasser weiter draußen ist kälter, sagte der ältere Bruder. Der jüngere Bruder schaute zum Ufer. Sie waren schon weit geschwommen, und er war kein guter Schwimmer. Ich passe auf dich auf, sagte der ältere Bruder. Also schwammen die beiden Brüder noch weiter raus. Sie trieben friedlich durchs Wasser und schauten in den wolkenlosen Himmel hoch. Plötzlich stieß der jüngere Bruder einen markerschütternden Schrei aus. Der ältere Bruder schwamm erschrocken zu der roten Stelle im Wasser, wo sein jüngerer Bruder in die Tiefe gezogen worden war. Er tauchte und blieb unter Wasser, bis keine Luft mehr in seinen Lungen war. Mit dem leblosen Körper seines jüngeren Bruders im Arm durchbrach er die Oberfläche. Seine Haut war so kalt wie das Wasser, seine Lippen waren ganz blutleer. Der ältere Bruder hatte Todesangst. Er spürte, dass der Hai irgendwo in der Tiefe unter ihnen lauerte, aber er griff nicht wieder an. Mit großer Mühe brachte er seinen jüngeren Bruder an Land, dessen eines Bein unterm Knie abgetrennt war. Die Ärzte kämpften auf dem Operationstisch Stunden um sein Überleben. Der ältere Bruder lief rastlos im Wartezimmer herum, geplagt von seinem schlechten Gewissen. Hätte er doch nur nicht vorgeschlagen, schwimmen zu gehen. Dann, im Morgengrauen, kam die gute Nachricht. Der Zustand des jüngeren Bruders war stabil. In den folgenden Monaten unterzog er sich einem harten Aufbautraining. Der ältere Bruder wich keinen Tag von seiner Seite. Sie lachten und weinten zusammen, und eines Tages stellte der ältere Bruder dem jüngeren Bruder eine Frage: Was glaubst du, warum der Hai dich und nicht mich gewählt hat? Der jüngere Bruder zuckte mit den Schultern und antwortete, dass der Hai ja nur seiner Natur gefolgt war. Trotzdem segelte der ältere Bruder jede Nacht aufs Meer hinaus, um den Hai zu suchen und zu töten. Und immer wieder murmelte er über dem dunklen Wasser die Frage, warum er seinen Bruder und nicht ihn gewählt hatte. Der jüngere Bruder gewöhnte sich schnell an seine neue Beinprothese, und in den folgenden Jahren ging es ihm richtig gut. Er heiratete, gründete eine Familie und ließ sein Leben nicht von dem Unfall bestimmen. Dem älteren Bruder ging es hingegen zunehmend schlechter. Er fing merkwürdig auf einem Bein an zu humpeln und verbrachte auf der Jagd nach dem Hai mehrere Wochen hintereinander alleine auf dem Meer. Mit den Jahren verlor er den Kontakt zu seinem jüngeren Bruder. Niemand weiß, was aus ihm geworden ist. So wie niemand weiß, ob er den Hai irgendwann gefunden hat. Nur so viel ist sicher, dass der ältere Bruder niemals eine Antwort auf seine Frage bekommen hat.« Mihai sah ihn von der Seite an. »Kennst du die Antwort?«

David nickte unter seiner Decke.

»Die Antwort ist mit dem Hai in der Tiefe des Meeres verschwunden.«

»Der ältere Bruder hätte sich selbst vergeben sollen«, sagte Mihai. »Statt sein ganzes Leben auf die Suche nach einer Antwort zu vergeuden, die es nicht gibt. Die Art Gedanken, die Volos dir in den Kopf gesetzt hat, werden dein Untergang. Hau ab, bevor deine Besessenheit dich von innen auffrisst.«

Alina kam zurück ins Wohnzimmer und stellte einen dampfenden Becher vor David auf den Tisch.

»Ich koche gerade eine Suppe«, sagte sie. »Wenn du schon unbedingt wieder loswillst, dann wenigstens mit vollem Bauch.«

David richtete sich wieder auf und trank einen Schluck Tee.

»Hast du jemals darüber nachgedacht, dass die Geschichte von den zwei Brüdern auch eine andere Pointe haben könnte?«

Mihai zog eine Augenbraue hoch. »Welche?«

»Vielleicht sind wir alle wie der Hai. Nur noch schlimmer. Weil wir den Unterschied zwischen Richtig und Falsch kennen. Und weil wir uns entwickeln wollen, aber letzten Endes tun wir doch immer wieder das Gleiche: Wir folgen unserer Natur.«

Mihai erhob sich mit einem traurigen und entwaffnenden Blick vom Tisch.

»Trink deinen Tee. Gleich gibt's was zu essen.«

David trank den Tee und kroch zitternd wieder unter die Decke. Mihai kam kurz darauf zurück ins Wohnzimmer und setzte sich an den Esstisch. Er räumte sich eine kleine Arbeitsfläche zwischen den leeren Bierdosen und dem Aschenbecher frei und legte sich Tabak und Blättchen zurecht.

»Ich riech keine Suppe«, sagte David.

»Es gibt keine Suppe.« Mihai faltete das Blättchen zu einer Rinne und krümelte Tabak hinein.

David schmatzte. Der Tee hatte seinen Mund ganz trocken gemacht.

»Was essen wir dann?«

»Ich dachte mir, dass ich eine Wurst brate, während du schläfst.« Er leckte mit einer dunkelroten Zungenspitze die Klebekante des Papiers an.

»Ich will nicht …« David kniff die Augen zusammen. Er versuchte, den Kopf anzuheben, aber der war schwer wie ein Stein. Seine Arme und Beine konnte er auch nicht mehr bewegen. Er sah zu dem leeren Becher. »Was habt ihr mir gegeben?«

»Das erzähl ich dir, wenn du wieder wach bist.«

»Was zum Teufel hast du getan?« Die Worte verklebten sich in seinem Mund.

Mihai bürstete Tabakkrümel von seinen Händen und hob sein Feuerzeug hoch. Seine Bewegungen wirkten verzögert und wie durch einen Filter. David sah den Glutpunkt wie einen orangen Nebelkranz um das Gesicht des alten Mannes.

Dann war er weg.

88

Theresa setzte sich an den Schreibtisch und knipste die Lampe an. Uringelbes Licht fiel auf das leere Blatt Papier vor ihr. Der Schornstein und der Ofen pfiffen mehrstimmig im Takt mit dem Rauschen des Windes um die Hütte. Der Kugelschreiber lag steif in ihrer Hand wie ein verrosteter Nagel. Sie musste fest drücken, um die Worte zu Papier zu bringen.

Liebster David
Es ist kurz nach zehn. Silja ist im Bett. Ich lege mich bald zu ihr. Es gibt ihr Sicherheit, dass ich da bin, bei ihr. Es hat sich viel zwischen uns getan, seit du weg bist. Gutes und Schlechtes, aber insgesamt hat es uns näher zusammengebracht. Es war alles so schrecklich kompliziert, bis ich aufgehört habe, nur an mich selbst zu denken. Ich halte es zwischendurch schier nicht in meinem Körper aus, aber in Silja, in meiner Tochter, ist ein Leben, das auszuhalten ist.

»Verdammt.« Theresa hob den Kopf, um nicht auf das Papier zu tropfen. Sie wischte sich mit dem kratzigen Ärmel über die Augen und versuchte, ruhiger zu atmen.

Du darfst nicht glauben, dass ich dich nicht auch lieben würde. Denn das tue ich. Vielleicht nicht in dem Maße, wie du es dir wünschst. Aber es ist echte Liebe. Es ist nur alles so kompliziert geworden, seit wir gemeinsam geflohen sind. Für das, was ganz natürlich zwischen liebenden Menschen passiert, müssen wir kämpfen. Das liegt vermutlich daran, dass wir beide so viele ähnliche Dinge erlebt und durchgemacht haben. Aber wie soll man Halt bei einem Menschen finden, der einen immer an all die fürchterlichen Dinge erinnert, die man erlebt hat? Der auf die gleiche Weise verletzt ist wie man selbst. Warum sollen wir warten, bis einer von uns zusammenbricht, wenn wir dem Schicksal zuvorkommen können? Die Vorstellung, wieder in die Dunkelheit runtergezogen zu werden, macht mir keine Angst. Aber dass es deine Schuld ist, kann mein Herz nicht ertragen.

Die letzten Zeilen wurden immer krakeliger.

Es macht mich unendlich traurig, diese Zeilen zu schreiben. Weil wir nicht mehr hier sein werden, wenn du nach Hause kommst. Ich bitte dich, nicht nach uns zu suchen. Wo auch immer wir auf der Welt landen, ist von dem Wunsch getrieben, neu anzufangen. Und vielleicht eines Tages Frieden zu finden. Ich hoffe von ganzem Herzen, dass du das auch tust. Und du sollst wissen, dass selbst wenn unsere Wege sich nie wieder kreuzen, du immer das Glück und die Trauer meines Lebens sein wirst. Mein unvergessliches Alles.

Sie lehnte sich zurück und ließ den Tränen freien Lauf. Konnte den Gedanken nicht wegschieben. Dass sie diese Zeilen vielleicht an einen Toten schrieb.

Sie stand auf und schlich auf den Flur, um Silja nicht zu wecken. Ihnen stand ein langer Tag bevor, und das Mädchen sollte ausgeschlafen sein. Sie blieb an der Tür stehen. Neben Siljas Bett stand ihr Gepäck. Ein kleiner Koffer mit Schmetterlingen, mit lauter Dingen, die sie nicht entbehren konnte. Den Rest mussten sie unterwegs besorgen.

Silja freute sich darauf, die Hütte zu verlassen, aber es hatte sie traurig gemacht, als sie erfahren hatte, dass David nicht mitkommen würde. Theresa hatte ihr erklärt, dass sie und David kein Paar mehr waren, nur noch Freunde. Natürlich würden sie sich irgendwann wiedersehen, aber im Moment war es das Beste, dass sie eine Pause machten.

Das war feige. Aber Theresa war nichts Besseres eingefallen.

Sie hörte das Küken in dem Karton im Heu rascheln. Hoffentlich war Trygve im Laden, wenn sie es morgen dort abgaben. Aber auch wenn nur Stein dort wäre, wüsste sie wenigstens, dass sie den abstoßenden Kerl das letzte Mal sah.

Theresa ging in die Küche, setzte einen Topf mit Wasser auf den Herd und schaltete die Platte an. Kleine Blasen stiegen aus dem aufkochenden Wasser auf.

Sie stand am Fenster, als plötzlich eine Lichtwelle über die Stämme der Kiefern schwappte. Ein Fahrzeug näherte sich der Hütte. Sie lief zum Lichtschalter und löschte alle Lichter in der Küche.

Als sie wieder ans Fenster trat, war kein Licht mehr zu sehen. Nur die farblose Landschaft mit den verschwommenen Umrissen der Bäume, des Schuppens und der verschneiten Holzstapel.

Sie ballte die Hände zu Fäusten. Hör auf. Mach dir nicht selber Angst.

Der gesichtslose Schatten tauchte plötzlich aus dem Dunkeln auf. Er bewegte sich auf die Hütte zu, schnell, als ob er schwebte.

Theresa stand wie angewurzelt da. Alles in ihr schrie, ins Schlafzimmer zu laufen und die Pistole zu holen, die sie unter der Matratze versteckt hatte, aber sie konnte den Gedanken nicht ausschalten, dass das alles nur ein böser Traum war. Eine Sinnestäuschung. Wenn sie ihr nachgab, würde sie ihr tückisches Spiel mit ihr treiben.

Der Angst nur keine Nahrung geben.

Ihr Herz galoppierte. Der Schatten kam näher, wurde größer. Sie schloss die Augen, atmete tief ein.

Komm schon, du kannst das!

Sie schlug die Augen auf. Der Schatten war weg. Sie beugte sich vor und schaute aus dem Fenster.

Das verschwommene Spiegelbild ihres eigenen, ängstlichen Gesichts zeichnete sich in dem Glas ab, dahinter: Dunkelheit. Leere.

Sie atmete erleichtert auf. Das Wasser kochte sprudelnd im Topf. Sie wollte den Herd ausschalten, aber ihr Arm hing schlaff an der Seite herunter.

Die Angst brach ungebremst aus ihr heraus, als sich hinter das Spiegelbild ihres eigenen Gesichts ein anderes Gesicht schob, ein verzerrtes Gesicht, das nicht ihres war.

Sie sprang erschrocken nach hinten, als Stein beide Arme hob und mit den Fäusten gegen die Scheibe hämmerte. Harte, dröhnende Schläge. Theresa blieb der Schrei im Hals stecken, als sie Steins weit aufgerissene, panische Augen sah. Er hatte selber Angst.

Theresa schlug sich eine Hand vor den Mund. Er war nicht alleine. Da war noch etwas anderes da draußen.

Zwei lederbekleidete Hände kamen aus der Dunkelheit hinter ihm. Sie stieß ein heiseres Krächzen aus. Die Hände hoben sich über Steins Schultern und schlossen sich um seine Kehle. Mit erdrückender Kraft. Der Blutstau in seinem Kopf ließ seine Augäpfel und die Adern an den Schläfen schwellen.

Das Glas beschlug vor Steins panisch aufgerissenem Mund. Sie hörte die gutturalen Strangulierungsgeräusche durch das Fenster.

Sie musste etwas tun. Die Pistole im Schlafzimmer! Aber ihre Muskeln, ihr ganzer Körper war wie erstarrt, ihre Beine waren wie festgefroren.

Steins Gesicht tauchte wieder auf. Sein weit aufgerissener Mund schnappte nach Luft, die nicht da war, die Augen verdrehten sich in einem schrägen Winkel. Die Lederhandschuhe lösten den Griff. Die Scheibe beschlug nicht mehr vor dem offenen Mund.

Theresas riss sich aus ihrer Trance und taumelte aus der Küche. Was war das für ein Horror, den Stein zu ihnen gebracht hatte? Und war er das Ziel? Oder etwas anderes?

Sie hörte Schritte auf der Veranda. Mit Kurs auf die Tür.

Ein Rütteln an der Klinke. Das Böse war noch nicht fertig für heute Abend.

89

David und Mihai saßen sich schweigend an dem kleinen Küchentisch gegenüber und aßen ihre Mahlzeit, die aus einem verbrannten Toast mit Butter und einem zähen Käse bestand, der mit dem Messer geschnitten werden musste.

Der alte Mann hatte Ringe unter den Augen, das graue Brusthaar schaute aus dem offenen Bademantel. Er schmatzte und atmete schwer durch die Nase, während er die Zeitung mit kurzen Peitschenschlägen umblätterte, die wie Minensprengungen in Davids Schädel dröhnten.

»Was habt ihr mir da eingeflößt?«, fragte David sauer. Er war mit verschwollenen Augen, völlig benommen und mit hämmernden Kopfschmerzen aufgewacht.

»Alina hat das Zeug in der Praxis gefunden.«

»Das Zeug«, äffte David ihn nach. »Ich fühl mich wie ausgekotzt.«

Mihais Hände zitterten so stark, dass sein Kaffee überschwappte, als er den Becher zum Mund führte. »Du hattest es nötig.«

»Aber dadurch habe ich einen halben Tag verloren. Ich könnte schon ...«

»Die Fabrik gestürmt haben? Du hast schon ein paar dumme Entscheidungen hier unten getroffen, Tom Juice, aber der Plan ist an Dummheit nicht zu überbieten.«

David atmete tief ein. »Ich muss in die Fabrik.«

»Du hättest das Ganze gestern abschließen können. Aber stattdessen glaubst du lieber Volos' Gutenachtgeschichte.«

»Du weißt doch gar nicht, was der Junge mir bedeutet.«

»Nein, aber ich weiß, dass Volos deine Schwachstelle kennt. Das hat er ausgenutzt. Und gewonnen.«

»Du weißt nicht, ob Mikru noch lebt.«

»Natürlich nicht. Ich kann nur Vermutungen anstellen, genau wie du. Aber ich weiß, dass der Junge erst mit der Pistole an Volos' Stirn zum Leben erwacht ist. Und das sagt eine Menge.«

Mihai biss in seinen Toast und widmete sich wieder der Zeitung.

David betrachtete das selbstzufriedene Gesicht des Alten. Und verspürte einen unwiderstehlichen Drang, ihn grün und blau zu prügeln.

»Gehen wir raus?«, sagte Mihai, ohne den Blick zu heben. Er spürte auch die Spannung in der Luft wie einen dumpfen Überdruck.

»Du weißt gar nicht, wie viel du mir kaputtmachst.«

»Und trotzdem kommst du immer wieder angeschissen, willst meine Hilfe und verbaselst meine Pistolen.«

David drückte einen Finger auf die Tischplatte.

»Wähl deine nächsten Worte mit Bedacht.«

Mihai sah hoch. In seinen schwarzen, stechenden Augen war keine Gefühlsregung mehr zu sehen.

»Welpen wie dich fress ich mit auf dem Rücken gefesselten Händen zum Frühstück.«

»Du lebst wirklich in der Vergangenheit.«

»Und dir fällt es wirklich schwer, Verantwortung für deine Gegenwart zu übernehmen.«

»Was soll das heißen?«

»Dass du vielleicht mal einen Gedanken an die verschwendest, die zu Hause auf dich warten. Statt dein Leben für einen toten Jungen aufs Spiel zu setzen.«

David stand ruckartig auf. Der Stuhl knallte hinter ihm gegen die Wand.

Mihai pulte sich mit einem schwarzen Fingernagel einen Krümel zwischen den Zähnen hervor.

»Stell dir selber diese Frage: Geht es darum, den Jungen zu retten? Oder darum, dein eigenes Gewissen reinzuwaschen?«

»Wenigstens versteck ich mich nicht vor meinen Problemen.«

Echte Verwirrung brach sich durch Mihais Granitfassade Bahn.

David war völlig klar, dass er die Unterhaltung an dieser Stelle abbrechen sollte. Es war noch nie etwas Gutes dabei herausgekommen, einen anderen Menschen zu verletzen, nur weil man selbst verletzt worden war. Und doch. Wenn er alle Gelegenheiten zusammenzählte, bei denen Mihai seine Grenzen überschritten hatte, zuletzt damit, ihn gegen seinen Willen betäubt zu haben, war es vielleicht an der Zeit, die karmische Rechnung zu begleichen.

»Vielleicht setze ich ja mein Leben für die aufs Spiel, die ich liebe«, sagte David. »Statt sie im Stich zu lassen und mich zu verstecken wie ein Feigling, während sie in Ungewissheit leben.«

Die Worte hingen flirrend über dem schäbigen Frühstück. Ein verirrter Funke blitzte in Mihais Augen auf, und in diesem Augenblick wusste er, dass David die Tragödie sah, die er tatsächlich war. Die Lüge, die sein Leben geworden war, und die ihn selbst und die Familie heimsuchte, die er verlassen hatte, um hier zu leben.

Äußerst beherrscht legte Mihai den angebissenen Toast auf den Tellerrand und stand vom Tisch auf. Im Türrahmen blieb er stehen, und David hörte etwas, das er bisher nicht in Mihais Stimme gehört hatte: ein Jammern.

»Ein übergroßes schlechtes Gewissen beeinflusst selten die Entscheidung, dass morgen auch noch ein Tag ist. Und das ist eine Schande. Wirklich.«

David packte mit fahrigen Bewegungen seinen Rucksack.

Die Kollision mit Mihai war nicht überraschend gekommen. Sie rieben sich schon eine ganze Weile aneinander wie zwei Steine in der Brandung. Hatte David eine Grenze überschritten? Mit Sicherheit. Hätte er seine Wut besser beherrschen müssen? Vielleicht. Bereute er es? Zu früh, um das zu sagen.

Er schloss den Rucksack und sah sich in dem dämmrigen Wohnzimmer um. Überquellende Aschenbecher, schiefe Bierdosenpyramiden, knittrige Gardinen, traurige Spuren eines gekenterten Lebens. Für einen Menschen, der sein Leben aufgegeben hatte, hatte Mihai unglaublich viel zu dem Leben anderer zu sagen.

David empfand eine ungewohnte Welle von Mitgefühl, aber auch die Unlust, ihr nachzugeben.

Im gleichen Moment, als er die Wohnung verließ und die Tür hinter sich zuschlug, ging die Tür der gegenüberliegenden Wohnung auf.

»Ich hab euch streiten hören«, sagte Alina mit vor der Brust verschränkten Armen, sehr blass, die Haare strähnig über die Schultern hängend. »Das mit dem Schlafmittel tut mir leid. Das war ... Ich weiß nicht, was wir uns dabei gedacht haben.« Sie presste die Lippen aufeinander, um die Tränen zurückzuhalten.

David suchte vergeblich nach Worten.

»Machst du dich jetzt auf den Weg nach Hause?« Sie hatte sich als Erste wieder gefangen.

»Nicht ganz.«

»Hast du darüber mit Mihai gestritten? Er hat viel von dir erzählt«, fügte sie hinzu, bevor David antworten konnte. »Nicht immer freundlich.«

»Das glaub ich gerne.«

Sie ließ die Arme sinken. »Darf ich dich zu einem Kaffee einladen? Oder zu was Stärkerem, bevor du aufbrichst ...«

David räusperte sich. Er fühlte sich in die Ecke gedrängt. Aber etwas in ihrem Tonfall – intim und bedrückt zugleich – weckte eine Zärtlichkeit für diese Frau, die einen so hohen Preis gezahlt hatte.

»Kaffee hört sich verlockend an«, sagte er.

David trank einen Schluck von dem dampfenden Kaffee. Dann noch einen. Das war mal ein ganz anderer Geschmack als die saure Brühe, die Mihai servierte. Er sah sich in der Küche um. Ein kleiner Raum mit einer tickenden Wanduhr, kleinen Kupfertöpfen, einem Herd mit zwei Flammen unter einem verschrammten Dunstabzug und Korbschalen mit Obst und Zwiebeln. Die beiden Kerzenflammen auf dem Tisch neigten sich im Luftzug von dem undichten Fenster nach rechts.

»Mihai trinkt mehr denn je.« Alina hatte beide Hände um die Tasse gelegt. »Das hat schon angefangen, bevor du gekommen bist. Die Vergangenheit scheint ihn endgültig einzuholen. Ich weiß langsam nicht mehr, wie ich meiner Tochter all die schrecklichen Dinge erklären soll, die gerade passieren.«

Sie sah ihn verloren an, innerlich zerrissen. David legte seine Hand auf ihre, und so saßen sie für einen unbeholfenen Augenblick.

Wieder brach sie das Schweigen. »Wie auch immer.« Sie zog die Hand weg und wischte sich eine Träne von der Wange. »Mihai ist nicht mehr der, der er mal war. Ich habe ihn vergöttert, als ich klein war. Er war immer gut gelaunt, für jeden Blödsinn zu haben, hatte immer spannende Geschichten zu erzählen. Das Soldatenleben hat ihn verändert. Wie wohl die meisten, die in einen Krieg ziehen. Sie kommen irgendwie nie mehr richtig nach Hause, auch die, die nicht sterben. Wusstest du, dass Mihai und Radu ein sehr angespanntes Verhältnis hatten?«

»Mihai hat nicht viel über Radu erzählt.«

»Das überrascht mich nicht. Radu hat Mihai Verantwortungslosigkeit vorgeworfen, und dass er den Krieg und seine inneren Dämonen romantisiert. Mihai seinerseits hielt Radu für einen Sicherheitsjunkie, der nie im Leben was riskiert hat.«

Davids Mundwinkel zuckten.

»Aber da liegt er falsch«, sagte Alina resolut. »Radu ist ... *war* nur nie der Typ, der mit allem rumgeprahlt hat. Er hat viele mutige Dinge getan. Aber er hatte nie das Bedürfnis, das an die große Glocke zu hängen.«

»Meinst du damit seine Solo-Ermittlungen?«

»Das war nur ein dummes Gerücht. Keine Ahnung, wer das in die Welt gesetzt hat. Aber irgendwann haben ein paar Kollegen angefangen, ihn *trădător* zu nennen.«

Trădător. Verräter. Davids Puls schnellte in die Höhe, pochte in der Wunde am Hals. Vielleicht hatte sie sich entzündet.

»Die meisten dieser Kollegen kannten ihn überhaupt nicht.« Alina schüttelte den Kopf. »Wie kann man jemanden einen Verräter nennen, den man nicht mal kennt?«

Sie führten gleichzeitig die Tassen zum Mund. In der Stille waren murmelnde Stimmen aus der Nachbarwohnung zu hören, jemand lachte.

»Bei dir ist es umgekehrt«, sagte Alina. »Mihai meint, dass du zu viele Risiken eingehst.«

»Er hat sich aber immer gut geschlagen in den Situationen, in die ich ihn hineingezogen habe.«

»Es sind nicht die Kämpfe, die ihn nervös machen.« Alina lächelte matt. »Sondern, ob du sie überlebst.«

»Aha.«

»Das ist, glaube ich, das größte Kompliment, das mein Onkel jemals ausgesprochen hat. Ich habe keine Ahnung, warum, aber du bist in seinen Augen etwas ganz Besonderes. Normalerweise landen alle Leute direkt auf seiner schwarzen Liste.«

David nickte abgelenkt. Seine Wunde pochte wie verrückt.

Alina drehte die Tasse zwischen den Händen hin und her.

»Wo gehst du jetzt hin?«

»Mein Kontakt bei Europol hat für ein Safehouse gesorgt. Ihr seht mich nie wieder. Versprochen.«

Alina rieb sich mit den Händen über die Oberschenkel.

»Am Wochenende wird Radu beerdigt. Meine Tochter hat mich gefragt, ob es nicht merkwürdig ist, sich um einen leeren Sarg zu versammeln. Ich weiß nicht, was ich ihr darauf antworten soll.«

Davids Magen verknotete sich. Er lauschte dem unverständlichen Murmeln hinter der Wand.

Alina senkte die Stirn, wodurch die Ringe unter ihren Augen noch dunkler wurden.

»Jetzt wünschte ich, dass Radu mehr Wesens um sich gemacht hätte. Sein Tod scheint so völlig bedeutungslos. Sinnlos. Das Leben geht einfach weiter. Das mag sich selbstbezogen anhören, aber ich wünschte, ein paar mehr Leute wüssten, was für ein besonderer Mensch Radu war. Dass er mehr Leuten fehlen würde.«

David sah den Rückzug in ihren Augen, die Vorbereitung darauf, das Leben ein wenig beschädigter weiterzuführen, ein wenig abgestumpfter. Und in diesem Augenblick wurde ihm seine eigene Funktionsstörung bewusst. Seine zwanghafte Menschlichkeit, der nicht einmal dieser Ort etwas anhaben konnte, und die ihn in diesem Moment eine Entscheidung treffen ließ, die Mihai verflucht nervös machen würde.

90

Der Taxifahrer hatte offensichtlich schon viele verkrachte Existenzen aus der Kaffeebar torkeln sehen, da er seinem Fahrgast gutherzig anbot, ihn später auch wieder abzuholen. David lehnte dankend ab und bezahlte die Fahrt aus seinem dünner werdenden Scheinbündel.

Er warf zuerst einen Blick in die Kabine des schräg geparkten Transporters, ob dort jemand saß, dann ging er rein. Die wenigen Gäste im Lokal warfen David flüchtige Blicke zu, der herzlichste Empfang, auf den hier jemand hoffen konnte, und nahmen ihre Reise an den Grund der Flasche wieder auf. Mihai war nirgends zu sehen.

David schob sich durch den Geruch ungewaschener Achselhöhlen und stellte sich an den Tresen. Der Wirt lehnte an der Wand dahinter und nahm einen Zug von seiner Zigarette, während er David mit einem Auge betrachtete. Das andere war zu einem feuchten Schlitz zugeschwollen.

»Unbequemer Kunde?«, sagte David.

»Bin gegen den Türrahmen gelaufen«, brummte der Wirt.

»Mihais Lieferwagen steht draußen. Wo ist er?«

David war nach seiner Unterhaltung mit Alina zurück in Mihais Wohnung gegangen, aber da war er schon weg gewesen. Die Kaffeebar war sein heißester Tipp.

»Hier ist er nicht, wie du siehst«, sagte der Wirt.

»Es ist wichtig.«

»Ich will einem Mann nicht sein Recht verweigern, allein zu trinken. Zieh Leine.«

»Hör zu, ich will keinen Streit, aber …« David verstummte.

Beim Wort »Streit« hoben alle Männer hinter seinem Rücken die Köpfe.

Der Wirt hielt die Zigarette still vor sich. Die Glutflocken rieselten in einen unsichtbaren Aschenbecher unter dem Bartresen.

»Ich würde mal sagen, dass du dir ganz sicher keinen Streit wünschst, *tâmpit*.«

Im hinteren Teil des Lokals schwang eine Tür auf, und im Spiegel sah David, wie sich jemand in den Türrahmen schob.

Mihais Augen waren rot geädert. Er zeigte auf den rechten der drei Flachbildschirme, die körnige Livebilder der Überwachungskamera zeigten.

»Wenn du so lange in einer Bar stehst und nichts bestellst, musst du mit den Kontserkwin … Konschekwen … Kontserkwenschen leben! Kapiert, Tom Juice?«

»Sollen wir ihn für dich aufpolieren, Mihai?«, tönte ein alter, übergewichtiger Mann, der sich von seinem Platz hochstemmte und promillehigh auf David zuwackelte.

Mihai wedelte abwehrend mit der Hand und verschwand wieder im Hinterzimmer. Die Tür ließ er offen.

Das Hinterzimmer der Kaffeebar sah aus wie ein provisorisches Gemeinschaftsbüro eines Jugendwohnprojekts mit Hang zum Trinken und Kettenrauchen. Ein Schreibtisch bog sich unter Aktenordnern und einem dicht an die Wand geschobenen PC. Davor standen ein paar mit zerschlissenem Velour bezogene Stühle und ein Tisch mit einem zusammengefalteten Pappstreifen unter dem einen Bein. Die einzige Lichtquelle war eine kleine Lampe an der Decke, die ein trübes Licht auf Wodkaflaschen, Aschenbecher, verkokelte Alufolie und herumliegende Playboy-Magazine warf.

Mihai saß auf einem der Stühle, abgeschossen, mit eingesunkenem Brustkorb unter einem grau verwaschenen Hemd. Seine Augen ruhten auf der Wodkaflasche auf dem Tisch.

»Und, findest du die Antworten, die du suchst?«, fragte David und setzte sich auf die Schreibtischkante.

Im Gesicht des Alten rührte sich kein Muskel. David wartete. Irgendwann hob Mihai den Blick.

»Du kennst also die Wahrheit. Über den Sudan und das Erdloch. Echt erbärmlich, was?« Seine Stimme schnarrte wie ein Metalllöffel, der über den Boden eines gusseisernen Topfes kratzt.

»Erbärmlich ist nur, dass du deine Familie totgelogen hast.«

Mihai starrte ihn wütend an.

»Du bist ein beängstigender Mensch, weißt du das?«

»Ich hab keine Zeit für dein besoffenes Gelalle.«

»Glaubst du, ich mache Spaß?« Mihai richtete sich halbherzig auf. »Du hast alles, was ein Mann im Leben braucht. Alles. Aber du bringst dich immer und immer wieder in Gefahr wie ein Idiot, der schon alles verloren hat.«

»Worauf willst du hinaus?«

»Hab ich meine Familie totgelogen? Ja, schuldig. Aber du … du führst dich auf, als würde deine überhaupt nicht existieren. Das ist echt gruselig.«

David verschränkte die Arme. »Hörst du dir deine abgelutschten Floskeln eigentlich nie über?«

»Floskeln, vielleicht.« Sein Kopf ruckte mit einem Hickser nach hinten. »Aber warum machen die dir so rote Ohren wie einem Jungen, der mit einem der Pornos hier erwischt wurde?«

»Warum besäufst du dich hier alleine?«

Mihai drückte seine abstehenden Haarbüschel mit der Hand an den Kopf.

»Sie waren hier.«

»Wer?«

»Jemand war hier und hat nach mir gefragt.«

»Ja, und?«

Er setzte die Flasche an die Lippen, trank einen glucksenden Schluck und stellte sie mit einem Knall wieder auf dem Tisch ab.

»Niemand kommt an diese Endstation und fragt nach irgendwem. Es sei denn, es liegt ihnen extrem viel daran, die Person zu finden.«

David sah ihn nachdenklich an. »Waren das die, die dem Wirt das Veilchen verpasst haben, weil er nicht sagen wollte, wo du bist?«

Mihai schnaubte. »Der Trottel hat die Gorillas mit seiner Schrotflinte verjagt. Aber die kommen wieder, und dann fackeln sie hier alles ab. Bestimmt schon heute Abend. Darum geben sich gerade alle die Kante.«

»Ach, *darum*«, sagte David trocken. »Was glaubst du, wer dich verpfiffen hat?«

»Ist doch jetzt egal. Volos ist überall. Es war naiv, zu glauben, wir könnten ihn aufhalten. Und jetzt würde ich gerne in Ruhe weitertrinken, bis sie kommen und mich umlegen.«

»Was redest du da? Du wirst die Stadt verlassen. Komm schon, auf die Füße mit dir.«

»Negativ. Wenn der Trottel mit dem Halstattoo Manns genug war, meine dämlichen Floskeln zu akzeptieren, werde ich das wohl auch schaffen.«

»Nichts garantiert dir, dass Alina in Sicherheit ist, nur weil sie dich aus dem Verkehr gezogen haben.«

»Mir sind die Möglichkeiten ausgegangen. Das hier ist mein letzter Trumpf. Außerdem sitzen in der Hölle eine Menge Arschlöcher, die mir noch Geld schulden.«

David stieß sich von dem Schreibtisch ab.

»Wenn du so darauf geiert, zu sterben, dann wenigstens, während du mir hilfst.«

»Ich will kein Wort mehr von deiner beschissenen Fabrik hören! Das ist eine Festung. Und du hast einen Panzer zu wenig, um sie anzugreifen.«

»Da irrst du dich. Ich habe drei Jahre in der Fabrik zugebracht. Das Gebäude ist ein Flaschenhals. Es gibt einen ferngesteuerten Fahrstuhl. Wenn man den unter seine Kontrolle bringt, sind Volos' Männer in den oberen Etagen eingesperrt. Die Feuertreppe ist durch allen möglichen Müll blockiert. Als Schutzwall gegen Razzien.«

»Die haben wohl noch nie was von Brandschutz gehört.«

»Ich schätze, das Gebäude steht ziemlich weit unten auf der Besuchsliste der Feuerwehr.« David setzte sich auf den Stuhl vor Mihai und versuchte, seine Alkoholfahne zu ignorieren. »Der Kontrollraum für den Fahrstuhl befindet sich im Erdgeschoss. Wenn wir es an den Scharfschützen auf den Balkonen vorbei schaffen, können wir die Kontrolle über das gesamte Gebäude übernehmen.«

»Augenblick, Tom Juice. Ich weiß, dass du dich für einen intelligenten Menschen hältst, auch wenn es einige gibt, die daran zweifeln. Aber wenn das Ganze so simpel ist, wieso ist dann vor dir noch keiner darauf gekommen?«

»Angst. Niemand wagt es, gegen Volos und seine Männer vorzugehen. Und genau dieser Tatsache sind sie sich so bewusst, dass sie sich überhaupt nicht vorstellen können, dass jemand sie direkt angreifen könnte.«

Mihai lehnte sich zurück. »Du vergisst was.«

David beugte sich vor, zögerte, lehnte sich wieder zurück.

»Okay, der Eingang im Erdgeschoss ist möglicherweise mit einem Gitter gesichert.«

»Wohl eher durch einen verfickten Käfig«, sagte Mihai. »Ich hab das gesehen. Daumendicke, an Boden und Decke verbolzte Stahlstangen. Die kleine Gittertür in der Mitte hat ein oldschool

Zylinderschloss. Du hast deinen Dietrich noch nicht mal ausgepackt, bevor die dich durchlöchert haben. Ganz einfach, ha.«

»Im Erdgeschoss halten sich in der Regel nur ein oder zwei Wachen auf. Die lassen sich überrumpeln.«

»Nicht aus einem abgeschlossenen Käfig ohne irgendeine Deckung.«

»Jetzt übertreibst du«, sagte David und dachte, dass seine Lügen jeden Moment auffliegen konnten. Aber Mihai schien nichts zu merken.

Ein tiefer, polternder Laut drang durch die Wand. Mihai stand auf und torkelte aus dem Hinterzimmer.

»Wenn ich zurückkomme, bist du weg.«

David folgte ihm durch das Lokal auf den Bürgersteig raus. Der Fahrer von BioClean stand an seinen monströsen Schlepper gelehnt.

»Das ist das letzte Mal«, sagte Mihai und fummelte ein Scheinbündel heraus.

»Was soll das heißen?«, fragte der Fahrer sauer. »Ich riskier ganz schön was für dich. In dem Ding hier bin ich ja nicht zu übersehen.«

Er klatschte mit der flachen Hand gegen den containergroßen Stahlbehälter des Lastwagens.

Mihai sagte etwas Scharfes in einer anderen Sprache. Es folgte eine kurze, aufgeheizte Diskussion. Es war interessant, Mihais Verwandlung zu beobachten, wenn er diese andere Sprache sprach: lebhafte Gesten, klare Ausdrucksweise, als hätte ein nüchterner und energischer Mensch seinen Körper in Besitz genommen.

Die zwei Männer beendeten ihre Zusammenarbeit mit einem gestreckten Mittelfinger. Der Lastwagen gab Gas und verschwand in einer rußschwarzen Abgaswolke.

»So«, sagte Mihai sachlich.

»Mihai?« David wartete, bis er die ganze Aufmerksamkeit des Alten hatte. »Du hast mich noch gar nicht gefragt, warum ich den weiten Weg hierher gemacht habe.«

»Nicht zum Trinken?« Mihai kniff die Augen zusammen. »Warum bist du eigentlich hier?«

»Weil du jemandem noch was schuldig bist.«

»Ich? Habe ich vielleicht gerade den Deppen bezahlt? Wenn das ein Traum war, ist das Geldbündel in meiner Tasche beunruhigend leicht.«

David verzog keine Miene. »Wie kann man jemanden einen Verräter nennen, den man gar nicht kennt? Die Worte deiner Nichte.«

»Tut mir leid. Wir haben in unserer Familie wohl alle eine Vorliebe für abgenutzte Floskeln.«

»Ist das so? *Trādātor*.«

Mihais schlaffe Augenlider bewegten sich wachsam nach oben. »Was faselst du da?«

»Das arbeitet schon eine Weile in mir. Dass ein Mann wie du, der normalerweise alles und jeden ablehnt, plötzlich bereit ist, seine Geschäfte, ja, sein Leben zu riskieren. Für mich. Einen total Fremden. Es gab natürlich eine Reihe Hinweise. Aber erst vorhin, als Alina meinte, man könne doch niemanden einen Verräter nennen, den man gar nicht kennt, da hab ich es verstanden.«

»Was?«

»In den letzten Wochen, sagt sie, ist dein Alkoholkonsum völlig aus dem Ruder gelaufen. Totsaufen nennt Alina es. Was nicht ganz stimmt. Der Tod ist dein Ziel, aber das, was dich antreibt, ist die Scham. Eine neue und intensive Scham, die unerträglich brennt. Denn diesmal hast du niemanden, auf den du sie abwälzen kannst, keinen Feind, der dich in einem fernen Krieg übermannt hat, in einer vergessenen Vergangenheit.

Diesmal ist der Feind ganz nah. Weil du es selbst bist. Du bist verantwortlich für all die schrecklichen Dinge in Alinas Leben.«

Mihai fischte eine Packung Zigaretten aus der Tasche. Seine zitternden Finger konnten das Feuerzeug nicht lange genug still halten, um die Zigarette anzuzünden. Irgendwann reichte er es David, damit er sie für ihn anzündete.

»Du bist ein guter Ermittler«, sagte Mihai, das Gesicht in eine Rauchschwade gehüllt.

»Beobachtungen und zufällige Informationsfetzen lagern sich die ganze Zeit im Unterbewusstsein ab. Manchmal hat man das Glück, dass sie sich zusammenfügen.« David steckte sich auch eine Zigarette an. »Zum Beispiel deine Überreaktion, als Volos meinte, gerade du müsstest von Ehre sprechen, und als er dich einen Verräter genannt hat. So persönlich spricht man nicht mit jemandem, dem man zum ersten Mal begegnet.«

»Man kann nur Menschen verraten, die man kennt.« Mihai nickte traurig. »Hast du meine Lüge erkannt, als ich gesagt habe, dass Volos nicht weiß, wer ich bin?«

»Nicht ganz. Das vage Gefühl war da, aber die Einsicht kam erst später. Und selbst da war ich nicht ganz sicher. Darum bin ich hierhergefahren.«

Die Zigarette klemmte in Mihais Mundwinkel. Er kniff ein Auge zu und betrachtete David.

»Du bist nicht gekommen, um mich zur Stürmung der Fabrik zu überreden. Du bist gekommen, um mich zu verhören.«

»Wie gesagt, ich wollte sicher sein. Und das bin ich jetzt. Du hast dich verraten, als du den Käfig im Eingangsbereich von Volos' Hauptquartier beschrieben hast. Du weißt sogar, dass sie ein … wie hast du gesagt? Ein oldschool Zylinderschloss haben. Niemand kommt ohne Einladung so weit in die Fabrik rein. Da stellt sich mir die Frage: Was ist dort passiert? Warum musste Radu sterben?«

Ein ausgehungerter, herrenloser Hund lief auf der anderen Straßenseite vorbei. Er schaute mit aufgescheuchtem Blick zu ihnen rüber und trabte weiter.

Mihai stieß mit seinem Seufzer eine Rauchwolke aus.

»Ich konnte nicht ablehnen, als sich plötzlich die Chance für gut verdientes Schwarzgeld bot. Ich dachte doch, dass ein alter Kerl wie ich für so eine mächtige Organisation völlig uninteressant ist. Ein unwichtiger Bauer auf dem Schachbrett. Aber da hab ich mich geirrt. Sie unterziehen jeden einem Hintergrundcheck. Und sie graben tief. Ich weiß nicht, wie lange sie schon den Namen meiner Frau und ihre Adresse kannten oder dass der Mann meiner Nichte Polizist ist. Aber eines Tages, als ich gerade eine Lieferung entgegennahm, meinte einer der Gorillas, dass ich mit ihnen in die Fabrik fahren sollte. Das Treffen mit Volos war kurz. Er brauchte einen Polizisten, den er eine Weile als Geisel nehmen konnte, und dafür hatte er sich Radu ausersehen. Ich hab ihn gefragt, wieso seine Wahl ausgerechnet auf Radu gefallen ist. Volos hat gelacht und gesagt, dass ich der Auserwählte wäre. Radu wohnte mit mir auf einer Etage, er war der Mann meiner Nichte, also hatte ich doch sicher Informationen über seine Gewohnheiten und Abläufe im Privaten und kannte Orte, die er alleine besuchte, und so weiter. Die Entführung sollte komplett im Verborgenen stattfinden. Ohne Zeugen. Solche Operationen erfordern eine detaillierte Hintergrundrecherche und nicht zuletzt einen sehr motivierten Denunzianten. Ich hab gesagt, dass mich nichts zu einem solchen Verrat motivieren könnte.« Mihai hustete trocken. »Aber auf die Antwort von mir war Volos vorbereitet.«

»So wurde das Leben deiner Frau zu deiner Motivation.«

David nickte vor sich hin. Volos hatte die Wahrheit gesagt. Seine Männer hatten nicht vorgehabt, Radu zu töten, aber Radu hatte sich gewehrt, eine Wahl, die ihn am Ende das Leben kostete.

»Und dann bist du aufgetaucht«, sagte Mihai. »Und ich habe meine Chance gewittert, mich zu rächen. Ich habe deine Willenskraft gesehen, deinen Kampfgeist, und ich dachte wirklich, dass eine Chance besteht, dass du Volos tötest.«

»Dein Motiv, mich am Leben zu halten, war also Rache? Nicht mehr?«

»Was sollte es sonst sein? Glaubst du, dass …« Mihai saugte mit großen Augen an der Zigarette.

»Vergiss es«, sagte David leicht enttäuscht über die Nichtexistenz der aufkeimenden Freundschaft zwischen ihnen, die er sich eingebildet hatte. »Du hast einen Rückzieher gemacht, Mihai. Hast mich aus deiner Wohnung geschmissen.«

»Die Dinge haben sich in die Länge gezogen. Und ehrlich gesagt hab ich irgendwann den Glauben an dich verloren. Aber nur kurz. Wir haben die Zusammenarbeit wieder aufgenommen.« Mihai drückte die Kippe mit der Schuhsohle auf dem Asphalt aus. »Du hältst mich wahrscheinlich für einen Feigling. Aber ich bereue nichts. Keine Sekunde. Die Menschen, die wir lieben, liegen in Kreisen um uns herum. Und meine Frau liegt im innersten von allen. Ich würde alles tun, um die zu beschützen, die dort liegen, Tom.«

»Selbst, wenn die Menschen in den äußeren Kreisen das mit dem Leben bezahlen?«

»Ohne zu zögern. Aber das hilft nicht gegen die Scham und den Selbsthass. Nicht eine Sekunde.«

Das graue Wetter saugte alles Leben aus Mihais Gesicht und machte ihn schlagartig zehn Jahre älter. Und David sah darin etwas, das er wiedererkannte. Einen Menschen, der zu unerträglich harten Entscheidungen gezwungen worden war. Der sein Bestes gegeben hatte. Und gescheitert war.

»Du kommst jetzt mit mir mit«, sagte er.

Mihai nickte. »Die Schuld. Was soll ich für dich tun?«

»Nicht für mich. Für Alina. Denk dran, dass Radu in ihrem innersten Kreis lag. Also tun wir jetzt das Beste, was wir in dieser hoffnungslosen Situation für sie tun können. Wir holen Radu nach Hause.«

91

Rudicica mit seinem hell erleuchteten Zentrum in der Umarmung einer tiefen, leeren Finsternis machte seinem Namen als Satellitenstadt alle Ehre. Der Lieferwagen glitt schnell als flüchtiger Lichtschweif an dem Wohngebiet vorbei und weiter in dunkles Niemandsland.

Zwischen David und Mihai hatte sich ein unverbrüchliches Schweigen gesenkt, seit sie die Kaffeebar verlassen hatten. Es war alles gesagt, was zu sagen war. Nun ging es nur noch um die Umsetzung des Plans.

»In zweihundert Metern müsste links der Eingang zu sehen sein.« David klappte den Laptop zu, auf dem er der Route bis zu der GPS-Markierung gefolgt war, die er vor einer Stunde erhalten hatte.

Mihai ging vom Gas. Die Augen des alten Mannes suchten wachsam das Gelände ab. Die Alkoholabstinenz in den letzten fünf Stunden und die sieben Espressoshots, die er sich im Tankstellenshop reingepfiffen hatte, hatten ihn wieder einigermaßen auf die Spur gebracht.

»Halt hier an«, sagte David.

Sie stiegen aus und schlitterten eine vereiste Böschung hinunter zu der Stelle, wo der Eingang in die Kanalisation sein sollte. David schaltete die Taschenlampe ein, arbeitete sich durchs Gestrüpp und schob die Zweige zur Seite, die ihm ins Gesicht peitschten. Die Schatten zwischen den Bäumen waren so lebendig, dass er ab und zu stehen blieb, den Lichtkegel verkrampft auf die Baumschatten gerichtet, die auf die Nachbarbäume fielen.

Sie kämpften sich immer tiefer in das Dickicht hinein. Ein hohles Säuseln war zu hören, wie wenn man auf den Hals einer leeren Flasche blies. Sie folgten dem Geräusch und standen kurze Zeit später vor einem hohen Torgewölbe. Hinter dem Vorhang aus gefrorenen Schlingpflanzen ahnte man einen kunstvoll gemeißelten Steinbogen. Als hätte der Architekt des zweihundert Jahre alten Bauwerks versucht, mit der schönen Fassade von der Scheißarbeit dahinter abzulenken.

Mihai war es schließlich, der das Schweigen brach: »Nach dir.«

David folgte dem Strahl seiner Taschenlampe in den Schacht, der sich in eine immer schwärzere Dunkelheit verlor. Schon nach wenigen Metern verstummten alle Geräusche, und man sah nur noch das, worauf der Lichtkegel gerichtet war. Er wischte mit dem Strahl über die Mauern auf der Suche nach dem Zeichen. Nicht dem von der Polizei.

Das der anderen.

David fuhr zusammen, als Mihai dicht hinter ihm unvermittelt ein lautes Hicksen ausstieß.

»Verdammt, erschrick mich doch nicht so!«

»Sorry, aber dieser bestialische Gestank …«, würgte Mihai.

»Atme durch den Mund.«

»Mach ich schon!«

Sie gingen weiter. Davids Hand zitterte so, dass er die Batterien in der Taschenlampe klappern hörte. Sein Körper verstand instinktiv, dass dies der letzte Ort auf Erden war, an dem man sich freiwillig aufhielt.

Davids Gehirn spielte Fetzen des Gesprächs noch einmal durch, das er vorhin vor der Kaffeebar geführt hatte.

»*Wer ruft mich an?*«, meldete sich Krank.

»*Hast du meine Nummer nicht gespeichert?*«, antwortete David.

»*Du? Du verfluchter Unglücksvogel, meine Hexe soll dich und deine Familie mit tausend Flüchen belegen.*«

»*Bist du bald fertig? Dann können wir über die Zukunft reden.*«

»*Die Zukunft, die dich erwartet, wünschst du dir nicht.*«

»*Und wie sieht es mit dir aus, Krank? Wie sieht deine Zukunft aus? Du hast hoch gepokert, alle zum Narren gehalten, aber am Ende ist Volos dir doch wieder entkommen. Was passiert als Nächstes?*«

Ein kurzes Schweigen. »*Sprich.*«

Der Schacht mündete in einer Art unterirdischem Atrium mit drei in unterschiedliche Richtungen abzweigenden Tunneln. David richtete die Taschenlampe auf den höchsten Punkt des Mauerbogens. Kein Zeichen.

»*Du hast immer deine Kämpfe mit Volos gehabt. Aber nach deinem Verrat auf dem Baugelände wird es offenen Krieg geben.*«

»*Was will er schon machen? Seit der letzten Razzia der Polizei, die uns ausräuchern wollte, haben wir sie hier nicht mehr gesehen.*«

»*Das war eine an Polizeirecht gebundene Aktion. Volos schickt seine Todespatrouillen, die auf alles schießen, was sich bewegt, die keine Gnade kennen. Das wird ein riesiges Blutbad in der Kanalisation geben. Egal, wer am Ende gewinnt.*«

Krank schwieg so lange, dass David schon glaubte, er hätte aufgelegt.

»*Was schlägst du vor?*«*, kam es endlich.*

David sprach schnell, um sich seine Unsicherheit nicht anmerken zu lassen. »*Ich habe die Mittel, Volos aus dem Weg zu räumen. Endgültig. Ich kenne einen ehemaligen Söldner, hier aus der Stadt, der sich bereit erklärt hat, einige seiner alten Soldatenkameraden zusammenzutrommeln.*« David sah die verkrachten Existenzen in der Kaffeebar vor sich. »*Zähe Hunde, speziell für* solche Räumungsaktionen ausgebildet. *Sie schmuggeln Waffen nach Osteuropa und haben Zugriff auf hoch entwickelte Technologien, die man in diesen Breitengraden nicht kennt. Volos' Straßensoldaten haben keine Chance gegen den Spezialtrupp.«*

Krank stieß ein leises Knurren aus. »Was gewinnst du dabei?«

»*Ich will freies Geleit in die Katakomben. Heute Abend. Und die Koordinaten für eine etwas einfachere Route als die von meinem letzten Besuch.*«

»Was willst du hier unten?«

»*Mein Karmapunktekonto auffüllen.*«

David richtete die Taschenlampe auf den mittleren Tunnel. Kahle, feuchte Ziegelsteine. Aber kein Zeichen. Sein Herz schlug schneller. Hatte Krank gelogen? Waren sie in eine Falle getappt? Die Lügengeschichte über die Spezialeinheit griff nur unter der Voraussetzung, dass Krank die Optionen ausgegangen waren. Mit einem unbekannten, nicht unwesentlichen Faktor, auf den Mihai hingewiesen hatte: dass Krank selbst nicht das Gefühl hatte, dass ihm die Optionen ausgegangen waren.

»Das sag ich doch, verdammt noch mal, schon die ganze Zeit«, schimpfte Mihai. »Auf die Monster ist kein Verlass. Wir haben unser eigenes Todesurteil unterschrieben.«

Kranks Stimme klang fern, als hielte er den Hörer am ausgestreckten Arm. »*Soldaten mit Spezialausbildung, Waffenschmuggler. Du hast eine lebhafte Fantasie. Warum sollte ich dir glauben?*«

»Was hast du zu verlieren? Wir kommen zu zweit, um eine Leiche zu holen, danach sind wir gleich wieder weg. Wir sind keine Bedrohung. Im Gegenzug könntest du den Jackpot gewinnen, wenn du mir vertraust.«

»*All right*«, seufzte Krank. »*Ihr findet ein Zeichen über den Tunneleingängen. Wenn ihr dem folgt, gelangt ihr in die Katakomben.*«

»Wie sieht das Zeichen aus?«

»Du kennst es.«

David schwieg. Dann fiel ihm die SMS ein, die er beim Tresor le Palais bekommen hatte. Das rätselhafte Zeichen.

»Dann haben wir eine Abmachung?«, sagte David. »Freies Geleit? Und keine Hexe?«

»Nur heute Abend. Und sollten wir uns jemals wieder begegnen, wird es das letzte Mal sein. Verstanden?«

»Verstanden. Noch eine letzte Frage.«

»Ja?«

»Was bedeutet das Zeichen eigentlich?«

Krank schwieg wieder. »Weißt du das wirklich nicht?«

David bewegte den Lichtkegel zu dem dritten und letzten Tunnel hin und atmete tief aus. Da war ein mattrotes Graffiti des Zeichens.

Er wusste nach wie vor nicht, was es bedeutete. Und folgte ihm trotzdem weiter unter die Erde.

92

Theresa lief in den Flur. Die unsichtbare Bedrohung von draußen trat kraftvoll gegen die Tür.

Die Tür zu Siljas Zimmer ging auf. Das Mädchen war kreidebleich vor Angst. »Was ist da los? Ist das der Mann aus Terråk?«

Theresa fiel vor ihr auf die Knie und packte sie so fest an den Schultern, dass Silja schmerzhaft das Gesicht verzog.

»Bleib in deinem Zimmer und schließ die Tür von innen ab! Komm auf keinen Fall raus. Egal, was für Geräusche du hörst.«

»A-aber …«

»Versprich mir das!«

Silja blinzelte ängstlich. Dann drehte sie sich um und lief zurück in ihr Zimmer. Als Theresa das Klicken des Schlüssels hörte, war sie schon auf dem Sprung in ihr Schlafzimmer. Die Tränen verschleierten ihren Blick, aber sie wurde deswegen nicht langsamer.

Sie stieß mit dem rechten Fuß gegen die leicht erhobene Türschwelle. Mit einem lauten Knall stürzte sie vornüber. Der Aufprall drückte alle Luft aus ihren Lungen. Sie rollte sich auf die Seite und spürte einen scharfen Schmerz im großen Zeh. Der Nagel war gebrochen und stand senkrecht nach oben ab. Ein neuer Knall veranlasste sie, sich umzudrehen. Die Hüttentür zitterte im Türrahmen wie ein dünnes Blatt Papier, die Scharniere hingen nur noch locker an den Schrauben.

Theresa krabbelte zu dem Bett und schob ihre Hand zwischen Matratze und Metallfederrost. Der alte Draht war stellenweise gebrochen, die nadelscharfen Metallspitzen ritzten ihre Hand auf.

Theresa krümmte sich zusammen. Der nächste Tritt wurde von einem spröden splitternden Geräusch begleitet, gefolgt von einem dumpfen Schlag, der ihr verriet, dass die Tür gerade auf den Boden im Eingangsflur gekippt war.

Es war drinnen.

Ihre Hand stieß gegen die Pistole. Sie umfasste den Kolben, zog daran. Die Waffe bewegte sich keinen Zentimeter. Das Rohr steckte in einem schrägen Winkel zwischen den Federn fest.

Auf dem Flur näherten sich Schritte.

Ihre Finger zogen hysterisch an den Federn, sie bekam das Scheißding einfach nicht los.

Da merkte sie, wie die Bodenplanken sich unter dem Gewicht der Person bogen, die direkt hinter ihr stand. Der Geruch von nasser Wolle stieg ihr in die Nase.

Sie starrte regungslos vor sich. Traute sich nicht, einen Muskel zu bewegen.

»Ich flehe Sie an, tun Sie dem Mädchen ...«

Die behandschuhten Hände packten sie an den Füßen und zogen sie mit schockierender Kraft nach hinten. Sie schrie und flehte. Weil sie sich an die verkeilte Pistole klammerte, hing ihr Körper waagerecht in der Luft. Wenige Augenblicke schwebte sie lang ausgestreckt über dem Boden. Aber ihr Gehirn wusste es bereits, die Milchsäure brannte in den Armmuskeln. Sie konnte sich nicht mehr lange halten. Gleich würde sie in die Finsternis gezogen werden.

93

Der Tunnel wurde enger. David konnte gerade noch aufrecht gehen. Wie beim letzten Mal waren Mauern und Boden voller klaffender Löcher. Alles war von einer schimmernden Schleimschicht überzogen, die im Schein der Taschenlampe changierte. Der Tunnel verzweigte sich an mehreren Stellen, aber das Zeichen führte sie wie ein unterirdischer Leitstern immer tiefer in das Labyrinth hinein.

»Weißt du überhaupt noch, wo wir sind?«, knurrte Mihai.

»Wir sind gleich da.«

»Woher willst du das wissen? Der Gestank wird immer schlimmer, mir tränen die Augen wie verrückt.«

»Darum weiß ich, dass es nicht mehr weit ist. Und weil unser Publikum sich in der Nähe der Vorratskammer aufhält.«

»Was redest du da, was für ein Publ…« Mihai trat fluchend nach einer Ratte. Sie klatschte mit einem schrillen Fiepen gegen die Mauer. »Ich hasse diese verseuchten Pelzviecher!«

»Ignorier sie einfach. Dann ignorieren sie dich auch.«

»Sag das dem Satan, der gerade in mein Hosenbein gekrochen ist!«

Sie schoben sich durch eine enge Passage. Der Gestank war jetzt so intensiv, dass David zwischen den Atemzügen die Luft anhielt. Der Gang weitete sich mit jedem Schritt, und obgleich er letztes Mal aus einer anderen Richtung gekommen war, erkannte er sofort die Öffnung zu der Grotte.

Sie waren am Ziel.

Um sie herum herrschte Totenstille. Mihai ließ den Lichtkegel über die Mauernischen schweifen. Aus ein paar ragten Füße, manche mit Schuhen, andere nackt, ein paar gänzlich skelettiert. An diesem trostlosen Ort des Grauens konnte man sich nur schwer vorstellen, dass es oberhalb der Erde noch eine andere Welt gab.

»Wo liegt Radu?«, fragte Mihai mit einem leichten Zittern in der Stimme. Dieser Ort schien selbst einen abgebrühten Kriegsveteranen wie ihn zu erschüttern.

»Das weiß ich nicht mehr«, sagte David und musste alle Kraft aufwenden, sich zusammenzureißen.

Sie gingen mit ihren Taschenlampen von Nische zu Nische. Das Licht ergoss sich über leblose Körper, die wie aussortierte Puppen in einem vergessenen Karton auf dem Dachboden übereinanderlagen. In den grauen, eingesunkenen Gesichtern hatte der Tod unterschiedslos alle menschlichen Züge ausradiert. Es brauchte eine lebhafte Fantasie, um sich diese entstellten Kreaturen als jemandes Schwester, Vater, bester Freund oder die Liebe des Lebens vorzustellen.

»Da ist er«, sagte Mihai heiser.

David folgte Mihais Lichtkegel in eine der Nischen. Radus Körper wies keine sichtbaren Bissspuren auf, aber eine Schädelhälfte war eingedrückt und die Knie zwei dunkle Krater. Die Verletzungen passten zu dem, was David über die Todesursache wusste.

Mihai drehte den Lichtkegel weg, um von den schneller gehenden Atemwolken vor seinem Mund abzulenken.

»Bringen wir es hinter uns«, murmelte er.

David schob sich so weit in die Nische hinein, dass er nicht auf die ausgestreckten Gliedmaßen der Leichen trat. Er klemmte seine Taschenlampe unter die Achsel und hob Radu an den Schultern an. Mihai fasste ihn an den Fesseln. Es klang wie ein langsam aufgezogener Klettverschluss, als der Körper sich von der Unterlage löste.

Sie hoben ihn aus der Grotte.

»Ich kann ihn so nicht halten«, prustete Mihai und griff um. Die unerwartete Bewegung stieß Radus Kopf gegen Davids Bauch. Er kam aus dem Gleichgewicht und landete mit einem Stöhnen auf dem Boden.

»Wie wär's mit einer Vorwarnung?«

»Sorry.« Mihai schnitt eine Grimasse. »Jetzt hab ich ihn besser.«

»Das freut mich«, brummte David und kam auf die Knie.

Ob es bewusst geschah, reiner Reflex war oder der sogenannte siebte Sinn, konnte er später nicht mehr sagen. Sein Blick fiel jedenfalls in die Nische, vor der er gestolpert war, und er konnte den Blick nicht von der Leiche losreißen, die zuoberst auf dem Stapel lag.

»Tom, was ist los?«

David ignorierte Mihai und kam auf die Beine. Er hob die Taschenlampe auf.

»Was hast du vor?«, fragte Mihai.

David trat mit der Taschenlampe näher an die Nische heran. Es war ein Junge. Das Einschussloch auf seiner Stirn war nicht größer als eine Einkronenmünze. Die Gesichtszüge des Jungen waren starr, aber unversehrt. Er sah fast aus, als würde er schlafen. Abgesehen von den offenen Augen, die ins Nichts stierten.

Den braunen Augen.

David blinzelte. Herrgott, das war doch …

Die Taschenlampe fiel ihm aus der Hand. Er drückte die Arme an die Brust, fiel auf die Knie und keuchte hyperventilierend. Dann kam die Angst, die Klaustrophobie, und er krümmte sich zusammen wie ein sterbendes Insekt auf einem Fensterbrett.

»Ist das der Junge, von dem du erzählt hast?«, fragte Mihai hinter ihm.

David fehlte die Luft zum Sprechen, er konnte nur nicken.

»Dann hat Volos es also offensichtlich nicht rechtzeitig zurück in die Fabrik geschafft«, sagte Mihai betroffen. »Das tut mir leid. Wirklich sehr leid.«

94

Das Monster zerrte an Theresas Beinen. Ihre Hand glitt langsam von dem geriffelten Pistolenkolben ab. Sie betete aus tiefster Seele, dass Silja clever genug war, sich nicht an ihre Abmachung zu halten. Dass sie die Gefahr gewittert hatte und aus der Hütte geflohen war. Das Monster war ihr körperlich überlegen. Das Einzige, was sie noch tun konnte, war, Zeit für Silja herauszuschinden. Während ihre Zeit hier auslief.

Beim nächsten Ruck an ihren Beinen rutschte der Arm unter der Matratze hervor. Ehe der Schmerz einsetzte, landete sie auf dem Boden. Sie schrie und trat um sich. Völlig unbeeindruckt drehte er sie auf den Rücken.

Sie drehte das Gesicht weg, wollte nicht nach oben schauen. So war das Monster nur eine graue Silhouette im Augenwinkel.

Es setzte sich rittlings auf ihren Brustkorb und nagelte sie am Boden fest. Die Hände, die vor dem Küchenfenster das Leben aus Stein herausgepresst hatten, schlossen sich nun um ihren Hals. Ihre Augen weiteten sich. Sie hörte das Schnaufen des anderen, während die Sauerstoffversorgung in ihren Lungen stagnierte.

Ihr Schädel fühlte sich an wie ein Druckkochtopf kurz vorm Explodieren. Die willenlosen Teile ihres Gehirns ließen ihre Beine im Reflex zappeln. Aber es war keine Hoffnung damit verbunden. Das Einzige, was etwas bedeutete, war, dass Silja es nach draußen schaffte. Dass sie weiterlebte.

Schwarze Punkte tanzten über Theresas Netzhäute. Wie durch einen Nebel nahm sie wahr, dass sich von hinten etwas näherte. Silja. Engelsweiß und durchsichtig. Eine Sinnestäuschung, dachte sie. Der Versuch des Gehirns, den einsamen, unausweichlichen Tod zu akzeptieren, indem sie sich nicht so alleine fühlte und das sah, was ihr das Wichtigste war. Bis zuallerletzt.

Theresas Augen glitten zu. Ihr Körper schrie nach Luft, er brauchte Luft. Aber sie hatte keine Kraft mehr, sich zu wehren. Der Tod schlich sich hinterrücks an sie heran wie ihr ganzes Leben. Ohne dass ihr der Sinn des einen wie des anderen klarer wurde.

Nach wenigen Sekunden war sie weg.

95

David konnte es spüren. Dass das das Ende war. Und tatsächlich mit einer Art von Aufklärung. Er wusste, wer seine Feinde waren, er wusste, wer lebte und wer tot war, und er wusste, dass er nichts mehr daran ändern konnte.

Manche Menschen fanden ihren Seelenfrieden, wenn ihnen die Optionen ausgingen. Doch selbst wenn er nachvollziehen konnte, dass der Verlust der Hoffnung und das Unvermögen, den Kurs seines Lebens durch eigenes Handeln zu beeinflussen, auch befreiend sein konnte, war es noch viel zu früh, um in das helle Licht am Ende des Tunnels einzugehen.

Das Bild des toten Jungen trieb ihn in seinen Kopf, in eine harte, innere Dunkelheit, wo der Junge mit leerem, starrem Blick und blau angelaufenen Lippen versteinert lag, die flüsterten: *Wie konntest du nur so blind sein?*

Davids Gehirn riss ihn mit in das Karussell unbeantworteter Fragen, für die es endlich eine Antwort gab, der Zweifel, die zu Gewissheit wurden, dem Verrat, der zu Zorn, und der Hoffnung, die zu Trauer wurde.

Er starrte auf den Asphalt, der im Scheinwerferlicht vorbeirollte. Ihm war schlecht vor Schmerz. Die Wunde am Hals brannte wie Feuer, während er vor Kälte zitterte.

Zum ersten Mal vermisste er Mihais abgedroschene Floskeln und unpassende Kommentare, aber der Alte saß verbissen hinter dem Lenkrad und sah aus, als wollte er sich am liebsten noch heute Abend zu Tode saufen.

Sie waren vor zehn Minuten aus Rudicica abgefahren. Radus Leiche lag mit Kabelbinder festgebunden auf Davids Isomatte im Laderaum. Den Jungen hatten sie zurücklassen müssen, weil sie nicht zwei Leichen durch die Tunnel tragen konnten. Krank hatte sich nicht blicken lassen, aber er war mit Sicherheit irgendwo dort unten gewesen. Wie immer.

David klappte seinen Laptop auf. Der Bildschirm beleuchtete die Fahrerkabine. Er öffnete zuerst den Ordner mit den Fotos, die James ihm geschickt hatte. Er notierte sich den Zeitpunkt, an dem sie heruntergeladen worden waren, und danach die Datumsangaben auf den Fotografien. Sie waren vor einem halben Jahr geschossen worden. Das kam hin. Alles stimmte.

Als Nächstes öffnete er eine Karte von Temeswar und Umgebung, über die sich ein Netz roter Linien spannte, die Routen des GPS-Trackers auf Davids Uhr. Der letzte Upload war von gestern.

»Willst du jetzt E-Mails beantworten?«, flachste Mihai, aber sie hörten beide den überreizten, humorbefreiten Unterton.

David klickte sich zurück zum Datum seines allerersten Abstiegs in die Kanalisation. Folgte der Route nach Rudicica.

»Ich mache eine GPS-Markierung der Katakomben.« Er notierte die Koordinaten auf einem Zettel.

»Erzähl mir nicht, dass du noch mal da runterwillst?«, sagte Mihai.

»Nein. Aber vielleicht ein anderer.«

»Volos? Wenn sie den Jungen getötet haben, hatten sie doch kaum eine andere Wahl, als ihn auch zu töten. Unabhängig davon, ob er Kranks Hinterhalt überlebt hat.«

»Volos' Leiche war nicht in den Katakomben.«

»Ja, und? Den Koloss kriegt man nicht ohne Kran da runter.«

David schaute zu dem roten, pulsierenden Punkt bei Săcălaz – einem öden Industriegebiet etwa zehn Kilometer westlich von Temeswar.

»Volos lebt. Und er ist in der Fabrik.«

Mihai trat auf die Bremse und blieb auf der einsamen Landstraße stehen.

»Willst du mir jetzt endlich mal erzählen, worum es hier eigentlich geht?«

David schob den Ärmel über sein linkes Handgelenk. Es war nackt.

»Während du Volos auf dem Bauplatz abgelenkt hast, habe ich meine Smartwatch in seine Jackentasche gesteckt. Seitdem gibt mir die Uhr seine Position an.«

»Und wenn das Ding kein Signal hat oder der Akku leer ist? Was, wenn er die Uhr entdeckt und entsorgt hat?«

»Das alles sind mögliche Szenarien. Aber der letzte bekannte Aufenthaltsort wird bis zu vierundzwanzig Stunden angezeigt. Und rate mal, wo das jetzt ist.«

Mihai biss sich auf die Unterlippe. »In der Fabrik? Du kannst nicht loslassen.«

David klappte den Laptop zu. »Wie du so treffend gesagt hast – mir fehlt ein Panzer, um die Fabrik zu stürmen.«

Sie hingen eine Weile ihren Gedanken nach. Schneeflocken tanzten durch die Luft. Ob um ihre Hütte noch mehr Schnee gefallen war? Vielleicht wurde er ja von einem schiefen Schneemann mit einem winkenden Zweigarm begrüßt, wenn er zurückkam. Eine Geste, die ihm Hoffnung machte, dass alles wieder gut werden würde. Weil die zwei, die auf ihn warteten, sich nicht dafür interessierten, wer hier unten gewonnen oder verloren hatte. Eine Einstellung, die er mit der Zeit vielleicht auch lernen würde.

»Du hast was von einem Safehouse gesagt«, sagte Mihai. »Soll ich dich dorthin bringen?«

»Das ist wohl keine so gute Idee«, sagte David mit halb geschlossenen Augen.

»Wo willst du dann hin?«

»Das wird sich finden. Aber eins ist sicher, ich werde nie, nie wieder hierher zurückkehren.« Er kratzte sich im Nacken. »Was ist mit dir? Hast du immer noch vor, in der Stadt zu bleiben und zu warten, bis du um die Ecke gebracht wirst?«

»Vielleicht ist das gar nicht das schlimmste Ende. Deine stressige Anwesenheit hat mich ohnehin um Jahre altern lassen.«

»Wenn du jetzt so schnell wie möglich deinen gesunden Lebensstil wieder aufnimmst, lässt sich der Schaden vielleicht begrenzen.«

»Mach dich nur lustig, aber ich sehe in dir viele Seiten von mir selbst.«

»Und die wären?«

»Rastlosigkeit. Von allen Orten, an denen man verschwinden kann, hast du dich entschieden, hierher zurückzukommen. Du hast den Kampf gewählt. Vielleicht ist der Ort, an den du gehörst, näher, als du denkst.«

It's the final countdoooooown!, tönte plötzlich der Achtzigerjahre-Rocksong aus Mihais Hosentasche.

»Alina? … Ganz ruhig atmen. Was ist passiert …?«

David sah Mihai fragend an, der die Stimme gehoben hatte. »Was sagst du? Wann sind sie gekommen? … Okay, gut. Ihr bleibt, wo ihr seid … Versprich mir das … Ja, ja, doch, ich rufe so schnell wie möglich zurück. Falls du nichts von mir hörst, weißt du, was du zu tun hast.«

Mihai legte auf. Er stemmte sich mit gestreckten Armen gegen das Lenkrad. Dann hämmerte er den Kopf gegen die Nackenstütze.

»Sie sind zu ihr gekommen«, sagte er in einer langen Ausatmung. »Simone und sie sind über die Feuerleiter entkommen. Aber das war haarscharf.«

David richtete sich auf. »Wo sind sie jetzt?«

»In der Praxis.«

Mihai klopfte sich zerstreut auf die Taschen. David beeilte sich, ihm seine Zigaretten zu reichen. Die Glut knisterte, als Mihai kräftig daran zog und sein Körper wieder zurück in den Sitz sackte.

Sie sahen sich an, und Mihai gab ein heiseres, gluckloses Lachen von sich.

»Das Leben scheint uns mit seinem Tempo davon ablenken zu wollen, wie grotesk das alles ist. Gerade eben warst du noch bereit, dein Leben für die Zerschlagung der Fabrik zu opfern, aber ich habe dir meine Unterstützung verweigert. Jetzt bist du auf dem Weg nach Hause, und ich bleibe zurück, mit einem unausgegorenen Plan, einem gichtgeplagten Abzugsfinger und in einem Krieg, den ich nicht gewinnen kann.«

»Wie hast du so schön gesagt: Es gibt viele Orte, an die man verschwinden kann. Nimm Alina und Simona mit. Und seht niemals zurück.«

Mihai war grau im Gesicht, und obwohl er David ansah, war er mit den Gedanken woanders.

»Da gibt es nur ein Problem: Du hast recht. Ich bin der Hai. Am Ende folge ich meiner Natur. Obwohl ich weiß, dass es bessere Lösungen gibt.«

David schnaubte. »Das Stürmen der Fabrik kommt einem Todesurteil gleich. Deine eigenen Worte.«

Mihai zog die Schultern hoch. »Wir haben einander viele weise Dinge gesagt, Tom Juice. Aber letzten Endes sind wir leider wie alle anderen: eifrig, anderen gute Ratschläge zu geben, und schlecht, sie selber zu befolgen.«

»Dann denk wenigstens an Alina und ihre Tochter. Wenn du stirbst, sind sie ihnen ausgeliefert.«

»Alina ist eine kluge Frau und viel stärker, als du glaubst. In dem Moment, als wir von Radus Schicksal erfahren haben, haben wir einen Exitplan gemacht. Alles ist bereit. Pass, Geld. Sie müssen nur in einen Zug steigen.«

»Hast du wenigstens ein paar Leute, die dir helfen können?«

»Ja, verdammt!«

»Nein, die hast du nicht, Mihai.«

»Und wennschon, dafür hab ich was anderes.«

David seufzte. »Will ich es wissen?«

»Erinnerst du dich, als ich gesagt habe, es bräuchte einen Panzer, um die Fabrik anzugreifen?«

David hörte zu, als Mihai ihm seinen Plan darlegte. In knappem, effektivem Militärjargon, ohne überflüssige Worte und ohne Platz für Missverständnisse. Als er fertig war, musterte David ihn nachdenklich. Das war das Letzte, womit er gerechnet hatte. Mit einem Plan, der sich logisch anhörte und tatsächlich klappen könnte.

»Die große Frage ist also …« Mihai drehte die Scheibe runter und schnipste seine Kippe nach draußen. »Fährst du nach Hause? Oder folgst du deiner Natur?«

David lehnte sich zurück und zog die Augenbrauen hoch. Er hatte dem Bösen den Kampf bis zum bitteren Ende angesagt und schließlich verloren. Die Leben, die dabei zerstört worden waren, waren trotz allem Leben und keine blau gefrorenen Körper in geheimen unterirdischen Katakomben, verloren an die Ewigkeit. Und wo Leben war, konnte sich immer noch alles zum Besseren wenden.

Der Gedanke wurde von einem neuen Gedanken verdrängt. Dem roten, pulsierenden Punkt auf der Karte. Ein gleichmäßig pumpendes Herz, das so lange eine Bedrohung darstellte, wie es schlug. Das Sicherste wäre, das Herz zum Stillstand zu bringen, statt für den Rest des Lebens davor zu fliehen.

Verdammt!

Er suchte fieberhaft nach Theresas Gesicht. Der Vernunft. Und fand Mihais glotzende Fratze auf dem Sitz neben sich.

»Was schlägst du vor?«

»Wir schlagen heute Nacht zu«, sagte Mihai. »Vorher fahren wir in meine Datsche und plündern mein Waffenlager. Danach holen wir den Trottel im Rollstuhl, putschen ihn auf und dann …«

»Warte. Was ist mit Radu?«

Mihai trommelt auf das Lenkrad.

»Wir haben Frost, ein paar Stunden mehr im Wagen werden ihm nichts anhaben.«

David und Mihai sahen sich an, und ihre kurze gemeinsame Zeit schien sich in diesem Augenblick zu bündeln, eine sprechende Stille, klar wie Glas, zusammengesetzt aus zwei verzweifelten Seelen.

»Eins noch«, sagte Mihai. »Und ich möchte eine klare Antwort von dir.«

»Okay?«

»Wir schießen, um zu töten. Keine Ausnahmen.«

Diesmal zögerte David nicht. Denn jetzt sah er es. Ganz klar. Er war weder besser noch schlechter als die, die er jagte.

»Wir schießen, um zu töten.«

96

Denis fror wie ein Straßenköter. In der dreizehnten Etage zog es grundsätzlich wie Hechtsuppe, aber in dieser Nacht waren die Windstöße besonders gnadenlos und durchdrungen von Dieselgeruch. Der Campingtisch knarrte unter dem Gewicht seines Karabiners M/96. Er hatte im Internet gelesen, dass die Projektile bei einer Geschwindigkeit von 820 m/s begannen, um die eigene Achse zu rotieren und zu zerbersten. Bei einem Punktschuss verteilten sich die Splitter im Gewebe und richteten größeren inneren Schaden an, als man bei so einer relativ bescheidenen Projektilgröße vermuten sollte.

Das hatte er im Internet recherchiert, weil er die Waffe bis jetzt noch nie abgefeuert hatte.

Denis schaute über das Gelände. Von seinem Balkon aus sah er, wie die Stadt draußen am Horizont eine kleine Lichthöhle in das Dunkel grub.

»Wirfst du mir eine Fluppe runter, *înso itor?*«, rief Nicolae vom Balkon unter ihm.

Denis lehnte sich über das Geländer.

»Kauf dir selber welche, Schnorrer!«

Er schaute zu den anderen Balkonen unter sich. Junge, frierende Männer mit scharfen automatischen Waffen wie er. Die glühenden Spitzen ihrer Zigaretten brannten rote Löcher in die Dunkelheit. Ein einzelnes Handydisplay leuchtete. Der Vollpfosten schaute Pornos ohne Ton. Es war streng untersagt, während einer Wache am Handy zu daddeln. Die Strafe fürs erste Mal erwischt werden war Prügel. Das zweite Mal kostete einen das obere Fingerglied. Beim dritten Mal flog man übers Balkongeländer. Obwohl die Scharfschützen in der Hackordnung ganz unten standen, waren sie eine der wichtigsten Maßnahmen gegen Angriffe. Der Auftrag war ganz simpel: Auf alles Unbekannte oder Unangemeldete zu schießen, das sich der Fabrik näherte.

Das weckte keinerlei Emotionen, keine Nervosität, keine Inspiration, nicht einmal Spannung.

Seit fast zehn Jahren hatte es keine Angriffe mehr auf die Fabrik gegeben. Die Polizei hatte ihre Razzien aufgegeben, und Rivalen aus anderen Gangs waren in Straßenkämpfen geschlagen worden, lange vor Denis' Rekrutierung als Siebzehnjähriger. Sein spielsüchtiger Vater war beim Würfelspiel erstochen, seine Nuttenmutter von einem übereifrigen Kunden erwürgt worden. Das war ihr Erbe für ihn. Eine Vergangenheit ohne Zukunft.

Volos hatte Denis' Leben verändert. Vor einem Jahr hatte er noch auf der Straße gelebt und Geld angeschafft für den nächsten Schuss, indem er auf der Rückbank teurer Schlitten schrumpelige Direktorenpimmel gelutscht hatte. Jetzt hatte er unbegrenzt Zugang zu Drogen, bezahlt mit einer Währung ohne besonderen Wert: seinem Leben.

Denis würde auch keine Sekunde zögern, Volos zu erschießen, wenn es sich lohnte. Aber im Moment lohnte es sich nicht.

Das könnten die feigen Verräter, die Volos auf dem Bauplatz zurückgelassen hatten, unterschreiben. Wenn sie nicht im Erdgeschoss am unteren Ende eines Stricks hängen würden wie in einem Ausstellungsfenster für den Preis des Verrats.

Denis wusste nur von einer einzelnen Schießerei in letzter Zeit, wo es einer Undercoverratte gelungen war zu fliehen und dem Kugelregen von den Balkonen zu entkommen. Denis kannte keine Details oder wie der Kerl es geschafft hatte, Volos an der Nase herumzuführen. Die Ratte würde sich hier natürlich nie wieder blicken lassen, das wäre ihr sicheres Todesurteil.

Denis nahm sein Fernglas. Das Gelände bis zur Straße lag im Dunkeln, nur ganz verstreut flackerten noch ein paar Straßenlaternen. Er meinte, ein Blinken gesehen zu haben. Wie der Sonnenreflex in einer Armbanduhr. Es bewegte sich durch die vom Fernglas vergrößerte, in der Dunkelheit körnige Version des Geländes.

»*What the fuck ...*«

Ein Mann im Rollstuhl astete sich die enge Zufahrtsstraße zur Fabrik hoch. Die Radspeichen schimmerten unter der nächsten funktionierenden Straßenlaterne, ehe sie wieder von der Dunkelheit verschluckt wurden. Quer über seinen Beinen lag etwas. Etwas Längliches. Eine Schaufel vielleicht. Denis suchte mit dem Fernglas nach der nächsten Laterne.

Wartete.

Der Wind pfiff über die Fabrikfassade.

Denis schnalzte ungeduldig mit der Zunge.

Da! Der Rollstuhl schob sich in den Lichtkegel. Denis hielt die Luft an. Er justierte den Zoom, obwohl er messerscharf war. Der leere Rollstuhl eierte ziellos umher und kippte schließlich auf die Seite.

Denis nahm das Fernglas von den Augen. Der Rollstuhlfahrer war nirgends zu sehen.

»Hast du den Idioten im Rollstuhl gesehen, Nicolae?« Denis lachte und merkte, wie angespannt seine Bauchmuskeln waren.

Für den Bruchteil einer Sekunde übertönte ein Geräusch das monotone Rauschen des Windes. Ein Schmatzen wie von einem Fleischklopfer auf einem rohen Steak.

»Nicolae?« Denis beugte sich über das Geländer und schaute auf den Balkon unter sich. »*Ce naiba!*«

Nicolaes Arme hingen herunter, sein Kopf war nach hinten gekippt, als würde er tief schlafen. Aber die Hälfte seines Gesichts war weggerissen, und aus dem Krater tropfte ekeliger grauer Schaum. Sein Gehirn würde ihn nie mehr ins Land der Träume bringen.

Denis spähte nervös in die pechschwarze Landschaft. Und da sah er wieder einen Lichtreflex, wie ein angerissenes Streichholz, gefolgt von einem verzögerten Donnergrollen. Von den anderen Balkonen kamen Warnrufe:

»Sie schießen, sie schießen!«

Denis warf das Fernglas beiseite und griff nach seiner Waffe. Das schwere Metall fühlte sich kalt und fremd an in seinen Händen. Er stützte das Gewehr auf dem Geländer ab und ging so weit wie möglich mit dem Kopf in Deckung. Aufgepeitschte Rufe hallten zwischen den Balkonen hin und her.

»Wo kommen die Schüsse her?« »Wie viele sind es?« »Was sollen wir jetzt machen?«

Denis bekam kaum Luft. Die Versicherung, dass die Fabrik eine uneinnehmbare Festung war, hatte sie alle träge gemacht, unvorbereitet. Wer zum Teufel war der unsichtbare Feind da unten? Es bräuchte doch eine ganze Armee, um ...

Vielleicht dreihundert Meter entfernt fuhr ein großes Fahrzeug unter einer Laterne hindurch. Denis richtete den Blick auf die nächste funktionierende Laterne, genau wie vor zwei Minuten, als ein Lastwagen, dicht gefolgt von einem Transporter, durch den Lichtkegel rauschte. Denis sah den Schriftzug auf der Seite des Lastwagens. BioClean.

Da rollte schon das nächste verzögerte Donnergrollen über das Gelände. In reinem Reflex legte er eine schützende Hand vors Gesicht. Vergebens. Als das Echo des Schusses mit Verzögerung bei ihm ankam, hatte die Kugel bereits ihr Ziel erreicht.

»Es hat Jiri erwischt! Die haben ihm die Hüfte weggeschossen!«

Denis verspürte den großen Drang, zu schreien, aber stattdessen zog er den Kopf noch weiter ein.

Der Lastwagen bog auf den matschigen Platz vor der Fabrik. Wo war der Transporter geblieben? Er entdeckte ihn ein Stück entfernt an der Zufahrtsstraße, wo er mit ausgeschalteten Lichtern stand.

»Sollen wir schießen?« »Ist das einer von uns?« »Wie lautet die Order?«

Der Lastwagen war ein echtes Ungetüm, der Anhänger aus zusammengeschweißten Stahlplatten so groß wie ein Schiffscontainer. Das unverkennbare Piepen eines schweren Fahrzeuges im Rückwärtsgang ertönte, als das Monstrum sich um seine eigene Achse drehte und mit dem Anhänger Richtung Eingang zum Stehen kam.

Denis duckte sich. Irgendwo in der Dunkelheit hatte es wieder gekracht, und der Motor des Lastwagens heulte auf. Er wagte einen Blick über das Geländer und traute seinen Augen nicht. Die Wasserpfützen unter den Reifen des Lastwagens explodierten in Schlammfeuerwerken, als das Gefährt beschleunigte und der Fahrer rückwärts auf den Eingang zufuhr. Auf das Gitter.

Sie wollten den Anhänger als Rammbock benutzen!

»Schießt! Schießt!«

Die Balkone um Denis herum wurden von knatternden Stichflammen erleuchtet. Er lehnte sich über das Geländer und drückte den Abzug. Der Krach war ohrenbetäubend. Die Waffe sprang ihm fast aus den Händen. Er korrigierte die Schulterstütze und drückte erneut ab. Die Kugeln prallten in einem Funkenfeuerwerk von den Stahlplatten ab. Das war der reinste Panzer!

Er hängte sich über das Geländer und schoss fast senkrecht an der Fassade nach unten, als der Anhänger in einer Gischt aus Scherben und Mauerbrocken im Gebäude verschwand.

Eine ungläubige Stille senkte sich über die Balkone. Denis hörte ein trockenes metallisches Klicken. Wie von einem

Countdown, verrinnende Sekunden. Er nahm den Finger vom Abzug. Das Magazin war leer. Er richtete sich auf, schweißgebadet, atemlos. Wieso dachte er an einen Countdown? Für was?

Und dann sah er sich aufrecht und für alle sichtbar auf dem Balkon stehen und dachte an das andere da draußen. Sein Gehirn beendete in einer Mikrosekunde den Gedankengang, fand die Antwort und wusste, wie es ausgehen würde.

Denis hörte den Knall nicht mehr, bevor die Kugel ihr Ziel fand.

97

In dem Augenblick, als der Anhänger die Fassade durchbrach und David auf seinem Sitz durchgerüttelt wurde, begann er im Stillen mit dem Countdown. Fünfzehn Minuten. Das war die Zeit, die sie nach seinen Berechnungen hatten, bis die Spezialeinheiten der Polizei eintrafen. Schüsse waren in einem Umkreis von bis zu einem Kilometer zu hören. Bei dem Feuerwerk, das die Schützen auf den Balkonen veranstalteten, dürfte keine Menschenseele in Săcălaz mehr im Zweifel darüber sein, dass die Fabrik angegriffen wurde. Er hörte förmlich die panischen Anrufe, die jetzt in der Notrufzentrale eingingen.

David hatte ernsthafte Zweifel an Mihais Idee gehabt, den Lastwagen als Rammbock einzusetzen. Aber als der Kugelregen wie Hagelkörner auf einem Blechdach von dem Anhänger abgeperlt und er ungehindert weitergerollt war, hatte er sich auf den Aufprall vorbereitet.

David schnallte sich los. Die Frontscheibe war zersplittert und von einer dichten Wolke aus Staub und Dreck eingehüllt. Er konnte nicht sehen, ob der Anhänger die Gitterwand durchbrochen hatte. Aber er hatte keine Zeit zu verlieren. Die Wachen konnten jeden Augenblick das Feuer eröffnen. Mihais Kamerad, der im Gestrüpp Position bezogen hatte, hatte durch das Zielfernrohr seines Gewehrs drei bewaffnete Männer hinter dem Tor beobachtet. Worauf David sich nicht hundertprozentig verlassen wollte. Der Rollstuhlkamerad hatte sie mit einer umwerfenden Alkoholfahne in seiner Wohnung empfangen, als sie ihm die Möglichkeit offeriert hatten, seine illegale Präzisionswaffe im Ernstfall auszuprobieren. David bezweifelte, dass der

Bursche ganz verstanden hatte, auf was er sich da einließ. Oder dass er aus seinem Versteck irgendetwas anderes als Backsteine getroffen hatte.

»Dann wollen wir ihnen mal Dampf unterm Hintern machen!«, sagte Mihai und löste die zwei Tränengaspatronen von seiner schusssicheren Weste.

Da kamen die Kugeln. Sie knallten wie Peitschenhiebe gegen das Metall der Fahrerkabine. Mihai und David duckten sich. Im nächsten Augenblick explodierte die Scheibe über Mihais Kopf. Ihre Blicke trafen sich, bevor sie die Gasmasken aufsetzten. David hätte schwören können, ein schiefes Lächeln auf den Lippen des Alten gesehen zu haben.

»Gib mir Rückendeckung!«, sagte er mit dumpfer Maskenstimme.

David checkte den Seitenspiegel nach verdächtigen Bewegungen auf seiner Seite des Lastwagens. Dann öffnete er die Tür, stellte sich mit einem Fuß auf den Sitz und zog sich hoch, um über das Dach des Fahrerhauses schießen zu können. Durch das eingeengte Blickfenster der Maske sah er Staubwolken und herunterhängende Brocken, wo die Decke eingestürzt war. Er spürte die Schüsse als kurze Einschläge in der Karosserie.

»Ich sehe nichts!«

»Fuck, schieß einfach!«, rief Mihai.

David zielte in den dichten Nebel und drückte den Abzug seiner Agram 2000 bis zum Anschlag durch. Die handliche Maschinenpistole hatte einen brutalen Rückstoß. Mihai schleuderte die Gaspatronen in den Nebel. Es knallte zwei Mal, und dichter weißer Nebel breitete sich im Raum aus.

David zog das leere Magazin heraus, nahm ein volles aus der Gesäßtasche und drückte es in die Maschinenpistole. Für einen Augenblick war es, bis auf das Zischen der Tränengaspatronen, ganz still. Die Deckenbeleuchtung flimmerte im Rauch und sorgte für verwirrende Lichtbrechungen, in denen nur schwer zu erkennen war, welche der dunklen Umrisse sich bewegten.

David hörte die typischen Hustenattacken, wenn das Tränengas Augen, Schleimhäute und Lungen angreift. Aber es kam kein Gegenangriff.

Da hörte er plötzlich Schritte. Leise, fast zögerlich. Dann beschleunigend. Und schließlich sehr schnell.

»Wo zum Teufel kommen die her!?«, rief Mihai.

David zielte blind. Sein Atem keuchte unter der Gasmaske. Zwei Gestalten stürzten wild um sich schießend aus dem Rauch auf ihn zu. Die Waffe zitterte in seiner Hand, als er den Abzug durchdrückte und das Magazin leerte. Die Arme der Gestalten flogen zur Seite, sie klappten in der Mitte zusammen und rollten leblos über den Boden.

Mihai sprang aus der Fahrerkabine. David lief rüber auf seine Seite.

»Wo ist der Dritte?«, fragte Mihai.

»Vielleicht von der Rückendeckung getroffen.«

»Du musst sicher sein.« Mihai winkte mit zwei Fingern. »Sie sind von da oben gekommen! Halt dich hinter mir.«

David folgte Mihais geducktem Lauf, die Waffe die ganze Zeit in den verwirbelnden Nebel gerichtet. Die schwere schusssichere Weste behinderte ihn beim Laufen, und die Gasmaske war von innen beschlagen, sodass er kaum etwas sah. Sein Würgereflex war getriggert, und er kämpfte gegen den Drang an, sich die Maske vom Gesicht zu reißen.

Sie quetschten sich durch eine Öffnung, wo das Gitter aus dem Beton gerissen war. Die Luft fühlte sich alkalisch und ätzend an. Hoch über ihnen flackerten diesige Lichtpunkte wie Warnblinklichter. David schob ein paar herabbaumelnde Klumpen zur Seite, die von der Decke hingen, und hörte seinen eigenen eingeschlossenen Schrei, als ein menschlicher Fuß gegen seine Maske stieß. Er kämpfte sich weiter durch das Wirrwarr aus Beinen und hätte um ein Haar Mihai umgerannt.

»Was ist da?«, fragte er atemlos.

Mihai zeigte auf die Blutspur auf dem Boden, die zu einer geschlossenen Tür hochführte.

»Da ist der Kontrollraum«, sagte David.

»Sind die Fahrstuhlwachen bewaffnet?«

»Hier sind alle bewaffnet!«

Mihai ließ seinen Rucksack von den Schultern gleiten und wühlte darin herum.

»Hast du die Handgranaten?«

»Negativ. Die wolltest du einpacken. Und ich die Signalfackeln und Pistolen.«

»Guck nach.«

David setzte seinen Rucksack ab. »Wir haben keine Zeit für ... Was zum Teufel?«

Mihai streckte die Hand aus. »Die sind schwer, und ich bin ein alter Mann!«

David drückte Mihai eine Granate in die ausgestreckte Hand. Der Alte zog mit den Zähnen ein langes Stück Panzerband von der Rolle, wickelte es um den Türgriff und klebte die Granate daran fest.

»Bereit?«

Er zog den Sicherungsstift heraus, und sie brachten sich hinter einer Mauer in Sicherheit. David hielt sich die Ohren zu. Wartete. Die Detonation folgte in der Regel mit vier Sekunden Verzögerung. Jetzt waren mindesten zehn vergangen.

»Alter Plunder!«, sagte David. »Lass uns noch eine ausprobieren.«

»Was?« Mihai hielt sich noch immer die Ohren zu.

»Halt die Klappe und ...«

Die Druckwelle der Explosion schleuderte David zu Boden. Für einen Augenblick bestand seine Welt nur aus einer weißen, schneidenden Frequenz auf den Trommelfellen. Dann hörte er Schüsse und aufgeregte Schreie wie unter einer Glasglocke. Als er den Kopf hob, sah er Mihai durch die weggesprengte Tür auf sich zukommen, eine rauchende Waffe in der Hand und Blutspritzer auf dem Visier der Maske.

Er sagte etwas.

»Was?!«, rief David und rieb sich die Ohren.

»Die Fernbedienung! Zeig mir, wie sie funktioniert.«

David kam auf die Beine. Der Schnitt an seinem Hals pochte. Über sein Schlüsselbein lief ein Rinnsal aus Blut. Benommen lief er hinter Mihai her. Bis in den Kontrollraum war das Tränengas noch nicht gelangt, darum nahmen sie die Masken ab. Mihais Gesicht war aufgedunsen und schweißnass, seine Augen sprühten, er sah zwanzig Jahre jünger aus.

Die Männer lagen mit Schussverletzungen an den Beinen, am Oberkörper und im Gesicht auf dem Boden. Ihre Körper verströmten einen Dunst von verbranntem Fleisch und Pulverrauch. Auf mehreren Wandbildschirmen liefen krisselige Livestreams aus allen Stockwerken der Fabrik. Auf einigen waren aufgeregte Gruppen von Männern zu sehen, die gegen die Fahrstuhltüren hämmerten und wild vor den Kameras gestikulierten. David zeigte auf ein Steuerpult mit einer grünen und einer roten Taste. Von dem Steuerpult führten Kabel durch ein Loch in der Wand in den Schaltraum des Gebäudes.

»Du drückst den grünen Knopf erst auf mein Signal«, sagte David. »Die Männer in den anderen Stockwerken versuchen natürlich auch, ihn hochzurufen. Nach dem Freischalten muss mein Drücken des Etagenknopfes als Erstes registriert werden, sonst schickst du mich direkt zu ihnen rauf.«

»Verstanden.«

»Wenn ich unten angekommen bin, hältst du den roten Knopf gedrückt, bis du von mir hörst.«

Mihai nickte. »Funkcheck.«

David drückte auf die Sprechtaste des Funkgerätes an seiner Weste. »Eins-zwei, eins-zwei.« Er hörte seine kratzende Stimme aus dem Funkgerät vor Mihais Brust.

David schob sich eine Pistole hinter den Hosenbund und bahnte sich einen Weg zum Fahrstuhl. Das Erdgeschoss hatte sich in einen Katastrophenfilm verwandelt. Heulende Alarme, Rauch, stromführende Kabelenden unter der Decke, aus denen Funken sprühten. Die Gaspatronen waren leer, die verseuchte Luft brannte noch auf den Schleimhäuten, aber man konnte wieder atmen. Als er in den Fahrstuhl trat, hatte er einen Flashback von Theresas leblosem Körper in seinen Armen. Er überprüfte das Magazin seiner Maschinenpistole. Halb voll. Das musste reichen. Er brauchte nur eine Kugel.

Er verharrte mit dem Finger über dem Knopf mit dem B für Basement.

Fahrstuhl zur Hölle.

Man kann dem Teufel nur begrenzte Zeit Gesellschaft leisten, ehe einem selber Hörner wachsen.

Danke, Mihai.

Aber dies war kein Höflichkeitsbesuch. David begab sich zum Teufel hinunter, um ihm eine Kugel in die Stirn zu jagen.

Er drückte den Knopf des Funkgeräts. »Mihai?«

»Ich warte.«

David atmete ein. »Jetzt!«

Als die Schaltleiste aufleuchtete, drückte er auf B. Die Türen glitten mit einem metallischen Scharren zu.

98

Die Zeit stand still, als der ruckelnde Metallkasten David unter die Erde fuhr. Jetzt, wo um ihn herum kein Geknalle, keine Schreie und keine Explosionen mehr zu hören waren, begann sein Körper, sich zu melden. Sein Tinnitus meldete sich, ihm lief der Schweiß herunter, und seine Muskeln zitterten, als stünde er auf Rollschuhen.

Von seinem Solarplexus strahlten Krämpfe in willkürliche Körperteile aus, wo sie sich festsetzten und ein Eigenleben führten.

Er atmete bis tief in die Lungen, lenkte den Fokus weg von den Schmerzen. Sein Puls beruhigte sich etwas. Fast am Ziel. Er stellte sich einen sonnigen Morgen vor, Vogelgezwitscher und weiche Decken, ihre um ihn geschlungenen Arme, damit er nie wieder weiter von ihr entfernt war, als sie reichen konnte.

Die Fahrstuhltüren glitten auf.

David sah eine Bewegung in dem dunklen Raum, ein matter Reflex in Metall, und warf sich gerade noch rechtzeitig auf den Boden. Das Knallen an der Wand über ihm ließ ihn auf eine Schrotflinte schließen. Großes Kaliber. Er robbte über den Boden. Der nächste Schuss zersplitterte einen Stuhlrücken direkt über seinem Kopf.

»Sieh an, Ratte, hast du mich also gefunden!«, brüllte Volos aus dem Schatten.

Volos' Untergrundpalast hatte die Ausmaße eines Theatersaals, aber die abgehängte Decke und die fensterlosen Betonwände verdichteten die Atmosphäre.

Schummriges Licht sickerte aus mannshohen Lampenskulpturen, und goldkantige Möbel und Tische mit Löwenfüßen standen in einer undurchschaubaren Ordnung herum.

David schob die obere Gesichtshälfte über eine Sofalehne. Zwischen den verräterisch verzweigten Schatten der abstrakten Kunstwerke war nicht auszumachen, aus welcher Richtung die Schüsse kamen.

Da blitzte hinter einem umgekippten Tisch ein Mündungsfeuer auf. Eine Vitrine mit antiken Schwertern und Äxten zerbarst hinter ihm. Glassplitter regneten auf ihn herab. Er fühlte einen stechenden Schmerz, fasste sich in den Nacken und wischte die blutige Handfläche an seinem Hosenbein ab.

»Du bist fertig, Ratte! Verstärkung ist unterwegs.«

»Mag sein«, rief David. »Aber sie werden nicht an den Spezialeinheiten der Polizei vorbeikommen!«

Volos' Lachen klang in der gedämpften Akustik hohl wie aus einer Dose.

»Hier kommt keine Spezialeinheit raus, *tâmpit*. Bei Schießereien in der Fabrik wissen sie, dass da eine Bande Krimineller versucht, die andere auszulöschen. Sie begnügen sich damit, hinterher in aller Ruhe die Leichen einzusammeln.«

David drückte die Sprechtaste. »Mihai?«, flüsterte er. »Siehst du, ob jemand aus den oberen Etagen auf dem Weg nach unten ist?«

Mihais Stimme ertrank in einem fernen Rauschen. »*Wiederhole ... bin oben ... Minuten.*«

David fluchte. Der Empfang hier unten war lausig.

»Hast du übrigens die Verräter begrüßt, die oben hängen?«, sagte Volos. »Die sind glimpflich davongekommen im Vergleich zu dem, was ich mit dir vorhabe.«

David hielt die Maschinenpistole im Zweihandgriff vor sich. Er hatte eine ungefähre Ahnung von Volos' Position. Aber Zeit zum Zielen würde er nicht haben.

Er federte hinter dem Sofa hoch und drückte den Abzug. Die Kugeln zerfetzten Möbel und Lampen, und er nutzte die rauchende Spur der Verwüstung, um den Kugelstrahl weiter über die Tischplatte zu ziehen. Das trockene Holz splitterte.

Er ging in Deckung. Checkte das Magazin. Viertel voll. Da knallte ein Schuss. Der Schrothagel riss wenige Zentimeter von Davids Schulter entfernt einen fransigen Krater in die Sofalehne. Er robbte über die Glassplitter auf dem Boden, als der nächste Schuss das Sofa in zwei Teile zerfetzte.

»Wo willst du dich jetzt verstecken, Ratte!?«

David ging hinter einem dekorativ geschnitzten Bartresen in Deckung. Er hatte jedes Raumgefühl verloren.

Mihais Stimme knisterte in die Stille: »*... Problem ... Loch im Tank ... überall Benzin ...*«

Das Geräusch warnte Volos. David krümmte sich unter den Einschlägen der Kugeln hinter dem Bartresen zusammen. Er schaute hoch. Das Holz auf der Innenseite war unversehrt. Die Schrotflinte hätte es durchschlagen.

»Du bist also bei einer Pistole gelandet«, rief David. »Minus zwei Schuss.«

»Das spielt keine Rolle«, keuchte Volos. »Meine Männer sind jeden Moment da!«

David legte die Stirn an das kühle Holz. Er hatte nicht mehr genügend Munition für einen Sturmangriff. Und nach der 3:1-Regel im Feuergefecht sollte der Angreifer für einen erfolgreichen Ausgang mindestens dreimal so stark wie der Verteidiger sein.

»Worauf wartest du, Nicó?« Volos klang zufrieden.

Davids Finger löste sich vom Abzug. Schickte ein Signal ans Gehirn. Er versuchte, es wegzuschieben, sich Mut zu machen. Erfolglos. Der Körper konnte einen Liter Blut verlieren und sich trotzdem noch aufrecht halten. Von der Willenskraft her, dem

Glauben, war es nur eine Frage von wenigen Tropfen, bis die Schutzmechanismen des Gehirns nach einem Ausweg suchten.

»*Tom Juice! ... kann jede Sekunde explodieren ...*«, meldete sich Mihai wieder.

»Was explodiert, kommen?«, rief David frustriert.

»*... Benzin, verdammt ... funkende Kabel ... ein Lkw voll chemischem Abfall!*«

David starrte in die Luft. Den aufgeschnappten Wortfetzen nach zu urteilen, hatte der Lastwagen das Erdgeschoss in eine Zeitbombe verwandelt. Der nächste Gedanke folgte augenblicklich. Vielleicht brauchte er ja gar nicht mehr selbst zu handeln.

Er schaute zu dem offenen, leuchtenden Fahrstuhl hin. Ein Begräbnis. Das wollte er Volos bescheren.

Er hob die Maschinenpistole über den Bartresen, feuerte ein letztes Mal blind um sich und rannte geduckt zum Aufzug. Die Glasscherben, die wie Knallerbsen unter seinen Sohlen knackten, verrieten seine Position. Er zog den Kopf ein und bereitete sich innerlich auf die Schüsse vor. Die nicht kamen.

Ein paar Meter vor dem Aufzug blieb er stehen. In den Sekunden, die die Türen brauchten, sich zu schließen, stünde er schutzlos exponiert in dem erleuchteten Metallkasten. Jetzt war perfektes Timing gefragt.

»Bin jetzt beim Fahrstuhl«, sagte er leise ins Funkgerät. »Warte mein Signal ab, kommen!«

»*Warte Signal ab.*«

Der Empfang war in der Nähe des Aufzugschachts besser. Er zog seine Pistole und zielte in den dunklen Kellerraum.

Dort rührte sich nichts. Worauf wartete Volos? Worauf wartete er selbst? Er ging mit dem Mund nah an das Funkgerät, um Mihai das Signal zu geben, als das leise Quietschen rostiger Scharniere zu hören war. Eine Tür, die geöffnet wurde. David bewegte die Pistole ruckartig hin und her. Konnte nichts sehen.

»Nicht schießen«, tönte plötzlich Volos' Stimme aus dem Dunkel. »Ich weiß, was du und dein Partner vorhaben. Du willst uns lebend hier unten begraben, stimmt's?«

David blinzelte sich den Schweiß aus den Augen. Hatte er richtig gehört? Uns?

»Hier ist jemand, der dich gerne treffen möchte«, sagte Volos.

David zielte auf die dunkle Silhouette, die sich langsam auf ihn zubewegte. Er drückte den Abzug zwei Drittel durch. Volos war direkt in der Schusslinie. Ein kurzer Ruck, und alles wäre endgültig vorbei. Sein Finger lag steif auf dem Abzug. Wollte sich nicht krümmen. Vor Volos war ein zweiter Schatten, den er nicht identifizieren konnte, nur ahnte. Ein zweiter Mensch?

Sie traten in den Lichtstreifen aus dem Aufzug.

Davids Hals schnürte sich zusammen. Volos' Pranken lagen auf den Schultern eines schmächtigen Jungen. Die glatten, schwarzen Haare, die ihm über die Augenbrauen fielen, konnten die aschfahle Blässe seines Gesichts nicht verdecken.

Sein Blick haftete mit einer fremden Schwermut auf dem Boden vor seinen Füßen, so weit entfernt von der Lebendigkeit, die einmal aus diesen Augen gestrahlt hatte.

David wurde schlecht, als er die dunklen Narben an den Wangen und der einen Schläfe sah, die alle dieselbe Sichelform hatten wie die Bissspuren an seinem eigenen Unterarm.

»M-Mikru?«, fragte David ungläubig.

Volos ergriff das Wort. »Zwei Wochen nach deiner Flucht tauchte mein Sohn plötzlich wieder vor der Fabrik auf. In einer elenden Verfassung, halb verhungert und unterkühlt. Die verpissten Kanalratten, die ihn runter in die Kloake gezogen hatten, waren offensichtlich so von Drogen abgeschossen, dass sie schnell das Interesse an ihm verloren hatten.«

David konnte seinen Blick nicht von diesem leblosen, tauben Spiegelbild des Jungen, den er gekannt hatte, losreißen.

»Wie hat er zwei Wochen alleine in der Kloake überlebt?«

Volos schüttelte den Kopf. »Das hat er nicht mehr zu erzählen geschafft.«

»Geschafft? Was heißt das?«

»Kurz nach seiner Rückkehr kamen die Anfälle. Brutale Schreiattacken, wie du sie dir nicht vorstellen kannst. Ich habe noch nie einen Menschen in so tiefer innerer Angst ertrinken sehen wie Mikru. Die Schreie wurden immer schlimmer, bis er irgendwann verstummt ist. So verflucht stumm.« Volos seufzte. »Hast du jemals einen Menschen, den du liebst, vor deinen Augen verwelken sehen?«

»Lieben?« David riss endlich seinen Blick los und sah in Volos' breites Gesicht. »Mikru war fast blind auf einem Auge nach den ganzen Prügeln, die er von dir bezogen hat. Und ich habe die Brandmale auf seinem Rücken gesehen, obwohl er versucht hat, sie vor mir zu verstecken. Er hat sich geschämt, dass du sein Vater bist.«

»Du hast ihn entführt«, brüllte Volos. »Du bist der Schöpfer dieser ... Missgeburt.«

»Ich habe ihn nicht entführt!«, rief David. »Ich habe Mikru mitgenommen, um ihm das Beste zu geben, was ich ihm bieten konnte. Ein Leben ohne dich!«

»Sieh dir an, wozu das geführt hat.«

David klappte den Mund auf und zu.

»*Was zum Teufel geht da unten vor?!*«, rief Mihai eindringlich aus dem Funkgerät.

Volos machte einen Schritt nach vorn.

David hob die Pistole und ging rückwärts in den Fahrstuhl. »Ich nehme Mikru mit. Schick ihn hierher.«

»Wir kommen beide mit. Oder keiner.« Volos zog blitzschnell eine Pistole, die er unter Mikrus Hosenbund geschoben hatte, und drückte sie gegen den Hinterkopf des Jungen.

Volos türmte sich hinter dem Jungen auf und bot viel Fläche, auf die er zielen konnte. Aber die erste Kugel musste nicht nur ein Volltreffer sein, sie musste auch Volos unmittelbar ausschalten, damit er seine Waffe nicht mehr abfeuern konnte.

»*Tom, gib mir ein Lebenszeichen!*«

David sprach in das Funkgerät, ohne Volos aus den Augen zu lassen. »Ich stehe im Fahrstuhl.«

»*Verstanden, ich hole dich hoch.*«

»Warte, noch nicht.«

»*Du hast ja keine Ahnung, was für ein verficktes Chaos hier oben herrscht.*«

»Warte noch, sag ich!«

Das Funkgerät knisterte. »*Eine Minute, dann hole ich den Fahrstuhl nach oben.*«

»Dir läuft die Zeit davon«, sagte Volos. »Wenn die Türen sich ohne mich schließen, wirst du zum Kindermörder.«

David sah aus dem grell erleuchteten Fahrstuhl zu dem Jungen.

»Mikru, sieh mich an.«

»Vergiss es«, sagte Volos. »Der Junge ist komplett weggetreten.«

»Mikru!«, schrie David jetzt. »Ich bin es, Nicó. Erinnerst du dich an mich? Ich habe dir Englisch beigebracht und dir erlaubt, mit meiner Pistole auf Dosen zu schießen.«

Der Junge drehte sich mit robotersteifen Bewegungen zu ihm um.

»Und weißt du noch, unsere Gutenachtgeschichte?« David räusperte sich, seine Stimme brach ihm weg. »Vom Kaninchenjungen und dem Fuchs? Die hast du geliebt.«

Mikru öffnete die Lippen, seine Pupillen weiteten sich. »Nic... Nicó?«

»Ja, ich bin es«, sagte David atemlos. »Ich bin Nicó.«

Das Kinn des Jungen begann zu zittern. »Du ... du sollst nicht hier sein.«

»Was?«

Die Adern an den Schläfen und am Hals des Jungen schwollen an. »Böse. Nicó ist ... böse.«

David musste gegen die Tränen anblinzeln. »Ich würde dir niemals etwas tun. Niemals!«

Mikru starrte ihn an, ein Augenlid zuckte. Seine Pupillen zogen sich kurz zusammen, um sich in der nächsten Welle der Finsternis wieder zu weiten. »Du sollst nicht hier sein!«

Er stieß einen gellenden Schrei aus und riss unerwartet die Arme hoch. Sein Ellbogen stieß gegen die Pistole in Volos' Hand. Nicht hart genug, um sie ihm aus der Hand zu schlagen, aber genug, dass der Pistolenlauf für einen halben Augenblick in die leere Luft zielte.

Dieses Mal zögerte David nicht.

Die Schusssalve war ohrenbetäubend in der engen Kabine, und mit jedem dunklen Fleck, der auf Volos' Brustkorb aufblühte, ruckte es durch seine Arme. Der Koloss sah David gleichermaßen geschockt und verwundert an, als sein massiger Körper durch den Druck der Projektile einen wackeligen Schritt nach dem anderen aus dem Lichtquadrat gedrängt wurde.

David nahm erst den Finger vom Abzug, als er das trockene Klicken des leeren Magazins hörte. Volos krümmte sich zusammen, die blutigen Löcher auf seiner Brust flossen ineinander wie eine wachsende Amöbe. Dann kippte er hintüber und landete mit einem schweren Klatschen auf dem Boden.

David warf die Pistole von sich. In dem schummrigen Licht sah er Mikru neben Volos' Leiche knien.

»Mikru, wir müssen raus hier.« David machte einen Schritt aus dem Fahrstuhl raus. »Die Fabrik ist nicht ...«

Es war wie der Tritt eines Pferdes gegen die Brust, der ihn rückwärts in den Fahrstuhl schleuderte. Er schnappte nach Luft und schaute hinunter auf das rauchende Loch in seiner schusssicheren Weste, direkt über seinem Bauchnabel, in dem die Kugel steckte. Der Junge trat in das Licht. Die Pistole zitterte unsicher in seiner Hand. Die Kugel hätte David an jeder anderen Stelle des Körpers treffen können.

»Mikru, stop!«, presste David hervor. »Ich bin dein Freund.«

»Du hast meinen Vater erschossen!«, schrie der Junge. »Du bist nicht mein Freund, ich kenn dich nicht!« Die Pistole knallte erneut. David drehte sich halb um die eigene Achse. Ein spitzer Schmerz schoss in seine rechte Schulter.

»Verdammt, Mikru! Hör auf!«, brüllte er.

Der Junge ging verbissen auf ihn zu. Die Mündung blitzte erneut auf. Die nächste Kugel bohrte sich in die Wand hinter David. In dem Moment glitten die Fahrstuhltüren zu. David schob seinen Fuß dazwischen, um sie aufzuhalten.

»Wenn die Tür sich schließt, stirbst du!«, rief er. »Hörst du mich?«

Die nächste Kugel pfiff so dicht an seinem Ohr vorbei, dass er den Lufthauch spürte.

»Mikru, halt! Ich flehe dich an.«

Keine drei Meter trennten David mehr von dem Jungen und dem schwarzen Mündungsloch, das unverwandt auf ihn zielte.

David wusste, dass er hätte panisch werden, auf die Knie fallen und um sein Leben flehen müssen. Aber das Einzige, was er fühlte, war Trauer. Eine allumfassende, tiefe Traurigkeit. Weil es keinen Weg mehr dorthin zurück gab, wo sie herkamen. Diesen Weg hatte es nie gegeben, nur die Vorstellung von einem Leben, das sie einmal gehabt hatten, aber das für immer verloren war.

Denn David hatte endlich seine Antwort bekommen. Er hatte Mikru sterben sehen. In jener Nacht in dem Kanalschacht.

Der Junge vor ihm würde nicht mit ihm gehen. Er hatte es verstanden, genau wie Theresa es verstand, Silja, Mihai und jetzt langsam auch er, David. Von manchen Orten war keine Rückkehr vorgesehen.

Die nächste Kugel traf Davids Brust. Die Druckwelle warf ihn in den Fahrstuhl. Er drehte sich auf den Rücken, kriegte keine Luft. Er starrte nach oben, begegnete Mikrus totem Blick direkt über sich. Der Junge stand auf der Türschiene und zielte mit dem Lauf direkt in Davids Gesicht. Das vordere Glied von Mikrus Zeigefinger auf dem Abzug war weiß.

David flüsterte. »Vergib mir.«

Der Blick des Jungen flackerte kurz, abgelenkt von irgendetwas an Davids Hosentasche. Die Türen glitten mit einem schrammenden Laut zusammen. Mikru zögerte den Bruchteil einer Sekunde. Dann machte er einen Schritt nach hinten.

Die Türen schlossen sich. Der Junge war weg.

David blinzelte benommen, als der knarrende, zerschossene Metallkasten ihn nach oben beförderte. Er schaute an sich hinunter. Unter der schusssicheren Weste war der Pullover hochgerutscht und hatte einen Streifen Haut freigegeben. Die Tintenlinien waren intakt. Das Kaninchen schlief sicher.

99

Durch die aufgleitenden Fahrstuhltüren sah David in dem gelben Staubnebel Kabel und zerfetzte Gipsplatten von der Decke hängen. Der Boden war mit Scherben und Betonbrocken übersät.

David vermied den Blick auf die von der Decke baumelnden Leichen. Alles in ihm – Knochen, Muskeln, das Herz – schwang auf eine beunruhigende Weise, wie eine angeschlagene Glocke.

»Tom Juice! Bist du das?«

Der Ruf kam nicht aus dem Funkgerät. David sah sich um.

»Wo bist du?«

»Kontrollraum. Komm, schnell!«

Mit steifem Rücken bahnte David sich einen Weg durch die Betonbrocken hindurch. Die Luft brannte in seinem Hals. Als er sich dem Lastwagen näherte, sah er klare Flüssigkeiten aus mehreren Löchern im Tank lecken, sich auf der Erde miteinander vermischen und in einem chemischen Nebeldunst aufsteigen.

Er fand Mihai im Kontrollraum. Der Alte riss die Augen auf, als er ihn sah.

»Zum Teufel, Tom? Du bist völlig blutverschmiert. Kommt das von …«

»Nur die üblichen Stellen«, antwortete David heiser. Er hatte das Gefühl, dass seine Rippen gebrochen waren. »Ich bin okay.«

»Hast du ihn erwischt?«

David nickte und signalisierte mit den Augen, dass es dazu nicht mehr zu sagen gab.

»Was machst du noch hier? Der Lastwagen ist eine tickende Zeitbombe. Wir müssen raus.«

»Das müssen wir.«

David zog die Brauen hoch. Irgendwo im Hintergrund heulte ein penetranter Alarm. Aber vielleicht kam er auch aus seinem Kopf. Erst jetzt sah er, dass Mihai immer noch den roten Knopf herunterdrückte.

»Willst du ihn nicht loslassen?«

Mihai nickte. »Darauf kannst du einen lassen.«

»Gut, dann komm.«

»Nach dir.«

David blieb stehen und betrachtete den alten Mann. »Was ist los, Mihai?«

»Ein kleineres Problem, an dem ich arbeite.« Er spitzte die Lippen. »Der Fahrstuhl kann offensichtlich auch noch von einer anderen Stelle im Gebäude bedient werden.« Mihai lachte trocken. »Sobald ich den roten Knopf loslasse, rufen sie den Fahrstuhl nach oben. Und dort geiert eine ziemlich aufgepeitschte Horde bewaffneter Männer darauf, uns kennenzulernen.«

David schaute auf die Überwachungsbildschirme. »Dann müssen wir nur schneller beim Transporter sein als sie.«

»Auf einem Bein, durch den Schotter da draußen?«

David kniff die Augen zusammen und sah Mihais mit Blut vollgesogenes Hosenbein.

»Die Kugel muss eine Arterie getroffen haben«, sagte er. »Ein echt guter Schuss.«

»Komm, stütz dich auf meine Schulter. Wir gehen zusammen.« Als David den Arm ausstreckte, wurde ihm vor Schmerz schwarz vor Augen. Er musste sich an der Wand abstützen, um nicht umzukippen.

Mihai grinste schief. »Du kannst dich ja selbst kaum auf den Beinen halten. Sieh zu, dass du Land gewinnst.«

»Vergiss es!«, fauchte David und sah sich um. »Wir finden eine Lösung. Es gibt immer eine ...«

»Kapier doch endlich mal, dass der Einzige, den du retten kannst, du selbst bist«, sagte Mihai. »Ich würde sehr ungern in der Gewissheit sterben, dass ich recht hatte.«

»Womit?«

Mihais Gesichtsausdruck wurde fast sanft. »Dass du tatsächlich ein Schwachkopf bist.«

David sah den alten Mann mit gleichen Anteilen Verdutztheit und Zärtlichkeit an. Selbst mit dem Tod vor der Nase ließ er sich nicht seinen unverwüstlichen Humor nehmen, und für einen winzigen Moment wischte Davids Gehirn die verbitterten Züge, das Faltennetz, die abweisende Tiefe seiner Augen beiseite und sah den wahren Kern des Mannes, der zu sterben bereit war, damit sein Freund weiterleben konnte.

»Dann sieh zu, dass du den verfluchten Knopf gedrückt hältst!«, sagte David und humpelte los. »Ich schicke deinen Kumpel, um dich zu holen.«

Mihais Ruf ließ ihn noch einmal anhalten und sich umdrehen. Für eine Sekunde sahen sie sich in die Augen.

Mihai nickte. »Es war mir eine Ehre ... David.«

Der allzu ruhige Ton klingelte in Davids Ohren, als er durch die Haufen der Verwüstung im Erdgeschoss schwankte.

Die frische Luft schlug ihm hart und erfrischend ins Gesicht. Er brüllte vor Erleichterung und zog das Bengalische Feuer aus der Tasche. Riss die Schnur an und wedelte mit der zischenden Flamme über seinem Kopf. Ein Stück entfernt gingen die Scheinwerfer des Transporters an. Dann raste er über die Schlammfläche, die wie ein von Einschusskratern übersätes Schlachtfeld aussah.

Der Transporter bremste vor David ab. Von den Balkonen kamen keine Schüsse. Die Männer hatten sich in ihrer Massenpanik in die Gänge der Fabrik zurückgezogen.

David riss die Beifahrertür auf.

»Mihai ist noch da drinnen, du musst …«

Hinter ihnen gab es eine brutale Explosion, die heiße Druckwelle schleuderte David auf den Sitz. Er konnte gerade noch die Tür zuknallen, bevor eine graue Welle aus Steinbrocken und Glasscherben mit einem infernalischen Lärm den Transporter durchrüttelte. Genauso plötzlich war es wieder still.

David zog sich einen Splitter aus der Augenbraue. Durch die zerborstene Frontscheibe sah er in ein Feuermeer, in dem nur das Gerippe des Lastwagens zu sehen war. Alles andere war in gespenstisch grün schimmernde Flammen gehüllt. Aus den Fenstern der ersten Etage über dem Eingang quoll bereits giftig stinkender Rauch.

David drehte sich zu dem Fahrer um. »Bist du okay?«

Der Mann hinterm Lenkrad nickte. Er war ein Freund, den Mihai ohne jede weitere Erklärung angerufen und um Hilfe gebeten hatte.

Er war etwa in Mihais Alter, hatte aber einen sehr viel gesünderen Teint und sah nicht aus wie die abgehalfterten Stammgäste der Kaffeebar.

Er schaute mit traurigem Blick in die Flammen. »Jetzt siehst du also endlich das Ende des Krieges, du alter Trottel.«

Er legte einen Gang ein und ließ die Kupplung kommen.

»Warte!« David öffnete die Tür.

Der Mann trat die Bremse durch. »Was machst du? Du weißt nicht, ob das chemische Gemisch gleich explodiert.«

David schaute an der turmhohen Fassade des Gebäudes hoch. Das Feuer würde sich Etage für Etage nach oben fressen, und die einzige Fluchtmöglichkeit war der Fahrstuhl in die Flammenhölle. Irgendwann wären sie gezwungen, sich zu entscheiden. Für das Feuer. Oder für einen luftigeren Ausweg.

Das war ein perverser Gedanke, aber David kriegte ihn nicht mehr aus dem Kopf. Er fing an zu rechnen.

»Ich fahre jetzt«, sagte der Mann ängstlich.

David legte bittend seine blutigen Handflächen aneinander.

»Ich brauche deine Hilfe. Es gibt noch jemanden, der es verdient hat, das Ende des Krieges zu sehen.«

100

Nach wenigen Kilometern auf der 59A sah David in Fahrtrichtung ein blaues Lichtermeer. Kurz darauf rauschten, wie es schien, sämtliche Einsatzfahrzeuge der Stadt in einem unendlichen Strom von Sirenen und blinkenden Lichtern an ihnen vorbei.

Der Transporter bog in eine einsame Villenstraße ein und hielt am Straßenrand. Die beiden Männer blieben noch eine Weile in der Stille des ausgeschalteten Motors sitzen. Hinter den Fenstern der umliegenden Häuser war es dunkel. Die Bewohner schliefen sicher in dieser stillen Mittelklasseidylle.

»Kann ich dich irgendwohin mitnehmen?«, fragte David nach einer Weile.

»Nein danke. Ich hab's nicht weit. Ich brauche frische Luft.« Der Mann schnallte sich los.

»Danke für deine Hilfe«, sagte David. »Ich kenne dein Gesicht nicht aus der Kaffeebar.«

Die Hand des Mannes blieb auf dem Türgriff liegen. »Das ist kein Ort für mich.«

»Sorry. Ich dachte, alle Freunde von Mihai wären Kriegsveteranen.«

»Ein paar von uns haben es geschafft, den Krieg hinter sich zu lassen.«

David zog die Brauen hoch. »Manche Menschen haben mehr Glück als andere. Mihai gehörte nicht dazu.«

Der Mann drehte sich um und sah David an. Der Kragen seines schönen hellblauen Hemds guckte aus seiner Jacke. Sein Blick fuhr suchend über Davids Gesicht.

»Hat Mihai dir vom Sudan erzählt? Und dem Erdloch, in dem er gefangen war?«

David nickte.

»Lass mich raten«, seufzte er. »Er hat dir auch von den zwei Brüdern und ihrem Bad im Atlantik erzählt?«

David nickte wieder, wusste nicht genau, worauf der Mann hinauswollte.

»Bei allen Veteranentreffen erzählt er den Neuen diese Geschichte. Dem einen Bruder wird das Bein abgebissen, aber er überwindet die Krise und führt danach ein gutes Leben. Der andere Bruder geht vor die Hunde und verschwindet auf dem Meer.«

»Er konnte nicht mit der Scham leben«, sagte David.

»Du hast gut zugehört, merke ich. Aber du kennst nicht die ganze Geschichte. Darüber, was im Sudan passiert ist.« Der Mann räusperte sich. »Mihai wurde nicht alleine in dem Erdloch gefangen gehalten.«

David richtete sich auf seinem Sitz auf. »Was heißt das?«

»Sein bester Freund aus seiner Einheit hat das Feuergefecht mit den Rebellen ebenfalls überlebt. Sie wurden zusammen in das Erdloch gesteckt. Der Freund hat nach ein paar Tagen Dschungelfieber bekommen. Er lag nachts wach und schrie, dass seine Haut in Flammen steht. Mihai hat ihn angefleht, still zu sein, weil er sah, wie sich die Rebellen von dem Lärm provoziert fühlten. Aber die Schmerzen seines Freundes wurden schlimmer. Seine Schreie lauter. Und lauter.«

In Mihais Erzählung war vor dem Erdloch ein heulender Hund angekettet gewesen. In Wahrheit hatte es gar keinen Hund gegeben.

»Irgendwann hatten die Rebellen genug von der Jaulerei. Sie haben den Freund aus dem Erdloch gezogen und ...« Der Mann atmete tief ein und schluckte. »Dann haben sie ihn mit einer Machete kastriert.«

David saß reglos da.

»Mihai und sein Freund wurden einen halben Tag darauf gerettet«, sagte der Mann. »Mihai hat sich nie vergeben können, was dort geschehen ist. Die verfluchte Kamikazemission im Sudan ging auf sein Konto. Alle hatten ihn gewarnt, dass das zu riskant sei. Aber er war der Gruppenführer. Und er wollte unbedingt da raus.«

Eine Faust legte sich um Davids Herz und drückte zu.

Der Mann öffnete die Tür und stieg aus.

»Warte«, sagte David. »Was ist mit dem Freund? Wie ist es für ihn weitergegangen?«

»Weißt du, warum in Mihais Geschichte zwei Brüder zusammen im Meer schwimmen gehen?«

»Nein?«

»Im Heer nennt man einen Freund Bruder.«

Der Mann schlug die Tür zu und ging langsam los. Nach wenigen Schritten öffnete er das Gartentor zu einem Haus und schloss die Tür auf. Ein schönes Haus mit einer gepflegten Fassade und einem gepflegten Garten. Der Bruder aus dem Erdloch hatte sich ein gutes Leben geschaffen.

David rutschte rüber auf den Fahrersitz und startete den Motor. Sein Herz pochte. Sein Körper verlangte nach Schlaf, etwas zu essen und einem Augenblick friedlicher Ruhe, in der sein Leben nicht bedroht wurde. Aber dem Wunsch konnte er noch nicht nachgeben. Die Nacht war noch nicht zu Ende.

101

Polizeiobermeister Marius Petrascu hatte den Polizeifunk eingeschaltet. Die Meldungen gingen in besinnungsloser und chaotischer Folge ein. Es gab Berichte über Schüsse, Explosionen, chemischen Rauch und Leute, die von dem brennenden Hochhaus in den Tod sprangen. In der Fabrik war die Hölle ausgebrochen. Alle verfügbaren Einheiten waren augenblicklich dorthin beordert worden.

Marius sah sich auf der leeren Straße um, auf der er parkte. Dann schaltete er den Funk aus. So kurz vor der Pension musste die Hölle warten.

Er griff nach dem Sandwich im Handschuhfach und wickelte es aus dem fettigen Papier. Danach ging alles so schnell, dass er nicht mehr reagieren konnte. Das cholesterinerhöhte Blut gefror ihm in den Adern.

»Ganz ruhig sitzen bleiben!«

Marius nahm den Befehl wörtlich und erstarrte mit dem Sandwich ein paar Zentimeter vor seinem Mund. Das kalte Dressing tropfte in seinen Schritt. Die Person, die auf die Rückbank des Streifenwagens gesprungen war und nun eine Pistole gegen seinen Hinterkopf drückte, stank bestialisch. Nach Benzin, Rauch und … Blut? Oh Gott! War das etwa einer dieser Zombies, die unten in der Kloake lebten?

»Ich will keinen Ärger«, stammelte Marius. »Wenn Sie verletzt sind, kann ich Ihnen helfen.«

Ein Beutel landete auf dem Beifahrersitz.

»Hören Sie mir gut zu, Polizeiobermeister.« Der Mann sprach Rumänisch mit einem seltsam singenden Akzent. »In dem Beutel sind vergiftete Ecstasypillen. Sie wurden in der Fabrik produziert. Für einen ganz bestimmten Zweck. Diese Pläne wurden heute Nacht durchkreuzt. Haben Sie mich verstanden?«

Marius nickte hektisch.

»Gut. Denn das, was ich Ihnen als Nächstes erzähle, sollen Sie umgehend an so viele Nachrichtensender weiterleiten, wie Sie erreichen. Alle Details.«

Der Mann atmete angestrengt, musste immer wieder Pausen einlegen und stöhnte, als hätte er starke Schmerzen. Als er fertig war, war Marius' Schoß von Knoblauchdressing durchtränkt.

Der Streifenwagen schaukelte, der Druck der Pistolenmündung verschwand. Ein eiskalter Luftzug von der offenen Hintertür strich über Marius' Nacken, aber er traute sich immer noch nicht, sich zu rühren. Oder in sein fettreiches Sandwich zu beißen.

Morgen, dachte er mit ungesund klopfendem Herzen. Morgen fange ich verdammt noch mal mit der Diät an.

102

Blauschwarze Wolken hingen über Den Haags nassen Dächern, aber zumindest war es nach dem pausenlosen Regen seit Anfang Januar endlich mal wieder trocken. Die Sonne brach durch, und durch das Fenster seines heimischen Büros im ersten Stock sah James Curtis einen Regenbogen eine Brücke über den Villen schlagen. Bei solchen Wetteraussichten würden bald wieder die Kinder auf der Straße spielen und lachen und mit ihren Fahrradklingeln bimmeln.

Der Gedanke war kaum auszuhalten.

Hinter ihm, von dem Flachbildschirm, der wie ein Bilderrahmen in das Wandregalsystem integriert war, war die Stimme eines Nachrichtensprechers von CNN zu hören:

… rumänische Polizei ist noch dabei, sich einen Überblick über die dramatische Banden-Abrechnung in Temeswar vor zwei Tagen zu verschaffen, bei der mindestens fünfzig Bandenmitglieder in einem brennenden Gebäude ihr Leben verloren. Einer der Toten konnte als Pavel Spătaru identifiziert werden. Der berüchtigte Gangsterboss, der in kriminellen Kreisen unter dem Alias Volos bekannt war, steht vermutlich hinter diversen Attentaten, Menschenhandel und der Massenproduktion von Ecstasy. Die alle Ereignisse in den Schatten stellende Hauptgeschichte aber ist die Heldengeschichte von dem Polizeibeamten Radu Romanescu. Die Sanitäter haben Radus Leiche mit schweren Sturzverletzungen vor dem brennenden Gebäude gefunden. Vermutlich hat das Feuer ihn gezwungen, aus einem der höheren Stockwerke zu springen. Polizeiinterne Quellen berichten, dass Radu in einer Solo-Ermittlung herausgefunden hatte, dass die Mitglieder der rumänischen Bande in die Produktion großer Mengen giftigen Ecstasys verwickelt waren, das im Namen ihres größten Konkurrenten in ganz Europa ausgeliefert werden sollte. Mit dem Ziel, dessen Geschäfte zu zerschlagen und das Monopol auf dem Markt zu übernehmen. Details, wie Radu in das Feuergefecht zwischen den Bandenmitgliedern in ihrem Hauptquartier geraten ist, fehlen noch. Quellen sagen jedoch, dass ein namentlich nicht genannter Polizist, der in den Besitz eines Beutels mit den giftigen Pillen gekommen ist, die Geschichte bestätigt hat. Rumäniens Präsident hat Radu Romanescu posthum dafür geehrt, dass er die Verbreitung der Pillen verhindert und damit Tausende Leben gerettet hat. Später am heutigen Tag wird eine Gedenkfeier für den verstorbenen Polizeibeamten abgehalten, bei der seine Ehefrau und die gemeinsame Tochter für Romanescu den höchsten Ehrenpreis des Landes entgegennehmen werden …

Es klopfte an der Tür. James' Frau schob den Kopf herein. Sie war weiß wie ein Laken. »Du hast Besuch.«

James zog die Augenbrauen hoch. »Ich habe keine Verabre…«

Die Tür wurde aufgeschoben. James musste zweimal hinschauen, bis er seinen früheren Europol-Kollegen erkannte.

»David?«, sagte er heiser, wie eine Bestätigung, dass der vornübergebeugte, schwer verletzte Mensch vor ihm tatsächlich der war, den er zu sehen glaubte.

»Tut mir leid, dass ich unangemeldet hier aufschlage.«

Die Stimme des Dänen war das einzig Wiedererkennbare in dem verschrammten Gesicht, das teilweise unter Pflastern und Gazebinden versteckt war.

»Darf ich mich setzen?«

James schwenkte einladend die Hand.

David ließ sich mit einem lang gezogenen Stöhnen auf einem Chesterfieldstuhl nieder.

»Auf einer Skala von eins bis zehn – wie viel hast du mit dem Weltuntergang da unten zu tun?« James nickte zu dem Flachbildschirm hin.

»Hast du die Nachrichten nicht verfolgt?«, sagte David. »Dieser Radu ist ein Held.«

»Den Medien liegt in der Regel nur ein Bruchteil der ganzen Story vor.«

David rückte die Halteschlinge um seinen Arm zurecht.

»Und was ist mit dir, James? Was ist da die ganze Story?«

James zog an seinem Hemdkragen.

»Ich bin nicht ganz sicher, ob ich verstehe, worauf du hinauswillst.«

David legte den Kopf schräg, fischte ein kleines zusammengefaltetes Stück Papier aus der Tasche und legte es zwischen ihnen auf den Tisch.

»Was hast du noch gleich in dem Café zu mir gesagt? So etwas in der Richtung, dass der Kalte Krieg zu Ende ist und niemand mehr vertrauliche Informationen auf Papier aufbewahrt.«

James griff nach dem Zettel und faltete ihn auseinander. Darauf stand eine lange Reihe scheinbar zufälliger Ziffern. »Was ist das?«

»Wann genau hast du beschlossen, mein Leben zu opfern, um das deines Sohnes zu retten?«

Die Worte schienen einen Augenblick in James' Kopf durcheinanderzuwirbeln, ehe er sie zu fassen bekam und zu einem verständlichen Satz zusammensetzte.

David sah ihn betrübt an. »Teilweise bin ich ja selber schuld. Die Verwüstungen, die ich undercover hinterlassen habe, haben Volos' Rachegelüste geweckt. Und es dürfte nicht allzu schwer für ihn gewesen sein, dich aufzuspüren. Ein korrupter

Beamter mit Zugang zum EIS findet sicher schnell deinen Namen als Chef der European Cooperation Group on Undercover Activities. Und Volos kannte sicher eine Reihe korrupter Beamter.«

In Davids Blick lag kein Triumph, keine Spur von Wut auf den Mann, der bewusst einen Polizeikollegen und guten Freund in den Tod geschickt hatte.

James fand endlich seine Stimme wieder. »Sie haben Anton entführt. Seitdem machen wir die Hölle durch.«

»Darum warst du nicht im Büro zu erreichen? Und darum ist Anna nicht mehr ans Telefon gegangen, sondern ein junger Mann aus der Vermittlung von Europol?«

»Ja.«

»Liege ich richtig damit, dass Anton vor etwa einem Monat entführt wurde?«

»Woher weißt du das?«

»Von den Fotos von Volos, die du mir zukommen lassen hast. Die Dateien wurden ungefähr drei Wochen vorher runtergeladen. Du hattest sie also längst, als du mich kontaktiert hast. Zu dem Zeitpunkt habe ich überhaupt nicht darauf geachtet. Warum hätte ich auch? Du warst mein Freund. Aber in Temeswar kam mir dann langsam der Verdacht, dass es im Hintergrund einen Puppenspieler geben musste, der die Strippen zog. Eine Person mit einem sehr viel umfassenderen Überblick und sehr viel weitreichenderen taktischen Kompetenzen als Volos. Einen, der mich einst erfolgreich in ebendiese kriminelle Organisation eingeschleust hatte, der er mich nun als Opferlamm servierte.«

James senkte den Blick, konnte dem Dänen nicht in die Augen sehen.

»Die verfluchten Schweine haben sich sofort gemeldet. Um sicherzustellen, dass ich niemanden alarmiere und einschalte.

Sie haben mir ein Bild von Anton geschickt, weinend und gefesselt im Laderaum eines Transporters. Verdammt, der Junge ist gerade vierzehn!« James hustete den Schluchzer weg. »Volos hat mich persönlich angerufen und mir zwei Alternativen angeboten. Nicó Krauses Identität. Oder ein Video, auf dem sie meinem Sohn die Kehle durchschneiden.«

»Aber du wusstest nicht, wo ich war. Darum dein Anruf. Um mir meinen Standort zu entlocken. Wer hatte die Idee, einen von Volos' Männern im Krankenhaus zu platzieren? Das war ziemlich genial.«

James bekam es nicht über die Lippen. Und als er die Enttäuschung in Davids Augen über das zerstörte Bild sah, das er von dem Mann vor sich gehabt hatte, brach er schluchzend zusammen.

»Du wurdest immer verzweifelter«, fuhr David fort. »Ich gehe mal davon aus, dass in dem Safehouse jemand auf mich gewartet hätte?«

»Vergib mir, David! Vergib mir! Seit Antons Entführung ist nichts mehr, wie es war. Ich habe keine Luft mehr in meinen Lungen, keinen Appetit, nichts mehr in meinem Herzen außer Sorge.«

David beugte sich auf dem Stuhl vor.

»Ein guter Mensch hat mal gesagt, dass wir unsere Beziehungen in Kreisen um uns anordnen. Die Familie befindet sich im innersten Kreis. Für sie würde man alles tun. Auch, wenn das verlangt, einen der Menschen aus den äußeren Kreisen zu opfern. Der Zettel in deiner Hand ist meine Art, dir zu vergeben.«

James sah sich die Zahlenreihe noch einmal an.

»Das sind Koordinaten«, sagte David.

»Wovon?«

»Von dem Ort, an dem dein Sohn liegt.«

»Liegt?«

Jetzt vermochte David nicht, James in die Augen zu sehen.

James glitt schluchzend zu Boden. Und während er dort kauerte und versuchte, seine Lungen mit Luft zu füllen, und der verfluchte schillernde Regenbogen draußen leuchtete, als wäre die Welt kein grausamer und kalter Ort, hörte er Davids sich entfernende Schritte und eine Tür, die leise geschlossen wurde.

103

Draußen auf dem Bürgersteig zündete David sich eine Zigarette an, dann hastete er weiter.

Er dachte an die Leiche des hübschen Jungen. All das, was wir nicht wissen. All das, was uns erspart bleibt. David hatte die Wahrheit nicht über die Lippen gebracht. Dass er James' Verrat erst in dem Moment vollends durchschaut hatte, als er in den Katakomben Antons Leichnam gesehen hatte. Diesen tragischen und ungerechtfertigten Preis für das Leben eines Undercoverbeamten. Der Junge war hingerichtet worden, weil er für Volos' Zwecke keinen Wert mehr gehabt hatte.

Dieser unbeschreibliche Schmerz, ein bekanntes Gesicht unter all den gesichtslosen Körpern zu entdecken, und zugleich das Gesicht für den Verrat vor seinem inneren Auge zu haben.

Das des Vaters. James.

Ein Mann, dem David sein Leben anvertraut hätte. Dem er sein Leben anvertraut hatte, verdammt! Vor Wut biss David den Zigarettenfilter durch. Die Zigarette fiel auf den Asphalt.

Er als Polizist, als Augenzeuge allen nur erdenklichen Elends, sollte doch wahrlich gelernt haben, dass alles einen Preis hatte. Freundschaften, geliebte Menschen. Ein Leben. Alles und alle konnten geopfert werden, solange das, was dafür geboten wurde, wertvoll genug war. Ein Sack Geld. Eine Pistole auf der Brust. Das Leben eines Sohnes.

Menschen waren verdammt noch mal bereit, sich von einem hohen Gebäude in den sicheren Tod zu stürzen, um nicht in den Flammen zu verbrennen.

David war klar, dass er alles daransetzen musste, damit der nächste Gedanke sich nicht in ihm festbiss. Aber es war, als fände sich das Schöne in der Welt nur noch im Vergessen der Existenz des Bösen.

104

Flughafen Kopenhagen, kurz vor Mitternacht. Leicht humpelnd durchquerte David das nachtleere Terminal. Aus den Lautsprechern ermahnte eine knisternde Stimme, das Gepäck nicht unbeaufsichtigt zu lassen.

Er ging durch die Schwingtür nach draußen. Der Mond schien klar von einem schwarzen Winterhimmel. Die kalte Luft fand ihren Weg unter seine Jacke und kühlte die Stichwunden, Schlagspuren und übrigen Schrammen an seinem Oberkörper.

Auf dem Parkplatz vor Terminal 3 nahm er sein Handy heraus.

»Hallo?« Ihre Stimme klang spröde.

»Ich bin's, David.«

»Was willst du? Ist was passiert?«

»Ich brauche deine Hilfe.«

»Ich bin nicht mehr …« Sie verstummte.

»Das weiß ich. Du bist nicht mehr bei der Polizei. Und das ist einer der Gründe, weshalb ich dich anrufe.«

»Was ist der andere?«

Er biss die Zähne aufeinander. »Du bist die Einzige außer mir und Theresa, die die Wahrheit über …«

Ein zittriges Einatmen am anderen Ende der Verbindung brachte ihn aus dem Konzept. Als ob sie bis ins Mark fror.

»Sprich seinen Namen ruhig aus«, sagte sie.

»William.«

Er hörte, dass sie den Hörer vom Ohr nahm. Er wartete. Ließ ihr die Zeit, die sie brauchte.

Als sie sich wieder meldete, klang ihre Stimme neutral.

»Welche Art von Hilfe brauchst du?«
»Du musst mir helfen, Lucas Stage zu töten.«
»Noch einmal ...«
»Ich weiß, wie das klingt.«
»Ich glaube nicht, dass du das weißt.«
»Darf ich dich irgendwann besuchen? Es dir erklären?«
»Ich will keinen Besuch. Das ist ... so ist es einfach.«
David atmete aus. »Ich melde mich wieder. Gib auf dich acht, Jenny.«

105

Der Bus 23–701 von Brønnøysund erreichte die Endstation Kveinsjø nach einer zweistündigen Fahrt durch das weiß verschneite Hochland. David stieg mit den drei anderen Passagieren aus, die so weit voneinander weg wie möglich gesessen hatten. Er sah sich um. Der kleine Ort bestand aus einer Handvoll zufällig hingewürfelter Häuser an einer von Bergen eingerahmten Durchfahrtsstraße. Seit ein paar Tagen hatte es unablässig geschneit. Die Räumfahrzeuge waren kaum hinterhergekommen. Nur die Hauptstraße war geräumt. Der Rest verschwand unter hohen Schneewehen.

Theresa hatte weder auf seine Anrufe noch auf seine Sprachnachrichten geantwortet. Er sog die frische Nordlandluft in die Lungen ein. Und bereitete sich innerlich vor. Natürlich konnte er sich irren. Aber das war unwahrscheinlich.

Die letzten Kilometer legte er zu Fuß zurück. Seine Gedanken wanderten durch die Stille des Fjells. Er hoffte, dass Alina nun ihren Frieden fand. Radus Andenken war bewahrt. So, wie die Frostgrade seinen Leichnam in den Katakomben bewahrt hatten. Eine gründliche Obduktion würde natürlich Unregelmäßigkeiten ans Licht bringen. Der Verwesungsprozess konnte nie ganz gestoppt werden. Auch wenn die Sturzverletzungen als logische Todesursache durchgingen, würde es ob des Todeszeitpunkts Verwirrung geben. Doch Rumäniens Präsident verknüpfte mit Radus Tod bereits etwas weit Wichtigeres als die Medizin: Politik.

Was war ein Obduktionsbericht, der klanglos in den Archiven verschwand, schon im Tausch gegen einen Nationalhelden?

Was die Ermittler mit dem Lastwagen von BioClean, dem Scharfschützenangriff, dem abgebrannten Gebäude und den unzähligen unbeantworteten Fragen machten, war nur in einem einzigen Punkt relevant für David: dass sie die Spuren niemals bis zu ihm zurückverfolgen konnten.

In Bindal überredete er einen Taxifahrer, ihn gegen extra Bezahlung nach Åbygda zu fahren. Er sank in das beheizte Lederpolster. Wärme, Sicherheit.

Obwohl er sich an der Grenze einer todesähnlichen Erschöpfung bewegte, hielt der Gedanke an die unbeantworteten Anrufe und Nachrichten ihn die gesamte Strecke wach.

Vielleicht dreihundert Meter vor der Hütte setzte der Fahrer David ab, weil er die Steigung nicht weiter hochkam.

Er ging über die knackende, vereiste Schneeunterlage, als das Handy in seiner Tasche vibrierte. Er fischte es eilig heraus und schaute verwundert auf den Namen auf dem Display.

»Was willst du, James?«, fragte er kurz angebunden.

Am anderen Ende schlugen rauschende Windstöße auf das Mikrofon.

»James, hallo? Wo steckst du?«

Die Stimme des Briten war schleppend, leicht lallend. »Ich bin genau dort, wo ich verdient habe zu sein.«

»Bist du betrunken?«

»Nicht nur das. Die Schlaftabletten nehmen die größte Angst.«

»Angst vor was? James, das ist gerade ein ganz ungünstiger Zeitpunkt.«

»Tut mir leid, David. Aber das ist der letzte Zeitpunkt, der mir noch bleibt.«

David wartete ein paar Sekunden. Wer nahm Schlaftabletten, bevor er das Haus verließ?

»James, was immer du vorhast, mach ...«

»Sie haben einen Mann geschickt, David. Ich weiß nicht, ob er sie gefunden hat.«

»Wen?«

»Die Frau, die du vor mir geheim gehalten hast. Ich habe den Anruf zurückverfolgt. Du hast aus einem kleinen Ort in Norwegen angerufen. Terråk. Das war sein Ausgangspunkt.«

Ein kalter Schauer lief David den Rücken herunter.

»Ausgangspunkt wofür?«

»Du warst Volos nicht genug. Es gab noch jemanden, den er aus dem Weg räumen wollte. Eine Frau.«

David schloss die Augen. »Sag, dass das nicht wahr ist«, flüsterte er.

»Aber das war es nicht, was ich … Oh Gott, ich wollte es sagen, als du hier warst, aber …«

David legte auf und ließ den Briten mit seiner eigenen Scham, seinen Dämonen und seinen eigenen Entscheidungen allein.

David observierte die rot gebeizte Holzhütte aus seinem Versteck zwischen den Kiefern. In der Einfahrt stand ein großer Pick-up-Truck. Er war zugeschneit, stand vermutlich schon eine ganze Weile dort. Was bedeutete, dass die eingetretene Tür auch schon seit Tagen offen stand und die Hütte völlig ausgekühlt war.

David suchte nach Fußspuren im Schnee. Konnte aber keine sehen.

Was immer ihn hinter den dunklen Fenstern erwartete, es war nicht mehr am Leben.

David schloss ein paar Sekunden die Augen, schirmte alles von sich ab. Er hatte Theresa und Silja hierher in die absolute Einsamkeit gebracht, um sie zu schützen. Was hatte es genutzt? Sie hatten sie trotzdem gefunden.

Auf der Veranda sah er die erste Leiche. Zwei Beine ragten aus einer Schneewehe vor dem Küchenfenster. Große Stiefel. Ein Mann.

Das ist eine Ermittlung, dachte David. Zieh keine Schlüsse, bevor du nicht den ganzen Tatort gesehen hast.

Er ging über den knarrenden Schnee im Eingang. Die Hütte war ein Gefrierschrank, in die das grau gefilterte Tageslicht fiel. Sein Blick glitt über die Garderobenhaken. Leer. Wenn Silja und Theresa noch hier wären, würden dort ihre Jacken hängen. Er spürte eine verlockende Erleichterung. Aber dafür war es noch zu früh.

Er hielt sich an das Ermittlungsprozedere und richtete die Aufmerksamkeit weg von der Leiche, die er am Ende des Flurs auf dem Boden im Schlafzimmer entdeckt hatte. In der Küche verriet ein großer Haufen Exkremente auf dem Boden, dass wohl ein großes Tier vorbeigeschaut hatte. Danach ging er geduldig die übrigen Zimmer ab, offen und aufnahmebereit für alle Eindrücke und Details, das drängende Gefühl ignorierend, dass die Antworten – sowohl die, die er suchte, als auch die, die er gar nicht wissen wollte – im Schlafzimmer zu finden waren.

Mit einem Kloß im Hals trat er ein. Teilte den Raum in Felder auf, um es hinauszuzögern. Zuerst sah er sich das Doppelbett an. Die Matratze stand hochkant auf dem Lattenrost. Er schaute zum Schrank. Die Türen standen offen. Ein paar Fächer waren leer.

Er musste sich überwinden, um den Blick auf den blinden Winkel links von sich zu richten. Das letzte Feld, in dem sich noch etwas verstecken konnte, das er nicht sehen wollte.

Er sackte in sich zusammen. Schwindelig vor Erleichterung. Es gab nur eine Leiche in der Hütte. Den Mann vor seinen Füßen. Zwei Schüsse in die Brust. Der Körper war von weißen Eiskristallen bedeckt und die verzerrten Lippen in einem stummen Todesschrei erstarrt. Die Augen in dem bläulichen Gesicht hatten etwas Asiatisches.

David kniete sich neben ihn und sah einen Kochtopf unter dem Bett. Er zerbrach sich den Kopf, was hier passiert sein konnte. Da bemerkte er einen roten Fleck am Hals des Mannes. Mit dem Jackenärmel wischte er die Eiskristalle weg. Das sah wie verbrüht aus. Was zum Teufel war hier passiert, dass sich jemand unbemerkt mit dem Topf an ihn anschleichen und ihm kochendes Wasser in den Nacken gießen konnte?

David schaute wieder zu der Matratze hin. Es wurde immer verworrener. Er checkte die Jackentaschen des Toten. Fand einen Hotelschlüssel mit einem Holzklotz als Schlüsselring, in den der Name des kleinen Hotels aus Terråk eingraviert war. Und die Zimmernummer.

Einer spontanen Idee folgend, lief er in die Küche. Er zog einen Stuhl unter dem Küchentisch vor und stieg darauf. Die Pistole lag, wo er sie hingelegt hatte. Er nahm sie herunter und überprüfte das Magazin. Atmete erleichtert auf. Zwei Kugeln fehlten. Sie steckten in der Brust des Mannes. Mehr Schüsse waren nicht abgefeuert worden. Theresa und Silja hatten die Bedrohung gemeinsam bekämpft. Was für ein Team.

Er wollte gerade von dem Stuhl steigen, als sein Blick an etwas hängen blieb. Ein Briefumschlag. Er hatte unter der Pistole gelegen. Er nahm ihn und setzte sich an den Küchentisch.

Das Blatt zitterte in seiner Hand, und er musste mehrmals neu ansetzen wegen der Tränen, die ihm in die Augen stiegen. Als er am Ende angekommen war, legte er den Brief weg und blieb in der Stille sitzen.

Eine Stille, die ihn nicht mehr verlassen sollte, die ihm folgte, als er die Hütte verließ.

Das war Theresas Entscheidung.

Und da hörte er ein klägliches Piepsen. Es kam aus dem Flur. David folgte dem Laut in Siljas Zimmer. Der Pappkarton stand auf dem Bett. Er schob das Stroh beiseite und hob das daunige Küken heraus. Wie durch ein Wunder hatte das kleine, schutzlose Wesen die Kälte, den Hunger und die Bedrohung durch die Raubtiere aus dem Wald überlebt. Wenn man denn an Wunder glaubte. David wusste nicht, woran er eigentlich glaubte. Außer dem einen, das die Lebenden von den Toten unterschied. Stamina. Die ungebrochene Ausdauer.

EPILOG

Nachmittägliche Dunkelheit hatte sich über Terråk gesenkt, als David in einer Seitenstraße ein Stück entfernt vom Ortskern parkte. Er war in dem vor der Hütte zurückgelassenen Pickup in den Ort gefahren und wollte nicht darin gesehen werden. Auf der Ladefläche hatten drei volle Benzinkanister gestanden. Der Rauch von der brennenden Hütte war sicher ein paar Kilometer weit zu sehen, aber da der nächste Nachbar ein halb blinder Methusalem war, würde es vermutlich eine Weile dauern, bis überhaupt jemand mitbekam, dass die Hütte abgebrannt war. Dann würde man dort zwei verkohlte Leichen in der Asche finden, alle anderen Spuren wären längst von Schnee verdeckt.

David hatte dem kleinen Lebensmittelladen einen Blitzbesuch abgestattet. Der Eigentümer, der die knarrenden Bodendielen gehört hatte, hatte aus dem Hinterzimmer gerufen, dass er käme, aber bevor der Alte auf die Beine gekommen war, war David schon wieder verschwunden gewesen, mitsamt dem kleinen Notizbuch, in dem die Mieter der Hütte handschriftlich ihre Namen und Adressen eintrugen. Kein Computer. Keine digitalen Spuren.

Der alte Ladeninhaber hatte einen Namen gerufen. Stein. Wer immer das war.

David ging ins Zentrum. Ein paar Fahrzeuge fuhren mit dem sirrenden Geräusch von Spikereifen an ihm vorbei.

Der Platz an der Rezeption war leer. David hatte den Eigentümer ein paar Mal dort sitzen und aus dem großen Fenster starren sehen, wenn er zum Einkaufen in die Stadt gekommen war. Vielleicht hatte er ja gerade was zu erledigen.

David lief leise den Gang entlang. Auf beiden Seiten lagen Zimmer. Die Luft war völlig duftneutral, typisch für so einen Ort außerhalb der Saison mit abgezogenen Betten und geschlossener Küche.

Vor einer blauen Tür blieb er stehen. Er legte ein Ohr an das Holz, lauschte einen Augenblick und schob den Schlüssel ins Schloss.

Das Zimmer hatte Teppichboden, ein winziges Bad und zwei Einzelbetten. Die Decke auf dem einen war zerknüllt.

Er durchwühlte die Tasche unten im Kleiderschrank, durchsuchte die auf Bügel gehängte Kleidung und zog die Schubladen auf, ohne etwas von Interesse zu finden. Im Abfalleimer lagen eine Bananenschale und das Preisschild von einem Paar Lederhandschuhe.

Auf einem der Nachttische stand ein aufgeklappter Laptop. Er drückte die Leertaste, und der Bildschirm leuchtete auf. Die Bildschirmsperre war nicht aktiviert, weil ein Chiffrierschlüssel im Dark Web livestreamte. David scrollte sich durch die Nachrichten.

Seine Adern schienen sich zu weiten und mehr Blut und Sauerstoff ins Gehirn zu pumpen.

Er hatte das verpestete Zentrum gefunden, in dem die vielen anderen Stierhaie dieser Welt und der Abschaum, der für sie arbeitete, mitlasen und Informationen teilten.

11.37 – Shipment #37 at dock 11 in Karaburun (midnight pickup)
23.55 – Weapons deal cancelled, burn contact in Riga
17.29 – Need adress for officer Radu Romanescu – Timişoara police district, asap!?
04.13 – We have shipment #13X ready for pickup, Port Pescaresc
16.47 – No deal. I will go dark for a while.
10.22 – Pic upload of target

David überprüfte, dass der Akku aufgeladen war und dass ein Ladegerät da war. Der Computer durfte auf keinen Fall runterfahren und einen neuen Zugangscode fordern. Diesen Computer wollte er in aller Ruhe und ohne Einmischung des EC3, des European Cybercrime Centre von Europol, durchsuchen.

Er wollte gerade das Zimmer verlassen, als eine Eingebung ihn zögern ließ. Solche Eingebungen hatten immer einen Grund. Es gab noch einen Menschen, der mit großer Wahrscheinlichkeit seine Informationen und Anweisungen über diesen Kanal erhielt. Der weißhaarige Teufel. Lucas Stage hatte vermutlich von der Abrechnung in der Fabrik gehört. Aber die rumänische Polizei hatte noch nicht alle Details und das volle Ausmaß des Vorfalls öffentlich gemacht. Dass Volos' Netzwerk ausgelöscht war. Bis auf die Grundmauern niedergebrannt.

David horchte in sich hinein. Er hatte keine Lust zu warten, bis Lucas es selbst herausfand. Viel lieber wollte er derjenige sein, der ihm diese Nachricht überbrachte.

Er legte die Finger auf die Tastatur. Die Worte, die er schrieb, hatten einen bitteren Beigeschmack. Das Wissen, dass sie auch an ihn gerichtet sein könnten.

Er klickte auf *Enter*. Die Nachricht wurde hochgeladen.

16:29 – There is no one left. You are alone …